*Er was eens een*

Lizzie Shane bij Boekerij:

*Kerstmis met een staartje*
*Er was eens een puppy*

boekerij.nl

Lizzie Shane

# *Er was eens een puppy*

Een hond adopteren was misschien niet Connors beste beslissing, maar het kan hem wel de liefde van zijn leven opleveren!

BOEKERIJ

ISBN 978-90-225-9464-3
ISBN 978-94-023-1801-2 (e-book)
NUR 302 / 343

Oorspronkelijke titel: *Once Upon a Puppy*
Vertaling: Valérie Janssen
Omslagontwerp: DPS Design & Prepress Studio, Amsterdam
Omslagbeeld: © Shutterstock
Zetwerk: Mat-Zet bv, Huizen

Voor Kali, die een backpackvakantie door Europa met mij heeft overleefd toen we irritante tieners waren. Voor Leigh, met wie ik een paar van mijn mooiste avonturen in Azië heb beleefd. En voor de keurige meneer die we in Vietnam tegenkwamen en die ons het uitstekende advies gaf om de dag te plukken.

Omdat je nu eenmaal niet een deel van je leven op een spaarrekening kunt zetten voor later.

# 1

Achteraf gezien was de Ierse wolfshondkruising van ruim zestig kilo misschien niet zijn beste impulsaankoop geweest, gaf Connor Wyeth in gedachten toe toen hij thuis uit zijn werkkamer kwam en de gesloopte resten van zijn bank van zesduizend dollar in het oog kreeg.

Nu deed hij niet vaak impulsaankopen. Eigenlijk nooit.

Connor plande alles altijd zorgvuldig. Zelfs Maximus, de dader in hondengedaante die er verantwoordelijk voor was dat de enorme bank de halve woonkamer door was gesleept en dat de kussens waren opengescheurd zodat de hele kamer bedekt was met witte pluisjes, was onderdeel geweest van een plan.

Het was alleen geen bijzonder goed doordacht plan geweest.

De grote goeiige sul dartelde onbesuisd heen en weer tussen de voordeur en de plaats delict in de woonkamer, en zijn buldende geblaf weerkaatste tegen het hoge plafond. Toen hij Connor in de gaten kreeg, kwam hij glibberend tot stilstand op de glimmend geboende hardhouten vloer en sprintte hij terug naar de voordeur. Maximus blafte opnieuw door het raam naast de glanzende donkere houten deur naar degene die erachter stond en wierp over zijn ruig behaarde schouder een blik op Connor. Max' bek hing open en zijn tong bungelde aan de zijkant naar buiten in zijn gebruikelijke hondengrijns die zo veel zei als: 'Kom nou, je mist alle pret.'

Connor bedacht voor de zoveelste keer dat hij er als hondeneigenaar totaal niets van bakte.

Aangezien hij Maximus naar eigen zeggen als waakhond en alarmsysteem had geadopteerd om te voorkomen dat zijn vrienden te pas en te onpas zijn huis binnenkwamen, had de trainer hem verteld dat hij Max moest prijzen wanneer hij tegen ongewenste indringers blafte. Verder hoorde Connor Max bestraffend toe te spreken als hij dingen deed zoals het meubilair in sloophout veranderen, maar hem nu bestraffend toespreken had helemaal geen zin meer – eigenlijk leek het sowieso nooit zin te hebben – dus Connor berustte in het verlies van zijn bank en liep naar de deur om open te doen.

Hij haakte een vinger achter Max' halsband om hem eraan te herinneren dat hij zijn poten niet tegen de schouders van gasten mocht zetten en hen niet in hun gezicht mocht likken, en trok de deur open.

'Aan de deur wordt niet gekocht,' bromde Connor tegen een van zijn drie oudste vrienden, die met een uitpuilende tas en een verzameling tuinborden in zijn armen voor de deur stond. De borden hingen scheef, maar de blokletters die erop stonden, waren duidelijk te lezen. STEM OP BENJAMIN WEST. DE JUISTE BURGEMEESTER VOOR PINE HOLLOW.

De borden vormden een mooi excuus, maar ze wisten allebei dat Ben niet was gekomen vanwege de op handen zijnde verkiezing. Vandaag niet.

Connor keek hem chagrijnig aan, maar Ben wurmde zich onverschrokken langs hem heen naar binnen. 'Ik heb je lunch meegebracht.'

'En tuinborden.'

Connor deed de deur dicht en liet de hond los. Max stoof meteen op Ben af en snuffelde gretig aan de tas in zijn armen. De tas zakte langzaam omlaag in de richting van zijn hoopvolle kaken en Connor nam het eten haastig over, zodat Ben de kans kreeg om zijn schoenen uit te schoppen en de tuinborden tegen het raam te zetten.

'Ik wil die dingen niet in mijn tuin,' waarschuwde Connor hem. 'Ik heb nog niet besloten op wie ik ga stemmen.'

Ben ging niet op de leugen in. Hij nam de tas weer over en liep naar de keuken. 'Tandy Watts heeft een spandoek op haar veranda gehangen. Je kunt dat ding vanuit de ruimte zien.'

Normaal gesproken zou Connor Ben het vuur na aan de schenen hebben gelegd, want waar had je anders vrienden voor? Maar vanwege de onzekere klank in de stem van zijn vriend probeerde hij hem nu juist gerust te stellen. 'Niemand gaat op Tandy Watts stemmen. Ze heeft zich alleen kandidaat gesteld omdat ze jullie zoneringsbesluit van vorig jaar wil terugdraaien, omdat dat in haar nadeel uitviel. Jij hebt ervaring opgedaan in de gemeenteraad en je hebt Delia's steun. Maak je toch niet zo druk.'

'Ik weet echt niet meer waarom ik burgemeester wilde worden,' mopperde Ben. Hij was inmiddels bij de keuken aangekomen en bleef abrupt staan om langs het kookeiland naar de dikke laag pluis in de woonkamer te staren. 'Ben je de boel opnieuw aan het inrichten?'

Connor stelde zich tussen Ben en de aanblik van de rommel op, en wenste voor de zoveelste keer sinds hij het enorme huis met de open woonruimte had gekocht dat het iets minder enorm en open was. 'Terwijl ik zat te werken, heeft Max zich op de bank uitgeleefd. Ik heb nog geen tijd gehad om het op te ruimen.'

De hond koos uitgerekend dat moment uit om dwars door het huis te racen, langs hen heen te sprinten en op de bank te duiken, die zwalkend over de hardhouten vloer gleed, regelrecht op de heel breekbare glazen salontafel af. In plaats van om te vallen en in honderden stukjes uiteen te spatten, gleed de salontafel gelukkig ook weg. Maximus zwiepte triomfantelijk een sierkussen de lucht in.

'Max!' Connor probeerde de toon na te bootsen die de trainer ook gebruikte, de toon die ervoor zorgde dat alle honden in de klas kaarsrecht gingen zitten. Maximus hief met een ruk zijn kop op en draaide zijn snoet in de richting van Connors stem. Hij ging rechtop op de bank staan, met zijn oren naar voren gericht en zijn kaken ontspannen geopend in die maffe hondengrijns van hem.

'Eraf!' zei Connor gebiedend.

De hond hield zijn kop schuin en keek hem met een vragende blik aan.

'Eraf!' herhaalde Connor. Hij probeerde Max van de bank trekken, maar dat was gemakkelijker gezegd dan gedaan. De hond in kwestie woog namelijk bijna net zo veel als een volwassen mens en likte enthousiast elk stukje van Connors gezicht waar hij bij kon.

Uiteindelijk tilde hij de hond op en zette hij hem op de vloer met een laatste ferm gebod: 'Eraf.'

Max ging intussen vrolijk door met likken.

'Heb je wel eens overwogen om hem echt te trainen?' vroeg Ben, die het eten in de keuken had neergezet en nu aan kwam slenteren om het schouwspel gade te slaan.

'Dat doe ik al,' snauwde Connor zo scherp dat Max met trillende oren halverwege een lik abrupt ophield.

'Hm.' Ben sloeg zijn armen over elkaar. 'Je snapt toch hoop ik wel dat je bij de lessen aanwezig moet zijn, omdat ze anders geen enkel effect hebben? Nu weet ik wel dat Ally er geen enkel probleem mee heeft om je geld aan te nemen, maar toch.'

Bens vriendin Ally runde de hondenopvang waar de gehoorzaamheidstraining werd gegeven, met speciale korting voor iedereen die een hond van Furry Friends had geadopteerd. De training die Connor elke maandag had willen bijwonen. Totdat hij het zoals gewoonlijk te druk kreeg met zijn werk.

'Ik ben vergeten de data in mijn agenda te zetten.'

Ben snoof spottend. 'Jij vergeet nooit iets.'

'Oké.' Het was verschrikkelijk irritant dat zijn vrienden hem zo goed kenden. 'Ik heb het druk gehad.'

'Je hebt het altijd druk. Ik ben kortgeleden zelf tot de ontdekking gekomen dat je best een sociaal leven kunt hebben, ook al heb je het druk. Het is een fascinerende openbaring. Dat zou jij ook eens moeten proberen.'

'Een openbaring krijgen?' vroeg Connor sarcastisch.

'Een sociaal leven hebben.'

'Er is niets mis met mijn leven,' bromde hij. Hij keek naar Maximus in plaats van naar Ben, want als hun blikken elkaar ontmoetten, zouden ze de leugen geen van beiden aan zich voorbij kunnen laten gaan.

Er was van alles mis met zijn leven. Zeker vandaag. Hij wilde er alleen niet over praten.

Niet met Levi, die 's ochtends was aangewipt omdat hij 'toevallig' in de buurt was. Niet met zijn moeder, die hem die dag al drie keer had gebeld met verzinsels waarover ze per se zijn mening wilde weten. Niet met Mac, die ongetwijfeld zijn gezicht zou laten zien zodra het 's middags rustig werd in zijn eetcafé.

En al helemaal niet met Ben.

Ben bevond zich in de akelig zelfgenoegzame fase van verliefdheid waarin hij slechts de fijne kanten van een relatie zag. Hij ontwikkelde strategisch geheugenverlies zodra het aankwam op de vreselijke berg ellende die over je werd uitgestort wanneer het allemaal in duigen viel.

Wanneer je thuiskwam en verwachtte daar je verloofde aan te treffen, maar in plaats daarvan een memostickertje vond.

Maximus hapte naar een stukje pluis dat door de lucht zweefde. Connor focuste zich op de hond en de welkome afleiding van zijn zwartgallige gedachten. 'Dit is allemaal jouw schuld,' beet hij Ben toe. Hij rechtte zijn rug, en liep terug naar de keuken en de beloofde lunch. 'Jij bent degene die vond dat ik een hond nodig had.'

'Dat was ook zo.'

Het was afschuwelijk om toe te geven, maar Ben had wel gelijk. Op de dag af één jaar geleden was Connor zich steeds meer gaan afzonderen. Hij had zich in zijn eigen hoofd teruggetrokken en zich op zijn werk gestort met wat misschien een tamelijk ongezonde obsessie kon worden genoemd.

Maximus was de remedie geweest.

Connor kon niet langer elke dag tot één uur 's nachts doorwerken nu hij een hond had die hij moest voeden en uitlaten, ook al hield uitlaten in dit geval meestal in dat hij door Max door de wijk werd gesleurd. Het bakbeest was als puppy niet getraind en was inmiddels een volgroeide sloopkogel die overliep van liefde.

Connor zou hem voor geen goud meer kwijt willen.

Ben pakte de bakjes van The Cup uit. Connor deed intussen zijn best om zich niet af te vragen of hij misschien het onderwerp van gesprek was geweest terwijl Mac de bestelling inpakte. Het restaurant was een populaire halte in het roddelcircuit van Pine Hollow. Het was waarschijnlijk zinloos om te hopen dat niet het hele stadje wist wat voor dag het was. 1 februari.

Het zou fijn zijn geweest als Connor het jubileum van zijn publieke vernedering had kunnen negeren zonder er een woord aan vuil te maken, maar zo zat het leven in een klein stadje nu eenmaal niet in elkaar.

Hij wist dat de inwoners hem steunden, maar hun medeleven was als bijtend zuur op zijn huid.

'Je zou er echt goed aan doen om naar die lessen te komen,' merkte Ben op, terwijl hij Connors vaste bestelling over het kookeiland naar hem toe schoof. Ze vielen allebei op hun eten aan. 'Zelfs Partridge maakt vorderingen, en hij is bepaald geen snelle leerling.'

Ben en Astrid, zijn nichtje dat hij in huis had genomen, hadden de kwijlgrage bulldog geadopteerd rond dezelfde tijd dat Connor zich over Maximus ontfermde.

'Partridge heeft Astrid,' sputterde Connor tegen vanwege de oneerlijke vergelijking. 'Zij zou het liefst elke seconde van elke dag met hem trainen, als ze daar de kans voor kreeg.'

'Klopt. En ik steun haar volledig in haar obsessie. Als ze met

Partridge bezig is, laat ze tenminste geen onsubtiele hints vallen dat ik Ally ten huwelijk moet vragen.'

Connor schrok van zijn woorden en hief met een ruk zijn hoofd op. 'Nu al?'

Ze waren nog geen twee maanden aan het daten. Het was krankzinnig om het nu al over trouwen te hebben. Maar ja, hij had zelf drie jaar met Monica gedatet en was nog eens twee jaar met haar verloofd geweest voordat ze dertien dagen voor de bruiloft tot de conclusie kwam dat ze haar leven toch niet met hem wilde delen.

Misschien was het juist wel slim om snel te werk te gaan. Om je vast te leggen voordat je tijd had gehad om aan het twijfelen te slaan.

Ben wierp een blik op Connors gezicht en vloekte binnensmonds. 'Sorry. Ik had er vandaag niet over moeten beginnen. Ik dacht niet na.'

Daar had je het dus. Vandaag. Het jubileum. Ben was meestal niet zo recht voor zijn raap. Het afgelopen jaar hadden ze Zij Die Niet Genoemd Mocht Worden nadrukkelijk vermeden.

Connor slalomde vastberaden om het onderwerp heen. 'Ga je die tuinborden verspreid door de stad plaatsen of is het de bedoeling dat ik ze alle drie in mijn voortuin zet?'

Ben nam hem onderzoekend op en accepteerde toen dat het gespreksonderwerp was veranderd. 'Je hebt een gigantische voortuin.'

'Ja, maar drie lijkt me wel een beetje overdreven, vind je zelf ook niet? Ik weet niet eens of ik je wel wil steunen. Er zijn grenzen aan een dertig jaar oude vriendschap.'

'Een bord voor elke tien jaar. Zo onredelijk is dat niet.' Op Bens mobieltje ging een alarm af. Hij zette het uit en liet zich van de kruk bij het kookeiland glijden. 'Ik moet weer aan het werk. Zie ik je vanavond bij Furry Friends?'

'Ja, natuurlijk. Ik mis de lessen heus niet met opzet.' Niet helemaal. 'Ik heb het echt verschrikkelijk druk.'

Ben liep naar de voordeur en Connor liep met hem mee. Maximus lag ronkend te snurken in de woonkamer.

'Hoe staat het met het partnerschap?'

'Het is nog te vroeg om er al iets over te kunnen zeggen.'

'Succes.' Ben trok zijn schoenen aan, maar aarzelde nog even. Connor weerstond de neiging om hem letterlijk de deur uit te duwen voordat hij over het jubileum kon beginnen.

Gelukkig vertrok Ben zonder verdere bezorgde blikken. Connor deed de deur achter hem dicht en vroeg zich af of hij Macs onvermijdelijke bezoekje op een of andere manier kon tegenhouden. Mac was iemand die er geen doekjes om zou winden en hem op de man af zou vragen hoe hij zich voelde.

Zijn vrienden en familie hielden hem allemaal in de gaten, maar het ging prima met hem. Nou ja, misschien niet prima, maar wel steeds beter.

Hij had tegenwoordig een plan.

Het plan was de reden dat hij Max in huis had gehaald. Het was de reden dat hij partner zou worden. En het plan zou er ook voor zorgen dat hij het leven zou leiden dat hij eigenlijk al hoorde te leiden. Met de ideale baan. Het ideale huis. Het ideale gezin.

Het huis had hij al. De baan kon hem bijna niet meer ontgaan, aangezien hij het afgelopen jaar veel meer uren had gemaakt dan alle andere advocaten bij hem op kantoor. En het gezin zou vanzelf volgen zodra hij iets meer tijd had om de ware te zoeken. Een vrouw die alles op waarde wist te schatten wat hij te bieden had: stabiliteit, loyaliteit, betrouwbaarheid. Een vrouw die niet zou beweren dat ze die dingen ook wilde, om er vervolgens twee weken voor de huwelijksplechtigheid vandoor te gaan naar India. Een vrouw die bleef.

Het was niet Connors bedoeling geweest om een relatie zo lang uit de weg te gaan. Voordat hij begon te daten had hij een aantal opeenvolgende vaste vriendinnen gehad. Zijn vriendin op de middelbare school, met wie hij het op vriendschappelijke wijze had uitgemaakt toen hij naar Yale ging. Zijn vriendin tijdens zijn bacheloropleiding, die het op vriendschappelijke wijze met hem had uitgemaakt toen ze een masterstudie rechten aan tegenovergestelde kanten van het land zouden gaan volgen. Zijn vriendin tijdens de masterstudie, van wie hij op vriendschappelijke wijze afscheid had genomen toen ze in DC wilde blijven om als juridisch medewerker aan de slag te gaan voor een rechter van het gerechtshof en hij terug wilde naar Vermont om zich te specialiseren in ondernemingsrecht en om een gezin te stichten.

En Monica.

Het viel niet mee om het feit dat zijn verloofde hem twee weken voor hun bruiloft via een memostickertje had gedumpt als vriendschappelijk te omschrijven.

Dus ja, hij was waarschijnlijk een beetje verbitterd geweest, een beetje kwaad. Misschien had hij zich iets te obsessief op zijn werk gestort en had hij de vrouwelijke helft van de bevolking iets hartgrondiger vervloekt dan de dames vermoedelijk verdienden. En misschien was hij vrouwen inderdaad uit de weg gegaan, met uitzondering van een sporadisch afspraakje via Tinder wanneer hij voor zaken in New York moest zijn. Maar die afspraakjes waren altijd oppervlakkig geweest, zonder verwachtingen. Dat lag nu allemaal achter hem. Dit jaar zou hij helemaal opnieuw beginnen. Dankzij het plan.

Connor wilde niets liever dan weer aan het werk gaan, maar hij wist dat de bende in de woonkamer hem in gedachten zou blijven afleiden tot hij alles had opgeruimd, dus zette hij zich aan het pluizige mijnenveld dat ooit zijn woonkamer was geweest. Toen hij de bank terug op zijn plek schoof, werd Maximus luid snuivend wakker. Hij trippelde naar Connor toe om hem te 'helpen', met zijn voorpoten op de bank en zijn kaken opengesperd in de blije grijns van trouwe viervoeter.

'Vind je dit soms grappig?' Connor nam de enorme hondenkop tussen zijn handen en streelde zijn oren. De hond leunde knorrend van genot tegen zijn handen en staarde hem met zijn gevoelvolle zwarte ogen aan. Connor herhaalde wat hij in de vijf weken dat hij nu hondenbezitter was al minstens vijfhonderd keer had gezegd. 'Je mag niet op de meubels komen.'

*Of op het aanrecht. Of op het dak van mijn auto.*

Maar hoe moest hij Max dat nou duidelijk maken als hij niet eens sterk genoeg was om hem eraf te trekken?

'Vanavond gaan we naar de gehoorzaamheidstraining,' zei hij tegen Max. 'Ook al zal iedereen me daar meewarig aankijken.'

Hij duwde Max' massieve lijf opzij en veegde de laag pluis van de bank. Van dichtbij bleek de bank Maximus' speelse behandeling grotendeels te hebben overleefd. Er was slechts één sierkussen gesneuveld en de vulling daarvan had zich over de hardhouten vloer verspreid.

Aangezien het kussen Monica's inbreng was geweest, had Max hem eigenlijk een gunst bewezen.

Connor aaide over Max' kop. 'Brave hond. Doe dat nooit meer.' Zijn mobieltje ging over.

Connor greep Max vast bij zijn halsband, leidde hem naar de werkkamer en deed de deur dicht, zodat hij tijdens het werken een oogje op hem kon houden. Zo begon het elke dag, maar Connor had de gewoonte om zo volledig op te gaan in wat hij aan het doen was dat hij automatisch de deur voor de hond opendeed als Max aan de deur krabde om naar buiten te worden gelaten. Hij besefte niet eens dat hij dat had gedaan tot hij een klap hoorde in de keuken. Of de woonkamer. Of de badkamer.

Toen hij de naam van zijn mentor op het schermpje van zijn telefoon zag staan, tikte hij haastig op het mobieltje om het gesprek door te verbinden naar zijn bluetooth voordat de voicemail kon aanspringen. 'Davis, hoe gaat het?'

De partner die Connor bij Sterling, Tavish & Karlson onder zijn hoede had genomen schraapte luid zijn keel, een gekunsteld geluid dat Connor als voorbode van slecht nieuws had leren interpreteren. Hij zocht met een hand steun bij zijn bureau en Max keek met een bezorgde blik in zijn vochtige ogen vanuit zijn mand naar hem op.

'Connor. Ik heb net het contract van Johnson bekeken en ik wilde je even zeggen dat het hele kantoor ontzettend tevreden is over je werk.'

Connor fronste zijn wenkbrauwen. Davis Aquino belde hem nooit op om hem een complimentje te geven. Daar had niemand tijd voor. 'Je belt me vast niet om me te vertellen dat ik goed werk heb geleverd.'

Opnieuw dat schrapende keelgeluid, gevolgd door een diepe zucht. 'Moet je horen, Connor. Je bent ons werkpaard. Iedereen weet dat je ontzettend veel voor het bedrijf doet en ik weet dat je hoopt dat je dit jaar partner zult worden...'

*Shit. Shit shit shit.* 'En?'

'We willen je niet kwijt. Je bent een ongelooflijk waardevolle advocaat, maar op dit moment neigen de senior partners toch naar iemand anders.'

'Neem je me nou in de zeik?' Zijn reactie floepte ongefilterd uit zijn mond, want dit was Davis en niet een van de andere partners. 'Wie doet er volgens hen dan meer voor het bedrijf dan ik?'

'Niemand werkt zo hard als jij, maar voor sommige partners is dat juist een van de grootste zorgen: dat je straks tegen een burnout aanloopt. Dat je werk en je privéleven niet in balans zijn, dat je geen ontspanningsmechanisme hebt en dat je op je vijfendertigste helemaal op zult zijn.'

'Ik heb geen ontspanningsmechanisme nodig,' zei Connor, die zijn best deed om niet nijdig te klinken. 'Met mij gaat het prima.'

'Mooi,' antwoordde Davis. 'Dat is heel mooi. Maar er zijn nog meer redenen voor bezorgdheid.'

Connor dwong zichzelf om rustig adem te halen. Hij had dit advocatenkantoor met zorg uitgekozen. Het was een bedrijf waar hij hogerop kon komen. Hij was jarenlang een ideale medewerker geweest en nu waren er opeens redenen voor bezorgdheid? 'Wat dan?'

'Partners zijn niet alleen werkpaarden. Ze zijn ook het visitekaartje van ons bedrijf. Ze zijn toonaangevend op kantoor en in de maatschappij. Er is een sociaal aspect aan verbonden en aangezien jij meestal thuis werkt...'

'We waren het erover eens dat dit een logische keuze was. Ik kan gemakkelijk op afstand werken en op die manier wordt er minder tijd verspild aan onnodig op en neer reizen.' Het kantoor stond in Burlington, maar omdat veel van hun klanten ook zakendeden in New York, stond Connor in beide staten als advocaat geregistreerd. Hij sprak zo zelden met cliënten af op kantoor dat Davis hem zelfs had aangemoedigd om thuis te werken.

'Dat klopt, maar er is ook iets te zeggen voor zichtbaarheid.'

'Dan kom ik wel op kantoor werken.' Hij zou iemand moeten zoeken om op Max te passen. Misschien wist Ally wel iemand.

'Het gaat er niet alleen om dat je vaker op kantoor bent. Het gaat ook om onze bedrijfsevenementen. Je weet dat STK trots is op onze maatschappelijke betrokkenheid, onze inzet voor goede doelen, en jij hebt je het afgelopen jaar zelden of nooit bij een van onze benefieten laten zien.'

Sinds de dag dat zijn perfecte leven aan diggelen was gevallen. Sinds hij niet langer de perfecte vrouw naast zich had en iemand was geworden die door iedereen met medeleven werd bekeken. Iemand aan wie iedereen vroeg of hij het nog een beetje volhield. De bedrijfsevenementen waren van een kameraadschappelijk uitje veranderd in een kwelling. 'Ik ben me ervan bewust dat ik niet echt actief ben geweest, maar ik heb me voorgenomen om mijn leven te beteren.'

'Luister, Connor, ik vind je een kei. Ik zou jou altijd en overal boven alle anderen verkiezen, maar ik ben niet degene die dit beslist. Met name Brent en Lila zoeken iets anders. Ik vond dat je dat moest te weten. Ik wil niet dat je erdoor wordt overvallen. Je bent nog steeds heel waardevol voor STK.'

Er welde bijtend maagzuur op in Connors keel. 'Is er nog iets aan te doen? Of is het een uitgemaakte zaak?'

'Nog niet,' antwoordde Davis geruststellend. 'Ze hebben de knoop nog niet officieel doorgehakt, maar er staat je een zware strijd te wachten. Misschien is het niet eens het ergste op de wereld als je een ander pad bewandelt. We willen je graag tevreden houden. Je kunt het bij ons als advocaat ver schoppen. Niet iedereen hoeft partner te worden.'

Maar dat was wel het plan.

Dat was waar hij het afgelopen jaar naartoe had gewerkt. Eigenlijk zijn hele leven al, maar na Monica's vertrek was het een allesverslindende obsessie geworden en kennelijk had ze zijn beste kans om partner te worden ook meegenomen toen ze vertrok.

Als ze was gebleven, zou hij met zijn vrouw aan zijn zij alle benefietavonden hebben bezocht. Dan zou ze nu waarschijnlijk in verwachting zijn van hun eerste kind, het tastbare bewijs dat zijn werk en privéleven in balans waren. Hij zou zich samen met collega's beklagen over het huwelijksleven en het aanstaande vaderschap. Hij zou de nieuwe advocaten beter hebben leren kennen en zijn leiderschapskwaliteiten hebben getoond. Zijn leven zou precies zijn geweest zoals het hoorde te zijn, in plaats van...

Hij liet zijn blik door zijn werkkamer glijden. *Alleen maar werk en geen sociaal leven.* Max stond op uit zijn mand, sjokte naar hem toe en legde zijn enorme kop naast Connors hand op het bureau. Connor streelde afwezig over de ruig behaarde kop en krabbelde met zijn duim tussen de oren.

'Connor?' Davis' stem klonk krakend door het oordopje.

'Ja. Bedankt voor de waarschuwing. Ik heb heel wat om over na te denken.'

'Je bent echt een bijzonder gewaardeerd medewerker,' zei Davis, en Connor hoorde de invloed van zijn managementcursussen terug in zijn woorden.

*Geef medewerkers het gevoel dat hun talent en hun bijdragen worden gewaardeerd en op waarde worden geschat.*

Dat gevoel had hij ook heus wel, maar hij wilde meer. Hij wilde een aandeel in het bedrijf. Hij wilde partner worden. De zekerheid dat hij niet zomaar een medewerker was. Dat hij een stukje van het bedrijf bezat. Dat wilde hij verdorie al sinds zijn negende.

Hij weigerde dat nu op te geven.

Nadat ze een paar minuten hadden gesproken over het werk dat hij voor een andere cliënt deed, nam Connor afscheid van Davis. Hij herinnerde zich het gesprek na afloop nauwelijks, want zijn gedachten werden volledig opgeslokt door het nieuws over het partnerschap, dat als een donderslag bij heldere hemel was gekomen.

Hij wist dat het nooit een zekerheid was geweest. Er waren altijd meer advocaten die streden om een plek als partner dan er plekken beschikbaar waren, maar hij had veel meer uren gemaakt dan de meeste anderen bij elkaar. Hij had het verdiend. En hij was niet van plan het nu tussen zijn vingers te laten wegglippen, omdat de rest van zijn leven het afgelopen jaar een beetje uit koers was geraakt.

Partner worden maakte deel uit van het plan. Een hond in huis nemen. Partner worden. De ware vinden. Trouwen. Kinderen krijgen. Vijf eenvoudige stappen. Maar misschien werd het tijd om de volgorde om te gooien. Misschien moest hij meteen weer aan het daten slaan. Een lief meisje zoeken dat hij kon meenemen naar een paar benefietevenementen van het bedrijf om de senior partners te laten zien dat zijn leven in balans was, dat hij een teamspeler was.

Toen hij het plan aanvankelijk bedacht, had hij zich voorgenomen om meteen weer te gaan daten. Maar in januari had hij het zo druk gekregen dat zijn goede voornemens erbij waren ingeschoten. Maar nu… nu was daten een verantwoordelijkheid geworden en Connor Wyeth verzuimde zijn verantwoordelijkheden nooit.

Max ging zitten en leunde met zijn lijf tegen Connors stoel, zodat deze zich met zijn voeten schrap moest zetten tegen de vloer om niet weg te rollen.

Hij zocht de App Store op zijn mobieltje, scrolde erdoorheen en downloadde verschillende datingapps. Er was werk aan de winkel.

En vanavond zou hij met Max naar de gehoorzaamheidstraining gaan en bedenken hoe hij kon voorkomen dat de hond zijn hele huis verwoestte.

Het was fijn om een plan te hebben.

# 2

Deenie Mitchell was op haar best als ze moest improviseren. Dat was een van de redenen dat haar prinsessenfeesten voor kinderen zo succesvol waren: ze zat nooit vast aan een vooropgezet plan en was altijd in staat om zich impulsief aan te passen.

Dus toen ze drie kwartier voordat de maandagavondtraining bij Furry Friends zou beginnen de boerderij binnenging en Ally in paniek aantrof, omdat de trainer uit Burlington voedselvergiftiging bleek te hebben en niet zou komen, deed Deenie wat ze altijd deed. Ze paste zich aan de omstandigheden aan.

'Ik zal de les moeten afzeggen,' jammerde Ally. Ze had haar telefoon in haar hand en tuurde naar het onheilspellende bericht over voedselvergiftiging.

'Welnee, nergens voor nodig.' Deenie nam Ally haar mobieltje af, klapte de gebaksdoos open die ze na een bezoekje aan haar tante mee naar huis had genomen en duwde haar vriendin een decadent stukje luchtig bladerdeeg met frambozenroom in de hand. 'Hier, eet op. Magda's baksels lossen alle problemen op.'

'Ik zou niet weten hoe,' protesteerde Ally. 'Over minder dan een uur heb ik hier zes betalende klanten en geen ervaren trainer. We hebben hun elke week een gediplomeerde professional toegezegd.' Ze nam een hap van het gebakje en kreunde, maar het was onduidelijk of dit van genot was vanwege Magda's zondige vaardigheden of uit vrees dat ze een van de lessen uit het testprogramma moest annuleren. Het programma was ontwikkeld om Furry Friends Animal Rescue nieuw leven in te blazen en om te bouwen tot een waar huisdierenmekka met een uitgebreid dienstenpakket.

Deenie leidde Ally naar een kruk en liet haar doelbewust met haar rug naar de ramen plaatsnemen. De ramen keken over de met grind bedekte oprit uit op de schuur waarin Furry Friends was gehuisvest. Ally's grootouders hadden tientallen jaren in de boerderij gewoond en de hondenopvang gerund, maar ze waren inmiddels met pensioen en hadden het bedrijf aan Ally overgedragen. Het bestaan van de opvang had jarenlang aan een zijden draadje gehangen en was afhankelijk geweest van gemeentelijke subsidies, maar Ally had een plan bedacht om Furry Friends zelfvoorzienend te maken en Deenie was nog geen week geleden bij haar ingetrokken om haar daarbij te helpen.

Ze moesten nog naam maken als dé plek voor alle aan honden relateerde zaken, dus de timing van het verlies van hun trainer was verre van ideaal. Maar het was niet rampzalig.

'Focus je liever op de positieve kanten. Een van de betalende klanten is Ben, die zo smoorverliefd op je is dat hij waarschijnlijk niet eens in de gaten heeft dat er geen trainer is,' zei Deenie geruststellend. 'Een andere klant is Elinor, die net zo lief Skinnygirl Margarita's met ons drinkt. En de derde is Connor, die niet eens de moeite neemt om met Maximus naar de les te komen.'

Nu vond Deenie het helemaal niet erg dat Connor Wyeth de laatste tijd niet voor de lessen was komen opdagen. Ze ergerde zich al vanaf hun eerste kennismaking mateloos aan die man.

Hij was vreselijk star. Hij straalde de conservatieve afkeuring uit van alle mensen die op haar neerkeken vanwege haar roze haar en onconventionele levensstijl, en zette haar verdedigingsmechanisme op scherp. Als het aankwam op vechten of vluchten, werd het wat haar betreft met Connor absoluut het eerste.

Toen ze opmerkte dat Maximus een veel te overweldigende hond voor hem was, was het echt niet haar bedoeling geweest om hem op te jutten om de wolfshond te adopteren. Ze was simpelweg niet in staat om hem ook maar één verbaal gevecht te laten winnen.

Ze had gemerkt dat ze sindsdien altijd bits tegen hem was wanneer ze gedwongen in elkaars gezelschap vertoefden, iets wat helaas vrij vaak het geval was nu Ben en Ally een relatie hadden.

'Het is een voorteken.'

Deenie verjoeg Connor Wyeth uit haar gedachten en concentreerde zich weer op Ally. 'Het is helemaal geen voorteken. We kunnen dit heus wel. We maken van deze les gewoon een bonusles, een oefensessie. Ik doe de training vanavond wel.'

Er doemde een hoopvolle blik op in Ally's ogen. 'Echt?'

'Tuurlijk. Daarom ben ik hier toch? Om je te helpen met de opvang? Hoe moeilijk kan het nou zijn?'

Deenie volgde de lessen zelf met een kleine spaniël die Dolce heette, zodat de hond kon worden geadopteerd zodra haar pups waren gespeend en ze zelf was gesteriliseerd. Het zou trouwens een klein wonder zijn als Ally's oma het lieve beestje niet zelf in huis nam, want Rita Gilmore was de laatste tijd niet bij het dier weg te slaan.

'Ik ben natuurlijk niet gediplomeerd,' ging ze verder, 'maar als we uitleggen dat de trainer voedselvergiftiging heeft opgelopen en we de klanten op een later tijdstip een inhaalles aanbieden, zullen ze vast niet klagen.'

'Ze zullen het juist super vinden. Iedereen weet dat jij hier de hondenfluisteraar bent. Dat is zelfs nog beter dan een andere trainer laten komen.'

Deenie hief een hand op. 'Nou niet al te enthousiast worden, hè? Ik ben slechts een tijdelijke oplossing voor aan voedselvergiftiging gerelateerde noodgevallen.'

'We weten allebei dat dát niet waar is. Ik weet echt niet hoe ik dit zonder jou had moeten doen.'

Ally's dankbaarheid riep een onbehaaglijk gevoel bij Deenie op. Ze vond het heerlijk om te helpen en het sprak voor haar vanzelf dat ze bijsprong om een probleem op te lossen als het zich in haar bijzijn voordeed. Maar zodra ze echt nodig was, ervoer ze opeens druk en ze wist niet zeker of ze dat wel wilde.

Dat was toch raar? Wie wilde er nou gewaardeerd worden, maar ging er vervolgens vandoor zodra hij die waardering kreeg?

Zoals altijd verborg ze haar onbehaaglijkheid achter een opgewekte glimlach. 'Het zou natuurlijk een complete mislukking zijn geworden. Ik ben gewoon onmisbaar.'

Het was een dikke vette leugen, maar Ally legde haar gebakje neer en knikte alsof het maar al te waar was. 'Dat weet ik. Zonder jou zou ik die lening nooit hebben gekregen.'

'Doe niet zo gek. Natuurlijk wel.'

Ally schudde haar hoofd. 'Ik kan er met mijn hoofd nog steeds niet bij dat jij weet hoe je een eigen bedrijf opzet en een financieel plan opstelt en zo.'

'Sst, straks verpest je mijn imago nog.' Deenie beschouwde Ally's ongeloof als het mooiste compliment dat ze kon krijgen. Ze had haar reputatie als oppervlakkige, met glitter bedekte sprookjesprinses zorgvuldig opgebouwd. Het was niet de bedoeling dat iemand in de gaten zou krijgen dat ze zelfs in haar slaap een winst- en verliesrekening kon schrijven.

Er viel een lok roze haar voor haar ogen en ze streek hem naar achteren. Haar haren moesten nodig geknipt en opnieuw geverfd worden. De blonde wortels waren zichtbaar en de roze plukken waren van hun gebruikelijke knalroze pracht vervaagd tot een bleke pasteltint, waardoor de gewenste shockerende waarde duidelijk minder was geworden.

'Ik ben ontzettend blij dat je hier bent,' zei Ally met die verontrustende oprechtheid van haar.

'Ik moet wel. Ik ben platzak.' De woorden klonken ironisch, bedoeld om iedereen te laten denken dat ze een geintje maakte.

Helaas was het maar al te waar.

Deenie moest na haar vorige reis haar spaargeld nodig weer aanvullen. Ze had afgelopen herfst tijdens haar backpackavontuur door Nieuw-Zeeland veel meer geld uitgegeven dan haar budget eigenlijk toestond. Maar ja, hoe vaak kreeg je nou de kans om in een ravijn te bungeejumpen of in het voetspoor van hobbits te wandelen? Soms moest je de kansen die het leven je bood met beide handen aangrijpen, ook als dat betekende dat bij thuiskomst de nullijn op je bankrekening dichterbij was dan je wilde.

Het hielp ook niet dat ze iets te royaal was geweest met de kerstcadeautjes voor de kinderen van haar broer, omdat ze zoals altijd iets aan haar familie wilde bewijzen wat domweg niet te bewijzen viel.

Daarom had ze nu dus een woonplek nodig met een lage huur, als tegenprestatie voor de uren die ze in de hondenopvang hielp.

Het was een goed idee om een paar maanden in Pine Hollow te blijven, want nu kon ze haar tante bezoeken, Ally helpen en met de honden spelen. Daarnaast had ze genoeg tijd om prinsessenjurken te naaien voor haar shop op Etsy, zodra de vraag daarnaar na de stille periode na kerst weer op gang kwam. En verder kon ze voorlopig zo veel mogelijk opdrachten voor prinsessenfeesten aannemen. Allemaal om haar uitgeputte financiën weer aan te vullen.

Ze vond het een fantastisch plan. Ze had het helemaal zelf bedacht.

Waarom was ze dan zo rusteloos sinds ze bij Ally was ingetrokken? Waarom voelde alles verkeerd aan?

Dat moest haast wel komen omdat ze niet wist wanneer ze weer zou vertrekken. Ze had altijd een vage bestemming in gedachten en een datum waarop haar nieuwe avontuur zou beginnen.

Haar persoonlijke verantwoordelijkheidscountdown.

Maar nu strekte de toekomst zich als een ononderbroken vlakte voor haar uit. Alles was voor onbepaalde tijd. En Deenie had ontdekt dat zelfs iemand die zich zo hevig tegen regels en schema's verzette als zij toch echt de structuur van een uiterste houdbaarheidsdatum nodig had. Een nooduitgang.

Het leek haar reislust te verergeren. De altijd aanwezige onderhuidse kriebels werden heviger als ze geen idee had wanneer ze eraan kon toegeven.

Haar zus zou beslist denken dat ze krankzinnig was. Maar ja, haar zus had dan ook nooit Deenies behoefte begrepen om te zwerven en de wereld te zien. Dat had niemand in haar familie.

Niemand, behalve Bitty.

'Was het leuk bij JoJo?'

'Nou, eerlijk gezegd...'

Ze wist niet waarom ze tegen Ally had gelogen over de werkelijke reden van haar regelmatige bezoekjes aan de Summerland Estates Retirement Community. En ook niet waarom ze erover blééf liegen. Nou ja, het was niet helemaal gelogen. Ze ging ook echt bij JoJo langs, de schattige dwergspaniël die Deenies hart had gestolen voordat het hondje door meneer Burke was geadopteerd.

Maar ze ging ook bij Bitty langs.

Ze had Ally niet over haar oudtante verteld, omdat ze er niet nóg iemand bij kon hebben die aan haar vroeg hoe het met Bitty ging. Nog iemand tegen wie ze moest liegen dat er niets aan de hand was.

Daarom deed ze dus alsof het helemaal niet gebeurde.

Hier is niets te zien, mensen. Alleen Deenie Mitchell maar, expert in het creëren van illusies.

Het schuldgevoel over de leugen wurmde zich door haar keel naar boven en Deenie ontweek Ally's ogen door te doen alsof al haar aandacht in beslag werd genomen door het hapje gebak dat ze wilde pikken. 'Ja, hoor. Het was gezellig. Het is zo'n lieverdje.'

'Je had haar echt moeten adopteren,' zei Ally. 'Ze was ideaal voor jou.'

'Met een hond kan ik niet zomaar op reis. En meneer Burke past uitstekend bij haar. Hij is dol op haar.' Deenie zette zich af tegen de balie. 'Ik ga me even omkleden voordat de les begint.' Het was een mager excuus om aan het gesprek te ontsnappen, maar Ally leek haar ontwijkende gedrag niet op te merken.

Deenie liep naar de trap, met een korte omweg door de woonkamer om de puppy's te aaien.

De woonboerderij, een groot vierkant huis met een veranda eromheen, was heel eenvoudig. Het gebrek aan designtierelantijntjes werd echter ruimschoots goedgemaakt door de omvang. De woonkamer leek zelfs nog groter nu de helft van de meubels met Ally's grootouders naar de Estates was meegegaan.

Naast de open haard was een provisorische hondenbox gebouwd voor Dolce en haar puppy's. De meeste lagen te slapen, maar de avontuurlijkste van het stel, met één zwart oor, trippelde naar haar toe om zich te laten aanhalen.

Colby, Ally's sint-bernard, lag languit in een enorme hondenmand en sloeg haar zonder onnodige inspanningen te verrichten door halfdichte ogen gade om er zeker van te zijn dat hij niets miste. Deenie gaf de pup een laatste aai en liep naar Colby toe om zijn zijdezachte kop te strelen. 'Hallo, luiwammes,' begroette ze hem.

Na een dag in de Estates vormden de honden uitstekende therapie: eenvoudige, ongecompliceerde genegenheid na de onvermijdelijke complicaties die Bitty's verzorging met zich meebracht. Bitty's arts had Deenie die dag willen spreken, een somber gesprek over voortgang en verwachtingen, en de woorden spookten onbehaaglijk door haar gedachten.

Deenie liet de honden achter en sprong energiek met twee treden tegelijk de trap op, in de hoop dat een energieke buitenkant zou zorgen voor een energieke binnenkant, zodat de hernieuwde energie haar uit haar sombere stemming zou halen.

De smalle trap leidde naar een overloop waar aan beide zijden een rijtje eenvoudige vierkante kamers op uitkwam. Ally had de kamer met het beste licht als haar fotostudio ingericht. Het oude schildersatelier van haar oma op de begane grond was daar minder geschikt voor, omdat die ruimte geen deur had die kon voorkomen dat haar hondenmodellen ontsnapten.

Bovendien stond het atelier nog halfvol met Rita's spullen.

Hal en Rita Gilmore hadden er een hele maand voor nodig gehad om de dingen die ze wilden houden van de woonboerderij naar hun knusse nieuwe woning in de Estates te verhuizen. Rita kwam nog steeds bijna elke dag wel even aan, omdat ze weer iets had bedacht wat ze waren vergeten.

Deenie had totaal geen probleem met die regelmatige bezoekjes. Rita's kompas hing altijd een beetje uit het lood en dat was precies de reden dat Deenie haar graag mocht. Het was ook de reden dat Rita en Bitty ook zo goed met elkaar bevriend waren geweest. En de reden dat Deenie zich als vrijwilliger bij de hondenopvang had aangemeld.

Ze duwde de deur van haar slaapkamer open.

In tegenstelling tot de Gilmores had zij er hooguit een half uur en welgeteld één tripje met haar (niet bepaald om de bergruimte bekendstaande) pastelblauwe vintage Volkswagen Kever cabriolet voor nodig gehad om al haar aardse bezittingen in een van de lege slaapkamers van de woonboerderij onder te brengen.

De propvolle rugzak die samen met haar de wereld rond was gereisd, leunde tegen de voet van het bed. De onuitgepakte kleren puilden in een chaotische bontgekleurde mengeling uit de opening aan de bovenkant.

In een van de hoeken van de kamer had ze onder een raam haar glinsterend gepimpte naaimachine neergezet. Op de vloer naast de stoel stond een knalroze reistas, die was volgestouwd met de satijnachtige stoffen en glinsterende sierbandjes die ze gebruikte voor de prinsessenjurken, haar belangrijkste inkomstenbron. Een tweede reusachtige reistas blokkeerde gedeeltelijk de kledingkast. Deze tas was paars en bevatte al haar spullen voor prinsessenfeesten, zoals pruiken, tiara's en glitter. Héél veel glitter.

Alles wat ze bezat, paste in die ene hoek.

Ze was nooit erg materialistisch geweest. Voorwerpen waren ankers die je naar beneden trokken, je aan plaatsen verbonden, je het gevoel gaven dat je minder gemakkelijk je boeltje bij elkaar kon rapen om te vertrekken.

Het bed had al in de kamer gestaan toen ze hier arriveerde, evenals het bureautje dat ze in een naaitafel had omgetoverd. Ze huurde altijd gemeubileerde kamers. Dat hield meestal in dat ze in een vakantiehuisje op het skiresort terechtkwam, maar dat vond ze geen enkel probleem. Haar leven was flexibel.

Alleen nu even niet.

Het gevoel dat deze situatie permanent was, krioelde als spinnen onder haar huid. Waarschijnlijk kon ze haar spullen beter uitpakken, maar iets in haar verzette zich met hand en tand tegen de aangename omgeving. Ze wilde zich niet al te comfortabel voelen. Ze wilde hier niet vast komen te zitten.

Ze had een einddatum nodig. Dat zou voorkomen dat ze tot stilstand kwam en zou haar helpen om haar huidige situatie op waarde te schatten. Het was altijd gemakkelijker om het leven uitbundig te vieren als je niets als vanzelfsprekend beschouwde, en als ze wist dat ze maar weinig tijd had, nam ze nooit iets als vanzelfsprekend aan.

Maar voorlopig moest ze blijven. Voor Bitty. Voor Ally.

Ondanks alle redenen die ze had om te blijven, verzette iets in haar zich ertegen. Daar kwam dat onbehaaglijke gevoel natuurlijk vandaan. Daarom sloot ze dat deel van zichzelf af en verborg ze het achter de glitterrijke glimlach die ze lang geleden al had geperfectioneerd.

De truc was om in beweging te blijven. Om bezig te blijven, ook al zat ze hier vast. En daar was Deenie heel bedreven in. Laat het tempo niet vertragen. Verval niet in een sleur. Laat geen twijfels toe.

Ze keek door het raam naar buiten. Langs haar kleine blauwe Kever en de oude groene pick-uptruck met het logo van Furry

Friends op de zijkant die op de oprit stonden, naar de grote schuur waarin de honden waren ondergebracht.

Vanavond moest ze lesgeven.

Met een beetje geluk zou die irritante Connor Wyeth wegblijven en zou het erop neerkomen dat ze lekker met haar vrienden met de honden kon spelen.

# 3

De vaste trainer was er niet.

Deenie Mitchell stond midden in de ruimte, omringd door een kring van stoelen met zo veel ruimte ertussen dat de honden niet werden afgeleid doordat ze steeds naar elkaar toe wilden, terwijl ze eigenlijk dingen moesten leren. Ze was gekleed in haar gebruikelijke stijl, alsof er een regenboog over haar heen was gevallen. Ditmaal droeg ze een knalroze legging die uitstekend bij haar roze haren paste en een tie-dye minijurk die het regenboogeffect nog eens extra versterkte. De blik die ze Connor toewierp toen hij de lesruimte binnenkwam, had echter meer weg van een donderwolk dan een regenboog. De blik leek te zeggen dat Connor als man zo'n enorme teleurstelling was dat ze niet begreep hoe hij het met zichzelf uithield.

Maar misschien was dat slechts projectie van zijn kant.

Connor had een hekel aan falen en een al net zo grote hekel aan te laat komen, en die avond was hij tien minuten te laat, omdat hij faliekant had gefaald in zijn pogingen om Max in de auto te krijgen. Max in de auto laden was normaal gesproken al een veldslag, maar die dag was het een waar Waterloo geweest, met Connor in de rol van Napoleon.

Toen ze eindelijk bij Furry Friends aankwamen, had Max hem het gebouw in gesleurd en waren ze de voorraadkamer die dienstdeed als lesruimte zo wild binnengestormd dat ze de les, die al aan de gang was, hadden verstoord.

Zodra Deenie Max naar binnen zag denderen, had ze haar zin met een fel 'Hé!' afgebroken. De klank in haar stem wist op een of andere manier over te brengen: 'Blijf onmiddellijk staan, jongeman,' 'Wat denk jij dat je aan het doen bent?' en 'Ik weet dat je wel beter weet,' allemaal in één lettergreep samengebald.

Max hield onmiddellijk op met trekken en stak zijn oren naar voren. Connor weerstond de aandrang om chagrijnig te grommen omdat het er bij haar zo gemakkelijk uitzag.

Deenie hief een vinger op. 'Maximus, zit.'

De hond liet zijn achterwerk gedwee op de vloer zakken in de fraaiste zithouding die Connor hem ooit had zien aannemen. Terwijl Deenie de hond prees en hem iets lekkers gaf, schoot er een steek van jaloezie door zijn baasje heen.

Deenie hief haar hoofd op van de wolfshond en keek Connor met diepe afkeuring in haar peilloze blauwe ogen aan. 'Connor. Ik had niet verwacht dat je zou komen.'

Oké, hij had inderdaad een paar lessen hebben gemist, maar was dat nou echt nodig? Hij fronste ontstemd zijn wenkbrauwen, maar ze ging rustig verder.

'Gaan jullie maar gauw zitten.' Ze wuifde naar de enige onbezette stoel, tussen Elinor Rodriguez met haar Australische herder en Kaitlyn Murray met haar kleine Franse bulldog, die zich zo keurig gedroeg dat Connor geen flauw idee had wat ze daar eigenlijk kwam doen.

'Kom, Max.' Connor kortte de riem in, maar had alsnog al zijn kracht nodig om Max mee te trekken naar de vrije stoel. Deenies fronsende blik volgde hem de hele tijd.

Als Connor had geweten dat het stekelvarken met het roze haar die avond lesgaf, had hij zich misschien wel twee keer bedacht of hij zou gaan. Opeens besefte hij echter dat dat niet waar was. Max had de lessen hard nodig. En ondanks al haar gebreken was Deenie Mitchell fantastisch met de hond. Ze had alleen een hekel aan Connor.

Ze hadden elkaar voor het eerst ontmoet toen hij Max rond Kerstmis adopteerde en hij kon zich niet één gesprek voor de geest halen dat niet met snerende opmerkingen was begonnen en geëindigd. Tegen alle anderen, inclusief de honden, was ze altijd opgewekt en sprankelend.

Hij manoeuvreerde Max in een min of meer zittende houding naast zijn stoel en weigerde nadrukkelijk naar de andere honden in de ruimte te kijken, die roerloos als standbeelden naast hun baasje zaten, als het schoolvoorbeeld van brave pups.

Ben ving zijn blik op en grijnsde meelevend. Naast hem zat zijn nichtje Astrid, die aandachtig het gedrag van de kwijlende bulldog bij haar stoel gadesloeg.

Deenie zwaaide met haar handen om de aandacht van de aanwezigen weer op zichzelf te vestigen. 'Zoals ik net dus zei, is een consequente aanpak ontzettend belangrijk. Dat is een grotere uitdaging voor ons dan voor de honden. Als een hond slecht gedrag vertoont, is dat negen van de tien keer een reactie op iets wat wij wel of juist niet doen.'

Haar blik gleed zonder stil te houden over Connor, die het gevoel had alsof haar woorden vergiftigde pijltjes waren die op hem werden afgeschoten.

'We gaan zo meteen aan de slag met de technieken die we hebben geleerd, maar eerst bespreken we kort met elkaar wat voor ons werkt en wat niet, om te kijken of we oplossingen kunnen bedenken. Wat voor obstakels zijn jullie tegengekomen tijdens het oefenen van de methodes die we de afgelopen drie lessen aangereikt hebben gekregen?'

Ben spoorde Astrid aan om haar hand op te steken. Deenie glimlachte het meisje bemoedigend toe en luisterde geduldig terwijl Astrid vertelde over Partridge' obsessie om in Bens schoenen te kwijlen. Daarna volgde Elinors frustratie over het feit dat haar hond deuren kon openmaken. De Duitse herder die aan één stuk door blafte. De zwarte labrador die tijdens het wandelen continu aan de riem rukte. En de weigering van Kaitlyns kleine Romeo om met rechts een pootje te geven, hoe vaak ze ook probeerde hem tweepotig te maken.

Deenie knikte begrijpend bij elke bezorgde opmerking, legde uit dat de problemen heel normaal waren, en kwam met tips en trucjes om het gedrag te corrigeren.

Uiteindelijk bleef haar blik op hem rusten.

'Connor? Zijn er dingen waar jij moeite mee hebt bij het trainen van Max?'

Hij was van plan geweest om de trainer alles te vertellen en hem om hulp te smeken, maar dat was voordat hij wist dat de trainer die avond werd vervangen door Deenie. Connor keek haar rustig aan, met een stalen gezicht. 'Nee, hoor. Het gaat allemaal super.'

Zijn antwoord werd helaas een beetje tenietgedaan doordat Max precies op dat moment opzij dook in een poging de kleine Romeo te begroeten.

'Super,' herhaalde Deenie met een stem waar het sarcasme van afdroop. 'Dus je bent geen problemen tegengekomen?'

Max sprong weer opzij en sleurde zijn baasje bijna van zijn stoel, maar Connor staarde Deenie onafgebroken aan. 'Totaal niet.'

Er gleed een geërgerde uitdrukking over haar gezicht, maar ze draaide zich abrupt om naar de andere kant van de kring. 'Super. Dan gaan we nu oefenen wat we hebben geleerd. Heeft iedereen de trainingssnoepjes bij zich?'

Hij wist niet waarom hij haar telkens tegen zich in het harnas joeg, maar in zijn hoofd fluisterde een kinderachtig stemmetje: *Zij is begonnen.*

Twee maanden geleden had hij niet eens geweten wie Deenie Mitchell was. Hun paden hadden elkaar nooit gekruist. Hoewel Pine Hollow een klein plaatsje was, kende hij echt niet iedereen, en Deenie kwam pas sinds een paar jaar regelmatig in het stadje.

Ben had haar een paar zomers geleden ingehuurd om een prinsessenfeest voor Astrid te organiseren, maar Connor had haar pas ontmoet toen hij besloot Max te adopteren en haar in de opvang tegenkwam. Dat was de dag dat ze hem vanaf het eerste woord dat uit haar mond rolde tegen zich had ingenomen door te suggereren dat hij niet mans genoeg was om Max te adopteren.

Het was alsof ze ter plekke tot de conclusie was gekomen dat ze hem niet mocht.

Hij begreep het niet. Hun vriendin Elinor had ooit voor de grap geroepen dat hij de ideale man was: aantrekkelijk, niet onbemiddeld, trouw, nooit getrouwd geweest, geen kinderen, klaar om zich te settelen en baby's te krijgen. Het was een poging om hem op te vrolijken nadat Monica hem had verlaten. Elinor had hem verzekerd dat heel veel vrouwen bereid zouden zijn om zich klauwend en bijtend over een berg Monica's heen te werken om bij hem te komen. Hij had de indruk gehad dat ze het echt meende. Hij was verdorie een lot uit de loterij.

Waarom had Deenie dan een hekel aan hem?

Ze wierp hem de zoveelste boze blik toe en het drong tot hem door dat hij haar instructies niet had opgevolgd. De anderen waren allemaal opgestaan en wachtten met hun alerte hond zittend naast zich tot ze zouden beginnen met wat het ook was wat Deenie hun zojuist had opgedragen.

Connor vloekte binnensmonds. Hij kwam haastig overeind en probeerde Max in dezelfde houding te manoeuvreren als de andere honden. Het was totaal niet belangrijk dat Deenie hem niet mocht. Wat wel belangrijk was, was dat Max leerde zich netjes te gedragen.

'Deenie?'

Deenie besefte dat ze voor de vijfde keer in een half uur tijd naar Connor stond te staren en ze maakte haar blik met een ruk van hem los, zodat ze zich kon concentreren op de schattige kleine kwijlmachine die voor haar stond. En op het al even schattige meisje dat zijn riem vasthield. Astrid was ontzettend gretig en minstens even vastbesloten om Partridge correct te trainen, om zo te bewijzen dat ze een goed hondenbaasje was.

Had Connor maar de helft van haar toewijding. Of een honderdste. Eerlijk gezegd zou Deenie blij zijn met elk teken dat hij dit serieus nam, hoe klein ook.

Het was echt verschrikkelijk jammer dat zo'n knappe man zo'n ongelooflijk vervelende kwal was. Hij was lang en gespierd, en droeg altijd nette pakken die uitstraalden dat hij het heel belangrijk vond om zich goed te kleden, ook al werkte hij vaak thuis. Verder had hij belachelijk fraaie jukbeenderen, adembenemende ambergele ogen en een goudbruine huid die er zelfs midden in de winter uitzag alsof hij in de zon had gelopen. Ze stond echter niet naar hem te kijken omdat hij er goed uitzag. Absoluut niet. Het was eerder zoiets als een kettingbotsing. Ze kon haar ogen er gewoon niet van afhouden.

Het was overduidelijk dat hij niet één keer met Maximus had geoefend. Ze ergerde zich gruwelijk aan zijn nonchalante, onverantwoordelijke houding. Haar ouders riepen te pas en te onpas dat haar levensstijl onverantwoordelijk was, maar Deenie nam nooit de verantwoordelijkheid voor iets op zich als ze het niet kon waarmaken. Ze liet nooit iemand in de steek.

Dat hield in dat ze soms dingen moest afslaan die ze heel leuk zou hebben gevonden. Zo had ze bijvoorbeeld tijdens hun inspanningen om vóór Kerstmis een nieuw thuis te vinden voor alle dieren in de opvang dolgraag de kleine JoJo willen adopteren. De schattige dwergspaniël had meteen een plekje in Deenies hart veroverd, maar Deenie kende zichzelf te goed. Ze wist dat ze weg zou willen zodra haar reisspaarrekening was aangevuld en de situatie van tante Bitty een bepaald niveau had bereikt.

Misschien werd het deze keer wel IJsland. Of Fiji. Haar reislust was nooit helemaal weg. Daar was ze direct na haar studie achter gekomen, toen ze besloot een jaar vrij te nemen om de reiskriebels uit haar lijf te krijgen voordat ze aan haar volwassen leven zou beginnen. Ze had er niet meer mee willen ophouden.

Ze had echter geld nodig gehad en had dus naar werk gezocht in haar vakgebied, maar theater voor de allerkleinsten was bepaald geen groeisector. Daarom was ze in plaats daarvan prinsessenfeesten gaan organiseren. Ze vond het heerlijk werk dat ook nog eens had geleid tot haar eigen bedrijfje, waarvoor ze jurkjes op bestelling maakte. Ze had daarnaast wel als barista of invalkracht ergens op kantoor moeten werken om de eindjes aan elkaar te kunnen knopen. En tijdens de lange zwoegende uren in baantjes die haar ziel langzaam leken te verstikken, was ze gaan dagdromen over een reis. Ze had tweeduizend dollar gespaard en had dat krappe budget weten op te rekken tot een zeven weken durend rugzakavontuur in Zuidoost-Azië.

Daarna was ze teruggekomen naar de VS om met het volgende onbeduidende baantje haar reisspaarrekening aan te vullen. Een vicieuze cirkel.

Dus nee, Deenie had geweten dat ze JoJo niet kon adopteren, hoe graag ze het hondje ook in haar leven had gehad. En ze had ook geweten dat ze niet moest beloven dat ze Ally altijd met de hondenopvang zou helpen, want ze bleef alleen maar tot alle geplande uitbreidingen waren afgerond, het behendigheidsparcours was aangelegd en de nieuwe diensten waren uitgewerkt.

Daarna zou ze naar IJsland gaan, of Fiji, of Noorwegen. Of waar de reisaanbiedingen haar ook maar naartoe brachten. Dan zou ze Connor Wyeth uit haar hoofd verbannen.

Op dat moment bleek haar voornemen om hem te negeren helaas steeds onmogelijker te worden.

Ally had aangeboden die avond Dolce onder haar hoede te nemen, zodat Deenie zich volledig op de anderen kon richten, maar het viel niet mee om iemand te helpen terwijl Maximus Connor letterlijk door de ruimte sleurde en de andere honden aanstak met zijn verlangen om te spelen.

Uiteindelijk bond Connor het uiteinde van Max' riem om de poot van zijn stoel en ging hij er zelf met zijn een meter achtentachtig lange lijf op zitten om het ding op zijn plek te houden. Max ging op de vloer liggen…

… en tijgerde vervolgens langzaam op zijn buik door de kamer, met de stoel met Connor erop achter zich aan. Hij was op weg naar de Duitse herder, die aan één stuk door had zitten blaffen nadat Max vrolijk op hem af was gehuppeld. Het geluid weerkaatste tegen de muren, waardoor de situatie in de kamer nog chaotischer leek.

Deenie staarde Max streng aan en zei ferm: 'Max. Blijf.'

De wolfshond bleef heel stil liggen, met naar voren gestoken oren. Toen ging de timer op haar mobieltje af.

Deenie voelde een schuldig soort opluchting, want het betekende dat de les officieel voorbij was.

Ze bedankte iedereen voor hun komst en beloofde dat de vaste trainer terug zou zijn zodra hij was hersteld.

*Dan is deze ellende niet langer mijn schuld.*

'Vergeet niet te oefenen,' riep ze boven het beleefde applausje van de hondenbaasjes uit. Ze zag dat Connor er niet aan meedeed. 'Het draait allemaal om een consequente aanpak en het aanleren van goede gewoontes!'

De honden en hun eigenaren vertrokken. De herrie in de kamer verstomde abrupt zodra de blaffende Duitse herder het gebouw had verlaten. Ally en Ben liepen met Astrid, Partridge en Dolce de grote voorraadkamer uit die als trainingsruimte was ingericht en gingen naar het voorste gedeelte van de opvang.

Elinor bleef nog even achter met Dory. De Australische herder met de merle-vacht had oorspronkelijk Harry geheten, naar Houdini, omdat ze heel bedreven was in spectaculaire ontsnappingen. In eerste instantie had Elinor haar naam veranderd in het vrouwelijkere Dora, naar Dora the Explorer, maar die naam was niet echt blijven hangen. Daarom had ze haar leerlingen gevraagd om erover te stemmen en daar was het neutrale Dory uit voortgekomen. Iedereen was het erover eens dat dit beter bij haar paste, aangezien de slimmerik regelmatig ontsnapte om door het stadje te zwerven en nieuwe vrienden te maken.

'Je bent hier echt steengoed in,' zei Elinor tegen Deenie, terwijl Dory aan een plek op de vloer snuffelde. Deenie deed haar best om niet naar Connor te kijken, die in Max' riem verstrikt was geraakt. 'Volgens mij heb ik deze week net zo veel goede aanwijzingen gekregen als in de afgelopen drie weken van die man uit Burlington bij elkaar.'

'Ik ben niet gediplomeerd,' hielp Deenie haar herinneren. 'Maar ik heb wel ervaring met grote groepen kleine kinderen. Beide groepen vragen om vaardigheden die verrassend veel met elkaar overeenkomen.'

Elinor grinnikte. 'Dat is een heel handige manier om ernaar te kijken.' Als schoolbibliothecaresse wist ze waarschijnlijk beter dan wie ook hoe je jonge, nieuwsgierige wezens in toom moest houden, ongeacht van welke soort ze waren.

Max trok Connors benen onder hem vandaan en Connors schouder stootte keihard tegen de muur. Hij vloekte en Deenie vertrok haar gezicht. 'Ik zal hem maar gaan redden.'

Elinor trok haar wenkbrauwen tot hoog boven haar brillenglazen op. 'Veel plezier,' zei ze met een stem waarin een lach doorklonk.

Ze haalde Dory op en vertrok. Deenie bleef alleen achter met Max en zijn onaangename eigenaar.

Ze sloeg Connor even gade tijdens zijn worsteling met de wolfshond. De spieren in zijn armen en schouders gaven een akelig sexy showtje weg. Hij was het type man waaraan ze een hartgrondige hekel had. Materialistisch. Kritisch. Arrogant. Zelfvoldaan. Alles gepolijst en perfect. Alles wat zijzelf probeerde te vermijden. Jammer dat hij er zo waanzinnig goed uitzag.

Met een nors gezicht liep ze naar hem toe, boos op zichzelf omdat ze van de aanblik genoot. En boos op hem, omdat hij er was.

Ze keek met over elkaar geslagen armen naar de tweestrijd, totdat Max haar opmerkte en gedwee met vooruitgestoken oren ging zitten. Ze keek omhoog in Connors opvallende amberkleurige ogen en deed geen enkele poging om haar frustratie te verbergen.

'Connor, waarom ben je hier eigenlijk?'

# 4

Connor voelde zich in de verdediging gedrukt en zijn schouders schoten omhoog. Hij beantwoordde Deenies boze blik met een minstens even boze 'Pardon?'

'Wat kom je hier eigenlijk doen?' vroeg ze. 'Het is duidelijk dat je dit niet serieus neemt. Probeer je soms met opzet de les te ontregelen?'

'Ik neem dit wel degelijk serieus,' snauwde hij. Hij verkortte Max' riem, ook al gedroeg de hond zich voorbeeldig nu Deenie op nog geen halve meter bij hem vandaan stond.

'Je meent het.' Haar wenkbrauwen kropen omhoog, ook al werd het beeld van hooghartige koningin een beetje tenietgedaan door haar piekerige roze paardenstaartjes.

'Maximus behoort toevallig tot een hondenras dat zich heel moeilijk laat trainen. Ik heb een DNA-test laten uitvoeren.'

Ze rolde met haar ogen. 'Ik had het kunnen weten.'

'Hij is voornamelijk Ierse wolfshond, maar heeft ook wat van een Duitse dog in zich en iets van een Borzoi, wat blijkbaar een van de lastige rassen is om te trainen.'

'O, dus nu is het de schuld van zijn genen? Hoe vaak heb je de afgelopen drie weken met hem geoefend?'

'Ik heb het druk,' zei hij vinnig. 'Mijn werk brengt heel veel verantwoordelijkheid met zich mee...'

'Dat geldt ook voor een hond. Je hebt hem geadopteerd. Je hebt beloofd een verantwoordelijk baasje voor hem te zullen zijn...'

'Dat bén ik ook,' zei hij bars. 'Hij krijgt te eten. Hij wordt uitgelaten. Hij heeft speeltjes om zich te vermaken.' *En een bank om te vernielen.* 'Hij is gelukkig. Als hij een beetje onhandelbaar is, dan is dat mijn probleem.'

'Ik moet het je toch nog een keer vragen: wat kom je hier eigenlijk doen? Want als je een ongetrainde hond wilt hebben, is er geen enkele reden om je hier te laten zien. En als je een getrainde hond wil hebben, zul je moeite moeten doen om hem ook echt te trainen. Als je maar één keer per maand naar de les komt, moet je niet verwachten dat het een tovermiddel is. Hij heeft een consequente aanpak nodig…'

'Dat weet ik heus wel. Dat heb ik je vandaag al minstens twintig keer horen zeggen.'

'Nou, dan heeft in elk geval een van jullie iets opgepikt tijdens de les. Herhaling is belangrijk.'

'Het werkt niet!' gaf hij chagrijnig toe. Zijn gezicht werd warm van schaamte en hij moest zijn blik afwenden.

Deenies agressieve houding maakte meteen plaats voor een mildere. 'Wat?'

'Ik heb de eerste week geprobeerd thuis met hem te oefenen, maar hij weigerde ook maar iets te doen. Ik weet niet wat ik verkeerd doe, maar het lijkt wel alsof het elke keer alleen maar erger wordt.'

Haar blonde wenkbrauwen vertrokken zich in een diepe v. 'Dus toen heb je het maar opgegeven?'

'Ik heb het helemaal niet opgegeven. Er kwamen andere dingen tussendoor.'

Ze zuchtte. Toen ze het woord weer nam, was er geen spoortje van de gebruikelijke vijandigheid in haar stem te bekennen. 'Nou ja, het is in elk geval een begin.'

'Wat wil je daarmee zeggen?'

'Dat we dit niet kunnen oplossen als jij de hele tijd doet alsof je volmaakt bent. Iedereen kan zien dat Max een olifant in een porseleinkast is en toch durfde jij vandaag glashard te beweren dat de oefeningen super gaan.'

'Misschien wilde ik niet toegeven dat het een faliekante mislukking is.'

'Connor, iedereen kent pieken en dalen. Het is een leercurve.'

'Tuurlijk,' zei hij sarcastisch. 'Net als de hartverscheurende strijd om Romeo te leren met rechts een pootje te geven in plaats van met links. Romeo is tenminste niet in staat om in vijf minuten zonder supervisie mijn hele woonkamer te vernielen.'

Deenies wenkbrauwen schoten weer omhoog, maar ditmaal fonkelden haar ogen en hij had sterk de indruk dat ze haar lachen probeerde in te houden. 'Heeft Max je woonkamer gesloopt?'

'Het ene moment zat hij bij me in mijn werkkamer en het volgende had hij mijn bank dwars door de woonkamer gesleurd en lag er overal vulsel uit een van de kussens. Ik heb er niets eens iets van gehoord.'

Deenie knikte met een verrassend meelevend gezicht. 'Bij honden en kinderen is stilte bijna altijd een slecht teken.'

'Had je dat niet wat eerder kunnen zeggen?'

'Dat had ik heus wel gewild, maar jij hield stug vol dat je alles al wist over het houden van een hond.' Ze klopte even op Max' kop en wreef stevig over zijn voorhoofd, want dat vond hij heerlijk. Hij leunde tegen haar hand en knorde gelukzalig. 'Wat heb je gedaan toen je het ontdekte?'

Connor haalde zijn schouders op. 'Hij had de plaats delict al verlaten, dus ik heb de bank gefatsoeneerd. Volgens de trainer hebben ze een kort geheugen. Wat heeft het dan voor zin om tegen hem uit te varen?'

'Je moet ook niet tegen hem uitvaren. Je moet hem corrigeren. Hij moet leren van alles wat je doet. Als je hem niet corrigeert, leer je hem dat het mag.'

'Ik wil liever niet...' Hij stopte met praten, omdat hij niet goed wist hoe hij de zin moest afmaken. Hij wilde niet de slechterik zijn. Max keek naar hem alsof hij een god met toverkrachten was. Dat wilde hij niet kwijt.

In Deenies ogen doemde begrip op. 'Hij zal je echt niet haten als je hem regels aanleert. Honden houden van structuur. En ze houden ons graag te vriend. Als je hem laat zien wat jou gelukkig maakt, zal hij dat proberen te doen. En je moet consequent zijn.'

'Ja, dat had ik al ergens gehoord. Ik heb er alleen geen tijd voor. Als ik nou iemand kon inhuren...' Connor stopte opeens met praten, want er was een idee bij hem opgekomen dat zowel simpel als perfect was. 'Ik zou jou kunnen inhuren.'

Deenie schudde zuchtend haar hoofd. 'Connor...'

'Het is een briljant plan. Jij weet precies hoe je met hem moet omgaan. Je zou met hem kunnen oefenen. Hem een paar keer extra kunnen uitlaten, zodat hij niet gek wordt als ik moet werken. Ik ben bereid je ervoor te betalen.' Hij noemde een bedrag en toen ze haar hoofd schudde, verdubbelde hij het.

Haar mond viel open. Een duidelijk signaal dat het te veel was, maar als het te veel was, was de kans kleiner dat ze zich er door haar afkeer van hem van zou laten weerhouden om het aanbod aan te nemen. Hij vond het geen enkel probleem om een te hoog bedrag neer te tellen als het inhield dat hij één ding minder had om zich zorgen over te maken, terwijl hij probeerde partner te worden én de liefde van zijn leven te vinden.

'Connor, ik ben geen hondentrainer. Voor dat geld kun je een gediplomeerd trainer krijgen.'

'Het kan me niet schelen dat je er geen opleiding voor hebt gevolgd. Elinor zei het al. Je bent beter dan die man uit Burlington. Bovendien kent Max jou. Hij is gek op je. En ik vertrouw jou.'

Haar ogen gloeiden en hij bloosde, allebei overrompeld door zijn woorden. Het verbazingwekkendste was misschien nog wel dat het waar was. Ze mochten dan niet samen in één ruimte kunnen zijn zonder te bekvechten, maar als hij toch iemand in zijn huis moest toelaten om zijn hond te trainen, dan had hij liever haar dan iemand die hij niet kende.

'Denk er in elk geval over na,' drong hij aan. Toen speelde hij zijn laatste troef uit. 'Je weet dat het goed zou zijn voor Max.'

Deenie keek Connor woest aan na zijn schaamteloze poging tot emotionele manipulatie.

Toch had hij wel gelijk. En het geld was absoluut verleidelijk.

Het bedrag dat hij had genoemd was belachelijk hoog. Het zou zeker genoeg zijn voor een spectaculaire reis naar IJsland. Gletsjers… vulkanen… warmwaterbronnen… 'Ik…'

'Je zei zelf dat het niet veel tijd hoeft te kosten. Een paar sessies per dag…'

'Je hoeft me niet over te halen, Connor. Ik neem het aanbod aan.'

'Echt?' Zijn gezicht fleurde op en zijn glimlach was werkelijk verbluffend fraai. Zijn jukbeenderen, de uit graniet gehouwen kaaklijn… Serieus. Waarom zag hij er toch zo waanzinnig goed uit?

'Ik heb wel een aantal voorwaarden,' voegde ze er bits aan toe.

'Vanzelfsprekend.' Hij hief een hand op, alsof hij bereid was overal mee in te stemmen.

Ze kneep haar ogen halfdicht. 'Jij gaat dit niet als reden gebruiken om je er gemakkelijk van af te maken. Je blijft verantwoordelijk voor hem. Ik wil geen uren in zijn training steken als jij alles wat ik heb bereikt weer ongedaan maakt. Ik zal hem trainen. Ik zal met hem oefenen, maar dan moet jij beloven dat je drie keer per week zelf met hem oefent. Ik wil erbij zijn, zodat ik kan zien dat je net als Max de commando's leert en hoe je ze moet gebruiken.'

'Eén keer per week. Ik betaal jou om zelf meer tijd te hebben om me op mijn werk te focussen.'

'Twéé,' snauwde ze. 'Daarnaast blijf je naar deze lessen komen. Er wordt niet meer gespijbeld. Verder neem je Max elke week mee naar een plek met andere mensen en honden, zodat ik kan zien hoe je in zo'n situatie met hem omgaat.'

'Twee oefensessies. En de lessen. En om de week een sociaal uitstapje.' Toen ze haar mond opendeed om tegen te sputteren, hief hij een hand op. 'Mijn werk brengt echt heel veel verantwoordelijkheden met zich mee. Meer tijd heb ik gewoon niet.'

Ze staarde hem achterdochtig aan, maar knikte toen kort. 'Oké. Nog een laatste voorwaarde. Je moet tegenover mij erkennen dat ik Max alleen maar train, en dat jij verantwoordelijk voor hem blijft en dat je niets zult doen wat mijn training ondermijnt.'

'Best.'

'Ik wil je het horen zeggen.'

Connors vierkante kaken verstrakten. Op die kaken schemerde een licht stoppelbaardje. Zijn amberkleurige ogen werden omringd door lange wimpers, iets wat nog eens extra werd benadrukt toen hij zijn ogen tot spleetjes kneep. Na zijn glimlach van zo-even wist ze dat hij kuiltjes in zijn wangen had, maar die waren nu nergens te bekennen.

Ze dacht dat hij zou terugkrabbelen, maar hij perste er moeizaam uit: 'Ik erken dat jij Max traint, maar dat ik verantwoordelijk voor hem blijf, en ik beloof dat ik niets zal doen wat jou ondermijnt. Zo goed?'

'Uitstekend.'

Connor knikte verbeten. 'Mooi. Wanneer kun je beginnen?'

Toen Connors glimmende SUV eindelijk over de oprit van Furry Friends wegreed, stelde Deenie geërgerd bij zichzelf vast dat die vervelende vent een planner was.

Hij weigerde te vertrekken voordat Deenie en hij hun respectievelijke agenda's erbij hadden gepakt en na een ellenlange discussie een dag en tijdstip hadden afgesproken waarop ze zou langskomen voor een 'oriënterende sessie'.

Toen ze hem vertelde dat ze de agenda-app op haar mobieltje bewust nooit gebruikte, was de uitdrukking op zijn gezicht onbetaalbaar geweest.

Toch had het hem er niet van weerhouden om een afspraak te plannen. Het kwam er bijna op neer dat ze met haar eigen bloed een contract moest ondertekenen waarin ze beloofde dat ze de volgende dag 's avonds stipt om zeven uur bij hem thuis zou langskomen. Daarna ging hij pas weg.

Ze beende stampvoetend van chagrijn over de oprit naar de woonboerderij en dwong zichzelf te denken aan de royale stapel geld die haar kant op zou komen als ze zich een paar weekjes aan Connors regels wist te houden.

Toen ze de woonboerderij binnenkwam, brandde er in de woonkamer licht. Ally zat op de vloer naast de geïmproviseerde hondenbox die ze daar voor Dolces puppy's hadden neergezet. Nadat de kleine spaniël zich in december bij de opvang had gemeld, bleek ze hoogzwanger te zijn en niet geschikt voor adoptie. Ally's oma had onmiddellijk haar hart aan haar verloren.

Rita Gilmore had Dolce en de puppy's vlak voor Kerstmis naar de woonboerderij gehaald, met als excuus dat ze vast erg eenzaam waren in de opvang nu de meeste andere honden waren geadopteerd. Ally en Deenie hadden besloten ze daar te houden. Op dat moment zaten er geen fulltimebewoners in de opvang, want ze hadden tijdens de verhuizing van Ally's grootouders naar de Estates geen nieuwe honden opgenomen. Daardoor hadden ze de elektriciteitsrekening voor de schuur gehalveerd, omdat ze die alleen hoefden te verwarmen tijdens de lessen die ze daar gaven.

Bovendien was de verleiding om de snoezige puppy's in huis te houden moeilijk te weerstaan.

Dolce lag rustig in een hoek van de box te slapen, maar de vier puppy's buitelden onhandig over elkaar heen. Ze waren nu bijna acht weken oud en zo goed als gespeend, dus over een paar weken konden ze ter adoptie worden aangeboden. Twee van de kleintjes waren al gereserveerd door klasgenoten van Astrid, maar voor de andere zochten ze nog een goed tehuis. Deenie moest zichzelf voortdurend voorhouden dat ze zelf geen hond kon nemen.

'Zijn Astrid en Ben al naar huis?' vroeg ze. Ze liet zich naast de hondenbox op de vloer zakken en stak een hand naar binnen om een zacht neusje aan haar vingers te laten snuffelen.

'Ze moet morgen naar school,' legde Ally uit. Colby lag naast haar te snurken. Zijn hangwangen flapperden bij elke uitademing op en neer en het geluid had gek genoeg iets hypnotiserends.

'Ik dacht dat je misschien wel met hen mee zou gaan.'

'En jou hier alleen achterlaten?' Ally deed alsof ze beledigd was, maar ze bloosde.

'Je hoeft heus niet hier bij mij te blijven, omdat je vindt dat het zo hoort.' Deenie tilde een van de puppy's op en drukte hem liefkozend tegen haar borst. 'Het begrip "horen" in die betekenis zou verboden moeten worden. Je moet doen wat jou gelukkig maakt.'

'Ik vind het juist fijn om hier bij jou te zijn,' beweerde Ally. Deenie besloot er niet op door te gaan.

Ally en Ben waren nu officieel vijf weken aan het daten, maar er waren nog steeds momenten dat ze zich onbeholpen en onzeker als schichtige pasgeboren veulens gedroegen. Ze wilden het rustig aan doen. Dat had Ally inmiddels al zo vaak gezegd dat het bijna een mantra was geworden en dat was vanwege Astrid best te begrijpen, maar die twee waren zo smoorverliefd op elkaar dat 'rustig aan doen' een regelrechte worsteling was. Soms leek het wel alsof Ally toestemming vroeg om zo gelukkig te mogen zijn, alsof ze bijna niet kon geloven dat haar geluk haar niet zou worden afgenomen.

Zoals nu bijvoorbeeld. Ze mompelde blozend, zonder Deenie aan te kijken: 'Daar wilde ik het eigenlijk net met je over hebben...'

'Dat je op doordeweekse dagen bij Ben en Astrid wilt langsgaan? Mijn toestemming heb je, hoor, maar alleen als je al je huiswerk af hebt.'

'Haha, heel grappig.'

Deenie grinnikte. Ally keek haar nu tenminste weer recht aan. 'Oké, waar wilde je het met me over hebben?'

'Over Bens huis. Je weet toch dat hij van plan is om het op te knappen en te verkopen, zodat ze naar een huis met een grotere tuin kunnen verhuizen voor Partridge?'

*Ik weet dat hij van plan is om het op te knappen en te verkopen, zodat ze bij jou kunnen intrekken.*

Deenie glimlachte. 'Hm-mm.'

'Nou, ze hebben een aannemer gevonden die aan het eind van de maand met de keuken gaat beginnen, maar dat houdt in dat die wekenlang niet kan worden gebruikt. Alles komt onder het stof en gruis te zitten. Ben vertelde me dat Astrid en hij de magnetron naar boven wilden brengen en op afhaalmaaltijden zouden leven. Dat doen ze toch al grotendeels, want hij kan totaal niet koken. Toen bedacht ik dat het natuurlijk belachelijk is, want wij hebben hier een prima functionerende keuken en genoeg logeerkamers...'

En dan konden Ally en Ben gaan samenwonen zoals ze dolgraag wilden, zonder dat de hele stad roddelde over het feit dat ze veel te hard van stapel liepen.

Ben en Ally trokken zich veel te veel aan van wat de stad dacht, luidde Deenies ongezouten mening. Toch was het wel logisch. Ally wilde altijd iedereen te vriend houden en Ben had zich verkiesbaar gesteld voor het ambt van burgemeester.

Deenie beantwoordde Ally's nervositeit met een stralende glimlach. 'Wat een geweldig idee! Dit huis is veel te groot voor ons tweetjes en dan kunnen we het puppyknuffelcorvee op Astrid afschuiven. Dat zal ze heerlijk vinden.'

Er gleed een opgeluchte blik over Ally's gezicht. 'Weet je zeker dat je het niet vervelend vindt?'

'Waarom zou ik dat vervelend vinden? Ik ben dol op Astrid en Ben.'

'Omdat je hier zelf net woont. En het plan was dat jij en ik samen de opvang zouden moderniseren en herhalingen van *Friends* zouden kijken.'

'We kunnen best naar *Friends* kijken. Ik denk dat Astrid dat ontzettend leuk zal vinden. Het komt trouwens goed uit dat ze hier kan meehelpen. Het is namelijk heel goed mogelijk dat ik minder vaak hier zal zijn dan ik had verwacht.'

Ally's gezicht betrok. 'Nee, hè? Het is niet de bedoeling dat je nu het gevoel krijgt dat je hier niet mag zijn. Dit is in de eerste plaats jouw huis. Ben en Astrid kunnen ook bij Connor logeren, want hij heeft een gigantische woning.'

'Nou, dat zou een beetje ongemakkelijk zijn, aangezien ik daar heel vaak zal zijn.'

Ally's verwarring was van haar gezicht af te lezen. 'Wat?'

'Connor heeft me net ingehuurd om Max te trainen.'

'Wat zeg je nou?'

Deenie vond het niet nodig om het te herhalen, want het was wel duidelijk dat Ally haar had verstaan. In plaats daarvan kirde ze tegen de puppy dat hij echt een allerliefst klein hondje was.

'Jullie haten elkaar. Ik heb altijd het idee dat we de kamer beter kunnen leeghalen als jullie beginnen te kibbelen, om nevenschade te voorkomen.'

'We haten elkaar helemaal niet,' sputterde Deenie tegen. 'Het is eerder een krachtige natuurlijke afkeer. Hij vertegenwoordigt alles wat ik aan de wereld verafschuw en andersom. Maar verder zal hij best een aardige man zijn.'

Ally sperde haar ogen open. 'Jullie maken elkaar af.'

'Ik zal hem amper te zien krijgen,' zei Deenie in een poging zowel Ally als zichzelf gerust te stellen. 'En hij betaalt me een klein fortuin. Geld mag dan niet gelukkig maken, maar het zorgt er wel voor dat ik wekenlang de warmwaterbronnen op IJsland kan verkennen, wat bijna op hetzelfde neerkomt.' Ze schokschouderde. 'En Max is een schatje.'

'Oké...' zei Ally langzaam. 'Als ik het goed begrijpt ga jij dus eerst zijn hond trainen en verdwijn je daarna naar IJsland.'

'Ik zal je heus niet zomaar in de steek laten. Maar zodra het nieuwe programma voor Furry Friends draait, heb je me niet meer nodig. En misschien wil je dan wel meer ruimte hebben voor Ben en Astrid...'

'We zijn niet... Ze blijven hier niet... We doen het rustig aan.'

'Met een slakkengangetje. Begrepen.' Deenie ging languit op de vloer liggen en zette de puppy op haar borst, zodat hij over haar heen kon kruipen. 'Je beseft toch wel dat het niet hoeft, hè? De hele stad vindt het fantastisch dat jullie bij elkaar zijn. Als jullie de sprong willen wagen, zal niemand jullie tegenhouden.'

'We hebben de sprong al gewaagd,' zei Ally nadrukkelijk. 'Maar we willen dit verstandig aanpakken.'

'Liefde en verstand. Is die combinatie wel mogelijk?'

Ally rolde met haar ogen. 'Hoe zit het eigenlijk met jou? Wanneer vertel je me eens iets over de datingavonturen van Deenie Mitchell?'

'Die bewaar ik voor mijn memoires,' grapte Deenie, die de vraag behendig als altijd ontweek. Het was veel te deprimerend om over de mislukkingen in haar liefdesleven te praten. 'Bovendien ben ik niet op zoek naar wat Ben en jij hebben. Voor jullie werkt het, maar ik krijg de kriebels van een vaste relatie.'

'Dat zeg je nu, maar zodra je de juiste persoon ontmoet...'

Deenie kreunde. 'Lieve god, je klinkt net als mijn moeder. "Maak je geen zorgen, Nadine. Je wordt heus wel volwassen. Je zult je echt wel settelen. Je verandert nog wel."'

Ally ging naast haar op de vloer liggen, met haar schouders tegen die van Deenie aan. Ze had de andere drie puppy's bij zich, die nu met hun klauwtjes over hen heen klauterden. Ze vlocht haar vingers door die van Deenie en kneep zachtjes in haar hand. 'Verander alsjeblieft nooit.' Ally draaide haar hoofd opzij, zodat ze elkaar aankeken. 'Maar mocht je ooit verliefd worden, dan is dat heus niet het allerergste op de wereld. Dat garandeer ik je. Het is juist...' Ze bloosde diep en haar ogen werden wazig. 'Het is juist ontzettend fijn.'

Deenies ogen waren ook vochtig, maar ze grimaste en deed alsof ze ervan gruwelde. 'Jakkes. Waarom willen mensen tijdens hun wittebroodsweken anderen ook altijd tot volgeling van de cultus der romantiek bekeren? Sommigen van ons zijn volkomen gelukkig zonder een liefdesdrankje te drinken.'

Ally haalde haar schouders op. 'Ik wil alleen maar zeggen dat het een heerlijk drankje is.'

'Ik geloof je op je woord,' zei Deenie, want ze was niet van plan het spul binnen afzienbare tijd naar binnen te gooien. De laatste keer dat ze het probeerde, had er vergif in het liefdesdrankje gezeten. Het was beter om het helemaal te vermijden. Haar dromen volgen, daar werd ze gelukkig van, daar voelde ze zich goed bij. Niet de dingen die haar zelfvertrouwen ondermijnden.

IJsland. Ze zou zich gewoon op IJsland focussen.

Deze momenten met Ally vond ze heerlijk. Misschien had ze het wel gemist om iemand te hebben met wie ze zo hecht was, maar het hield nooit stand. Mensen met een leven dat op één plek was verankerd raakten uiteindelijk altijd gefrustreerd door haar reislust. De laatste keer dat ze tijd had doorgebracht met haar twee beste vriendinnen uit haar studietijd was alweer jaren geleden. Ze hadden inmiddels allebei van de liefdesdank gedronken en waren op een vaste stek geworteld. Deenie was anders. Dat kreeg ze al haar hele leven te horen. Het was onderhand een erekwestie voor haar geworden. *Blijf anders. Blijf apart. Blijf wild.* Dat was wie ze was. En ze weigerde dat op te geven voor een of andere man.

Het beeld van Connor die met Max' riem worstelde, dook ongevraagd in haar gedachten op en ze verjoeg het snel.

Zeker voor een man als hij.

# 5

Connor zette zijn auto op dinsdagmiddag stil op de oprit van een bungalow in *Craftsman*-stijl en staarde fronsend naar het vormloze bruine geval dat aan de deur hing. Als hij heel ingespannen tuurde, leek het net een bosmarmot. Hij nam aan dat dat ook de bedoeling was van zijn moeder, want het was tenslotte 2 februari.

Hij pakte de katoenen boodschappentas van de passagiersstoel, stapte uit en liep om Mitch' auto heen. Hij zwaaide even naar Elinor, die een paar huizen verderop met haar hond wandelde.

De huizen in de wijk waren niet helemaal identiek, maar vormden wel een geheel. Allemaal in Craftsman-stijl, met een keurig voortuintje en een grote, omheinde achtertuin. Elinor en hij waren twee huizen van elkaar vandaan opgegroeid en ze had een paar jaar geleden een huis in dezelfde straat gekocht. Als kinderen hadden ze tot hetzelfde vriendengroepje gehoord: Levi en Ben, Mac en Connor, Katie en Elinor. Ze hadden op hun fietsen door de straat geracet, sneeuwforten gebouwd en hun kampen verdedigd.

In de periode dat Levi, Ben en hij tegelijkertijd verloofd waren, was Connor ervan uitgegaan dat hun kinderen hetzelfde zouden doen. Helaas was het niet helemaal volgens plan verlopen.

Ben had nu natuurlijk Ally. Als Connor zijn leven op de rit

wist te krijgen, zou een deel van dat toekomstbeeld nog steeds werkelijkheid kunnen worden.

Hij nam de twee traptreetjes voor de deur in één keer en bekeek de bosmarmot onderzoekend. Opeens zag hij zijn naam op het kartonnen gedrocht staan, in zijn onbeholpen hanenpoten van de lagere school.

Terwijl hij ernaar stond te kijken deed zijn moeder de deur open.

'Fijne Groundhog Day!'

Hij knikte naar het kartonnen monster. 'Versieren we het huis nu ook al voor Groundhog Day?'

'Waarom niet?' Zijn moeder hief fier haar kin op, alsof ze hem uitdaagde om haar enthousiasme te verpesten. Ze wist dat hij onmiddellijk zou capituleren. 'Ik vind het schattig. Ik heb een hele doos met oude schoolprojecten van jou gevonden. Je had ontzettend veel talent.'

Hij gluurde naar het vormloze misbaksel. 'Iemand die mij niet heeft gebaard denkt daar waarschijnlijk anders over.'

Hij ging naar binnen en ze snoof afkeurend. 'Je hebt vandaag ontzettend leuke festiviteiten gemist.'

'Het is dinsdag. Ik kan niet zomaar van mijn werk wegblijven omdat een reusachtige eekhoorn het weer voorspelt.'

Ze gaf hem een speels tikje en trok hem omlaag naar haar hoogte om hem te omhelzen. Hij had zijn lengte aan de vaderlijke helft van zijn DNA te danken, en hij hoopte maar dat dat alles was wat hij van die kant had geërfd. Hij had de ogen van zijn moeder, amandelvormig en omlijst door dikke wimpers. Zijn krachtige kaaklijn en de goudbruine tint van zijn huid konden helemaal worden herleid tot haar Tongaanse voorouders. Hij hoorde bij haar en zij bij hem.

Connor kneep liefkozend in haar schouders, maar lette er goed op dat hij niet te hard kneep. Ze zag er weliswaar niet fragiel uit en als hij impliceerde dat ze zwak was, zou ze hem een blik toewerpen die staal kon doen smelten, maar ze werd wel oud en ze was al zo lang het allerbelangrijkste in zijn leven dat hij haar het liefst in noppenfolie zou wikkelen om haar te beschermen. Zelf vond ze het maar niets dat hij voor haar wilde zorgen. Toen hij een groter huis voor haar wilde kopen, had ze hem vierkant uitgelachen.

'Alsjeblieft.' Hij deed een stapje naar achteren en hield de tas voor haar op. 'Hartjes van marshmallow met chocolade. Ik zag ze in de supermarkt liggen.'

Ze gluurde in de tas en klakte met haar tong. 'Je verwent me.'

'Dat mag best. Ik kan natuurlijk niet toestaan dat Mitch de enige is die je met cadeautjes overlaadt.'

Het was echt niet zo dat hij de aanwezigheid van zijn stiefvader betreurde. Mitch was een enorme goedzak. Misschien zelfs wel een heilige. En hij kon Mele Wyeth, die inmiddels Mele Cooper heette, aan het giechelen maken zoals Connor haar nog niet eerder had horen giechelen.

Hij was blij dat zijn moeder straalde van geluk. Ze verdiende het verdorie om gelukkig te zijn.

Hij baalde alleen van de kleine hints die erop wezen dat zijn moeder een leven had waar hij niets van afwist. Onderlinge grapjes die hij nooit te horen zou krijgen. Vanaf zijn vijfde waren ze altijd met hun tweetjes geweest, totdat ze Mitch ontmoette toen Connor vierentwintig was. Hij was eraan gewend geraakt dat hij meer was dan alleen haar zoon. Ze was zijn beste vriendin geweest, de eerste aan wie hij vertelde dat hij verliefd was op een meisje of dat hij tot de rechtenuniversiteit van zijn keuze was toegelaten. Dat was ze trouwens nog steeds, maar het was nu anders. En die verdraaide Mitch had zo veel begrip voor Connors bezitterige houding dat Connor nooit een aanleiding had gehad om een hekel aan de man te krijgen.

Zijn moeder negeerde zijn opmerking. 'Waar is Max?' vroeg ze. Ze keek langs hem heen, alsof ze de hond met de omvang van een pony over het hoofd kon hebben gezien.

'Ik heb hem in de bijkeuken opgesloten. Daar kan hij tijdens mijn afwezigheid weinig kwaad aanrichten.'

Haar getuite lippen duidden op een lichte irritatie. 'Je weet best dat je hem mag meebrengen. Hij is hier van harte welkom.'

'Weet ik.' Connor dook onder de kroonluchter in de hal door die altijd al net iets te laag had gehangen en trok zijn jas uit.

Hij wist heel goed waarom zijn moeder Max steeds uitnodigde. Hij gebruikte de hond tijdens hun bijna wekelijkse etentjes altijd als smoes om naar huis te gaan. Meestal was hij echt een beetje bang dat Max tijdens zijn afwezigheid iets had vernield, maar het was een beter excuus dan dat hij nog moest werken of een gesprek wilde ontlopen dat ongemakkelijk begon te worden.

Hij was trouwens sowieso niet van plan om zijn vernielzuchtige viervoeter mee te nemen naar zijn moeders huis. Dat Max bij hem thuis als een wilde tekeerging, was nog tot daaraan toe, want daar had hij tenminste de ruimte om als een dolle in het rond te rennen. Maar Connor wilde echt niet hebben dat de hond als een stuiterbal door de knusse, drukke inrichting van zijn moeders huis zou springen, een spoor van vernielingen in zijn kielzog achterlatend, en in zijn enthousiasme waarschijnlijk Connors moeder tegen een muur zou gooien.

Nee. De hond mocht pas mee wanneer hij het toonbeeld van gehoorzaamheid was.

Gelukkig zou het binnenkort zover zijn. Zodra Deenie zich met zijn opvoeding ging bemoeien.

Connor wierp een blik op het horloge dat hij van zijn moeder had gekregen toen hij als advocaat was toegelaten tot het tableau. Hij had nog ruimschoots de tijd voor zijn afspraak met Deenie, maar hij kende zijn moeder en haar neiging om hem vast te houden, dus hij zei waarschuwend: 'Ik kan niet lang blijven. Ik heb hierna nog een afspraak.'

Hij was voorbereid op een teleurgestelde blik, niet op de opgetogen gloed die in haar ogen oplaaide. 'Een date?'

Hij kreunde. Daar had je het ongemakkelijke gesprek dat hij had willen ontlopen. 'Nee, geen date. Ik heb een afspraak met een hondentrainer.'

Hij zei er bewust niet bij dat het om een vrouwelijke hondentrainer ging. Deenie was totaal ongeschikt als potentiële date, maar als zijn moeder 'vrouw' hoorde, zouden er onmiddellijk hartjes in haar ogen oplichten.

Ze was ontzettend begripvol geweest toen Monica hem verliet en had hem tijd gegeven 'om te herstellen', maar ongeveer een half jaar geleden vond ze dat hij zich voldoende had hersteld en sindsdien vroeg ze regelmatig wanneer ze nou eens oma werd.

Gelukkig probeerde ze hem niet meteen aan zijn hondentrainer te koppelen.

'Dan zullen we maar een beetje opschieten,' zei ze met net genoeg droefheid in haar stem om hem een schuldgevoel aan te praten, omdat hij op háár avond een afspraak met iemand anders had gemaakt. 'Kom gauw mee. Mitch maakt taco's.'

'Dinsdag is tacodag!' riep haar man vanuit de keuken.

Het huis was zo klein dat alle aanwezigen altijd een bijdrage konden leveren aan het gesprek, waar ze zich ook bevonden. Hoewel Connor dat wist moest hij toch de lichte irritatie onderdrukken die als altijd in hem opwelde. Hij liep achter zijn moeder aan naar de keuken die hij nog steeds als de zijne beschouwde.

Hij had meer uren achter het fornuis doorgebracht dan Mitch ooit zou halen, en had zichzelf leren koken met behulp van kookboeken, kookprogramma's en later ook internet. Zijn moeder had altijd fulltime gewerkt. Eerst als receptioniste bij een advocatenkantoor en later, nadat haar bazen er eindelijk achter waren gekomen dat zij met haar uitstekende stel hersens veel meer kon dan de telefoon beantwoorden en kopieën maken, als juridisch medewerker. Connor had voor het eten gezorgd, ook al had hij in het begin op een kruk moeten staan om bij het fornuis te kunnen. Hij had het geweldig gevonden.

Hij kookte nog steeds bijna elke avond zelf. Maar koken voor één persoon was niet hetzelfde. Zijn moeder was zijn eerste fan en criticus geweest. Hij had voortdurend geprobeerd indruk op haar te maken met nieuwe smaken en technieken. Vroeger had ze van zíjn taco's gesmuld.

Hij moest echter toegeven dat die van Mitch best te pruimen waren. Toen hij onder de deurboog door dook en de geuren hem tegemoetkwamen, liep het water hem in de mond.

'Hallo, Mitch.'

'Connor.' Mitch salueerde met de keukentang die hij in zijn hand had. 'Gaan jullie maar lekker zitten. Het eten is zo klaar.'

Mitch was een forse man en bijna helemaal kaal, op de witblonde stoppels na die aan de zijkanten van zijn hoofd uitstaken. Zijn huid was bijna doorschijnend bleek, maar werd in een warme keuken altijd snel knalrood, wat nu ook het geval was. Met zijn ronde, vriendelijke gezicht was hij logischerwijs elk jaar de eerste keus om de kerstman van Pine Hollow te spelen. Afgelopen jaar was daar echter enige ophef over ontstaan, omdat zijn moeder en Mitch gezonder wilden gaan leven en in de zomer waren begonnen met hardlopen, waardoor ze allebei waren afgevallen. Daardoor vulde Mitch het kostuum niet meer naar behoren. Gelukkig had iemand iets bedacht om het kostuum mee op te vullen en daarmee was de crisis afgewend.

Nu had hij een rood schort om met daarop in zwierige letters de tekst KOOK VAN JOU. Daaronder droeg hij zijn vertrouwde outfit, een lange katoenen broek en een poloshirt, alsof hij er altijd op was voorbereid dat er elk moment een golfwedstrijd kon beginnen.

'En?' Zijn moeder duwde Connor op een stoel aan de keukentafel, een van de weinige voorwerpen in de keuken die geen overblijfsel waren uit zijn jeugd. 'Hoe was je week? Ik wil alles weten.'

Mitch keek niet op van het fornuis. Hij zorgde er altijd voor dat hij hun de ruimte gaf, ook als hij zich in dezelfde ruimte bevond, maar dat was niet de reden dat Connor zich inhield.

Zijn moeder was juridisch medewerker geweest met de hersens van een advocaat en slechts een fractie van het inkomen. Op zijn negende had hij zich voorgenomen om advocaat te worden, en niet zomaar advocaat, maar partner in zijn eigen bedrijf. Zijn moeder was op de hoogte van al zijn toekomstdromen: trouwen, kinderen krijgen, partner worden. Bij zijn vrienden kon hij er grappen over maken en roepen dat hij nooit kinderen wilde omdat zijn leven als vrijgezel hem te lief was, maar zijn moeder zou hem nooit met zo'n schaamteloze leugen laten wegkomen. Daarvoor kende ze hem te goed.

Hij kon zijn moeder altijd alles vertellen. Behalve dat hij misschien geen partner zou worden.

Daarom vertelde hij haar in plaats daarvan iets waar ze beslist blij van zou worden. 'Ik heb me bij een paar datingapps aangemeld.'

Zijn moeder begon meteen te glunderen. 'Echt waar? Welke? Ella van mijn sportschool zei dat haar zoon heel tevreden was over de app die naar een bij is vernoemd.'

'Bumble. Ja, volgens mij zit die er ook bij.'

Hij had zich bij vier apps aangemeld, ook al had het hem de vorige avond uren gekost om de profielen in te vullen. Het was een investering in zijn toekomst, dus het loonde de moeite om grondig te zijn.

'Weet je zeker dat je vanavond geen date hebt?' vroeg ze met glinsterende ogen.

'Het duurt wel even voordat het zover is.' Hij had de hele dag matches ontvangen en had de meldingen uiteindelijk zelfs op stil moeten zetten om nog wat werk gedaan te krijgen.

Hij zag er eigenlijk een beetje tegenop om de matches te bekijken. Hij had Monica zes jaar geleden ook via een datingsite leren kennen. De site had zichzelf aangeprezen als huwelijksmakelaar, met tientallen diepgaande vragen die waren opgesteld om je te koppelen aan je ideale levensgezel.

'Gebruik een goede foto van jezelf,' raadde zijn moeder hem aan. 'Ella zei dat alles om de foto draait.'

‘Ik hoop eigenlijk op een band die iets dieper gaat dan alleen de buitenkant. Niet veel, hoor,’ zei hij plagend. ‘Net diep genoeg om te weten dat het haar ook om mijn geld te doen is.’

Haar moeder gaf hem een speels tikje op zijn arm. ‘Maak er maar grapjes over, maar liefde is niet blind, ook al beweren die programma’s op Netflix het tegendeel. Mensen worden eerst verliefd met hun ogen en dan pas met hun hart. Jij bent in het voordeel, want je bent niet alleen geniaal, vriendelijk en succesvol, maar ook nog eens knap om te zien. Ik heb de mooiste baby in heel Vermont gemaakt en dit is het moment om ermee te pronken. Maar vertel alsjeblieft niet meteen dat je een workaholic bent.’

‘Ik zal het in gedachten houden,’ zei Connor.

‘Wat heb je ingevuld bij het type dat je zoekt?’ vroeg ze, terwijl ze naar voren leunde. ‘Intelligent, natuurlijk. Grappig. Je bent veel te bijdehand om te daten met iemand die geen gevoel voor humor heeft.’

‘Dank je.’

‘Aantrekkelijk, zodat ik mooie kleinkinderen krijg.’

‘Mam!’

‘En een levensgenieter.’ Ze zwaaide met een vinger naar hem. ‘Je moet veel meer van het leven genieten. Hard werken en uitbundig feesten klinkt mooi en prachtig, maar dat tweede vergeet je steeds. Je hebt iemand nodig die weet hoe je van het leven moet genieten.’

Connor onderdrukte de aandrang om ertegenin te gaan. Feesten was wel het laatste wat hij wilde. Zijn vader was ervandoor gegaan toen het even tegenzat. Monica was vertrokken toen het haar te veel werd. Hij had geen behoefte aan plezier. Hij had behoefte aan stabiliteit. Betrouwbaarheid. Iemand die bij hem bleef, wat er ook gebeurde.

Iemand zoals de vrouw die tegenover hem aan de tafel zat en haar hand op die van hem legde.

Blijkbaar had zijn moeder door dat hij zenuwachtig was, want ze kneep glimlachend in zijn hand. 'De vrouwen zullen allemaal met je weglopen. Dat kan niet anders.'

Hij herinnerde haar er maar niet aan dat ze bevooroordeeld was. Hij wist dat hij het toch nooit van haar zou winnen.

Mitch kondigde met zijn gebruikelijke onfeilbare timing aan dat het eten klaar was en het gesprek ging gelukkig verder over iets anders dan zijn liefdesleven. Het onderwerp kwam pas een uur later weer ter sprake. Zijn moeder slaakte een gelukzalige zucht en zei: 'Ik ben zo blij dat je je leven weer oppakt en er weer op uitgaat.'

'Nu je er toch over begint...' Connor stond op en pakte zijn bord, maar Mitch nam het van hem over.

'Ga maar,' spoorde hij hem aan. 'Ik heb je op je horloge zien kijken. Ik heb vanavond corvee.'

Connor dacht dat hij het heel onopvallend had gedaan, maar hij ontkende het niet en bedankte Mitch. Met een beetje geluk zou hij thuis zijn voordat Deenie arriveerde.

Mitch wierp zijn moeder een veelbetekenende blik toe. Ze stak haar arm door die van Connor en liep met hem mee naar de deur. Ze liet hem slechts los om hem de gelegenheid te geven zich in de weelderige warmte van zijn donkere jas van kasjmier te hullen. Het was een extravagante aankoop geweest nadat hij de baan bij STK had gekregen, maar hij vond het elke keer weer een heerlijk gevoel om de jas aan te trekken.

Zijn moeder streek over een van de revers en hij kon niet te zeggen of ze dat deed om de stof te bewonderen, of omdat ze zich ervan wilde verzekeren dat hij er nog was. 'Ik wil alleen maar dat je gelukkig bent,' mompelde ze. Ze tuurde naar haar hand, die nog steeds over zijn jas gleed, en keek hem niet aan.

Hij legde zijn hand op die van haar om hem stil te houden. 'Dat ben ik ook.'

Ze keek op. Haar opgetrokken wenkbrauwen gaven duidelijk aan dat ze hem niet geloofde.

'Dat komt echt nog wel,' beloofde hij. Hij knipoogde. 'Ik heb een plan.'

'O, maar dan hoef ik me nergens zorgen over te maken.' Toch stonden haar ogen nog steeds zorgelijk. 'Laat Monica alsjeblieft niet...'

'Mam.' Daar wilde hij niet over praten. Zelfs niet met haar.

Ze slaakte een zucht. 'Oké. Ga nu maar naar die hondentrainer. En zodra die afspraak voorbij is, bekijk je die datingapps. Je mag een dame niet laten wachten.'

'Zo werkt het niet. Er zit niemand op me te wachten. Ik heb nog met niemand contact gehad.'

'Wie zegt dat ik het over die meisjes heb? Ik had het over mezelf. Ik wil kleinkinderen nu ik nog een jonge, leuke oma ben. Ik wil met ze kunnen waterskiën zonder bang te hoeven zijn dat ik een heup breek, dus aan de slag, jongeman.'

'Jawel, mevrouw.'

Ze omhelsde hem nog een laatste keer voordat hij door de voordeur naar buiten liep, langs de afzichtelijke bosmarmot. Hij durfde niet te vragen of het dier zijn eigen schaduw had gezien, want in dat geval zou het volgens de folklore nog wel even winter blijven. Er lag een tevreden glimlachje om zijn mondhoeken over het verloop van de avond met zijn moeder, tot hij zijn auto startte. Hij vloekte toen hij de klok op het dashboard zag.

Hij zou te laat komen. En hij had het sterke vermoeden dat Deenie hem dat nooit zou laten vergeten.

Pine Hollow was een klein stadje dat er trots op was dat het voetgangersvriendelijk was. Het hield in dat er tussen zijn moeders huis en dat van hemzelf een lage maximumsnelheid gold en dat er tientallen stopborden stonden. Zodra Connor het kronkelende landweggetje had bereikt dat naar het skiresort en zijn huis met uitzicht op de bergen leidde, liet hij zijn SUV zo hard mogelijk door de bekende bochten zoeven.

Er stond geen pastelblauwe Kever op zijn oprit en hij bedankte Deenie in stilte, omdat ze zelfs nog later was dan hij. Toen hij de garage in reed, voelde hij echter ergernis in zich opkomen omdat ze te laat was en waarschijnlijk ook nog eens met opzet, omdat hij er zo op had aangedrongen om een dag en tijdstip vast te leggen.

Connor stapte uit de auto, deed de garagedeur dicht en liep haastig zijn huis in, vastbesloten de indruk te wekken dat Max en hij bij de deur stonden te wachten en de minuten zagen wegtikken...

Zodra hij in de bijkeuken aankwam die de garage met de rest van het huis verbond, wist hij echter dat er iets mis was.

De deur stond open.

En Max was verdwenen.

De deur die toegang gaf tot de rest van het huis leek onbeschadigd, maar de deurpost was een beetje verbogen, vermoedelijk omdat er tegen de deur aan was geduwd tot de grendel het begaf.

Aan de andere kant van de deur heerste diepe stilte.

*Bij honden en kinderen is stilte bijna altijd een slecht teken.*

Connor liep de onheilspellende stilte in, mentaal voorbereid op een nieuw bankdrama, maar de woonkamer was onaangeroerd. De ruimte ging naadloos over in de keuken, verreweg zijn favoriete ruimte in het huis, en ook die was onaangetast...

Afgezien van de deur van de voorraadkast, die openstond.

Connor sloop er op zijn tenen naartoe in de verwachting Maximus slapend op een berg hondenbrokken aan te treffen, maar toen hij bij de deuropening aankwam, bleken de blikken waarin hij het hondenvoer bewaarde intact te zijn.

Maximus lag op de vloer. Hij schudde zijn kop verwoed heen en weer, en probeerde grommend iets aan zijn wil te onderwerpen. Een of andere vloeistof spetterde alle kanten op. Voordat Connor het sixpack tussen de hondenpoten in de gaten kreeg, had de gistachtige geur hem al verteld wat de wolfshond te pakken had.

Bier.

Connor hield zelf meer van wijn, maar tijdens de pokeravondjes dronk hij bier, en hij had altijd een paar sixpacks op voorraad voor het geval zijn vrienden langskwamen. Hij had zijn voorraad een paar dagen eerder aangevuld en de blikjes achteloos op de vloer van de voorraadkast neergezet.

Daar had Max ze gevonden.

Hij staarde naar de hond en had geen flauw idee wat hij met een dronken wolfshond aan moest. Precies op dat moment werd er aangebeld.

# 6

Connors huis was spuuglelijk.

Deenie stond op de stoep van de luxe woning die een paar honderd vierkante meter besloeg en staarde naar de patserige voordeur. Het was geen deur van normale proporties. Uiteraard niet. Typisch Connor om zo'n overdreven grote houten deur te hebben die ongetwijfeld uit een eeuwenoude boom was gehakt, bijna zwart was gebeitst om bij de chaletachtige uitstraling van glanzend glas van de rest van het huis te passen, en was gepoetst tot hij zo glimmend blonk dat hij je bijna verblindde.

Ze stak haar handen in haar zakken, geïrriteerd en ook een beetje verbaasd dat hij de deur niet had opengedaan voordat ze kon aanbellen. Ze had verwacht dat hij op de veranda op haar zou staan wachten omdat ze te laat was, nadrukkelijk op het enorme horloge kijkend dat hij altijd om had.

Ze had kunnen weten dat hij zo kinderachtig was. Waarschijnlijk liet hij haar nu een minuut wachten voor elke minuut die ze hem had laten wachten.

Ze was heus wel van plan geweest om op tijd te zijn. Ze had zelfs de timer op haar mobieltje gezet, ook al had ze daar heel volwassen even haar tong bij uitgestoken.

Normaal gesproken zou ze ook op tijd zijn geweest. Maar ze was die middag naar de Estates geweest om Bitty op te zoeken in het in dementie gespecialiseerde verzorgingstehuis… en het was geen goede dag geweest.

Zo zeiden de verpleegkundigen het, met een geruststellende, zachtaardige stem. *Sorry, liefje. Vandaag is niet een van haar goede dagen.*

Deenie was toch naar haar kamer gegaan om haar een van haar favoriete gedichten voor te lezen. En ja, ze had stiekem gedacht dat Bitty haar wel zou herkennen, dat ze als bij toverslag zou opfleuren en dat ze als vanouds met elkaar zouden kletsen. En lachen tot ze er buikpijn van kregen. Dat gebeurde wel eens. Zelfs nu Bitty meer slechte dan goede dagen had.

Maar dat was niet gebeurd. Die dag niet. Het was geen goede dag geweest.

Deenie had geprobeerd om haar oudtante voor te lezen, maar Bitty had gefrustreerd gereageerd. Ze had geprobeerd met haar over Groundhog Day te praten, maar Bitty was ervan in de war geraakt. Uiteindelijk hadden ze zwijgend naast elkaar naar de zonsondergang gekeken, totdat Bitty zich opeens naar haar had omgedraaid en had gezegd: 'Ik ken jou toch, hè? Volgens mij vind ik jou niet lief.'

Deenie wist dat dit niet de echte Bitty was. Ze had diep vanbinnen altijd zeker geweten dat haar oudtante de enige in haar hele familie was die van haar hield zoals ze was.

Hoewel ze begreep dat de woorden door alzheimer werden ingefluisterd, was ze inwendig toch een beetje doodgegaan. Maar ze bleef glimlachen en zei tegen Bitty: 'Dat is niet erg. Ik vind jou wel heel lief.'

Bitty had haar met een diepe rimpel in haar voorhoofd aangestaard, in een poging zich te herinneren waar ze Deenie van kende. Deenie was heel stilletjes blijven zitten om geen stoorzender te vormden voor de magische synapsen die de hersens van haar oudtante hopelijk aanstuurden. Ze had zelfs niet gereageerd toen de timer op haar mobieltje ging. Ze had roerloos gewacht tot Bitty snuivend haar blik afwendde en had toen pas afscheid genomen.

Dus ja, ze was een beetje te laat. De Estates lagen nu eenmaal aan de andere kant van het stadje ten opzichte van het skiresort en Connors bespottelijke, opzichtige bergchalet. Was dat nu echt een reden om haar buiten voor de deur te laten staan?

'Schiet eens op, Connor! Ik snap heus wel dat je kwaad bent,' riep ze. Ze drukte opnieuw op de bel.

Voordat het geluid was weggestorven, vloog de deur open. In de deuropening stond Connor in zijn designerjas en op glanzende designerschoenen, met een ongeruste uitdrukking op zijn gezicht die ze nog niet eerder bij hem had gezien.

Max was nergens te bekennen.

'Ga je ergens naartoe?' vroeg Deenie met een blik op de jas. Het ding zag er ongelooflijk zacht uit en haar vingers jeukten om eraan te voelen.

'Kom binnen.' Connor trok de deur wild verder open en keek over zijn schouder. 'We hebben een probleem.'

Deenie stapte op haar hoede over de drempel, min of meer in de verwachting dat Max haar als een duveltje-uit-een-doosje zou bespringen, maar er heerste een spookachtige stilte in het huis. Connor nam haar jas aan en kreeg pas in de gaten dat hij die van hemzelf nog steeds aanhad toen ze er nadrukkelijk een blik op wierp. Hij trok de jas haastig met een grimas op zijn gezicht uit en hing hem op voordat ze kon voelen of hij echt zo zacht was als hij eruitzag.

'Ik wil niet dat je denkt dat dit gebruikelijk is. Het is nog nooit eerder voorgekomen,' begon Connor.

'Dat zeg je vast tegen alle meisjes.'

Hij keek haar even aan. Oké, het was niet haar beste grapje, maar ze was onverklaarbaar zenuwachtig nu ze eenmaal binnen was. De welvaart die van alles afspatte gaf haar het gevoel dat ze door honderden ogen werd gadeslagen en beoordeeld. Ze was wel vaker in dit soort woningen geweest. Ze was in een woning als deze opgegroeid.

Ze was nooit geïntimideerd wanneer ze naar een gigantische, luxe woning moest voor een prinsessenfeest of om een jurk te laten passen door een klein meisje met ouders die haar verwenden met een op maat gemaakte jurk. Maar in Connors huis voelde ze zich niet op haar gemak. Misschien kwam dat wel doordat het van hem was.

Het gewelfde plafond van dikke balken en panelen van glanzend donker hout verhief zich hoog boven hen. Vanaf de hoge ramen in de hal liep een uitgestrekte hardhouten vloer helemaal door tot aan de kamers die haar moeder altijd de pronkkamers had genoemd: de formele eetkamer en de onberispelijke woonkamer met ingebouwde bar. Daarachter bevonden zich een enorme open keuken en een woongedeelte voor dagelijks gebruik.

Het huis was ruim en luchtig, een weelderige overvloed.

Een zwarte gietijzeren reling slingerde zich om de wenteltrap die naar de eerste verdieping voerde. Achter in het huis bevonden zich nog meer deuren die toegang gaven tot ongekende luxe, maar de ramen trokken de meeste aandacht. De verlaagde zitkamer aan de achterkant van het huis werd gedomineerd door bijzonder fraaie ramen van plafond tot vloer, met uitzicht op de bergen.

Het huis was voorzien van alle denkbare luxe: diverse open haarden, waaronder die in de zitkamer aan de achterkant met een stenen schoorsteen die helemaal tot aan het plafond reikte, en een hypermoderne professionele keuken met een enorm fornuis dat waarschijnlijk meer had gekost dan zij in een jaar verdiende.

Connor leek het allemaal echter niet te zien en beende direct door naar een openstaande deur in de keuken.

‘Ik heb bij mijn moeder gegeten,’ legde hij onder het lopen uit. ‘Ik had Max in de bijkeuken opgesloten, zoals ik altijd doe wanneer ik hem alleen thuis moet laten. Normaal gesproken is dat nooit een probleem. Hij heeft daar een mand. Wat kauwspeeltjes.’

‘Ik neem aan dat dit niet genoeg was om hem bezig te houden.’

'Nee,' gaf hij toe. 'Hij heeft de deur geforceerd en is in de voorraadkast beland, en...' Connor gebaarde naar de openstaande deur en het lukte Deenie niet om de verbaasde proestbui die bij de aanblik van de voorraadkast in haar opwelde helemaal te onderdrukken.

Max lag loom in een plas bier, omringd door gedeukte aluminium blikjes die door zijn kaken waren verminkt. Zijn vacht was kletsnat van de alcohol, die ook in schuimende slierten uit zijn bek bungelde. Hij keek met een doorweekte snoet en een vrolijke grijns om zijn bek naar hen op.

'Hij heeft flink huisgehouden,' zei Deenie verwonderd, met een lach in haar stem.

'Het is niet grappig.'

'Toch wel een beetje.'

Connors volle lippen bleven strak. 'Kan dat spul geen kwaad? Ik heb geen tijd gehad om het bij hem weg te halen voordat jij arriveerde.'

Hij liep voorzichtig de voorraadkast in. Deenie moest zich inhouden om hem niet achteruit te trekken om zijn dure leren schoenen en designerkleding tegen de spetters te beschermen. Een van de blikjes stond verloren in een hoekje en joeg als een kapotte tuinsproeier een dunne straal bier de lucht in.

'Misschien kun je even wat handdoeken halen. Als je niet wilt dat hij de komende week als een bierbrouwerij blijft ruiken, zal hij in bad moeten. Leg jij de spullen maar klaar, dan ruim ik de blikjes op en controleer ik of ze intact zijn en hij geen stukjes aluminium heeft ingeslikt.'

Connor trok wit weg. 'Dat zou zijn ingewanden kunnen beschadigen.'

'Grote kans dat hij niets heeft binnengekregen. En anders gaan we meteen met hem naar de dierenarts. In Burlington is een spoedpraktijk die de hele nacht open is.'

'Dat is bijna een uur hiervandaan...'

'Rustig maar,' zei ze sussend. 'Geen paniek zolang we niet

weten of er inderdaad aluminium stukjes ontbreken. En als dat zo is, raken we ook niet in paniek. Je zou ervan opkijken wat honden allemaal binnenkrijgen. Het meeste glijdt er zonder problemen doorheen. Haal een paar keer diep adem. Als ik straks moet kiezen tussen Max naar de dierenarts brengen om zijn ingewanden te laten controleren of jou naar het ziekenhuis brengen omdat je een paniekaanval hebt gehad, bent flauwgevallen, met je hoofd ergens tegenaan bent gekomen en een bloedende hoofdwond hebt, dan weten we allebei dat ik voor Max zal kiezen.'

Haar bloederige visioen van een eventuele ongelegen komende hoofdwond leek Connor uit zijn beginnende paniekaanval te halen en hij keek haar kwaad aan. 'Ik ga handdoeken halen.'

Hij liep weg. Deenie trok haar schoenen uit voordat ze zich in de voorraadkast waagde. Haar paarse Target-legging en Rainbow Brite-sokken konden worden gewassen, maar de kans dat haar lievelingsschoenen het er ook ongeschonden van zouden afbrengen was minder groot. Ze schoof de mouwen van haar favoriete witte trui omhoog die ze speciaal voor Bitty had aangetrokken, met een glinsterende zilveren draad in het weefsel, zodat het net leek alsof ze glitter droeg. Ze had zelfs glitter op haar wangen aangebracht, omdat haar tante dat soort dingen altijd schitterend vond, maar het had niet geholpen. Vandaag niet.

Ze verdrong de gedachte en concentreerde zich op de huidige situatie. Ze liet zich op haar knieën naast Max zakken en streelde zijn vochtige oren.

Nu ze dichter bij hem was, vermengde de gistachtige geur zich met een doordringende nattehondenwalm en haar ogen begonnen te tranen.

'Oké, jochie, laten we maar eens kijken wat de schade is.'

Ze maakte zich iets meer zorgen dan ze Connor had laten merken, want aluminium kon erg gevaarlijk zijn. Bij een snelle controle van Max' bek en tandvlees zag ze geen snijwonden of bloedsporen. Wel werden als bedankje haar handen en gezicht grondig gelikt. Ze richtte haar aandacht op de blikjes en moest Max' grote kop opzijduwen omdat hij probeerde het blikje achterover te drukken waaruit hij had liggen drinken.

Er lagen in totaal acht gedeeltelijk kapotgebeten blikjes, naast de vier die op wonderbaarlijke manier onaangeroerd waren gebleven, ook al waren ze wel uit het oorspronkelijke sixpack losgekomen en door de voorraadkast gerold.

Deenie raapte ze alle acht op en controleerde ze om te zien of er gevaarlijke stukjes in Max' spijsverteringsstelsel konden zijn terechtgekomen. Het enige wat ze aantrof, waren ronde gaten van tanden en gedeukt blik. Zelfs de plastic ringen die de sixpacks bij elkaar hadden gehouden leken aan zijn gretige bek te zijn ontsnapt.

'Moeten we naar Burlington?'

Ze keek op en zag Connor in de deuropening staan, met zijn armen vol handdoeken en een gezicht dat bleek zag van de zenuwen.

Hij hield echt van zijn hond.

Toen hij aangaf dat hij Maximus wilde adopteren, had ze geprobeerd het hem uit het hoofd te praten. Connor was vreselijk inflexibel en onderdrukte zijn emoties. Ze kon zich niet voorstellen dat hij genoeg geduld zou hebben voor een ruim zestig kilo wegende hond die dacht dat hij een schoothondje was. Ze was ervan overtuigd geweest dat Connor hem binnen een week naar de opvang zou terugbrengen.

Zijn bezorgdheid was echter gemeend.

Deenie stelde hem snel gerust. 'Volgens mij heeft hij alleen bier binnengekregen. Je kunt je eigen dierenarts bellen om te vragen of hij wil dat je hem laat nakijken, maar volgens mij heeft hij alleen een bad nodig. En daarna moet hij zijn roes uitslapen.'

Connor voelde zich ontzettend opgelucht, niet alleen omdat Max niets mankeerde, maar ook omdat Connors fout hem geen kwaad had gedaan. Hij had er niet bij stilgestaan dat Max uit de bijkeuken zou kunnen losbreken of dat hij regelrecht op de alcohol zou afgaan.

Connor keek met een diepe rimpel in zijn voorhoofd naar de wolfshond, die tevreden in zijn plas bier lag. 'Kunnen honden dronken worden?'

'Ja?' antwoordde Deenie, ook al klonk het eerder als een vraag. 'Ik neem aan dat alcohol invloed op ze heeft, maar afgaand op de hoeveelheid op de vloer en in zijn vacht lijkt het me niet erg waarschijnlijk dat hij meer dan een of twee blikjes binnen heeft gekregen. Bovendien is hij zo groot dat het alcoholpercentage in zijn bloed relatief laag zou moeten zijn.'

'Ik heb een vriend die na twee biertjes al laveloos is.' Mac was natuurlijk wel een uitzondering. Het kwam vast heus goed met Maximus. Misschien kon hij Levi bellen en hem vragen om zijn hond een ademtest te komen afnemen. Niet direct de manier waarop hij zijn dinsdagavond had willen doorbrengen.

Deenie stond op. De knieën van haar legging waren doorweekt. Op haar jukbeenderen zat glitter en zijn blik gleed voortdurend naar de glinsterende schilfertjes op haar roomwitte huid.

'Laten we hem maar wassen,' stelde ze voor. 'Dat kun jij zijn dierenarts bellen om te vragen of ze hem willen zien.'

Connor gaf haar de handdoeken. 'Ik heb er boven nog meer. De badkuip bij mijn slaapkamer is het grootst. Ik heb de kraan al opengedraaid, maar het duurt wel even voor het bad vol is.'

'Een laagje van een centimeter of tien is meer dan genoeg. Anders spettert hij alles er toch maar uit.'

'Oké.' Connor knikte, liet haar achter met de handdoeken en liep op een drafje naar boven. Nadat hij de kraan had dichtgedraaid, haalde hij zijn telefoon uit zijn zak en googelde: 'Wat te doen als je hond dronken is?'

Het leverde geen praktische tips op. Voornamelijk dingen in de trant van: 'Kan geen kwaad, maar let op de volgende signalen.' Hij had zo'n voorgevoel dat hij die nacht niet veel zou slapen omdat hij bij Max op sporen van depressie, lusteloosheid, braakneigingen en onderkoeling moest letten. Hoe kon hij trouwens weten of Max aan onderkoeling leed? Hij zou hem maar gewoon warm proberen te houden. Hij moest ergens nog een elektrische deken hebben. Monica had het altijd koud gehad.

'Connor?' Deenies stem zweefde van de voet van de trap naar boven.

Toen hij naar beneden kwam, stond ze met een hand om Max' halsband aan de rand van de tegelvloer van de keuken.

'Ik ben bang dat we zijn poten niet helemaal droog krijgen. De vloer...'

'Maak je over de vloer maar niet druk. Als hij bierspetters achterlaat, veeg ik die wel weg. Laten we hem maar in het bad zien te krijgen. Ik heb online gekeken en blijkbaar kan alcohol op zijn huid slecht voor hem zijn...'

'Er is echt niets met hem aan de hand. Hij wankelt niet eens,' zei Deenie geruststellend tegen hem, terwijl ze met Max naar de trap liep.

De hond leek inderdaad niets te mankeren, want hij rende met grote sprongen naar boven, waar Connor en Deenie hem naar Connors slaapkamer dirigeerden.

Bij de vorige wasbeurt had Connor bijna een uur met Maximus geworsteld voordat hij hem in het bad had gekregen. Deenie trok haar natte sokken uit, rolde haar legging op en stapte in de badkuip, en Maximus sprong enthousiast achter haar aan.

'Wat een gigantisch bad,' merkte Deenie verwonderd op. Ze deed wat hondenshampoo in haar hand uit de fles die Connor op de rand van het enorme bubbelbad had klaargezet. Connor zelf bleef hulpeloos op een afstandje staan. Ze schoof de hondenshampoo met haar elleboog naar hem toe. 'Help ook eens een handje.'

Ze gedroeg zich alsof alles heel vanzelfsprekend was, waardoor het er ontzettend gemakkelijk uitzag. Hij had zich niet gerealiseerd dat het hebben van een hond een flinke les in nederigheid zou zijn.

Connor deed zijn horloge af, rolde zijn mouwen op en spoot zeep in zijn handen. Toen boog hij zich over de rand van het bad en ging met Max' andere flank aan de slag. Het bad was weliswaar groot genoeg voor hen alle drie, maar hij had zijn schoenen nog aan. Dat was achteraf gezien waarschijnlijk niet slim. Hij had zich beter kunnen omkleden in de spullen die hij altijd droeg als hij in de tuin werkte, maar hij had er alleen maar aan kunnen denken dat hij Max in het bad moest zien te krijgen voordat de alcohol door zijn huid was opgenomen.

'Heb je de film *Turner and Hooch* wel eens gezien?' vroeg Deenie opeens. 'Met Tom Hanks en een hond?'

'Dat geloof ik niet. Is het een nieuwe film?'

'Nee, hij is al een jaar of dertig oud. Ik was als kind dol op die film. Tom Hanks en zijn hond lossen misdaden op, maar het beest is een vreselijke etterbak. Hij breekt deuren open, hij drinkt bier...'

'Denk je dat iemand Max die film heeft laten zien? Hem op een idee heeft gebracht?'

Deenie wreef grinnikend zeep in Max' staart. 'Het zou zomaar kunnen. We weten bijna niets over zijn eerste levensjaar.'

'Volgens mij is het puur toeval. Max kennende is hij tegen de deur aan gevallen, heeft hij hem per ongeluk opengeduwd en is hij vervolgens over het bier gestruikeld, omdat het daar nu eenmaal stond. Ik weet vrij zeker dat ik de deur van de voorraadkast heb laten openstaan.' Hij had niet verwacht dat Max zou losbreken. Hij had gedacht dat de hond hooguit de bijkeuken kon slopen.

'Dat klinkt best logisch,' zei Deenie instemmend. 'Heb je misschien een beker? Iets waarmee we hem kunnen afspoelen.'

'Afspoelen. Tuurlijk.'

Connor ging rechtop staan om iets te zoeken waarmee ze water over Max konden uitgieten, maar de wolfshond vatte de beweging op als teken dat hij klaar was en hij stoof op de rand van de badkuip af.

Deenie slaakte een gil. 'Ho, Max! Blijf!' Ze graaide nog naar hem, maar hij was glibberig en zette al één poot op de rand van het bad…

Boven op de knop die de waterstralen in werking stelde.

'Nee!' riep Connor.

Maar het was al te laat.

Connor zag alles in slow motion gebeuren, maar was niet in staat het tegen te houden. Max' poot landde op de knop, de motor kwam brommend tot leven en de waterstralen spoten op volle kracht door de spuitmonden naar buiten.

Leuk weetje: als een bubbelbad gevuld is met water, vormen de stralen een heerlijke masserende druk. Als er echter maar een klein laagje water in het bad staat dat net genoeg is om het mechanisme dat de vloeistof opzuigt te bedekken, maar de spuitmonden zelf boven het wateroppervlak laat, is het alsof je een brandslang aanzet. Het water spuit in de richting waarin de spuitmond wijst en sproeit alles nat wat het tegenkomt.

Max draaide zich half om en sprong in één keer uit de badkuip om aan de straal te ontkomen.

Deenie had minder geluk.

De straal uit grootste spuitmond trof haar vol tegen de borst.

Het water spoot keihard tegen haar aan en ze gilde het uit. Max' geblaf weerkaatste tegen de betegelde muren. Connor dook op het bad af, waarbij hij bijna over de hond struikelde. Hij sloeg met zijn hand op de knop om de waterstralen te stoppen, maar het leed was al geschied.

Deenie was van top tot teen doorweekt en haar roze haarlokken plakten aan haar wangen.

'Gaat het?' vroeg hij.

Ze keek hem aan. Het water droop in een straaltje van haar kin op haar trui. 'Jij wast jouw hond in een bubbelbad. Natuurlijk. Ik had het kunnen weten.'

Hij trok een beschaamd gezicht en deed zijn best om niet naar de rondingen te kijken die door de aan haar lichaam klevende stof werden benadrukt. 'Ik had je waarschijnlijk even moeten waarschuwen.'

'Dat zou wel fijn zijn geweest,' beaamde ze.

Hij hief een zoenoffer op. 'Handdoek?'

# 7

Twintig minuten later had Connor de plas bier in zijn voorraadkast opgeruimd, het bad schoongemaakt en met Max' dierenarts gesproken. De laatste had de telefoon opgenomen, ook al was de praktijk al gesloten.

Deenies kleren tuimelden rond in de wasmachine, samen met een aantal met bier doordrenkte handdoeken, en Maximus was zo schoon als maar mogelijk was. De geur van bier en natte hond had plaatsgemaakt voor de geur van natte hond en hondenshampoo, maar Maximus was grotendeels droog en lag op de bank uit te rusten. Connor hield hem nauwlettend in de gaten voor het geval er tekens van lusteloosheid te bespeuren waren. Hij legde zelfs een deken over hem heen om er zeker van te zijn dat het dier het warm genoeg had. Max schudde de deken echter van zich af en rolde er speels over heen en weer. Zo op het oog had hij niets aan het avontuur overgehouden.

Datzelfde kon niet van Deenie worden gezegd.

Ze stond onder de douche van een van de logeerkamers het bier en de hondenshampoo van zich af te spoelen.

Connor had wat schone kleren voor haar neergelegd. Het waren de meest geschikte die hij kon vinden voor iemand die minstens vijftien centimeter kleiner was dan hij en zo tenger dat zelfs zijn joggingbroek waarschijnlijk zo van haar heupen af zou glijden. Niet dat hij aan die heupen dacht, hoor. Of aan het lenige lichaam dat zichtbaar was geworden toen ze kletsnat was. Voor iemand die zich expres kleedde als een kind op een verkleedpartijtje was haar figuur bijzonder volwassen.

Dat ze fantastische benen had wist hij al. Ze rende voortdurend rond in neonkleurige leggings die zo opvallend waren dat je er gewoon wel naar móést kijken. Maar daarboven droeg ze altijd wijde truien en verschillende lagen aparte stoffen.

Tot vanavond.

Hij had echt niet naar haar lopen gluren of zo. Hun relatie was strikt professioneel en zou dat ook blijven.

Connor maakte een keurig stapeltje van de documenten die hij die middag had geprint en legde het op het kookeiland klaar voor Deenie. Het was allemaal niet verlopen zoals hij het had gepland, maar zodra ze naar beneden kwam, zouden ze het netjes afhandelen.

Hij keek op en zag een paar ellenlange blote benen onder zijn Yale-sweatshirt de trap afkomen.

De adem stokte in zijn keel en het lukte hem niet om zijn blik af te wenden.

Deenie plukte nerveus aan het sweatshirt, niet goed wetend of ze het naar beneden of juist naar boven moest trekken. Ze had een van Connors korte sportbroeken aan, maar het sweatshirt was zo lang dat de korte broek niet te zien was. Ze had beter de pyjamabroek kunnen nemen, maar die zakte steeds zo ver omlaag dat ze niet zeker wist of ze dan de trap wel had kunnen afkomen zonder haar benen te showen.

Hij zat te staren.

Deenie dwong haar handen om de zoom van het sweatshirt los te laten en ging tot de aanval over, iets wat ze altijd deed als ze zich onbehaaglijk voelde. De aandacht afleiden. 'Je hebt dit zeker allemaal zo gepland om me in een Yale-sweatshirt te zien, hè?'

Zijn wenkbrauwen kropen omhoog, maar hij staarde in elk geval niet meer naar haar benen. 'Heb je soms iets tegen mijn alma mater?'

‘Ik heb iets tegen snobs.’

De keuken was smetteloos schoon. Dat was logisch, want die was vermoedelijk puur voor de show. De koperen pannen die aan de haakjes bungelden, waren waarschijnlijk nooit gebruikt. Het enige wat erop wees dat de keuken werd gebruikt, was de stapel campagneposters met de tekst STEM OP BENJAMIN WEST. DE JUISTE BURGEMEESTER VOOR PINE HOLLOW.

‘Dus ik ben een snob omdat ik toevallig op een goede school heb gezeten?’ vroeg Connor met de eerste hint van ergernis in zijn stem. ‘Ook al heb ik keihard moeten knokken en om beurzen en leningen moeten bedelen om te worden toegelaten?’

Ze wist dat ze zich onbeschoft gedroeg, maar ze vond het vreselijk dat ze zich bij hem altijd in de verdediging gedrukt voelde. Hij deed haar te veel denken aan alle mensen die haar nooit serieus hadden genomen, omdat ze geen baan met werknemersopties en een pensioenplan had. De aanval was de beste verdediging, dus als ze zich in het gezelschap van zulke mensen bevond, had ze de neiging om als eerste uit te halen en hen te confronteren met wat ze als haar gebreken zouden beschouwen. Als Deenie zelf als eerste uithaalde, zouden hun slagen nooit doel treffen.

Maar misschien was het niet echt verstandig om de man die haar salaris betaalde tegen zich in het harnas te jagen.

Ze knikte naar het keurige stapeltje documenten dat hij met zijn rusteloze lange vingers steeds opnieuw recht schoof. ‘Wat is dat?’

Connor keek omlaag naar de documenten alsof het hem verbaasde ze te zien. Hij vermande zich en rechtte onopvallend zijn rug, ook al viel het haar pas op dat hij zijn stijve houding even had ontspannen toen alle tekens van ontspanning alweer waren verdwenen.

‘Ik heb een contract opgesteld.’

Deenie knipperde met haar ogen. ‘Een wat?’

Ze had hem best verstaan, maar dat kon hij toch niet menen?

‘Alleen een paar basisdingetjes,’ zei hij, alsof het de normaalste zaak van de wereld was om met juridische papieren te strooien. Hij verdeelde het stapeltje in tweeën, schoof de ene helft over het kookeiland naar haar toe en hield de andere zelf. ‘Voorwaarden, betaalvorm, garanties.’

‘Jij houdt echt niet van improviseren, hè?’

Connor negeerde haar vraag. ‘De laatste bladzijde bevat instructies. Leer de code voor de deur en het alarm alsjeblieft zo snel mogelijk uit je hoofd. Ben kent beide codes ook en hij staat als contactpersoon geregistreerd bij mijn beveiligingsbedrijf, dus als er problemen zijn en je mij niet kunt bereiken, kun je hem bellen.’

‘Ben je dan niet thuis als ik kom? Ik dacht dat je thuis werkte.’

‘Meestal wel, maar ik zal de komende maanden meer tijd op kantoor doorbrengen en ik moet vaak op pad voor mijn werk. Ik wist niet zeker hoelang deze training ging duren.’ Hij bladerde door het document. ‘Ik heb bij het opstellen van het schema de einddatum met opzet vaag gehouden, maar als je me kunt zeggen wanneer de training is afgerond, zal ik dat alsnog invullen.’

‘Het duurt zo lang als het duurt. Sommige honden pikken dingen sneller op dan andere.’

Er verscheen een diepe rimpel in Connors voorhoofd. ‘Dan kunnen we er beter iets langer dan gemiddeld voor uittrekken. Aan Max zou je wel eens een zware dobber kunnen hebben.’ Zijn aandacht was volledig bij de vellen papier in zijn handen. ‘Ik heb de betaalwijze opgedeeld in een percentage bij ondertekening van het contract en een percentage na afronding van de training, met een nauwkeurige omschrijving van wat die afronding inhoudt, maar als je liever wekelijks een bedrag ontvangt, kunnen we dat bespreken. Aanvullende werkzaamheden als op de hond passen, hem uitlaten en extra verzorging die niet onder de training valt, staan in sectie C vermeld. Ik wist niet welke bedragen je normaal gesproken hanteert, dus ik heb op internet gekeken wat de standaardbedragen daarvoor zijn, maar als je deze bedragen onredelijk vindt of als er meer taken zijn die volgens jou tijdens je werkzaamheden met Max moeten worden uitgevoerd, kunnen we ook dat gedeelte herzien.'

Deenie bladerde door het stapeltje papieren, maar de woorden gleden in een waas aan haar ogen voorbij. 'Neem je me nou in de maling? Is dit een grap?'

Connor keek op van het contract in zijn handen en keek haar fronsend aan. Als ze eerlijk was, was zijn uitstraling van hypergeconcentreerde, supercompetente advocaat best sexy, maar tegelijkertijd zou ze het liefst zo snel mogelijk de andere kant op rennen.

Hij tikte op sectie c. 'Het is verstandig om hier van tevoren afspraken over te maken. Ik wil geen misverstanden. Vooral niet als ze met heldere communicatie en gespecificeerde doelen kunnen worden voorkomen.'

Hij leek te denken dat alles in het leven kon worden gepland met een alomvattend contract, ook al stond ze blootsvoets in zijn keuken, gehuld in zijn Yale-sweatshirt en met haren die nog vochtig waren van de douche.

'Ik kan Maximus niet trainen als ik me continu moet afvragen of ik me wel aan elke letter van je contract hou. Het leven stelt je soms voor verrassingen en daar moet je mee leren omgaan.'

Zijn blik gleed terug naar het contract. 'Ik heb ook een sectie opgenomen over onverwachte omstandigheden...'

'Het probleem met onverwachte omstandigheden is dat ze zich onverwacht aandienen. Het woord zegt het zelf al.'

'Maar we kunnen ons er wel tegen indekken. Ik heb verschillende categorieën opgenomen voor gemiste trainingssessies, waaronder natuurrampen, ziektes, sterfgevallen...'

'Connor.' Ze legde hem met dat ene woord het zwijgen op en schoof de slordig opgestapelde vellen papier naar hem terug. 'Ik ga dit niet ondertekenen.'

'Over het schema valt te onderhandelen. Je zei dat je geen verhinderingen had, maar als je liever andere tijden en data hebt...'

'Ik zei dat ik geen agenda had. Niet dat ik geen eigen leven had of dat je me naar jouw believen kon inroosteren.'

'Deze data staan niet in steen gebeiteld...'

'Ik wil helemaal geen vaste data!' De woorden kwamen er iets te luid uit en echoden tegen het belachelijk hoge plafond. 'En op dit moment weet ik ook niet zeker meer of ik dit wel wil doen.'

Er gleed een paniekerige uitdrukking over Connors gezicht. 'Maar je hebt ermee ingestemd...'

'Om Max te trainen, ja. Niet om onder dwang een contract met strafregelingen en schema's te ondertekenen.'

Er vloog een opgeluchte uitdrukking over zijn gezicht, gevolgd door iets wat zo neerbuigend toegeeflijk was dat het haar verbaasde dat hij haar geen klopje op haar hoofd gaf. 'Er komt geen straf aan te pas, dat beloof ik.'

Als er iets op het smetteloze kookeiland had gelegen, had ze dat waarschijnlijk naar zijn hoofd gegooid. Een rotte tomaat, bijvoorbeeld.

Ze had een paar jaar geleden tijdens een renaissancefestival een 'tomatenshow' gedaan. Tot groot vermaak van het publiek had ze daar een overdreven theatrale Shakespeare-voorstelling neergezet en al spelend behendig de rode bommen ontweken die de toeschouwers enthousiast naar haar hoofd smeten. Ze kon zich de geur nog levendig voor de geest halen. En ook het natte kletsende geluid dat de overrijpe tomaten maakten wanneer ze iets raakten. Het zou ontzettend bevredigend zijn om er eentje naar Connors gezicht te gooien...

'Deenie?'

'Ogenblikje. Ik gooi in gedachten tomaten naar je gezicht.'

De toegeeflijke gezichtsuitdrukking keerde terug en haar aandrang verdubbelde.

'Deenie.' Hij klonk walgelijk geduldig. 'Ik ben ervan overtuigd dat we tot overeenstemming kunnen komen.'

'Je luistert niet naar me. Ik doe dit soort dingen niet.' Ze gebaarde met een hand naar de contracten, die hij weer op twee nette stapeltjes had gelegd. 'Schema's, contracten, obligaties.' Die verrekte dingen hadden haar hele jeugd bepaald. Contracten voor huishoudelijke klusjes, contracten voor schoolcijfers. Haar ouders waren geobsedeerd door het idee dat je je aan je woord moest houden. Ze zouden Connor beslist geweldig vinden.

Maar Deenie hoefde zich niet langer aan hun regels te houden. Ze was volwassen, ook al lachten haar broer en zus altijd spottend wanneer ze dat riep.

Ze was inmiddels bijna dertig en de enige aan wie ze iets verschuldigd was, was tante Bitty. Haar oudtante, die volgens haar ouders niet goed bij haar hoofd was. De enige die Deenie had aangemoedigd om haar eigen weg te gaan en de vrouw die had besloten dat ze een 'studiebeurs' voor Deenie wilde sponsoren toen haar ouders zich met hand en tand verzetten tegen de zinloosheid van een studie theater voor de allerkleinsten.

Deenie stak koppig haar kin naar voren. 'Ik weiger me vast te leggen op een schema. Ik heb een tante in de Estates. Ze zit in een verzorgingstehuis en ik ben haar contactpersoon voor noodgevallen. Als ze me nodig heeft, moet ik meteen naar haar toe kunnen. En eerlijk gezegd is dit totaal overbodig, Connor. Ik kom hiernaartoe. Ik zal Max trainen. Ik zal je niet voor de voeten lopen, maar ik wil geen gezeik van jou omdat ik te laat ben of te vroeg...'

'Je kunt niet zomaar langskomen wanneer het jou uitkomt. Ik heb vergaderingen, privéafspraken... Misschien heb ik wel gezelschap.'

'O. Natuurlijk.'

Deenie voelde haar gezicht warm worden bij de herinnering dat zelfs verwaande snobs als Connor een sociaal leven hadden. De vrouwen stonden vast in de rij voor een date met deze man met zijn jukbeenderen, waanzinnige kuiltjes en verrekt lange wimpers. En niet te vergeten de krachtige kaak en belachelijk gespierde schouders. Hij was goddelijk mooi. Helaas was hij vanbinnen kil en hard. Hoewel dat eigenlijk niet helemaal eerlijk was. Hij kon soms best grappig zijn. Maar hij was ook verschrikkelijk... inflexibel.

'Dan stuur ik eerst een sms'je,' bood ze als een toonbeeld van redelijkheid aan. 'Om te vragen of het goed is dat ik langskom.'

'Dus ik moet steeds alles uit mijn handen laten vallen als jij wilt langskomen om te bevestigen dat het uitkomt, terwijl je ook volgens een vast schema zou kunnen langskomen, zodat ik erop ben voorbereid...'

'Twee tellen om een emoji van een duimpje omhoog of een duimpje omlaag te sturen, daar krijg je heus niets van. Dat heet met een mooi woord een compromis.'

Connors krachtige kaak spande zich. 'Prima. Als je maar niet midden in de nacht komt.'

'Daar kan ik denk ik wel mee leven. Laten we zeggen: niet voor acht uur 's ochtends of na negen uur 's avonds.'

'Dat lijkt me redelijk.' Hij wierp een verlangende blik op de contracten en zou zich er overduidelijk graag opnieuw op willen storten.

Deenie was er het liefst met haar overwinning vandoor gegaan, maar ze bond met een diepe zucht in. 'Vooruit, laat me sectie c dan maar eens lezen...'

Tegen de tijd dat Deenies kleren droog waren, hadden ze min of meer een gulden middenweg gevonden. Deenie rolde weliswaar aan één stuk door met haar ogen en maakte talloze opmerkingen over tijdverspilling, maar hoe meer aantekeningen Connor in de marges van het contract krabbelde, hoe rustiger hij zich voelde.

Het gaf hem iets te doen, zodat hij niet naar haar benen kon staren.

Toen ze haar gewassen en gedroogde kleren weer had aangetrokken en naar de keuken terugkeerde, zei hij zonder op te kijken: 'Ik zal ze aanpassen en de volgende keer dat je komt twee herziene exemplaren voor je klaarleggen om te ondertekenen.

Mocht ik in een vergadering zitten, onderteken ze dan allebei. Dan doe ik dat ook en krijg je je eigen exemplaar mee.'

'Jippie.' Haar stem droop van sarcasme.

Officieel hoorde er bij de ondertekening een getuige aanwezig te zijn, maar Connor begreep dat hij niet het onderste uit de kan moest willen hebben. Hij keek op en ervoer een diepe opluchting nu ze niet langer zijn kleren aanhad.

Het was hem veel te intiem geweest om haar in zijn versleten universiteitssweatshirt naar hem toe te zien komen en bij het kookeiland tegenover haar te staan met haar lange benen vol in het zicht. Gelukkig had hij ze dankzij het kookeiland niet echt kunnen zien en was hij expres zo gaan staan dat hij er ook niet stiekem even naar kon gluren.

Helaas kon hij niet vergeten hoe ze eruitzagen. Dat was de ellende met zijn uitstekende geheugen. Daardoor waren examens altijd een fluitje van een cent geweest en had hij tijdens zijn rechtenstudie met het grootste gemak stapels juridische teksten en dossiers uit zijn hoofd kunnen leren. Maar als hij iets wél wilde vergeten, leek het altijd in zijn hersens gegrift te staan.

Bijvoorbeeld zijn moeders gezicht toen ze hem vertelde dat zijn vader niet meer zou terugkomen. Of de precieze bewoordingen op het memostickertje die Monica had gebruikt om hun bruiloft te annuleren, in haar zwierig krullende handschrift.

Soms was het echt klote om een fenomenaal geheugen te hebben en werd hij achtervolgd door spijtgevoelens waaraan hij nooit kon ontsnappen. Hij benijdde Maximus om zijn ogenschijnlijke geheugenverlies. De hond was de commando's die hij tijdens zijn training leerde een dag later altijd alweer vergeten, maar hij leek wel enorm van het leven te genieten. Misschien was dat wel het geheim van Max' uitbundige levensvreugde. Hij herinnerde zich zijn fouten niet, dus had hij ook nergens spijt van.

Zo was Deenie ook. Ze leefde haar leven van dag tot dag.

Daarentegen herinnerde Connor zich altijd alles. Het was zelfs zo erg dat hij bijna jaloers op haar werd.

'Dank je wel dat je vanavond hiernaartoe wilde komen.' Met deze plechtige woorden liep hij met haar mee naar de deur, waar ze haar schoenen aantrok en een stel knalroze oorwarmers uit de zak van haar jas viste.

Er zat nog steeds glitter op haar gezicht. Hij begreep niet hoe dat spul de waterstralen van het bubbelbad en de douche had overleefd. Waarschijnlijk bestond het voor driekwart uit superlijm.

'Graag gedaan,' mompelde Deenie. Toch had hij de indruk dat ze hem het liefst van de dichtstbijzijnde brug had geduwd. En er waren heel veel bruggen in de omgeving.

Hoewel ze niet langer zijn kleren droeg, hing de aparte intieme sfeer nog steeds in de lucht toen hij de voordeur voor haar openhield. Na Monica had niemand zijn kleren meer gedragen, en nu hij erover nadacht, wist hij niet eens zeker of zij dat wel ooit had gedaan. Zo had hun relatie niet in elkaar gestoken.

Hij wilde ook helemaal geen relatie met een vrouw die zijn kleren inpikte. Hij was juist blij met het soort relatie dat hij met Monica had gehad, waarin zij haar spullen had en hij die van hem, die altijd netjes van elkaar gescheiden bleven. Hij moest gewoon een vrouw zien te vinden die ook zo'n relatie wilde.

Daar waren de datingapps voor. En daar was Deenie dus níét voor, hield hij zichzelf voor toen ze even naar hem zwaaide en over de stoep naar haar onpraktische autootje liep. Nu ze de details van het contract hadden besproken, hoefde hij haar tenminste niet meer elke keer te zien wanneer ze bij hem thuis kwam.

Max zou worden getraind. Connor zou zijn leven weer op de rit krijgen. En Deenie zou haar eigen weg gaan. Dat was precies zoals hij het wilde. Het feit dat ze prachtige benen had, deed er helemaal niet toe.

# 8

Toen Deenie op de koude, heldere zaterdag daarop 's middags de warmte van The Cup indook, botste ze bijna tegen Margaret Winter aan, die net met haar bestelling naar buiten kwam.

'Deenie!' De vrouw van de burgemeester straalde. 'Ik wist niet dat je nog in de stad was. Hoelang blijf je deze keer?'

'Ach, je weet wel, tot ik het op mijn heupen krijg. Ik kan gewoon niet lang op dezelfde plek blijven.' Margaret was een schat van een mens en een goede vriendin van Deenies oudtante, dus ze liet zich van haar opgewektste kant zien en verborg haar eerlijkheid achter een ondeugende glimlach.

'Dat zei Bitty ook altijd: dat de enige manier om jou stil te laten staan was door je voeten aan de vloer vast te lijmen. Daarom kon ik het ook niet geloven toen ik hoorde dat je voorgoed zou blijven en samen met Ally Gilmore de hondenopvang ging runnen.'

'Nee, hoor,' verzekerde Deenie haar. 'De opvang is helemaal Ally's verantwoordelijkheid. Ik help haar alleen maar tot ze alle nieuwe onderdelen van Furry Friends heeft opgestart.'

Margaret deed haar mond open en Deenie kon aan de golf van medeleven in haar ogen zien wat ze hierna zou vragen... *Hoe gaat het nu met Bitty? Houd je het nog een beetje vol?*

Ze was dan ook vreselijk opgelucht toen er een geïrriteerde mannenstem door het restaurant galmde die Margaret de mond snoerde.

'Ik hoop voor jou dat je geen doos van Magda's Bakery bij je hebt.'

Deenie verstopte de doos haastig achter haar rug, maar Mac staarde haar al woedend aan van achter de toonbank. De eigenaar van The Cup stond bekend om zijn vriendelijke natuur, behalve wanneer het om Magda's Bakery ging.

Deenie had geen flauw idee waar de eigenaren van de twee populairste horecagelegenheden in Pine Hollow ruzie over hadden. Ze wist alleen dat de gevechtslinie was getrokken en dat de hele stad een kant had gekozen.

Haar tante, die hopeloos verslaafd was aan Magda's croissants met frambozenroomkaas, had in de aanhoudende vete nadrukkelijk tot team Magda behoord. Daarom was Deenie een paar weken geleden pas voor het eerst bij The Cup naar binnen geweest, omdat ze een bestelling voor Ally moest ophalen. Zo was ze erachter gekomen dat Mac de lekkerste chai lattes van de stad maakte.

Het betekende echter niet dat ze haar tantes favoriete gebakjes niet meer zou kopen.

'Ze zijn voor Bitty,' legde Deenie uit, terwijl ze de doos gebak nog steeds achter haar rug verborgen hield. 'En ik wil alleen maar een grote chai latte om mee te nemen. Heel erg alsjeblieft?' Ze keek hem verleidelijk aan van onder haar wimpers.

Mac schudde zijn hoofd. 'Je hebt mazzel dat ik je graag mag.'

Hij draaide zich om, binnensmonds mopperend dat ze zijn zaak bezoedelde. Diverse klanten wierpen haar een boze blik toe, omdat ze de man die hun eten moest bereiden een pesthumeur had bezorgd.

Deenie negeerde hun negativiteit en trakteerde alle aanwezigen op een stralende glimlach.

Het was als altijd barstensdruk in het restaurantje en het handjevol tafels was tot op de laatste plek bezet. The Cup was ooit begonnen als espressobar, maar had zich door de jaren heen verder ontwikkeld, doordat Mac de keuken had uitgebreid en min of meer permanente specials aan het menu had toegevoegd. Mensen kwamen voor de koffie, maar bleven voor het eten.

Nou ja, en voor de roddels.

Op geen enkele andere plek in Pine Hollow circuleerden de roddels zo hevig als hier. Deenie vond het heerlijk, ook al begonnen Margarets ogen nu nieuwsgierig te glimmen. De vrouw van de burgmeester stond nog steeds glimlachend naast haar, met haar afhaalbestelling in de hand.

'Goh, dus eh… Mac en jij?'

Deenie moest zich echt inhouden om niet keihard te gaan lachen. Wat was het toch een heerlijk stadje. Eén flirtende blik in The Cup en iedereen zou het erover hebben, volkomen voorbijgaand aan het feit dat Deenie leefde van betekenisloze flirtende blikken.

'We zijn hartstikke verliefd,' verklaarde ze met een uitgestreken gezicht tegen Margaret. 'Hij is van plan alles achter te laten en met mij mee te gaan naar Parijs, om daar onder leiding van Franse chef-koks te gaan koken.'

Er laaide een lichte paniek in Margarets ogen op bij het vooruitzicht dat ze Mac zouden kwijtraken aan de Fransen, totdat het tot haar doordrong dat Deenie een grapje maakte. Ze bloosde om haar eigen goedgelovigheid. 'Rotmeid. Ik geloofde je ook nog bijna.'

'Nou, dat is dan helemaal je eigen schuld. Heb je het nog niet gehoord? Ik ben totaal onbetrouwbaar.'

Margaret schudde glimlachend haar hoofd. Ze kletsten nog even over Margarets recent geadopteerde chihuahua Peanut en de verbeteringen die Deenie en Ally bij Furry Friends hadden aangebracht. Deenie gebruikte expres haar toneelstem toen ze de loftrompet stak over Ally's nieuwe fotostudio voor huisdieren, zodat potentiële klanten het ook zouden horen. Haar jarenlange theateropleiding kwam nu goed van pas.

Tegen de tijd dat ze haar chai van Mac aannam, glimlachte iedereen in het restaurant weer. Inclusief Mac, de goeierd, die nooit lang wrok tegen iemand bleef koesteren, behalve tegen Magda.

'Als je dan toch een tijdje in de stad blijft, zou je eens met Gayle moeten gaan praten,' opperde Margaret, terwijl ze deur voor Deenie openhield. 'Ik weet zeker dat ze hulp kan gebruiken met het organiseren van de toneelstukken voor het voorjaar.'

Deenie onderdrukte de belangstelling die diep vanbinnen voorzichtig de kop opstak. Ze had al in geen jaren aan een toneelstuk meegewerkt, want maandenlange repetities en een wekenlange reeks voorstellingen brachten een enorme verantwoordelijkheid en verplichtingen met zich mee. 'Zo lang blijf ik hier niet,' antwoordde ze. 'Alleen maar tot het nieuwe, verbeterde Furry Friends klaar is.'

En tot ze Max had getraind. En tot het moment dat de situatie met Bitty 'dat punt' had bereikt. Het punt waarover ze niet wilde nadenken.

'Deenie de avonturier.' Margaret glimlachte. 'Ik ben benieuwd waar je hierna zult terechtkomen.'

'Anders ik wel.' Deenie grijnsde en nam afscheid. Daarna wandelde ze in een stevig tempo over de vertrouwde trottoirs de heuvel naar de Estates op.

Normaal gesproken ging ze altijd met de auto naar de Estates, dat aan de rand van de stad stond, zeker als er een pittige bries stond, zoals nu. Toen ze die ochtend haar vintage Kever wilde starten, had het autootje echter piepend gesputterd in de kou en had ze besloten het een dagje rust te gunnen.

De grote knalgroene tas die ze in Thailand had gekocht, stootte onder het lopen tegen haar heup. Hij was gevuld met de flesjes glinsterende nagellak die ze altijd meenam naar prinsessenfeestjes. Als het een goede dag was, kon ze Bitty's nagels misschien lakken, zoals Bitty ook bij haar had gedaan toen ze nog klein was en 's zomers bij haar logeerde.

Die logeerpartijtjes hadden altijd iets magisch gehad. IJs bij het ontbijt en dansen in de regen. Zo was Bitty.

Deenie wist dat de bezoekjes, eenmaal per zomer gedurende een handjevol jaren, slechts een week hadden geduurd, maar ze hadden oneindig aangevoeld. Als onbegrensde vrijheid.

Langs de oprit van de Estates liepen brede trottoirs, die keurig werden onderhouden voor de bewoners met looprekken en rollators. Maar vandaag had de kou alle bejaarde voetgangers naar binnen verdreven, op eentje na. Een lange, magere man schuifelde langzaam over de stoep met een stuiterend bolletje wol aan het uiteinde van een hondenriem. Een bekend bolletje wol dat opgetogen kefte en op haar af stoof.

'Dag, lieverd!' Deenie ging op haar hurken zitten en begroette JoJo, de schattige dwergspaniël die voor de feestdagen Deenies hart had gestolen. Het piepkleine engeltje met paarse strikken om haar pluizige oortjes ging kronkelend van blijdschap op haar achterpootjes staan en zette haar kleine natte voorpootjes tegen Deenies knie. 'Ik heb je gemist,' zei Deenie liefkozend. Ze bracht haar gezicht heel dicht bij het hondensnoetje en keek toen glimlachend op naar de zachtaardige man van in de tachtig die JoJo had geadopteerd. 'Goedemiddag, meneer Burke.'

'Hallo, Nadine. Je gaat me toch niet vertellen dat je in dit akelige weer helemaal hiernaartoe bent komen lopen?'

'Zo erg is het niet, hoor,' protesteerde Deenie, terwijl ze opstond. Meneer Burke draaide zich om en wandelde met haar mee terug naar het hoofdgebouw van de Estates.

De seniorenwoningen van de Summerland Estates waren aan de luxe kant, wat terug te vinden was in het prijskaartje dat eraan hing, met name voor de aanleunwoningen en het verzorgingstehuis, maar gelukkig kon Bitty het zich veroorloven.

'Kom je Elizabeth opzoeken?' vroeg meneer Burke na een meter of tien zacht.

'En u,' vulde Deenie aan. Ze stak kameraadschappelijk een arm door die van hem om te verhullen dat ze hem over een glad deel van de stoep heen hielp.

Tante Bitty en meneer Burke kenden elkaar al voordat ze naar de Estates verhuisden, meneer Burke naar een seniorenflat en Bitty naar het verzorgingstehuis. Ze waren al heel lang met elkaar bevriend en Deenie zag huizenhoog op tegen de vraag die nu ging komen.

Meneer Burkes wenkbrauw kroop met een vertrouwd sprankje medeleven omhoog. 'Hoe gaat het nu met haar?'

'Ze is nog best goed. Ze heeft heel veel goede dagen,' loog Deenie met een opgewekte glimlach, niet van plan met ook maar één trillend wimperhaartje te laten merken wat ze werkelijk dacht.

Bitty vond het namelijk vreselijk dat iemand te weten zou komen dat ze afgleed. Daarom had ze al haar vrienden van de lijst met toegestane bezoekers laten verwijderen. Ze wilde dat ze zich haar zouden herinneren zoals ze vroeger was.

Deenie was dus degene die moest ontkennen dat ze ziek was. En ook degene die haar langzaam zag verdwijnen.

Meneer Burke drukte haar arm even om haar te laten weten dat hij er niet in was getrapt, maar hij drong niet verder aan. 'Ik denk dat het geen geheim is dat jij altijd haar lievelingetje bent geweest,' zei hij luchtig.

'Dat komt mooi uit,' zei Deenie al even luchtig. 'Want zij is ook mijn lievelingetje.'

'Ze zou niet willen dat jij je leven voor haar op een laag pitje zet,' mompelde hij zacht.

Deenie hield haar adem even in, maar haar glimlach haperde geen seconde. 'Dat doe ik ook niet. Ik ben aan het sparen voor mijn volgende reis.'

Meneer Burke sloeg haar vanuit een ooghoek gade, maar ging er niet tegenin.

Ze kwamen aan bij de portiek van het hoofdgebouw en meneer Burke verkortte met zijn knokige, lange handen Jojo's riem. 'Kom je straks een kopje thee met me drinken zodra je bezoekje aan Elizabeth erop zit?'

'Dat zal ik zeker doen,' beloofde Deenie.

Ze kwamen bij de deuren aan, die automatisch opengingen, en Deenie liet de arm van meneer Burke los.

'Doe je tante de groeten van me,' verzocht hij met een treurige blik in zijn ogen.

Deenie zag het en glimlachte geforceerd. 'Dat zal ik doen.'

Hij schonk haar bij het afscheid een koninklijke hoofdknik. 'Nadine.'

Ze beantwoordde het gebaar, inclusief een buiginkje waar hij om moest grinniken. 'Meneer Burke.'

Meneer Burke wandelde weg door de hal en Deenie liep door naar de receptie. De vrouw achter de balie werkte er al heel lang. Deenie bleef een paar minuten met haar kletsen en vroeg of haar zwangere dochter in Texas al was bevallen. Daarna liep ze verder naar de vleugel tegenover die van meneer Burke.

Dit gedeelte van het gebouw leek net een countryclub, met patiowoningen die aan de golfbaan grensden en diverse ondiepe zwembaden voor aquagym en watertherapie, maar zodra Deenie bij de liften links afsloeg, deed de steriele geur die daar hing eerder aan een ziekenhuis dan aan een countryclub denken. De vleugel waarin de aanleunwoningen waren gevestigd strekte zich voor haar uit, met de aparte lift die naar de gesloten zorgafdeling voor dementiepatiënten leidde.

Bij de balie naast de ingang van de aanleunwoningen bleef ze opnieuw staan, ditmaal om Negin een complimentje te geven voor haar fraaie koraalrode hidjab, en om aan Carmen te vragen of het haar zus al was gelukt een werkvisum voor de vs te bemachtigen. Ze probeerde altijd alles te onthouden wat iedereen haar vertelde wanneer ze naar de Estates kwam. Het was bijna alsof ze het als haar taak beschouwde nu Bitty het zelf niet meer kon.

Toen ze bij Bitty's kamer aankwam, toverde ze een brede glimlach op haar gezicht. Ze riep een wolk een vrolijkheid om zich heen op en hief de gebaksdoos van Magda alvast op. Haar tante lag echter te slapen. Halfzittend in haar bed, met haar hoofd een stukje schuin opzij gezakt, rustig in en uit ademend.

Deenies hart vulde zich met emoties. Ze zette de gebaksdoos op de tafel en ging op de stoel naast het bed zitten. Een half jaar geleden zou Bitty hebben gezegd dat het griezelig was dat Deenie naar haar zat te kijken terwijl ze sliep. Maar nu…

Voordat Deenie afgelopen augustus voor drie maanden naar Nieuw-Zeeland vertrok, was haar oudtante er echt veel beter aan toe geweest. Tuurlijk, ze was wel eens in de war geweest, maar toen Deenie terugkwam, had er een drastische verandering plaatsgevonden. Haar oudtante was tegenwoordig steeds minder zichzelf. Haar levenslust, geestdrift en scherpzinnigheid verdwenen in een steeds sneller tempo.

Deenie wist dat Bitty niet zou willen dat ze haar eigen leven op een laag pitje zette, maar als ze nu wegging, zou ze misschien de laatste goede dagen missen. Daar moest ze niet aan denken.

Natuurlijk bleef ze. Ally zou het een teken van het universum noemen dat alles samenviel om haar in Pine Hollow te houden, maar Deenie had nooit veel met voortekens opgehad. Ze vond het een vreselijke gedachte dat het universum alles bepaalde. Ze wilde zelf de controle hebben over haar leven, in plaats van deze over te laten aan een of andere vormloze natuurkracht.

Maar hier had ze geen controle over. Ze kon niets doen om dit tegen te houden. En ze wist niet hoelang ze het nog zou volhouden om degene die haar het beste kende langzaam te zien vervagen. Maar voorlopig zat ze hier. Voorlopig zou ze blijven.

# 9

'Is dit niet te veel glitter?' Elinor Rodriguez liet haar nagels zien, die waren gelakt in een lichte koraalrode tint met een wolkje glitter in de lak. Ze hield ze zo dat glitters glinsterden in het licht.

Deenie, die tegenover haar aan Ally's keukentafel zat, deed alsof ze diep geschokt was. 'Ten eerste vind ik het een belediging dat je de woorden "te veel glitter" in mijn bijzijn durft uit te spreken, want dat bestaat gewoon niet. En ten tweede: nee, het ziet er schitterend uit.'

'Dank je.' Elinor stak lachend haar andere hand uit, zodat Deenie haar werk kon afmaken. Deenie pakte Elinors pols vast om haar hand stil te houden en ging met het nagellaktoverstafje aan de slag.

Het was de derde woensdagavond dat Deenie bij Ally in huis woonde en hun eerste spontane meidenavondje.

Op woensdag hadden Ben en Connor hun vaste pokeravondje met hun vrienden. Volgens Ally hield Ben het meestal in de kelder bij hem thuis, zodat hij geen oppas hoefde te regelen voor Astrid, maar de laatste tijd bracht Astrid de pokeravondjes door bij haar tante Elinor, de beste vriendin van haar overleden moeder. Daardoor kon Connor het mannenavondje nu in zijn luxevilla houden.

Ally en Deenie hadden Astrid en Elinor deze week op de boerderij uitgenodigd voor een uitgebreide sessie met Deenies voorraad glitternagellak.

Ally had allerlei redenen bedacht waarom dit een goed idee was: het gaf Astrid de kans om langzaam te wennen aan overnachtingen op de boerderij, zodat het niet zo vreemd zou aanvoelen wanneer Ben en zij daar over een paar weken zouden logeren tijdens de renovatie. Het gaf hun de kans om weer eens tijd met Elinor door te brengen buiten de gehoorzaamheidstraining om. Het huis zou meer als haar eigen huis gaan aanvoelen dan als dat van haar grootouders…

Ally rationaliseerde het. Ze kwam met argumenten.

Deenie vond het gewoon een leuk idee.

Ally en zij hadden meteen een klik met Elinor gehad toen ze Dory in de hondenopvang kwam adopteren. De bibliothecaresse van de lagere school droeg een enorme bril en had haar dikke, donkere haar altijd in haar nek bij elkaar gebonden in een praktische paardenstaart. Ze deed Deenie denken aan een verleidelijke filmster uit de jaren veertig die deed alsof ze geen schoonheid was door een bril op te zetten, maar zodra Deenie haar een beetje beter leerde kennen, kwam ze erachter dat Elinor zich echt niet bewust was van haar uiterlijk. Het zei haar niets. Bij Elinor draaide het puur om intellect en energie. Ze richtte haar aandacht als een laser op de mensen om haar heen, waardoor deze onmiddellijk op hun hoede waren, en ze leek te willen voorkomen dat ook maar iemand ontdekte dat ze in werkelijkheid adembenemend mooi was.

Astrid had haar kwijlende bulldog Partridge meegebracht en Elinor had haar Australische herder Dory bij zich, die als een gek rondjes om de andere honden rende tot ze doodop was. Colby sloeg de drukke fratsen van de andere honden gade zonder zelf ook maar een poot te verroeren, maar Dolces pups hapten opgewonden naar Dory's enkels.

Intussen stortten de mensen zich op een heftige manicure en pedicuresessie. Astrid had voor iedereen kleuren uitgekozen en ze namen om de beurt de taak op zich om de anderen te verzorgen. Ze giechelden zo veel dat het tempo niet erg hoog lag. Het was verbazingwekkend hoe moeilijk het was om nagellak netjes aan te brengen als je schudde van het lachen, maar het was het trage tempo dubbel en dwars waard.

Op een gegeven moment ging Astrid naar bed, want ze moest de volgende dag gewoon naar school. Ally liep onmiddellijk naar de keuken om volwassen drankjes te maken.

'Is het eigenlijk niet een beetje seksistisch?' vroeg Elinor. Ze beet met haar licht uitstekende, ongelooflijk schattige voortanden op haar onderlip en keek naar Deenie, die met behendige streken een topcoat op haar nagels aanbracht. 'Dat de mannen gaan pokeren en de vrouwen hun nagels doen?'

'Betekent dat dat je je geen fruitig meisjesdrankje wilt?' vroeg Ally, die uit de keuken tevoorschijn kwam en met een mango-perzikdaiquiri voor Elinors neus heen en weer zwaaide.

'Natuurlijk niet. Hier met dat glas.' Ze griste het drankje met haar vrije hand uit die van Ally, zonder de hand waarmee Deenie bezig was ook maar een fractie te bewegen. 'Dank je. Maar ben jij niet bang dat we Astrid met een patriarchaal, antifeministisch cliché opzadelen door zulke meisjesachtige dingen te doen?'

Ally zette Deenies drankje bij haar elleboog neer, en keerde terug naar de keuken om haar eigen glas en de kan te halen. 'Astrid doet met Ben niet zo veel meisjesdingen. Dat is dus onze taak.'

Deenie draaide Elinors hand een stukje opzij om de duimnagel te doen. 'En ik kan niets bedenken wat minder feministisch is dan een vrouw een schuldgevoel aanpraten omdat ze dingen leuk vindt die typisch vrouwelijk zijn. Prinsessenjurken bijvoorbeeld. Of de kleur roze.'

Elinors blik gleed naar Deenies roze haar. 'Het was niet mijn bedoeling…'

Deenie wierp haar een grijns toe die zo veel zei als: *maak je niet druk, ik trek me er toch niets van aan.* 'Weet ik. Geen vuiltje aan de lucht. Je bent trouwens klaar.' Ze liet Elinors hand los.

Deenie had lang geleden al geleerd dergelijke opmerkingen

van zich af te laten glijden. Ze was voor kinderachtig en onvolwassen uitgemaakt omdat spelen met kinderen haar werk was. En voor onverantwoordelijk omdat ze geen 'echte' carrière had met secundaire arbeidsvoorwaarden. En voor antifeministisch omdat ze meisjes aanmoedigde om prinses te willen worden, ook al kon iedereen die ooit een van haar feestjes bezocht meteen zien dat het bij haar prinsessen en prinsen om empowerment draaide en om dingen doen waar je blij van werd. Ook als dat inhield dat je een frivole jurk aanhad en pirouettes maakte.

'Deenie...' Elinors ogen stonden zorgelijk. 'Ik bedoelde echt niet...'

'Het geeft niet. Wees maar niet bang. En misschien spelen we de volgende keer wel een potje poker. Of blackjack. Dan kunnen we Astrid heel snel leren hoofdrekenen. Hoewel ik er misschien wel bij moet vermelden dat ik de kaarten altijd tel.'

Elinor stak lachend een hand uit naar haar drankje. 'Om een of andere reden verbaast dat me niet.'

'Ik had eigenlijk een ideetje voor de volgende keer,' zei Ally, die nu bij hen aan de tafel kwam zitten. 'Of anders voor de keer daarna. De laatste woensdag in februari. Ben kan wat geld besparen op de renovatie door het sloopwerk zelf te doen. Ik had bedacht dat we er met ons allen naartoe zouden kunnen gaan en er een sloopfeestje van zouden kunnen maken. Eerst de keuken slopen. En daarna gratis bier en pizza voor iedereen die meehelpt.'

'Op mij kun je rekenen,' beloofde Deenie. 'Als ik dan toch meer tijd in het gezelschap van Connor moet doorbrengen, kan ik op die manier mijn frustratie tenminste uitleven op de keukenkastjes.'

Ally nam haar over de rand van haar daiquiri onderzoekend op. 'Ik neem aan dat de training niet zo verloopt als je had gehoopt?'

'Training?' vroeg Elinor.

'Connor heeft me ingehuurd om Maximus te trainen,' legde Deenie uit. 'Toen ik de eerste keer bij hem thuis kwam, lag er zelfs een contract op me te wachten. Het lijkt wel alsof hij een ziekelijke behoefte heeft om alles met regels vast te leggen.'

Elinors wenkbrauwen kropen tot boven de rand van haar bril. 'En jij moet zeker niets van regels hebben?'

'Niet van stomme, overbodige regels. Stopborden zijn geweldig, want ze hebben een doel. Ze bieden ons een manier om de weg met elkaar te delen. Maar het idee dat je een pensioenplan moet hebben om een verantwoordelijke volwassene te zijn is gewoon gezeik.'

Ally fronste haar wenkbrauwen. 'Heeft Connor je een pensioenplan aangeboden voor het trainen van Max?'

'Nee, maar zo iemand is hij dus wel. Iemand die vindt dat er maar één juiste manier is om je leven te leiden en dat jij dat niet doet. De training zelf gaat prima. Max is geen gemakkelijke, maar we komen er wel. Hij vraagt gewoon veel geduld en herhaling. Hij kan zich niet lang concentreren, dus ik ga er elke dag een paar keer naartoe voor korte oefensessies en eerlijk gezegd zie ik Connor bijna nooit, want hij trekt zich altijd terug in zijn werkkamer. Maar áls ik hem tegenkom, lijkt hij me zwijgend met zijn blik te veroordelen. Hij is zo inflexibel als wat. Best jammer dat zo'n waanzinnig lekker ding zo vreselijk rigide is.'

Elinor en Ally trokken allebei hun wenkbrauwen op.

Ally schraapte voorzichtig haar keel. 'Je vindt hem dus een lekker ding…'

'Ik ben heus niet de enige die dat vindt,' snauwde Deenie. 'Het is een empirisch feit, een objectieve waarheid.' Zijn amberkleurige ogen. De waanzinnige kuiltjes. De ongelooflijk brede schouders. 'Het is ook een objectieve waarheid dat zijn gezicht is versteend in een afkeurende frons waardoor het bijna onmogelijk is om het lekkere ding eronder te zien.'

'En toch is het jou gelukt,' merkte Elinor liefjes op.

'Dat zegt helemaal niets,' bromde Deenie. 'Maak er nou niet meer van dan het is. Ik heb totaal geen interesse in zo'n lang, donker, elitair type.'

Ally's wenkbrauwen kropen zo mogelijk nog verder omhoog. 'Een lang, donker, elitair type?'

'Hoezo? Wat zit je nou te lachen?'

'Nee, niets. Nou ja, toen ik... toen ik Ben voor het eerst zag, noemde ik hem in gedachten "dat lange, donkere, chagrijnige type."'

'Nee.' Deenie stak een zojuist gelakte nagel op en bewonderde de manier waarop de glinsterende blauwgroene nagellak haar standpunt benadrukte. 'Dat is iets totaal anders.'

Om te beginnen was Connor langer, donkerder en veel knapper, maar dat zou ze natuurlijk niet als argument aanvoeren, want hij was ook de allerlaatste man met wie ze iets zou willen beginnen.

Ally hief met een vrolijk lichtje in haar ogen de kan op om hun glazen bij te schenken. 'Ik was me er niet van bewust dat Connor en jij al de fase in jullie relatie hadden bereikt waarin jullie intieme bijnamen voor elkaar hadden.'

'Gatver, hou op. Er is helemaal geen sprake van intiem,' hield Deenie vol. Ze verbood zichzelf streng om terug te denken aan het moment dat ze zijn kleren aan had gehad, iets wat ze uiteraard niet aan Ally had verteld. 'Ik heb hem tot nu toe nooit eerder zo genoemd of zelfs zo over hem gedacht en deed dat net alleen maar om duidelijk te maken wat een vreselijke man hij is. Hebben jullie dat huis van hem wel eens gezien? Hoe groot moet zijn ego wel niet zijn dat hij het nodig vindt om in zijn eentje in zo'n kast van een huis te wonen?'

'Wacht even,' merkte Elinor op, terwijl ze haar glas ophield voor Ally. 'Het was niet zijn bedoeling om daar alleen te wonen.'

Ally spitste haar oren. 'O, heb je het nu over Monica? Ben heeft zich wel eens iets over haar laten ontvallen, maar klapte meteen dicht en liet me beloven dat ik er nooit iets over tegen Connor zou zeggen, ook al had hij me eigenlijk niets verteld.'

Elinor nam een slokje van haar daiquiri. 'Het ligt nog steeds heel gevoelig bij Connor. Dat kun je hem ook moeilijk kwalijk nemen.'

'Oké, nu móét je het ons wel vertellen.' Deenie hield haar glas met beide handen vast en genoot van de kou tegen haar palmen. 'Wie is Monica?'

'Connor zou het verschrikkelijk vinden dat ik erover praat...' zei Elinor aarzelend. 'Maar als het inhoudt dat jij daardoor iets minder onbarmhartig over hem gaat denken, bedankt hij me uiteindelijk misschien wel... of vermoordt hij me tenminste niet...'

'Ik wist niet dat jullie zo goed met elkaar bevriend waren,' zei Ally. Deenie had haar bijna onder de tafel geschopt, omdat ze over iets anders begon.

Elinor haalde haar schouders op. 'Hij is een goede vriend van me. We zijn in dezelfde straat opgegroeid. En ik heb een tijdje verkering gehad met Levi, waardoor ik echt deel ben gaan uitmaken van hun groepje. Ze behoren tot mijn beste vrienden.'

'Maar ze nodigen je dus niet uit voor hun pokeravondje? Geen wonder dat je kwaad was over dat antifeminisme.' Deenie keek nijdig van plaatsvervangende verontwaardiging.

'Tja, Levi en ik zijn uit elkaar gegaan. Dus...' Elinor schokschouderde opnieuw. 'Het is ingewikkeld.'

'En Monica?' drong Deenie onbeschaamd aan.

Elinor beet op haar lip, zodat haar aandoenlijke uitstekende tanden duidelijk te zien waren. 'Oké, maar jullie mogen nooit verklappen dat ik jullie dit heb verteld,' fluisterde ze. De andere twee bogen zich naar haar toe. 'Ze waren verloofd, maar ze is er voor de bruiloft vandoor gegaan. Ze heeft hem min of meer voor het altaar laten staan.'

'Is dat alles?' Deenie gluurde even opzij naar Ally. 'Is dat wat jij verwachtte? Ik dacht dat ze hem op zijn minst had bedrogen. Of dat ze misschien zelfs een kind had gekregen dat ze voor het zijne wilde laten doorgaan. Of dat ze zijn bankrekening had kaalgeplukt en het geld aan haar vriendje had gegeven die drugsbaron was.'

‘Geloof me, het kwam keihard aan toen ze hem twee weken voor de bruiloft zonder enige waarschuwing vooraf liet zitten. Ze heeft het hem niet eens persoonlijk verteld.’ Elinor leunde naar voren en ging zachter verder. ‘Memostickertje.’

Ze hapten geschokt naar adem.

‘Oké, dat is inderdaad wreed,’ erkende Deenie.

‘Weten jullie zeker dat ze niet is ontvoerd? En dat het memostickertje alleen maar was bedoeld om jullie te misleiden?’

Deenie en Elinor keken ongelovig naar Ally.

‘Wat nou?’ vroeg Ally. ‘Misschien is ze ergens in de buurt en probeert ze wanhopig naar hem terug te komen…’

‘Oké, jij bent veel te verliefd. Je bent officieel uit dit gesprek verbannen,’ zei Deenie streng.

‘Ik ben helemaal niet te verliefd. Ik vind gewoon dat als er nog een kansje is…’

‘Ze is niet ontvoerd.’ Elinors stem klonk ferm. ‘Ze heeft op Facebook niemand ontvriend, dus ieder van ons die haar vanwege Connor volgde heeft uitvoerige updates ontvangen over haar avonturen in India, waar ze naartoe is gegaan om “zichzelf terug te vinden”. Ze is beslist niet ontvoerd, tenzij haar ontvoerder natuurlijk een paar maanden lang nepfoto’s heeft gemaakt, waaronder die van het gigantische feest dat haar ouders hadden georganiseerd toen ze terugkwam van haar “zoektocht”.’

Ally trok een pijnlijk gezicht. ‘Heeft Connor dat ook allemaal gezien?’

‘Dat weet ik niet.’ Elinor schudde haar hoofd. ‘Ik hoop het niet. Hij heeft het er niet over. Nooit. Toen het net was gebeurd wilden alle mensen in de stad hem laten weten dat ze aan zijn kant stonden, maar zodra iemand haar naam maar liet vallen, liep hij onmiddellijk weg.’

‘Lieve god, de stad,’ zei Ally kreunend. ‘Daar had ik nog niet eens aan gedacht.’

‘Hij werd er totaal door overvallen,’ legde Elinor uit. Ze

deed niet langer moeite om te fluisteren. 'Monica was net een vrouwelijke Connor: alles draaide om plannen, organiseren en presteren. Ze waren een droompaar en dachten precies hetzelfde over alles, tot ze er op een dag zomaar tussenuit kneep. Connor had dat huis toen al. Hij had het voor hen tweetjes gekocht om een gezin te stichten, en opeens zat hij daar in zijn eentje.'

Deenie tuurde zwijgend in haar glas met mango-perzikdaiquiri en overwoog de mogelijkheid dat ze eigenlijk een akelig mens was.

Ze was sinds haar eerste ontmoeting met Connor in gedachten voortdurend woedend op hem geweest. Ze had de afkeuring van haar ouders en de minachting van haar oudere broer in hem weerspiegeld gezien. Ze had een oordeel over hem geveld op basis van zijn kleding, zijn levensstijl... in feite alle dingen waarop zijzelf niet wilde worden beoordeeld.

Precies. Een akelig mens dus.

'En dat is nog niet eens het allerergste.'

Deenie kromp in elkaar. Ze wist niet zeker of ze het allerergste wel wilde horen, maar nu de eerste stap eenmaal was gezet, was Elinor niet meer te houden.

'Het is rond deze tijd gebeurd. Ze zouden vorig jaar op Valentijnsdag trouwen.'

'Arme Connor,' mompelde Ally.

Bij elke relatie waren twee mensen betrokken en de rigide Connor was waarschijnlijk niet de gemakkelijkste geweest om mee samen te leven. Waarschijnlijk had hij een contract opgesteld waarin stond opgenomen hoe vaak er mocht worden geknuffeld. Hoe hard Deenie echter ook haar best deed om hem in gedachten de schuld van alles te geven en de vrije geest die door India had rondgereisd gelijk te geven, het viel niet mee om de kant te kiezen van een vrouw die niet eens het fatsoen had kunnen opbrengen om hem persoonlijk te dumpen. Een memostickertje was echt heel harteloos.

'Over Valentijnsdag gesproken,' zei Elinor in een zeer onbeholpen poging om van onderwerp te veranderen. 'Hebben Ben en jij dit weekend grootse plannen?'

Ally bloosde. 'We zijn net aan het daten. We willen geen van beiden druk op iets leggen. We gaan dit weekend wat dingen regelen voor zijn verkiezingscampagne en alles voorbereiden zodat Ben en Astrid hiernaartoe kunnen komen zodra de renovatie over een paar weken van start gaat.'

'Weet je dat heel zeker?' vroeg Deenie luchtig. 'Astrid vond het namelijk opvallend belangrijk dat je handen mooi genoeg waren om op de foto te gaan.'

Toen Ally haar niet-begrijpend aanstaarde, hief ze haar handen op en bewoog ze haar linkerringvinger heen en weer.

Er gleed een geschokte uitdrukking over Ally's gezicht. 'Welnee, ze denkt heus niet... Ben en ik hebben het er nog niet eens over gehad... Nou ja, we praten er wel eens over, maar dat ligt nog ver voor ons. Ooit. Volgend jaar of het jaar daarop. We zijn nog niet eens twee maanden bij elkaar. Jullie denken toch niet dat hij het er al met Astrid over heeft gehad?'

'Waarschijnlijk hoopt ze het alleen maar,' zei Elinor geruststellend. 'De oudste zus van Kimber Kwan heeft zich met Kerstmis verloofd en ik weet zeker dat ze Astrid de foto's heeft laten zien. Misschien plannen die twee tienjarigen jullie verloving al, maar ik heb zo het vermoeden dat Ben nog geen ring heeft uitgezocht. Hij heeft het veel te druk met de verkiezingscampagne en zijn huis. Voorlopig hoef je niet bang te zijn.'

'Het gaat er niet om dat ik bang ben,' sputterde Ally tegen. 'Het is niet zo dat ik niet wil dat hij me ten huwelijk vraagt. Dat wil ik juist wél. Het is alleen te snel...'

'Bovendien is Valentijnsdag een vreselijk cliché,' voegde Deenie er sussend aan toe. 'Ik weet zeker dat hij wel iets beters kan bedenken.'

Elinor tuurde in haar drankje en Deenie vroeg zich af of Elinor misschien ooit op Valentijnsdag een aanzoek hoopte te krijgen. Voordat Deenie haar opmerking kon terugnemen, nam Ally echter het woord al.

‘Hoe zit het eigenlijk met jullie?’ vroeg Ally. ‘Hebben jullie vaste Valentijnsdagrituelen?’

Elinor was nog steeds in zichzelf gekeerd, dus Deenie haalde haar schouders op. ‘Ik ben er bijna nooit met Valentijnsdag, dus ik heb niet echt vaste rituelen. Dat is het voordeel als je nooit langdurige relaties hebt: dan voel je geen druk vanwege belangrijke feestdagen.’

Elinor keek haar even aan en prevelde toen: ‘Precies. Ik heb ook geen plannen.’

‘We zouden er een “Valentinadag” van kunnen maken,’ stelde Ally enthousiast voor. ‘Een extra vrouwenavondje.’

Elinor en Deenie wisselden een veelbetekenende blik met elkaar uit. Eentje die geluidloos beaamde dat er bijna niets ergers was dan een vriendin met een liefdesrelatie die probeerde jou op te beuren vanwege je gebrek aan romantische vooruitzichten.

‘Ik weet het niet, hoor,’ antwoordde Deenie met zogenaamde bezorgdheid. ‘Straks is Ben verschrikkelijk teleurgesteld als hij langskomt om jou om je hand te vragen en jij met ons de hort op bent.’

Ally rolde met haar ogen. ‘Hou op. Hij gaat me echt niet ten huwelijk vragen.’ Maar de donkerroze gloed op haar wangen verraadde dat ze geen ‘nee’ zou zeggen als hij dat wel deed.

Deenie voelde een korte steek van jaloezie.

Het was heus niet zo dat ze zelf graag een partner wilde hebben om samen het cliché ‘en ze leefden nog lang en gelukkig’ mee te beleven. Maar hoewel ze heel hard haar best deed om de voordelen van een ‘normaal leven’ en de ‘gebruikelijke mijlpalen’ te ontlopen, voelde ze zich af en toe wel eenzaam.

Ally en Ben pasten uitstekend bij elkaar. Ze accepteerden elkaar zoals ze waren. Deenie was er niet van overtuigd dat zij dat ooit zou vinden.

Ze wist niet waar die persoon was, degene die nooit zou proberen haar te veranderen, die haar nooit het gevoel zou geven dat ze minder waard was of niet goed genoeg, omdat ze haar leven niet altijd op de gewone manier leidde. Ze had nog nooit iemand gevonden die haar het gevoel gaf dat hij haar begreep. Zelfs de rebelse types met wie ze datete leken hun eigen regels voor hun rebelse gedrag te hanteren.

Iedereen wilde dat ze zich op een bepaalde manier gedroeg en zodra ze het onvermijdelijke moment bereikte dat ze zichzelf uit schaamte wilde veranderen, sloeg ze op de vlucht. Dat was al sinds haar studie zo. Toen had ze zichzelf bijna veranderd voor een man, totdat het tot haar doordrong dat ze zichzelf niet meer herkende.

Ze grapte vaak tegen Ally dat ze er in relaties niets van bakte. Ze grapte dat ze telkens aan de kaken van langdurige relaties ontsnapte. Het was namelijk gemakkelijker te verdragen als ze het zelf zei. Dan was het niet zo kwetsend wanneer andere mensen het zeiden. Dan kon ze doen alsof het een bewuste keuze was. Alsof ze helemaal niet iemand zocht die van haar hield zoals ze was.

Dan kon ze glimlachend doen alsof ze een heerlijk leven leidde. Alsof het precies het leven was dat ze wilde. Alsof ze had gekozen voor een zwervend bestaan en het niet slechts een manier was om er onder de omstandigheden het beste van te maken.

En meestal was het ook echt haar eigen keuze. Meestal vond ze haar leventje super.

Maar dagen als Valentijnsdag? Dat waren de ergste. Op die dagen was het normaal om de helft van een stelletje te zijn. En het was Deenie nog nooit gelukt om normaal te zijn.

# 10

Valentijnsdag was de rottigste dag van het jaar.

Connor zette de loopband stil en liep door de fitnessruimte in zijn kelder naar de halterbank. Onder het lopen negeerde hij de herhaaldelijke piepgeluidjes die uit zijn mobieltje kwamen. Maximus lag languit op de vloer en snurkte met flapperende wangzakken om het hardst. Connor had hem die ochtend meegenomen voor een lange winterse wandeling. De hond lag nu zijn vermoeidheid van zich af te slapen, maar Connors rusteloze energie leek alleen maar toe te nemen.

Hij had gruwelijk de pest aan Valentijnsdag.

Vroeger had hij het leuk gevonden. Hij was altijd degene geweest die rozen en chocolaatjes meebracht, zodat andere vriendjes een slechte indruk maakten.

Toen bedacht Monica dat ze op Valentijnsdag wilde trouwen. Ze leek het niet eens erg te vinden dat dit inhield dat de bruiloft op vrijdagavond moest plaatsvinden. Connor had wel een beetje opgezien tegen het ongemak waarmee ze hun vrienden en familie opzadelden, maar ze kregen korting op de balzaal van een luxeresort en hij had zichzelf wijsgemaakt dat het eerder romantisch dan lastig was.

Totdat Monica de bruiloft afblies en het te laat was om hun aanbetalingen terug te krijgen. Toen was het alleen nog maar lastig.

Op de dag die hun trouwdag had moeten zijn, was hij voor het eerst in zijn leven zo dronken geworden dat hij een complete blackout had gehad. Hij had zich voorgenomen om het dit jaar iets gezonder aan te pakken. Voor het ontbijt had hij een omelet van eiwitten gemaakt en hij had zelfs een smoothie met boerenkool geprobeerd, die enigszins walgelijk had gesmaakt. Daarna had hij met een Maximus een wandeling van twee uur door de natuur gemaakt, en toen hij weer thuiskwam, was hij vastbesloten geweest om een paar uur te werken.

Helaas bleef zijn telefoon hem met piepjes bestoken, waardoor hij zich niet had kunnen concentreren.

Vrienden die wilden weten of hij 'de dag een beetje doorkwam'.

Zijn moeder die 'zijn stem even wilde horen'.

Onverteerbaar medelijden in elk tekentje van elk tekstbericht.

En daarnaast waren er talloze berichtjes van de datingapps.

Hij had echt beter moeten weten en zich niet vlak voor Valentijnsdag moeten aanmelden. Op 14 februari koesterden mensen nu eenmaal verwachtingen.

Afgelopen donderdag had hij zijn eerste date gehad. Valentijnsdag viel dit jaar op een zondag, dus dat hele weekend was afgevallen voor luchtige eerste kennismakingsafspraakjes, maar hij had gedacht dat donderdag ver genoeg van v-dag vandaan was om veilig te zijn.

Dat had hij dus verkeerd gedacht.

Toen hij zijn date ontmoette in het restaurant in Burlington waar ze hadden afgesproken, had hij meteen in de gaten gehad dat hij een vergissing had begaan. De verlichting in de gezellige bistro was gedempt. Op elke tafel brandde een kaarsje, met ernaast een smal vaasje met een enkele roos erin die telkens in zijn blikveld opdoemde wanneer hij naar de overkant van de tafel keek. Voor de ramen hingen kersrode hartjes. En het enige wat op de menukaart stond, was een Valentijnsdagmenu voor twee personen.

Toen de ober hun vroeg hoelang ze al samen waren, had dat op zich best grappig kunnen zijn. Zijn date had in elk geval haar best gedaan om de ongemakkelijke situatie weg te lachen, maar Connor had niet met haar meegelachen.

In plaats daarvan vergeleek hij alles wat ze deed met Monica.

Ze was allergisch voor garnalen, maar was dat wel echt zo? Monica had ook altijd beweerd dat ze allergisch was voor dingen die ze niet lekker vond, zodat de bediening haar verzoek om vervangende ingrediënten serieus nam. Hij had er nooit echt kwaad in gezien, maar als deze vrouw in dat opzicht net zo was als Monica, zou zij er dan ook twee weken voor de bruiloft vandoor gaan?

De date was geen succes geweest.

En in het weekend had hij al zijn matches ontlopen.

Wat had hij tegen ze moeten zeggen? *Sorry. Het is een beetje een rare dag voor me. Ik zou vandaag precies een jaar geleden gaan trouwen.*

Hij had zijn mobiele telefoon op stil gezet, maar bedacht toen dat zijn moeder hem misschien nodig zou hebben, dus binnen vijf minuten had hij het geluid weer aangezet. Hij hield zichzelf voor dat ze wel zou bellen als het dringend was en negeerde het herhaaldelijke gepiep van sms'jes, maar zijn werk schoot niet echt op en uiteindelijk was hij naar de fitnessruimte in de kelder gegaan.

Van sporten ging hij helderder nadenken. Hij werd er rustig van en had het gevoel dat hij alles onder controle had, alsof zijn lichaam een goed onderhouden machine was. En ja, hij was na Monica's vertrek misschien een tikje obsessief geworden over zijn lichamelijke gezondheid, maar endorfine was goedkope therapie.

Tijdens zijn vijftiende biceps curl werd er aangebeld.

Connor legde de gewichten neer en veegde met een handdoek het zweet van zijn gezicht en nek.

Dat zou zijn moeder wel zijn. Of Levi. Die twee waren zeer volhardend wanneer het aankwam op controleren of alles goed met hem was.

Connor jogde de trap op. Maximus lag zo diep te slapen dat hij zijn kop niet eens optilde.

Connor had in gedachten al een speech klaar om zijn bezoeker ervan te overtuigen dat het uitstekend met hem ging en dat alles dik in orde was, maar toen hij de deur met een ruk opentrok, stond daar niet zijn moeder. En het was ook zeker niet Levi.

Hij knipperde verrast met zijn ogen. 'Deenie.'

Vandaag was haar legging geel. Godzijdank niet roze en geen hartjes. Haar roze haar stond recht overeind midden op haar kruin, in een piekerige paardenstaart die Pebbles van de Flintstones niet zou hebben misstaan.

Haar blik gleed omlaag naar zijn bezwete T-shirt en korte sportbroek. 'Hoi. Sorry. Ik heb je een sms'je gestuurd, maar je reageerde niet, dus het leek me verstandig om aan te bellen. Komt het ongelegen?'

*Het is Valentijnsdag, de gruwelijkste dag van het jaar.* Hij wist nog net te voorkomen dat de woorden uit zijn mond glipten. 'Eh, geen probleem. Ik negeer mijn mobieltje vandaag. Maar Max ligt te slapen. Ik heb vandaag een lange wandeling met hem gemaakt en hij ligt al sinds we terug zijn te maffen.'

'O. Oké.' Haar blik gleed opnieuw naar zijn borstkas. 'Sorry. Ik had niet zomaar moeten langskomen. Ik had een smoes nodig om het huis uit te gaan. Ben en Ally zitten daar ontzettend klef te doen. Ik ben de hele ochtend in de Estates geweest...'

'Kom binnen.'

Ze knipperde met haar ogen, duidelijk verrast door de uitnodiging, maar toen hij een stap naar achteren deed en de deur verder openhield, stapte ze na een korte aarzeling over de drempel.

Hij wilde niet over Monica, Valentijnsdag of zijn gevoelens praten, maar daar wist Deenie niets van af. Ze was veilig gezelschap.

Bovendien zorgde ze voor de nodige afleiding.

Hij deed al bijna twee weken lang zijn uiterste best om zich niet te laten afleiden door haar aanwezigheid in zijn huis. Het geluid van haar stem die Maximus liefkozend prees. De stukjes glitter die overal leken op te duiken. De aanblik van haar felgekleurde leggings. Hij had zich teruggetrokken in zijn werkkamer, maar kreeg vrijwel geen werk gedaan wanneer zij in zijn huis was. Gelukkig ging het steeds beter met Max. Hij leek nu te weten wat 'zit' betekende en 'af' ging ook steeds beter.

Zolang de hond leerde zich te gedragen, vond Connor het niet erg om op de meest onverwachte plekken in zijn huis glitter tegen te komen.

Hij nam Deenies jas aan en hing hem op. Daarna ging hij haar voor naar de keuken. 'Wil je misschien iets drinken? Als je met Max wilt werken, kunnen we hem wel wakker maken.'

'Als hij groggy is, kan hij zich niet goed concentreren. En water zou wel lekker zijn.'

Hij pakte een paar glazen, schonk ze vol uit een kan met gefilterd water uit de koelkast en gaf een ervan aan haar. 'Dus Ben heeft je uit de boerderij verdreven?'

'Dat niet echt. Ik vind het fijn dat Astrid en hij er zijn. Ik voelde me alleen het vijfde wiel aan de wagen. Of eigenlijk zesde, aangezien Astrid er ook is. Het gaat speciaal om vandaag. Het zou vast niet zo ongemakkelijk zijn geweest als het geen Valentijnsdag was.'

Ze sprak 'Valentijnsdag' uit zoals andere mensen 'wortelkanaalbehandeling' zouden zeggen en Connor verborg zijn glimlach door een slok water te nemen. Zijn mobieltje piepte weer in zijn zak en hij grimaste. Hij haalde het toestel tevoorschijn en legde het met het schermpje naar beneden op het aanrecht.

Deenie wierp er een nieuwsgierige blik op. 'Waarom negeer je je mobieltje eigenlijk, Connor Wyeth?'

'Valentijnsdag,' legde hij uit. Daar had hij het eigenlijk bij willen laten, maar tot zijn stomme verwondering hoorde hij zichzelf zeggen: 'Ik zit op een paar datingapps.'

Ze reageerde net zo verbaasd op zijn bekentenis als hij zich voelde. Afgezien van zijn moeder had hij aan niemand verteld dat hij van plan was om weer te gaan daten. Iedereen zou hebben aangenomen dat het iets te maken had met Monica en met wat het eerste jubileum van hun trouwdag had moeten zijn. Hij was het spuugzat dat iedereen dacht dat alles wat hij deed een reactie was op haar, ook al had hij het hele stadje met zijn overtrokken gedrag sinds haar vertrek onbedoeld zelf aanleiding gegeven om dat te denken.

Maar dat wist Deenie allemaal niet. En ze maakte er geen geheim van dat ze hem niet kon luchten of zien, dus hij hoefde niet bang te zijn dat ze hem zou overspoelen met medeleven.

'Al mijn matches lijken te denken dat dit een goede dag is om een gesprek aan te knopen.'

Zijn mobieltje piepte weer en Deenies blonde wenkbrauwen schoten omhoog. 'Heb je veel matches?'

'Ik zit op verschillende apps,' zei hij verdedigend. 'Ik wist niet welke op dit moment populair zijn hier in de regio. Ik heb dit in de afgelopen paar jaar niet veel gedaan, dus ik wilde zeker weten dat ik zo veel mogelijk opties had.'

Deenie grijnsde en haar knalblauwe ogen glommen geïnteresseerd. 'Over hoeveel onlinevriendinnen hebben we het nu?'

'Het zijn geen vriendinnen. Het zijn matches. Potentiële toekomstige liefdespartners.'

'Hm. Hoeveel?'

'Dat weet ik niet.' Hij rangschikte de cijfers van de verschillende apps in zijn hoofd in tabellen en rekende het snel uit. 'Zeventig?'

Deenie verslikte zich in haar water. 'Oké. Wauw. Nou ja, ergens snap ik het ook wel.' Ze gebaarde zo met haar glas naar zijn lijf dat zijn wangen er warm van werden. 'Is dat de reden dat je sport? Om fit te blijven voor je harem?'

Hij onderdrukte het aangename gevoel dat ongevraagd in hem opwelde, want hij weigerde zich gevleid te voelen door haar nuchtere oordeel. 'Van sporten ga ik helderder nadenken.'

'En het heeft natuurlijk helemaal niets met ijdelheid te maken.'

Zijn ogen vernauwden zich tot spleetjes. 'Ik ben niet ijdel.' Ja, hij vond het fijn om er goed uit te zien. Hij vond het fijn als een vrouw naar hem keek of bloosde wanneer haar blik die van hem ontmoette. Het was prettig om te weten dat hij dat effect soms had. Maar hij was beslist niet ijdel.

'Ach, ga toch weg. Je vindt het heerlijk om een lustobject te zijn. Geef het nou maar toe.'

Hij trok zijn linkerwenkbrauw op. 'Een lustobject?'

Deenie rolde zo hevig met haar ogen dat haar hele gezicht meebewoog. 'Je weet best dat je sexy bent, maar ga nou alsjeblieft niet naast je schoenen lopen. Je blijft een eikel.'

'Godzijdank. Ik was heel even bang dat je door buitenaardse wezens was ontvoerd en was vervangen door een kloon.'

'Ha, ha. Heel grappig.'

Haar stem klonk ironisch en hij moest moeite doen om niet te grijnzen. Hij vond het eigenlijk wel leuk om spitsvondigheden met haar uit te wisselen. Daardoor voelde hij zich alert, energiek en mijlenver verwijderd van de man die door Monica was verlaten.

Hij vroeg impulsief: 'Wil je hier misschien een tijdje onderduiken? Dan bestellen we een pizza en streamen we een of andere superbloederige horrorfilm.'

'Heb je geen grootse Valentijnsdagplannen met iemand uit je harem?'

Hij kreunde. 'Lieve god, nee. Valentijnsdag heeft een veel te romantische lading voor een eerste date. Waarom denk je dat ik niet op mijn mobieltje reageer? Totale communicatieblack-out. Dat is mijn strategie.'

Deenies wenkbrauwen vormden een boze v die totaal misplaatst leek op haar schattige elfengezichtje. 'Wacht eens even. Je weigert dus gewoon hun te antwoorden? Op een van de vreselijkste romantische dagen van het jaar negeer je al die single vrouwen die alleen maar een beetje hoop willen koesteren op een toekomstige relatie?'

'Daarom reageer ik juist niet. Op Valentijnsdag wordt alles buitenproportioneel opgeblazen. Ik wil de verwachtingen temperen, zodat niemand te veel achter een eenvoudige begroeting zoekt.'

'Omdat vrouwen allemaal gestoorde gekken zijn die konijnen in je snelkookpan stoppen en die zich wanhopig met hun tentakels aan je vastklampen zodra je je op 14 februari in hun buurt begeeft?'

'Omdat ik slechts met een van hen zal trouwen en ik de emotionele nevenschade bij de anderen zo veel mogelijk wil beperken.'

Deenies wenkbrauwen veranderden van een v in een hoge boog. 'Dus nu ga je zelfs al trouwen?'

Zijn wangen gloeiden. 'Uiteindelijk wel. Dat is tenslotte de bedoeling.' Hij kon niet geloven dat hij dat er zomaar uit had gegooid. 'Het hele punt van daten is dat ik het straks nooit meer hoef te doen. Als ik beter had nagedacht, had ik natuurlijk tot na Valentijnsdag gewacht met het invullen van mijn profielen, maar ik zit een beetje met een deadline.'

Als hij eerlijk was, kwam het ook een beetje door Bens zoetsappige romantische gezwets, want hij had bedacht dat er een kans bestond dat een van de profielen meteen zijn aandacht zou trekken, en dat hij het dan meteen zou weten en Valentijnsdag zou willen doorbrengen met zijn enige ware liefde.

Helaas had die enige ware liefde zich niet aangediend. Wel zeventig mogelijke. En hoe vaker hij een match had, hoe overweldigender de gedachte werd dat hij de enige ware zou vinden.

'Moet je soms voor een bepaalde datum trouwen om een enorme erfenis te krijgen van een excentrieke oom?'

Connor knipperde met zijn ogen en keerde met een diepe rimpel in zijn voorhoofd terug in het heden. 'Wat?'

Deenie grinnikte om Connors verbijsterde gezicht. Knock-out. Wat een heerlijk woord was dat toch. 'Ik lees heel veel romannetjes en dat is min of meer mijn favoriete thema. Het gedwongen verstandshuwelijk. Totdat ze erachter komen dat ze stapelverliefd op elkaar zijn en dat degene met wie ze zijn getrouwd om het geld in handen te krijgen eigenlijk meer voor hen betekent dan dat geld. En dan leven ze allemaal nog lang en gelukkig, meestal met het geld.'

Connor schudde verbluft zijn hoofd. 'Dat gebeurt in het echte leven niet. Volgens mij zijn zulke clausules in een testament niet eens rechtsgeldig.'

'Een kniesoor die daarop let. Ik kies ervoor te geloven dat het echt zou kunnen gebeuren. Maar goed, wat houdt die deadline van jou dan in?'

Hij grimaste, waardoor het kuiltje in zijn wang zich even liet zien. 'Het is niet echt een deadline. Ik...ik wil graag partner worden en om te bewijzen dat er een goede balans is tussen mijn werk en mijn privéleven is het beter als ik de komende maanden af en toe mijn vriendin kan meenemen naar bedrijfsfeestjes. Om te laten zien dat ik meer ben dan alleen een werkpaard.'

'Je hebt mij ingehuurd om je hond te trainen, omdat je geen kwartiertje computertijd kunt missen om het zelf te doen en nu probeer je een vriendin te vinden om te bewijzen dat je niet geobsedeerd bent door je werk?'

'Het is niet zo dat ik geen tijd kan missen, maar jou inhuren was efficiënter. Jij bent een deskundige.'

'Ik zou mezelf geen deskundige willen noemen...'

'Het werkt. Hij gaat vooruit. Daardoor heb ik de gelegenheid om me op mijn andere doelen te focussen. En ik ben heus niet alleen op zoek naar een echtgenote vanwege mijn werk. Ik had sowieso al besloten dat het tijd was.'

'Wel fijn dat de liefde jouw schema volgt.'

'De liefde volgt altijd een schema,' zei Connor nadrukkelijk. 'Het is geen sprookje. Echte liefde, blijvende liefde, draait erom dat je iemand vindt die hetzelfde over dingen denkt als jij, een gelijkgestemde, en dat je er elke dag aan werkt om een band met deze persoon te ontwikkelen. Het is een bewuste keuze en het gebeurt wanneer wij ervoor kiezen. En als ik snel moet kiezen, zodat ik aan het eind van deze maand iemand heb om mee te nemen naar een liefdadigheidsevenement, dan zijn dat mijn zaken.'

'Wauw, Connor, wat ben je toch een gevoelige romanticus.'

'Ik zeg niet dat er geen romantiek aan te pas komt, of chemie, of aantrekkingskracht, of het door dichters verheerlijkte gevoel dat je door de bliksem bent getroffen, maar dat is in feite lust. Het is belangrijk, maar het biedt geen blijvende basis. Gelijkgestemdheid wel.'

Deenie vertrok haar gezicht. 'Je hebt een checklist, hè? Met de karaktereigenschappen die je zoekt.'

Zijn gezicht was net een neonbord met JA erop. 'Het is belangrijk dat je weet wat je zoekt. Als je weet wat er voor jou toe doet en op welke vlakken je bereid bent compromissen te sluiten, kan dat het proces versnellen door onoverkomelijke obstakels op voorhand te elimineren.'

'Heb je echt zeventig vrouwen gevonden die aan al jouw eisen voldoen?' Met zijn checklist, die ongetwijfeld heel lang was, vond ze het al een wonder dat hij er überhaupt één had gevonden.

'Ik heb nog geen tijd gehad om alle punten op mijn lijst met hen te bespreken,' gaf hij toe. 'En sommige dingen zijn in levenden lijve gemakkelijker vast te stellen. Verbale chemie. Een vergelijkbare communicatiestijl. Of ze de hele date op hun mobieltje zitten te kijken of daadwerkelijk contact zoeken met een ander mens...'

'Misschien is haar vriendin wel negen maanden zwanger en zit ze te wachten op het berichtje dat ze als een speer naar het ziekenhuis moet.'

'In dat geval hoop ik dat mijn toekomstige vrouw me daar van tevoren van op de hoogte stelt. Het lijkt me niet te veel gevraagd om uit eten te willen gaan met een vrouw die in oogcontact gelooft met iets anders dan een apparaatje.'

Deenie besefte dat ze tijdens hun discussie allebei over het kookeiland naar elkaar toe gebogen hadden gestaan en voortdurend oogcontact hadden gehad. Ze leunde op haar hakken naar achteren en wendde haar ogen af. Haar blik landde op zijn telefoontje, dat opnieuw piepte.

Ze staarde boos naar het vervelende ding. 'Ik blijf erbij dat je een aantal van die vrouwen moet beantwoorden. Niet allemaal. De top vijf. Wees niet zo'n eikel die op belangrijke feestdagen niets van zich laat horen en vervolgens doodleuk weer opduikt zodra de emotionele lading is afgenomen. Dat ben je je toekomstige vrouw wel verschuldigd, vind je zelf ook niet?'

Connor perste zijn lippen op elkaar. Toen zei hij schoorvoetend: 'Dat is misschien niet eens zo'n slecht idee.'

'Zie je nou wel? Ben ik toch niet helemaal nutteloos.'

'Daar ben ik me van bewust. Maar ik ga vandaag echt niet met een van hen uit.' Hij ving haar blik weer op. 'Pizza?'

Om een of andere reden wilde ze nog niet weg. 'Oké. En de bloederigste horrorfilm die we kunnen vinden.'

# 11

Maximus werd wakker voordat de pizza arriveerde. Terwijl Deenie de bestelling plaatse, was Connor onder de douche gesprongen en hij arriveerde tegelijk met de hond in de keuken. Hij rook hemels. Dat wilde zeggen: Connor, niet Maximus.

'Hallo, puppy,' zei Deenie liefkozend tegen Maximus om te voorkomen dat ze kwijlend naar zijn baasje zou staren.

Connors chagrijnige masker viel weer op zijn plek. 'Hij is geen puppy. De dierenarts denkt dat hij twee is.'

'Hij zal altijd een puppy blijven. Hè, liefje?' zei Deenie kirrend. Dat leidde onvermijdelijk tot een zinloze discussie over de vraag wat 'puppy' inhield, maar het leidde in elk geval haar aandacht af van haar verlangen om wellustig naar Connor te gluren.

Aangezien de bezorging bij het resort altijd een eeuwigheid duurde, maakte Deenie gebruik van de gelegenheid om een paar dingen met Max en Connor door te nemen, als een van de vastgelegde oefensessies onder begeleiding. Connor beklaagde zich erover dat ze hem vaker corrigeerde dan Maximus en daar had hij geen ongelijk in. Maar toen ze hem uitlegde dat híj degene was die de leiding had over de oefensessie en niet Max, hield Connor zijn mond en luisterde hij zowaar.

Het verliep minder slecht dan ze had verwacht. Tijdens de volgende groepsles op maandagavond zouden ze hopelijk niet langer zo'n enorme stoorzender zijn.

Toen de pizza werd bezorgd, gingen Deenie en Connor ieder met een pizzapunt op de bank voor de televisie zitten. Max probeerde tussen hen in te springen om mee te kunnen eten, maar Deenie hield hem met een geluid achter in haar keel tegen en droeg hem op om in plaats daarvan bij hun voeten te gaan liggen.

Connor staarde haar aan alsof ze water in wijn had veranderd.

De film die ze hadden uitgekozen, was niet al te vreselijk, maar Deenie kwam één waardevol feit over Connor te weten.

Hij vond het leuk om alles af te kraken.

In het begin was het slechts geërgerd gebrom wanneer een van de personages iets extra doms zei of deed. Maar tegen de tijd dat de pizza op was en Maximus zich alsnog tussen hen in op de bank had weten te wurmen, met zijn kop op Deenies schoot en zijn achterpoten gestrekt over Connors bovenbenen, was hij overgestapt op luidkeels gemopperde kritiek.

Deenie perste haar lippen stevig op elkaar en vermaakte zich om een of andere onverklaarbare reden kostelijk om Connors afkeer. Hij leek alle fouten in de film als een persoonlijke belediging op te vatten, en dat waren er nogal wat. En zijn irritatie was ergens wel aandoenlijk.

'Waarom doe je dat nou?' snauwde hij luid genoeg om de snurkende Maximus wakker te laten schrikken. 'Waarom zou je het huis weer ingaan? De auto staat voor je neus. Echt pal voor je neus. Rij toch gewoon weg!'

Deenie slaagde er niet helemaal in haar proestbui te onderdrukken.

Connors vurige, verschroeiende blik richtte zich op haar, alsof zij het filmscript had geschreven. 'Vind je dat grappig?'

Er welde gegiechel op uit haar borstkas. 'Ja?'

Haar geproest hield hem een spiegel voor en zijn boze gezichtsuitdrukking maakte plaats voor een zelfbewuste. Het kuiltje verscheen in een verontschuldigende grimas. 'Ik erger me altijd wanneer het niet logisch in elkaar zit.'

'Dat was me al opgevallen.'

'Maar even serieus. Waarom? Waarom zou je dat huis weer binnengaan?'

'Omdat ze nog een kwartier aan film moeten opvullen en de slechterik nog niet door de heldin is gedood? Het zou lang niet zo dramatisch zijn als ze wegrijdt en de politie erbij haalt om hem in de boeien te slaan.'

'Maar het is niet lógisch.'

'Laat me eens raden. "Onlogisch" is een van jouw onoverkomelijke obstakels. Op de romantische checklist.'

'Het is geen romantische checklist,' wierp hij tegen. 'Ik vind het gewoon belangrijk dat je weet wat je wilt. O, mijn god, dat meen je toch niet, hè?' brulde hij naar het scherm. 'Pak dat mes! Het mes!'

'Word jij vaak uit de bioscoop gezet?' vroeg Deenie.

'Ik ga nooit naar de bioscoop,' antwoordde Connor zonder zijn ogen van het scherm af te wenden. 'Dat is zonde van het geld. Ik kan diezelfde film ook thuis bekijken, met mijn eigen popcorn en mijn eigen frisdrank, voor slechts een fractie van het bedrag, en dan hoef ik niet in de rij te wachten of naar de dichtstbijzijnde megabioscoop te rijden. Waarom zou ik dat willen?'

'Omdat het leuk is? Omdat het ons eraan herinnert dat we deel uitmaken van een grotere gemeenschappelijke menselijke ervaring als we in een zaal vol mensen zitten die samen lachen en huilen? Omdat alle goede stukken al zijn verpest wanneer een film eindelijk op dvd uitkomt?'

'Ik kom nooit op sociale media, dus ik hoef niet bang te zijn voor spoilers.'

Deenie knipperde met haar ogen en was benieuwd of dat altijd al zo was geweest, of dat het een reactie was op de foto's die zijn ex van haar avonturen had gepost.

'Jij hebt echt geen gebreken, hè?' vroeg ze. Hij was altijd ontzettend beheerst. Nu hoefde dat niet per se iets slechts te zijn. De beheersing die hij tijdens het sporten uitoefende, deed zijn lijf duidelijk veel goed. Op dat moment lag hij languit in zijn joggingbroek op het andere uiteinde van de bank en hij leek net een model. 'Is dat van die frisdrank en popcorn echt waar?' Hij leek haar eerder het type dat zijn lichaam als een tempel beschouwde.

'Nee, maar volgens mij ligt er wel wat in de voorraadkast, als jij wat wilt. Mac brengt altijd allerlei troep mee voor ons pokeravondje.'

'Ach ja, de beroemde pokeravondjes.'

Connor keek haar vanuit een ooghoek aan. 'Beroemd?'

'Ally heeft me erover verteld. Het klonk als iets heel bijzonders. Een gigantisch testosteronfeest.'

'Het is een traditie. Eentje die we nieuw leven proberen in te blazen. Het is een van mijn goede voornemens voor dit jaar.' Hij stak een hand uit en aaide over Max' buik. 'Net als de adoptie van deze jongen, partner worden en mijn vrouw vinden.'

Hij zei het heel nonchalant. Alsof iedereen op een dag ging zitten en besloot te gaan trouwen. Wat moest het vreemd zijn om in Connors wereld te leven.

'Ik doe nooit aan goede voornemens voor het nieuwe jaar,' merkte Deenie loom op, terwijl de heldin probeerde een trap op te sprinten, achtervolgd door de moordenaar die naar haar enkels graaide. 'Als je je voorneemt om iets te doen, waarom zou je er dan mee wachten tot een bepaalde dag van het jaar?'

'Het geeft je een excuus om alles op een rijtje te zetten. Maar als ik eerlijk ben, stammen mijn goede voornemens eerder van Groundhog Day. In januari had ik het zo druk dat ik al mijn plannen voor het nieuwe jaar straal ben vergeten. Knal hem neer!'

De actrice op het scherm weigerde koppig te gehoorzamen.

'Dat is nou precies wat ik bedoel,' zei Deenie. 'Heel veel mensen maken grootse plannen in plaats van daadwerkelijk iets te ondernemen. Ze beloven zichzelf altijd dat ze het ook echt zullen doen, maar het komt er nooit van. Dat is hetzelfde als al die mensen die tegen me zeggen dat ze me benijden, omdat ik naar Parijs of Thailand of een andere plek op hun bucketlist ben geweest. De meesten van hen kunnen het zich gemakkelijk veroorloven om er morgen naartoe te gaan, maar ze blijven liever thuis om plannen te maken om er óóit naartoe te gaan.'

'Dank je!' brulde Connor toen de heldin eindelijk een pistool leegschoot op de schurk en een wel heel toevallig in de buurt liggende bijl greep om de klus af te maken. 'Je kunt niet zeggen dat ik alleen maar plannen maak. Ik ben juist proactief bezig. Ik heb me aangemeld voor die datingapps. Ik heb mijn eerste date al achter de rug.'

'O?' Deenie voelde dat ze haar rug rechtte en maakte zichzelf wijs dat ze alleen nieuwsgierig was. Ze zou nooit jaloers kunnen zijn vanwege Connor. 'Hoe is het gegaan?'

De heldin stond bij de onthoofde slechterik en Connor zweeg even om naar de dialoog te luisteren. Toen schudde hij brommend zijn hoofd. 'Niet zo best.' Het duurde even voor het tot haar doordrong dat hij het over de date had, niet de dialoog.

'Niet?' Ze had geen enkele reden om op te fleuren bij die gedachte. Ze voelde er helemaal niets voor om zelf met hem te daten, en ze verachtte hem ook niet genoeg meer om te willen dat hij ellendig en eenzaam zou blijven. Ze hoorde juist te duimen dat al zijn dates een succes werden. 'Wat ging er mis?'

'Het was ongemakkelijk.'

'Sommige mensen zijn bloednerveus voor een eerste date...'

'Het lag niet aan haar. Het was mijn eigen schuld. Ik bleef steeds...' Hij ademde zwaar uit. De aftiteling rolde over het scherm en hij kon niet langer doen alsof hij naar de film keek. 'Ik heb een nare relatiebreuk achter de rug en nu lijkt het wel alsof ik voortdurend op zoek ben naar signalen dat deze nieuwe matches net zo zijn als zij. Alles wat ze met haar gemeen hebben, lijkt een waarschuwing. Maar als ze niets met haar gemeen hebben, voelt het alsof ze ook niets met mij gemeen hebben en zonder een gemeenschappelijke basis kun je niet je leven met iemand delen. Mijn ex en ik waren een logisch stel, maar onze breuk was onlogisch, en nu heb ik het idee dat ik niet op mezelf kan vertrouwen.'

Haar borst verstrakte van medeleven. 'Geef me je mobieltje eens.'

Er verscheen een diepe rimpel in Connors voorhoofd. 'Wat? Nee.'

'Laat mij je matches voor je selecteren. Je durft niet op jezelf te vertrouwen. Ik wil best matchmaker spelen. Als er dan iets verkeerd gaat, kun je mij daar altijd de schuld van geven.'

Connor zweeg langer dan waarschijnlijk verstandig was en liet het voorstel door zijn hoofd rollen. Uiteindelijk zette hij het van zich af. 'Nee. Geen sprake van.'

Deenie haalde onbekommerd haar schouders op. 'Wat jij wilt.'

Dat was een van de dingen die de omgang met haar zo prettig maakten. Ze vonden het allebei totaal niet belangrijk wat de ander van hen dacht, dus ze waren niet snel beledigd. Hij hoefde niet op zijn woorden te letten of te doen alsof hij niet zo iemand was die luidkeels zijn frustraties uitte over dommigheden op het scherm.

Het was opvallend leuk geweest om Valentijnsdag met Deenie door te brengen.

Het alternatief was natuurlijk wel dat Max anders zijn valentijn zou zijn geweest.

'Zul je dan in elk geval een paar van hen antwoord sturen? Geloof me, je wilt echt niet bekendstaan als de man die voorafgaand aan Valentijnsdag elke dag met je kletst, om vervolgens op de grote dag zelf spoorloos te verdwijnen.'

'Dat weet ik heus wel,' bromde hij. 'Maar ik weet niet wat ik moet zeggen.'

'Het maakt niet uit wat je zegt. Stilte is het allerergste. Dan vullen onze ervaringen uit het verleden namelijk de gaten op. Ik kan je op een briefje geven dat minstens vijf van die vrouwen er inmiddels van overtuigd zijn dat je een date hebt met iemand anders, en er is er eentje bij die denkt dat je getrouwd bent.'

Hij nam haar aandachtig op, van haar roze Pebbles-paardenstaart tot haar schrandere blauwe ogen. 'Date jij eigenlijk wel eens? Ik heb je nog nooit met iemand gezien.'

'Ik ben een heel tevreden single. Alleen zijn is mijn eigen keus. Ik geef de voorkeur aan daten met een uiterste houdbaarheidsdatum. Ik ga alleen met iemand uit als ik weet dat er een definitieve einddatum aan verbonden is, zoals een vliegticket terug naar de VS. Zo voorkom je dat je je te veel aan iemand hecht. Geen teleurstelling, geen verwachtingen die niet worden ingelost. Alleen maar lol. Maar ik heb goed geluisterd naar al mijn vrienden die in het moeras van het daten op zoek zijn naar vastigheid, en zoals ik al zei, heb ik tientallen romannetjes gelezen waarin alles draait om relaties en over wat er in een vrouwenhoofd omgaat. Dat zou jij ook eens moeten proberen. Onbeperkte toegang achter de vijandelijke linies.'

'Ik zie dit niet als een oorlog. En ik heb geen tijd om te lezen.'

Deenie hapte naar lucht. 'Dat is echt het bedroevendste wat je tot nu toe tegen me hebt gezegd. En je hebt echt al aardig wat bedroevende dingen verkondigd, Princeton.'

'Yale,' verbeterde hij haar.

'Lood om oud ijzer.'

Max rekte zich kreunend uit en sprong van de bank om zich in zijn mand terug te trekken. Dat gaf Connor en Deenie de kans om het gevoel in hun benen terug te krijgen. Deenie trok haar in een gele legging gehulde benen meteen op de bank en ging met haar gezicht naar hem toe zitten.

'Oké, wat zijn je favorieten?'

'Mijn favorieten?'

'Je favoriete matches. Vooruit. Werk eens even mee. Wie vind je echt leuk?'

Hij hief een hand op om haar de mond te snoeren. 'Ik heb geen coach nodig.'

'Als je echt van plan bent om je hele harem te negeren tot Valentijnsdag voorbij is, heb je wel degelijk een coach nodig.'

'Het is geen harem.'

'Oké, je matches dan. Wie zijn de grootste kanshebbers?'

Hij keek haar boos aan, maar Deenie had zich nog nooit door zijn kwade blikken laten intimideren. Ze glimlachte kalm terug, roze, bedekt met de glitters en ongevoelig voor zijn slechte humeur. 'Best,' bromde hij uiteindelijk, en hij somde een aantal namen op. 'Sarah, Ashley, Piper, Jennifer, Noor, Ashley...'

'O, kennelijk vind je Ashley wel heel erg leuk. Je hebt haar twee keer genoemd.'

'Er zijn twee verschillende Ashleys. Of eigenlijk drie, maar de twee die tot mijn favorieten behoren, zijn Ashley uit Stowe en Ashley uit New Hampshire.'

Deenie sperde verrukt haar ogen open. 'Je hebt dríé Ashleys. Dit is zelfs nog beter dan *De Bachelor*. Oké. Wat vind je leuk aan de Ashleys op je favorietenlijst? Ik wist trouwens wel dat je lijstjes had gemaakt. Laten we beginnen met Ashley uit Stowe. Wat vinden we leuk aan Ashley uit Stowe?'

Hij grimaste onbehaaglijk, maar speelde het spel toch mee. Alleen een sukkel sloeg hulp af wanneer hij die nodig had en Connor was bereid om toe te geven dat hij op dit moment niet op zijn best was. 'Ze is vierendertig, dus geen kind meer. Dat is belangrijk. Ze rookt niet en gebruikt geen drugs. Ze drinkt wel eens alcohol voor de gezelligheid, maar nooit veel...'

'Wie geeft er op het profiel van een datingapp nou toe dat ze te veel drinkt?'

Ze had gelijk, maar hij ging verder alsof ze hem niet had onderbroken. 'Ze heeft geen kinderen, maar wil ze wel. Is nooit getrouwd geweest, maar wil dat wel. Behoort tot hetzelfde inkomensniveau...'

'Dus je hoeft niet bang te zijn dat ze op je geld uit is.'

Hij fronste zijn wenkbrauwen. 'Dus ik weet dat we dezelfde doelen en waarden hebben.'

'Geld maakt gelukkig?'

'Zekerheid en financiële stabiliteit zijn belangrijk. En de wetenschap dat ik niet met mijn vrouw hoef te discussiëren over geld en roekeloze uitgaven is belangrijk voor me.'

'Dat ze veel verdient wil niet zeggen dat ze nooit meer uitgeeft dan er binnenkomt. Ik verdien amper iets, maar ik ben op financieel gebied toch een van de verantwoordelijkste mensen die je ooit zult tegenkomen.'

'Dat vind ik moeilijk te geloven.'

Deenie grijnsde al haar tanden bloot. 'Dat zal best. Ik vind het onbegrijpelijk dat ze je echt vertellen hoeveel ze verdienen.'

'Dat is niet op alle sites zo. Wil je nou over Ashley horen of niet?'

Ze spreidde verontschuldigend haar handen. 'Ga door.'

'Ze is makelaar, dus een verhuizing naar Pine Hollow hoeft geen belemmering voor haar te zijn om haar eigen carrière te hebben...'

'Wat vreselijk aanmatigend van je om er klakkeloos van uit te gaan dat zij wel bij jou komt wonen...'

'Ik ga helemaal nergens van uit. Ik probeer slechts te anticiperen op toekomstige obstakels.' Toen Deenie er niet verder over doorging, vervolgde hij: 'Alle foto's op haar profiel zijn stijlvol. Elegant. Liefdadigheidsevenementen, sportevenementen, een familiepicknick met een schattig jong neefje om haar moederlijke kant te laten zien. Geen foto's van kroegen of diepe decolletés. Zakelijk. Verzorgd.'

'Ze klinkt echt fantastisch.'

Hij fronste zijn wenkbrauwen. 'Ik weet nooit of je het meent of niet.'

'Dat weet niemand,' merkte ze opgewekt op. 'Dat maakt deel uit van de raadselachtigheid die me omringt. Goed, wat voor Valentijnsbericht heeft de verzorgde, stijlvolle Ashley je gestuurd?'

'Nee.' Connor schudde zijn hoofd en verwierp instinctief de gedachte om zijn pogingen tot een onlineflirt met haar te delen.

Het voelde te onbehaaglijk aan. Te ongepast. 'Ik zal ze een berichtje terugsturen, dat beloof ik. Ik zal ze niet negeren op Valentijnsdag, maar ik wil niet dat jij je hier als een soort Cyrano mee bemoeit. Het lukt me heus wel.'

Deenie schokschouderde onverschillig. 'Oké.'

'Zodra ik een beetje warm ben gedraaid, kan ik dit echt wel.'

Deenie snoof spottend. 'Zo lust ik er nog wel een paar.'

'Serieus?' Hij keek woest. 'Wat ontzettend volwassen van je.'

'Volwassenheid wordt zwaar overschat. Iedereen doet alsof volwassen zijn een knappe prestatie is, maar het is gewoon een andere manier om over mensen te oordelen. Ik weet dat ik er jonger uitzie dan ik ben, maar ik word dit jaar dertig en toch behandelt iedereen me als een klein kind.'

'Tja, je hóéft je natuurlijk ook niet te kleden alsof je de kledingkast van een kleuter hebt geplunderd.' Hij stak een hand uit en mepte speels tegen een pluk roze haar die uit de paardenstaart was ontsnapt.

'Omdat ik van felle kleuren en glinsterende dingen hou, ben ik dus automatisch onverantwoordelijk? Wat een gelul. Je moet genieten van de dingen die je leuk vindt.' Ze verschoof een stukje op de bank, zoals ze de hele avond al had gedaan. De kleine, onrustige bewegingen trokken voortdurend zijn aandacht.

'Jij kunt echt niet stilzitten, hè?'

'Wat is daar nou leuk aan?'

'Het draait in het leven niet alleen om leuke dingen.'

'Maar het draait ook niet allemaal om werk. Leuke dingen vormen een noodzakelijk onderdeel van het leven en mensen die niet weten hoe ze leuke dingen moeten doen, zouden meer waardering moeten hebben voor degenen die hen leuke dingen láten doen.'

'Ik weet best hoe ik leuke dingen moet doen.'

'Ja, dat heb ik gemerkt. Jij vindt het leuk om dingen af te kraken. Heel volwassen, hoor.'

'Ik kraak helemaal niets af.'

'Nee joh, tuurlijk niet.' Deenies glimlach was engelachtig neerbuigend.

Connor keek haar nijdig aan. 'Ik vind het lastig om irrationeel gedrag van filmpersonages te negeren.'

'Het is misschien even schrikken, maar mensen kunnen nu eenmaal irrationeel zijn. Zeker als ze bang of gestrest zijn. En ik heb zo het gevoel dat het best stressvol is als je achterna wordt gezeten door een moordenaar met een bijl.'

'Ik zou graag één horrorfilm willen zien waarin de hoofdrolspeler een crisis verstandig het hoofd weet te bieden.'

'Volgens mij zijn dat "actiefilms,"' merkte ze op, compleet met het handgebaar dat dubbele aanhalingstekens aanduidde. 'Films waarin de hoofdrolspeler een stoere gast is die getraind is in het omgaan met situaties die de schurk voor hem creëert. *Die Hard*, bijvoorbeeld. Of *Alien*.'

'Bedoel je nou dat onbekwaamheid voorbehouden is aan het horrorgenre en dat een film geen horror is als de hoofdrolspeler geen domme sufferd is?'

'Wat ik bedoel,' wierp ze tegen, 'is dat iemand die geen wapenarsenaal in zijn kelder heeft liggen en zich tegen bovennatuurlijke gruwelen moet verdedigen met slechts de vaardigheden en voorwerpen waarover gewone mensen beschikken een vast onderdeel is van het horrorgenre. De reden dat jij je zo ergert aan de incompetentie van de hoofdrolspeler is dat we worden verondersteld onszelf te herkennen in die persoon. Ik betwijfel of er veel mensen zijn die bij het zien van *Mission: Impossible* zichzelf erin herkennen. In een actiefilm zoeken we een held die zo koelbloedig en beheerst is in een crisissituatie dat hij bijna niet menselijk meer is: de scherpschutter. De kungfuexpert met supercoole gadgets die nooit zweet en grapjes maakt met het meisje, maar ondertussen waarschijnlijk aan een ernstige antisociale stoornis leidt, want hij blijft in staat te functioneren, hoe veel mooie vrouwen er ook voor zijn ogen worden vermoord om de emotionele inzet te verhogen.'

Het was een steekhoudend argument, maar Connor was niet van plan zich zomaar gewonnen te geven. 'Herkenbaarheid is één ding, maar een doorsneepersoon als incompetent presenteren om hem herkenbaar te maken is een belediging aan het adres van je publiek.'

'Of juist een compliment, om ons eraan te herinneren dat we slimmer zijn. We willen geloven dat wíj de film zouden overleven, dus als we slimmer zijn dan degene die de moordenaar uiteindelijk uit de weg ruimt, vinden we het fijn. We zijn zelfgenoegzaam. Daarom blijf jij toch naar horrorfilms kijken, ook al word je er helemaal gek van? Zodat jij je slimmer kunt voelen dan iedereen.'

Hij schonk haar een overdreven arrogante, zelfvoldane grijns. 'Ik voel me altijd slimmer dan iedereen.'

Deenie lachte. 'Ja, dat was me al opgevallen.'

Ze keken elkaar grinnikend aan en Connor merkte dat hij ontzettend ontspannen was. Dat hij ontzettend lekker in zijn vel zat.

Zo had hij zich de laatste tijd niet vaak gevoeld. Hij was er altijd rotsvast van overtuigd geweest dat hij wist wie hij was, maar toen hij even niet oplette, leek dat gevoel het afgelopen jaar langzaam maar zeker te zijn verdwenen. Alsof hij niet langer degene was die hij altijd had gedacht te zullen zijn. Hij wilde dat gevoel terug. Vandaar zijn voornemen om zijn leven weer op de rit te krijgen. Maar op een of andere manier had hij het gevoel teruggevonden tijdens zijn discussie met Deenie, iemand met wie hij totaal niets gemeen had.

Misschien voelde hij zich meer aanwezig doordat hij zich tegen haar moest verdedigen, maar wat het ook was, het voelde heerlijk aan. Hij was er dus nog niet aan toe om haar te laten vertrekken toen ze eindelijk het oogcontact verbrak en opstond.

'Ik moet maar eens gaan. En jij moet heel wat matches een berichtje sturen.'

'Ik ben blij dat je bent langsgekomen,' zei hij. Hij stond ook op. 'Ik heb een leuke avond gehad.'

‘Ik ook,’ gaf ze met een verbaasde klank in haar stem toe. Normaal gesproken zou hij beledigd zijn geweest, maar hij was net zo verbaasd als zij.

‘Dit doen we vanzelfsprekend niet nog een keer.’

‘Lieve god, nee,’ zei ze geruststellend, met zo veel gespeelde afschuw dat hij erom moest lachen.

Maximus verroerde zich en liep met hen mee naar de deur. Connor greep de hond vast bij zijn halsband om hem binnen te houden en deed de deur open voor Deenie. Er waaide een kille windvlaag naar binnen. De zon was ondergegaan en het was een rustige avond. De maan aan de hemel was vol.

Met iemand anders zou dit heel romantisch zijn geweest.

Deenie trok haar jas aan en aaide Max’ oren. ‘Tot gauw, puppy,’ zei ze tegen de hond. Ze ontweek Connors ogen tot ze buiten stond en het maanlicht op de roze plukjes in haar haren viel. Toen wierp ze hem een scheef lachje toe. ‘Tot ziens, Princeton.’

‘Yale.’

‘Hm. Succes met je harem.’

Hij keek haar niet na toen ze wegwandelde, maar deed meteen de deur dicht en liep naar de keuken om de pizzadozen op te ruimen. Toen hij zag hoeveel ze had besteld, had hij verwacht dat er wel restjes zouden zijn, maar hij had onderschat hoeveel pizzapunten een vrouw die zo lenig en tenger was als Deenie kon verstouwen. Er waren slechts wat ruwe stukjes korst over, die hij in Max’ etensbak mikte. Ze werden meteen opgeschrokt.

Binnen enkele minuten verkeerde de keuken weer in zijn gebruikelijke smetteloze staat en had Connor geen excuus meer om zijn telefoon nog langer te negeren.

Hij scrolde haastig door de berichtjes, als een pleister die je er in één keer af rukte. De meeste waren volkomen onschuldig. Ze wensten hem een fijne dag of stuurden hem een Valentijnsdaggroet. Sommige met een GIF of een emoji erbij. Geen enkele reden om zich de hele dag voor te verschuilen. Hij had alles in gedachten veel te veel opgeblazen.

Toch wist hij niet wat hij moest terugsturen. Hij wilde niet te veel zeggen en in een gesprek verzeild raken. Niet op deze avond. Misschien kon hij ze een fijne Valentijnsdag wensen en het daarbij laten.

Meestal was hij wat vrouwen betreft zelfverzekerd en was hij nooit bang om iets verkeerds te zeggen of te doen, maar kennelijk was hij vergeten hoe hij zorgeloos charmant moest zijn.

Terwijl hij met twijfels werd bestookt, kondigde een piepgeluid van zijn mobieltje een nieuw berichtje aan.

Deenie.

Toen hij haar naam las, opende hij het berichtje meteen. Het was een GIF van snoephartjes, van die snoepjes die hij in de eerste klas van de lagere school in zijn Valentijnsmandje had gekregen. Deze rolden uit een doosje en dansten de polonaise. Connor grinnikte. Er kwam een tweede berichtje binnen.

*Je zou deze bijvoorbeeld aan je harem kunnen sturen.*

Connor knipperde met zijn ogen. Dat was een goed idee. Grappig. Luchtig. En toch contact.

Veilig.

Hij stuurde een bedankje terug, kopieerde de GIF en opende de datingapps.

# 12

Toen Deenie de volgende ochtend bij de Estates uit haar auto stapte, ging haar mobieltje. Na de frisse, heldere avond van Valentijnsdag was het weer omgeslagen en de toch al grauwe dag werd nog akeliger vanwege een ijskoude motregen. Deenie dook haar auto weer in om te schuilen voor de regen en grabbelde naar haar telefoon.

Toen ze hem eindelijk onder uit haar tas had gevist en de naam van de beller op het schermpje zag staan, aarzelde ze even.

Ze was dol op haar zus. Echt. Maar negen van de tien keer zat Deenie na hun gesprekken opgezadeld met een emotionele kater die urenlang aanhield, en voor tante Bitty wilde ze op haar best zijn.

Kirsten belde haar echter bijna nooit, dus het moest wel belangrijk zijn. Hun ouders waren ook de jongsten niet meer...

Deenie tikte snel op het toestel om op te nemen. 'Kirsten?'

'Deenie Baby!'

Deenie kromp al lang niet meer in elkaar bij het horen van de oude bijnaam. Haar broer en zus, die respectievelijk acht en zes jaar ouder waren dan zij, hadden haar bij haar geboorte de bijnaam Deenie gegeven, soms uitgebreid tot Teenie Weenie Deenie, omdat ze zo klein was. Maar toen het fenomeen Beanie Baby zich aandiende, waren ze op de nieuwe versie overgestapt.

Haar broer en zus waren naar de universiteit vertrokken toen Deenie nog zo jong was dat hun idee van wie ze was in het stadium van Deenie Baby was blijven hangen. En het hielp ook al niet dat ze, volgens hun maatstaven van wat het inhield om volwassen te zijn, nooit echt was opgegroeid. Of dat ze geen 'echte' carrière had. Geen hypotheek. Geen pensioenplan. Geen serieuze volwassen relaties. Dat ze bijna dertig was, deed er niet toe. Ze was en bleef Deenie Baby.

'Je raadt nooit wat er is gebeurd,' ratelde Kirsten met het hoge stemmetje dat ze altijd gebruikte wanneer ze het tegen Deenie had, alsof ze tegen een klein kind praatte. 'Todd heeft me ten huwelijk gevraagd!'

'Eh... wauw. Gefeliciteerd!' Haar zus was al een paar jaar samen met Todd. Ze had kunnen weten dat dit zou gebeuren. Vooral omdat een huwelijksaanzoek op Valentijnsdag precies het cliché was dat haar zus geweldig vond.

'Je kijkt er niet eens van op, hè? Iedereen aan wie ik het vertel, reageert met: "Nou, het werd wel tijd!" Helemaal omdat ik het bijna had uitgemaakt toen hij met Kerstmis niet met een ring kwam aanzetten, maar wie kan me dat nou kwalijk nemen? We daten al twéé jaar! Op onze leeftijd. Waar wachtte hij op? Nou, op Valentijnsdag dus! Is het niet vreselijk romantisch? Nu zullen we nooit vergeten hoe het is gegaan.'

*Ja, want de meeste mensen vergeten hun huwelijksaanzoek natuurlijk.* Deenie slikte de venijnige opmerking die zich naar buiten probeerde te wurmen moeizaam in. 'Wat fijn voor je.'

'Het wordt geen lange verloving. Mijn biologische klok wacht voor geen enkele man. We zitten te denken aan de zomer. Juni. Op zijn laatst juli. En natuurlijk ben jij een van mijn bruidsmeisjes. Je moet me beloven dat je erbij zult zijn. Ik wil niet horen dat je dan in Bora Bora met dolfijnen gaat zwemmen of wat het ook is wat je doet.'

'O. Wauw. Weet je zeker dat je me erbij wil hebben?' Ze moest zich echt inhouden om niet aan haar zus te vragen of hun moeder haar soms had gechanteerd om Deenie bruidsmeisje te maken. Of erger nog: bloemenmeisje. Soms leek het echt alsof Kirsten dacht dat Deenie geschikt was voor die taak.

'Natuurlijk, gekkie! Je bent mijn enige zus. Natuurlijk krijg je een rol in de plechtigheden.'

*Waarom? Omdat er anders over wordt gekletst?* 'Ik zal heus niet beledigd zijn als je niet wilt dat ik...'

'Wil je soms niet een van mijn bruidsmeisjes zijn?' vroeg Kirsten op de toon die de meeste mensen zouden gebruiken om te vragen: 'Wil je echt schattige, onschuldige kleine puppy's vermoorden, akelig monster dat je bent?'

'Natuurlijk wel. Ik wil gewoon... ik wil dat je een perfecte dag hebt.'

En als er één ding was wat Deenies familie haar herhaaldelijk stevig had ingeprent, dan was het wel dat ze niet voldeed aan hun opvatting van perfect.

'Deenie Baby. Lieverd. Dat wordt het ook. Maar alleen als jij erbij bent.'

Ze klonk alsof ze het meende, en Deenie voelde zich nog schuldiger omdat ze het haar had gevraagd.

'Op 6 maart vieren we ons verlovingsfeest. Om acht uur 's avonds in de Lodge. Zet het meteen in je agenda.' Kirsten praatte met een kwieke, zakelijke stem verder. Waarschijnlijk had ze een checklist voor zich liggen met alle punten die ze wilde bespreken.

Aankondiging van de verloving: vinkje.

Grapje dat ze Todd bijna had gedumpt: vinkje.

Zomerse bruiloft (biologische klok, haha): vinkje.

Bruidsmeisje: vinkje.

Datum verlovingsfeest vrijhouden: vinkje.

'Ik zal kijken of ik kan,' zei Deenie, die zich niet meteen wilde vastleggen.

Het was haar de afgelopen paar jaar gelukt om de uitnodigingen voor de meeste familiefeesten af te wimpelen. Een trektocht van drie maanden met de rugzak door Nieuw-Zeeland bleek een uitstekend excuus om verjaardagen en jubilea te missen. Met Kerstmis had ze echter de domme fout gemaakt om aan haar familie te vertellen dat ze de daaropvolgende maanden in Vermont zou verblijven. Dat was maar een uur bij hen vandaan.

'Deenie,' zei Kirsten streng.

'Oké, ik zal er zijn. Ik regel wel wat.'

'Super!' riep Kirsten opgetogen. 'Ik kan bijna niet wachten. Dag, lieverd!'

Deenie bleef even in haar Kever zitten en tuurde naar de glanzende waterdruppels op haar voorruit. De sombere dag paste opeens prima bij haar stemming.

Ze vond het niet erg dat Kirsten ging trouwen. Haar zus klonk zo opgetogen dat Deenie alleen maar blij voor haar kon zijn. Kirsten en Todd pasten uitstekend bij elkaar. Ze dachten bijna overal hetzelfde over. Hun relatie mocht dan veel weghebben van een echokamer, maar ze zouden nooit slaande ruzie krijgen.

Ze vond het fijn dat Kirsten kreeg wat ze wilde. Maar het weerzien met haar familie zou… ingewikkeld zijn.

Ze hield van haar familie en wist dat ze ook van haar hielden. Dat was ook de reden dat ze altijd probeerden haar te helpen. Haar te sturen. Haar te tonen hoe ze net zo kon worden als zij.

Ze had lang geleden al ontdekt dat ze de wereld nooit zo zouden zien als zij. Maar ze hield het niet eeuwig vol om met een geforceerde glimlach op haar gezicht hun goedbedoelde kritiek aan te horen, en op een gegeven moment zou ze de aandrang voelen om naar IJsland, Ierland of Indonesië te vluchten om in balans te blijven.

Maar nu… Verlovingsfeest in maart. Bruiloft in juni. Vrijgezellenfuiven, verrassingsfeestjes voor de bruid, bruidsjurken die moesten worden gepast: zou er van haar worden verwacht dat ze overal aan meedeed? Zou ze al die tijd hier moeten blijven?

Er was genoeg te doen bij Furry Friends en ze wilde de extra tijd graag met Bitty doorbrengen nu ze nog goede dagen had, maar het vooruitzicht dat ze tot juni in Vermont moest blijven joeg een kriebelend rusteloos gevoel langs haar nek. Ze wreef erover en onderdrukte de paniek.

Ze was al laat voor het bezoekuur.

Deenie rende met gebogen hoofd tegen de koude regen van haar auto naar het overdekte stoepje voor de hoofdingang. Het water gleed onder haar kraag en ze schudde zich huiverend als een natte hond uit onder het afdakje.

Die dag zat Suzie Keep, de danslerares die als vrijwilligster bij de Estates werkte, achter de balie en Deenie bleef even staan om te vragen hoe het met haar oma ging. Ze kletsten een paar minuten met elkaar en daarna liep Deenie door naar de zorgafdeling. Ook daar bleef ze even staan om met de verpleegkundigen te praten.

Toen ze Bitty's kamer inliep, zat haar oudtante door het raam naar de grauwe dag te staren. De laatste tijd keek ze heel veel naar het weer. Ze had nooit veel televisiegekeken en de verpleegkundigen hadden Deenie verteld dat ze de laatste tijd steeds meer moeite had om de verhaallijnen te volgen. Maar ze was dol op muziek en de radio, en terwijl Bitty naar de regen tuurde, klonken er uit de Siriusradio die Deenie voor haar had gekocht hits uit de jaren veertig en vijftig.

'Hallo, tante Bitty,' riep Deenie bij binnenkomst vrolijk. Haar tas zat als altijd propvol met spullen om aan haar tante te laten zien. Sommige om een herinnering bij haar op te roepen, andere om iets te hebben om over te praten als het een van haar slechte dagen was en Deenie het gevoel dat dat ze tegen zichzelf zat te praten.

Maar toen Bitty die dag opkeek, verspreidde zich een brede, vertrouwde lach over haar gezicht. 'Deenie!'

Deenie was zo opgelucht dat de tranen in haar ogen sprongen en ze lachte ook, om ze te verbergen.

'Wat een weer, hè?' vroeg Deenie, terwijl ze zich bukte om haar tante te omhelzen. Toen Bitty's armen zich ook om haar sloten, verzetten haar tranen zich nog feller tegen haar inspanningen om ze te verdrijven.

'Het regent pijpenstelen,' verkondigde Bitty vol afkeer. 'Heb ik je wel eens verteld over de eerste keer dat ik in Parijs was? Het regende toen de hele tijd net zo hard als nu. Al die mensen die maar riepen hoe magisch Parijs was, en ik had alleen maar regen die mijn goede schoenen naar de maan hielp. Daar kwam geen magie aan te pas. Nee, geef mij maar Rome. Dat was pas echt magisch.'

Deenie ging op de stoel naast haar oudtante zitten en luisterde naar haar beschrijving van het licht op de piazza's en de scooterritjes door de stad, net als Audrey Hepburn in *Roman Holiday*. Ze bleef luisteren toen de verhalen zich vermengden met herinneringen aan Monaco. Deenie had bijna alle verhalen al eens eerder gehoord, maar de nieuwe details voelden als kostbare schatten aan en ze koesterde elk woord.

Bitty had in de mensenmenigte op straat gestaan op de dag dat Grace Kelly met prins Reinier trouwde. Dat was Deenies lievelingsverhaal geweest toen ze nog klein was en het begin van haar prinsessenobsessie. Deenie was zelfs naar Engeland gevlogen voor de koninklijke bruiloft van Will en Kate. Ze had gespijbeld van haar colleges en zelfs een tentamen gemist om erbij te kunnen zijn, maar sommige dingen gebeurden maar één keer en zij had er deel van uitgemaakt. Net als Bitty op haar negentiende.

Haar oudtante was tijdens de oorlog opgegroeid en haar vroegste herinneringen waren door die periode gevormd. Haar zus, Deenies oma, was hierdoor een voorzichtige vrouw geworden die nooit risico's nam, maar Bitty had juist opengestaan voor allerlei avonturen. Ze wilde overal van proeven en van alle smaken van het leven genieten. Ze was het roodharige stiefkind van haar generatie geweest, zoals Deenie het buitenbeentje was in die van haar.

Ze was nooit getrouwd. Ze had de wereld gezien. Ze had leren zeilen en een vliegtuig leren besturen voordat het normaal werd dat vrouwen dat soort dingen deden. Ze had haar hoofd volgestopt met herinneringen, en die waren er nog steeds, ook al kon ze niet altijd bij.

Deenie luisterde stilletjes tot haar oudtante een uur later ophield met vertellen en haar met een schuin hoofd aankeek.

'Je bent hier niet gekomen om mijn geratel aan te horen.'

'Dat is juist precies waarom ik hier ben,' verzekerde Deenie haar. 'Maar ik heb ook een nieuwtje. Kirsten heeft zich verloofd.'

Er laaide een geschokte blik op in Bitty's lichtblauwe ogen. 'Nee! De kleine Kirsten? Daar is ze veel te jong voor.' Er gleed een wazige uitdrukking over haar gezicht. 'Of niet?'

*Ze is ouder dan ik, Bitty.* Deenie slikte de woorden in. Ze had gemerkt dat correcties de verwarring alleen maar erger maakten. In plaats daarvan zei ze geruststellend met haar vriendelijkste stem tegen haar oudtante: 'Ze is oud genoeg, hoor. Ze vindt het heel spannend.'

'O, mooi. Het is zo'n lief ding. Ik heb altijd al gedacht dat ze zich zou settelen. Maar Deenie, dat is een heel ander verhaal. Dat is mijn avontuurlijke meisje.' Bitty schudde haar hoofd en glimlachte vertederd, zonder enig besef te tonen dat Deenie vlak naast haar zat.

Deenies keel werd dichtgeknepen door haar tranen, maar ze klopte rustig op de hand van haar oudtante. 'Ik moet er weer vandoor. Je zult wel moe zijn.'

Bitty knikte met vertroebelde ogen. Deenie omhelsde haar nog een keer en hield haar zo lang mogelijk vast.

Het was een goede dag geweest. Een geweldige dag zelfs. Ze hadden meer tijd samen doorgebracht – echt sámen – dan ze anders meestal kregen. Maar dat veranderde niets aan het feit dat Bitty steeds een beetje minder zichzelf was. Dit zouden wel eens de laatste goede dagen kunnen zijn.

Dus hoe vervelend het ook was dat ze zich knarsetandend met een neplach op haar gezicht door een eindeloze reeks bruiloftsevenementen heen moest worstelen, Deenie zou het doen.

Ze moest blijven. Want weggaan was hetzelfde als loslaten. En daar was ze nog niet aan toe.

# 13

‘Waarom dacht ik in vredesnaam dat het een goed idee was om me verkiesbaar te stellen als burgmeester?’ vroeg Ben kreunend aan de zijkant van het podium waar hij straks de strijd zou aangaan met Tandy Watts om de eer om Pine Hollow te mogen besturen.

‘Omdat je de ziekelijke neiging hebt om elk probleem op te lossen dat je tegenkomt en je helemaal gek wordt bij de gedachte dat je nog eens vier jaar moet aanzien hoe iemand anders er een rommeltje van maakt?’ opperde Connor behulpzaam.

De gangpaden waren propvol met stadsbewoners, die elkaar luidkeels begroetten en bleven staan om de laatste roddels te horen voordat het debat in het gemeentehuis zou beginnen. Het decor met het sprookjesbos voor *Een midzomernachtsdroom*, dat binnenkort door de plaatselijke toneelvereniging zou worden opgevoerd, vormde een ongebruikelijke achtergrond voor de twee hoge lessenaars die op het toneel stonden, maar het was beslist niet de vreemdste achtergrond voor een Pine Hollow-evenement dat Connor ooit had meegemaakt.

Astrid stond vlak bij hem met Partridge, die een vlinderdas om had en tegen Astrids scheenbeen leunde. Intussen slalomde Ally tussen de aanwezigen door om buttons uit te delen met STEM OP BENJAMIN WEST erop. Connor had er al eentje op zijn borst gespeld.

Deenie deed ergens anders in de mensenmassa hetzelfde,

maar Connor dwong zichzelf niet naar het bekende roze haar uit te kijken.

In de week sinds Valentijnsdag was er iets tussen hen veranderd. Hij was zich ervan bewust dat hij steeds vaker uit zijn werkkamer kwam wanneer Deenie Max aan het trainen was. Blijkbaar was één gezamenlijk bekeken slechte horrorfilm voor hem voldoende om zich volkomen op zijn gemak te voelen bij de rozeharige hondentrainer in zijn huis.

Ze spraken niet eens altijd met elkaar. Soms sloeg hij haar gade tijdens haar werk, bizar blij als Max het haar moeilijk maakte, ook al had ze een engelengeduld met hem. Terwijl hij naar haar keek, bedacht Connor dat ze een fantastische moeder zou zijn: kalm en geduldig, maar ook streng en rechtvaardig. Niet dat het ook maar iets uitmaakte wat voor moeder ze zou zijn.

Ze was een schoolvoorbeeld van Newtons voorwerp in beweging en ze zou in beweging blijven. Hij voelde er helemaal niets voor om te proberen haar te vangen, maar hij had gemerkt dat hij de afleiding die ze op werkdagen bood wel prettig vond. Hij had altijd gedacht dat pauzes een negatieve invloed zouden hebben op zijn productiviteit, maar na haar bezoekjes zat hij boordevol nieuwe energie en kon hij zich beter concentreren, waardoor hij deze week juist veel meer gedaan had gekregen.

Misschien had hij inderdaad iets meer balans nodig gehad tussen zijn werk en zijn privéleven.

Als ze wél met elkaar praatten, was dat luchtig. Oppervlakkig. Hij bedankte haar voor de tip met de snoephartjes. De GIF was verrassend goed ontvangen en had tot een paar leuke gesprekken geleid met potentiële huwelijkskandidaten. Ze had naar zijn matches gevraagd, die ze tegenwoordig als de Ashleys aanduidde, ongeacht hoe ze heetten. Maar ze hadden het vooral over Max.

Ze had hem aangemoedigd om Max die avond mee te nemen naar het debat, als een van de in het contract vastgelegde publieke uitjes, maar had uiteindelijk moeten toegeven dat ze niet van de hond konden verwachten dat hij zich nu al zo lang goed zou gedragen en dat het resultaat waarschijnlijk dat zou zijn van een olifant in een porseleinkast. Vooral ook omdat ze allebei hier waren om de kandidaat te steunen.

De kandidaat die op dit moment een beetje groen zag.

'Dit doe ik nou altijd.' Ben staarde hoofdschuddend voor zich uit, zonder de mensenmenigte voor hem te zien. 'Ik leg me ergens op vast, neem meer hooi op mijn vork dan ik aankan. Ik keek er juist naar uit om van de gemeenteraad af te zijn en nu dit weer. Wil ik de stad echt nog eens vier jaar besturen?'

Ally dook naast Ben op. Ze glimlachte stralend en kneep bemoedigend in zijn arm. 'De buttons zijn allemaal op. Er zitten hier vanavond heel veel supporters. Ben je er klaar voor?'

'Hij begint een beetje door te draaien,' zei Connor tegen haar.

'De verkiezingen zijn over iets meer dan twee weken en op woensdag wordt mijn keuken gesloopt,' zei Ben kreunend. 'We hebben de keukenkastjes nog niet eens helemaal leeggehaald. Er komen ouderavonden aan op Astrids school en we leven uit koffers... Hoe kom ik erbij dat dit een goed idee zou zijn?'

Ally keek ernstig. 'De aannemer heeft beloofd dat de renovatie klaar zou zijn voordat je als burgemeester wordt ingezworen, maar daar gaat dit helemaal niet om, hè?'

'Alles oké hier?' Deenie kwam bij hen staan en keek van de een naar de ander.

Ally keek niet eens naar haar. 'Ben, je wordt echt wel verkozen. Je hebt de hondenopvang gered, het dak van het cultureel centrum gerepareerd en honderden andere dingen voor deze stad gedaan. Dat weet iedereen.'

Deenie stak haar arm door die van Connor en trok hem voorzichtig mee naar de eerste rij. 'Kom mee, Mac en Astrid hebben stoelen voor ons vrijgehouden.' Ze wachtte tot ze buiten gehoorsafstand waren en voegde er zachtjes aan toe: 'Zo is hij al het hele weekend. Ik had geen flauw idee dat hij zó graag burgemeester wilde worden.'

‘Hij legt zichzelf altijd enorm veel druk op,’ vertelde Connor. Hij telde het aantal stoelen op de eerste rij om er zeker van te zijn dat er voldoende plek voor hun hele gezelschap was voordat hij ergens ging zitten.

‘Dan is hij niet de enige. Ik ken een zekere advocaat die koste wat het kost partner wil worden.’

Hij keek haar boos aan en ging op een stoel zitten. ‘Dat is iets anders.’

‘Als jij het zegt.’ Ze liet zich op de stoel naast hem vallen, draaide zich onmiddellijk om en zwaaide naar iemand achter hen.

Er zat glitter in haar hals. Een sliert die van achter haar ene oor omlaag liep naar haar sleutelbeen. Een feestelijk fonkelende verfraaiing.

Hij trok zijn ogen er geïrriteerd met een ruk van los. ‘Waarom zit jij altijd onder de glitter?’

‘Ik had vanmiddag een prinsessenfeestje.’ Ze keek hem aan en tastte afwezig naar haar hals toen ze hem naar het sprankelende sliertje zag staren. ‘Het is net zand. Het zit echt overal.’

‘Is het wel eens bij je opgekomen dat je er misschien te veel van gebruikt?’

Met gespeelde afschuw sperde ze haar ogen open. ‘Blasfemie.’

Haar blik gleed langs hem heen naar de rand van het toneel. ‘Zo te zien heeft de kandidaat zijn strijdlust teruggevonden.’

Connor volgde haar blik. Ben keek alsof hij klaar was om de aanval in te zetten. Intussen praatte Ally op hem in om hem aan te moedigen. Zonder zijn blik van hen af te wenden merkte Connor zachtjes op: ‘Hoe gaat het met de tortelduifjes? Je weet dat je altijd welkom bent om bij mij onder te duiken en horrorfilms te komen kijken als ze te klef worden.’

‘Pas maar op. Straks hou ik je aan je woord. Misschien niet eens om aan het kleffe gedoe te ontsnappen als wel om niet nog een keer te hoeven helpen. Gisteren hebben we ik weet niet hoe vaak heen en weer gereden tussen de boerderij en Bens huis om “alleen het hoognodige” voor Astrid en hem te verhuizen.’

'Het aanbod staat. Ik wilde je eigenlijk iets vragen. Ik hoorde afgelopen vrijdag dat ik in maart een paar dagen naar New York moet voor mijn werk. Zou jij dan in mijn huis willen logeren om op Max te passen?'

'Tuurlijk.'

'Ik betaal je ervoor.'

Ze grijnsde en haar ogen fonkelden. 'Het is maar goed dat we sectie C hebben.'

'Je maakt wel een grapje, maar nu ben je me daar zeker wel dankbaar voor?'

'Dankbaar is een groot woord.'

Hij deed zijn mond open om iets tegen te werpen, maar werd onderbroken door het gekraak van een microfoon. Delia Winter, de huidige burgemeester, betrad het toneel en verzocht om stilte.

Connor had vaker debatten bijgewoond, maar had altijd achter in de zaal gezeten, zodat hij stilletjes kon wegglippen zodra het echt belachelijk werd. Maar dit was Ben, dus hij moest tot het bittere eind op de voorste rij blijven zitten. Hij had zich voorgenomen om zijn ergernis in te slikken, maar toen Tandy Watts de weigering van de gemeenteraad om haar toestemming te geven voor een tien meter hoge klimmuur in haar achtertuin vergeleek met communistisch Rusland, maakte hij een zacht geluid van afkeer in zijn keel en Deenie begon te trillen.

Hij keek opzij en ontdekte dat ze expres niet naar hem keek, maar naar het podium staarde. Ze deed haar best om een grijns te onderdrukken, maar fluisterde binnensmonds: 'Ik had kunnen weten dat je zelfs een debat zou afkraken.'

En opeens moest hij zelf ook een lachbui onderdrukken.

Vanaf dat moment wierpen Deenie en hij elkaar bij elke vraag uit het publiek of volkomen bespottelijke opmerking van Tandy Watts een blik toe. Hij slaagde er maar net in om niet luidkeels te lachen en toen Ben zijn slotrede hield, sprongen ze allebei op om hem toe te juichen.

Nadat de kandidaten het toneel hadden verlaten en de bezoekers in de richting van de uitgang schuifelden, rekte Connor zich uit. Hij keek op zijn horloge. 'Slechts anderhalf uur. Niet gek.'

Deenie keek met glimmende ogen naar hem op. 'Ik was bang dat je erin zou blijven toen Darren Wells vroeg welke kandidaat zijn petitie wilde steunen om een pirateninvasie na te spelen.'

'We wonen in Vermont,' zei Connor knorrig. 'Er zijn hier geen piraten. Er zijn hier nooit piraten geweest.'

'Kan wel zijn, maar het is een droom van hem.'

Connor keek chagrijnig. 'Jij bent echt verschrikkelijk.'

'Erger dan Darren Wells?'

Hij deed zijn mond op om te antwoorden dat ze inderdaad veel erger was dan Darren Wells, want Darren was gewoon onnozel, maar zij wist precies wat ze deed. Maar opeens mengde zich een nieuwe stem in het gesprek en zijn hart stond even stil.

'Connor! Ga je me nog voorstellen aan je nieuwe vriendin?'

Naast hem stond zijn moeder, die opgewekt naar Deenie glimlachte.

'Mam.' Het woord kwam er verstikt uit. 'Ik wist niet dat jij hier ook zou zijn.'

Deenies ogen werden groot bij het woord 'mam'.

'Natuurlijk ben ik er. De hele stad is er.' Blijkbaar vond ze dat ze wel lang genoeg had gewacht tot Connor de honneurs zou waarnemen, want haar volgende woorden waren aan Deenie gericht. 'Ik ben zijn moeder. Mele Cooper. Zeg maar Mele. Ik zag jullie tijdens het debat de hele tijd met elkaar fluisteren. Ik had geen idee dat Connor een nieuwe vriendin had.'

Connor verslikte zich bijna in zijn eigen speeksel. 'Mam, nee, dat is niet wat...'

'We zijn geen stelletje,' vulde Deenie aan. 'Dit is puur zakelijk.'

'Deenie is mijn hondentrainer. Weet je nog wel? Ik heb je toch verteld dat ik iemand had ingehuurd om me met Max te helpen?'

'Jawel, maar je hebt er niet bij gezegd dat ze zo mooi is!' zei zijn moeder enthousiast, duidelijk niet onder de indruk van hun gesputter. Ze stak haar arm door die van Deenie en trok haar over het gangpad mee naar de uitgang aan de achterkant van het theater. 'Je moet me alles over jezelf vertellen, Deenie.'

Connor had zijn moeder bewust niets over Deenie verteld. Nu hij via de apps aan het daten was geslagen, had hij stiekem gehoopt dat zijn moeder zijn hondentrainer niet als een romantische kandidaat zou beschouwen, maar hij had het risico niet durven nemen. Zijn moeder was een natuurkracht en hij wilde niet dat ze die kracht in de buurt van Deenie aanwendde.

Nu kon hij echter niets anders dan toekijken, terwijl ze over het gangpad weggleed en Deenie met zich meetrok.

Mitch stond buiten op het parkeerterrein te wachten. Het was er een gekkenhuis. Zijn moeder fluisterde aan één stuk door met Deenie, en Mitch mengde zich ook in het gesprek. 'Heeft je moeder al tijd gehad om met je te praten?'

'Waarover?' vroeg hij. 'Volgens mij heeft ze het te druk met Deenie uithoren over haar leven, ook al daten we helemaal níét.' De laatste woorden zei hij met stemverheffing en zijn moeder wierp hem een afkeurende blik toe, maar ze liet wel eindelijk Deenies arm los.

'Ik wil Deenie graag leren kennen,' protesteerde zijn moeder. 'Het kan geen kwaad om aardig te zijn.'

'Hm.'

Zijn moeder gaf hem een zacht tikje en trok hem omlaag om hem te kunnen omhelzen. 'Ik vind haar leuk,' fluisterde ze bij zijn oor, en ze kneep even in zijn schouders.

*Na vijf seconden al?* Hij slaagde erin om niet spottend te grommen en deed nog een laatste poging om haar van het idee af te brengen. 'We zijn niet samen. Ze werkt voor me.'

'Hm.' Ze liet hem los en deed grijnzend als de Kollumer Kat een stap naar achteren. 'Fijne avond, jongelui.'

Connor keek zijn moeder na toen ze met Mitch wegliep en wachtte tot ze buiten gehoorsafstand waren voordat zijn nieuwsgierigheid de overhand kreeg. 'Oké, wat heeft ze tegen je gezegd?'

Deenie glimlachte veel te ondeugend voor zijn gemoedsrust. 'Ze zei dat jouw genen veel te goed waren om niet aan een volgende generatie door te geven en dat je een geweldige vader zou zijn.'

Hij kreunde. 'Subtiliteit is niet haar sterkste eigenschap.'

'Subtiliteit wordt zwaar overschat.'

Het was iets wat hij zijn moeder zo vaak had horen zeggen dat hij verrast reageerde. Hij had nooit verwacht overeenkomsten te vinden tussen zijn moeder – een vrouw die hij meer bewonderde dan wie ook – en Deenie – een vrouw die hij eigenlijk al als belachelijk had weggezet. Maar ze gingen allebei zonder een spoortje schaamte achter wat ze wilden aan.

Hij keek haar met een schuin hoofd aan. 'Ze zei toch niet letterlijk "goede genen", hè?'

Deenie grinnikte. 'Volgens mij zei ze letterlijk zoiets als dat zij de mooiste baby in Vermont had gemaakt en dat je haar zo snel mogelijk aanbiddelijke kleinkinderen verschuldigd was.'

'Dat klinkt wel als mijn moeder.'

'Maar ze zei wel dat je een goede vader zou zijn. En daar heeft ze gelijk in.'

'Dat ik een goede vader zou zijn? Of dat ik de mooiste baby in Vermont was?'

Deenie rolde met haar ogen. 'Je weet heus wel dat je mooi bent. Niet naar complimentjes vissen.' Ze kwam naast hem lopen en ze staken het parkeerterrein over naar hun auto's, die naast elkaar stonden geparkeerd. 'Hoe gaat het met de Ashleys?'

'Wel goed.'

Haar wenkbrauwen vlogen omhoog. 'Wel goed? Wauw, Connor. Niet zo sentimenteel, alsjeblieft. Bewaar de liefdesgedichten maar voor je dates.'

'Het duurt veel langer dan ik wil.' Hij stak zijn handen in zijn zakken. 'Veel gesprekken, koffieafspraakjes en borrels, maar tot dusver...'

'Taal noch teken van de Ware?' Ze leunde tegen haar auto en hij bleef bij haar staan om te wachten tot de drukte die in Pine

Hollow voor spitsuur doorging was opgelost. 'Is het wel eens bij je opgekomen dat hoe onbuigzamer je bent over wat je wilt, hoe groter de kans is dat je wordt teleurgesteld? En dat je daardoor andere dingen mist die het leven op je pad plaatst?'

'Ik ben niet onbuigzaam. En er zijn een paar veelbelovende gegadigden,' gaf hij toe. 'Corinne uit Burlington lijkt me erg leuk. Ze is voor haar werk op reis, maar zodra ze terug is, spreken we een keertje af. Ze vond de GIF met die snoephartjes erg leuk.'

'Zie je nou wel? Ik heb altijd gelijk.' Deenie glom van trots, maar het kwam overdreven over, alsof haar stralende glimlach iets verborg. 'Maar het is echt super dat jullie een klik hebben.'

'Dat is het inderdaad. Maar nou heb ik net gehoord dat ik aanstaande zaterdag naar een liefdadigheidsevenement van mijn werk moet en ik heb geen flauw idee hoe ik voor die tijd iemand moet vinden. Ik kan er natuurlijk een eerste date van maken, maar dat lijkt me nogal riskant.'

'Je zou altijd een escortdame kunnen meenemen.'

Connor keek haar kwaad aan. 'Wat ben je weer lekker behulpzaam.'

Ze grijnsde. 'Ik doe mijn best.' Ze zette zich af tegen de zijkant van haar Kever waar ze tegenaan had geleund en stak een hand uit naar het portier. 'Zie ik je morgen?'

'Ik kijk ernaar uit,' antwoordde hij lijzig. Ze moest lachen. Het gekke was echter dat hij het echt meende.

# 14

De voorhamer zwiepte met een grote, krachtige boog door de lucht en landde met een krakende klap op het kookeiland. Het lelijke blad brak in tientallen stukjes. Er steeg gejuich op. Deenie schudde de bewondering voor de spieren die de voorhamer hadden voortgestuwd van zich af en juichte mee.

Connor had zijn eigen voorhamer meegebracht, die zo glimmend schoon was dat het leek alsof het ding nog nooit was gebruikt. Ben en de twee andere leden van hun pokergroepje, politiechef Levi en Mac, de eigenaar van The Cup, begonnen Connor er onmiddellijk mee te pesten. Ze riepen dat hij veel te teer was voor zulke zware lichamelijke arbeid en dat hij niet eens wist welk deel van de voorhamer hij moest vasthouden, wat natuurlijk belachelijk was, want de stof van zijn T-shirt zat zo strak om zijn schouders gespannen dat hij net een wandelende reclame voor elektrisch gereedschap leek.

Connor had al snel bewezen dat hij heel goed wist hoe hij met een voorhamer moest omgaan. En hij had er al doende verdraaid goed uitgezien. Al die spieren die zich spanden en uitpuilden...

'Zie je een objectief lekker ding?' vroeg Elinor liefjes. Deenie trok haar blik met een ruk los van Connor. Alwéér.

'Wat? Nee. Ik was even in gedachten verzonken.'

'Gedachten over iemand die empirisch sexy is?'

Deenie rolde met haar ogen, tilde een keukenkastdeurtje van de berg puin op de vloer en duwde het Elinor in handen om haar de mond te snoeren. De keukenkastjes lagen al in stukken op vloer dankzij Levi en Mac, die ze van de muren hadden getrokken. Ze waren te oud en versleten om weg te geven.

Deenie, Ally, Elinor en Astrid waren om beurten aan de slag gegaan met de hamers. Elinor had zelfs met één klap de complete afzuigkap losgebeukt. Maar ze waren al snel tot de conclusie gekomen dat ze beter uit de vuurlinie konden blijven. De keuken was niet groot genoeg voor hen allemaal, en degenen die geen voorhamer of koevoet hanteerden, hadden de brokstukken van de keuken naar de tijdelijk voor het huis gestalde puincontainer gesjouwd.

Er hing een nevel van stof in de lucht, die ook Connors gespierde bovenarmen bedekte die uit de mouwen van zijn strakke zwarte T-shirt staken. Deenie moest met geweld haar blik afwenden, dus greep ze een lading afval en liep ze door de voordeur naar buiten.

'Ha!' riep Ally, die brokstukken in de container gooide, opgewekt. 'Daar ben je. Ik dacht dat je daarbinnen verdwaald was.'

'Ze stond verlekkerd naar Connor te kijken,' vertelde Elinor vrolijk.

Deenie wierp haar een dodelijke blik toe, dankbaar dat er op dat moment behalve zij drieën niemand in de voortuin was, en dat mevrouw Fincher, de buurvrouw die naar hen had staan kijken, weer naar binnen was gegaan. Dát gerucht hoefde van haar echt niet de hele stad rond. 'Ik stond helemaal niet verlekkerd naar iemand te kijken. Ik heb op dit moment toevallig heel veel aan mijn hoofd.'

'Prinsessenfeestproblemen?' vroeg Elinor.

Deenie nam Elinor met gefronste wenkbrauwen op, niet zeker of het spottend was bedoeld. Elinor leek nooit over iemand te oordelen, maar ze was wel iemand die voldeed aan alles waar haar ouders dol op waren: hoogopgeleid, pensioenplan, huisbezitter.

'Is er iets met je oudtante?' vroeg Ally, die daarmee Deenies aandacht van Elinor afleidde.

Deenie had Ally de vorige avond eindelijk verteld dat een tante van haar in de Estates woonde. Ally was bang geweest dat de chaos die na de komst van Ben en Astrid in het huis heerste Deenie wegjoeg, wat inderdaad ook zo was. De enige manier waarop Deenie Ally gerust kon stellen zonder op te biechten hoeveel tijd ze in Connors huis doorbracht was door te beweren dat ze heel vaak bij Bitty op bezoek ging.

'Ze is nooit ver uit mijn gedachten,' zei Deenie, maar toen kwam ze met de ware reden van haar afwezigheid. Of in elk geval de ware reden die ze wilde toegeven. 'Maar het gaat eigenlijk om mijn zus. Ze heeft zich verloofd.'

Kirsten had die dag weer gebeld om er zeker van te zijn dat Deenie bij haar verlovingsfeest zou zijn.

Ally's gezicht vertrok onmiddellijk van bezorgdheid. 'Mag je haar verloofde niet?'

'Dat is het niet. Hij lijkt me best oké. Eerlijk gezegd ken ik hem nauwelijks.' Deenie grimaste. 'Ik ken háár nauwelijks. We zijn nooit heel hecht geweest. Zij is het verantwoordelijke kind. Het volmaakte kind. Als er een excuus voorhanden was geweest, bijvoorbeeld omdat ik aan de andere kant van de wereld zat, zou ze dat ongetwijfeld hebben aangegrepen om me niet uit te nodigen voor de meeste feestelijkheden voorafgaand aan de bruiloft. Maar ik zit nu eenmaal hier, op slechts een uurtje rijden daarvandaan, en het geeft geen pas, in elk geval niet in Kirstens wereld, om je zus niet als bruidsmeisje te vragen, dus nu moet ik bij alles komen opdraven. Te beginnen met het verlovingsfeest.'

'Maar als het alleen een feestje is...' prevelde Ally op een toon die impliceerde dat het onmogelijk echt zo erg kon zijn.

Deenie schudde haar hoofd. 'Het is nooit alleen maar een feestje. Mijn hele leven wordt onder de loep gelegd en bekritiseerd. Dat doen ze altijd. Je denkt dat je naar de verjaardag van je neefje gaat die drie wordt en voordat je het in de gaten hebt, krijg je advies over het vinden van een echte baan of duwt iemand je een visitekaartje in handen van een goede therapeut die je kan helpen met je "onevenwichtigheid". Nee, het is nooit alleen maar een feestje.'

Er bestonden honderden niet al te subtiele manieren om kritiek te leveren op het leven dat zij had gekozen. Honderden al dan niet bedekte toespelingen.

'Wat jij nodig hebt, is een date,' concludeerde Elinor. 'Een schild van vlees. Iemand die als buffer optreedt, zodat ze wel beleefd moeten zijn. Als ze worden afgeleid door een nieuwe man, zullen ze jou niet bekritiseren.'

'Als ik al iemand had die ik zou willen meenemen, wat dus niet het geval is, zouden ze commentaar leveren op mijn smaak in mannen,' wierp Deenie tegen. 'Ik heb nog nooit iemand gehad die ze mochten. En dan voel ik me er vervolgens weer verantwoordelijk voor dat ik die man voor de leeuwen heb geworpen.' Ze schudde haar hoofd. 'Het zou alleen maar werken als ik op een of andere manier het soort toonbeeld van kapitalisme weet te vinden dat hun goedkeuring kan wegdragen en ik hem kan overhalen om met me mee te gaan...'

Connor kwam door de voordeur naar buiten. Hij had zijn armen om een groezelige porseleinen gootsteen geslagen die hij tegen zijn borst klemde. Op een van zijn hoge jukbeenderen zat een laagje gruis.

'Hebben jullie het niet koud?' riep hij, terwijl hij het trapje afliep om de gootsteen in de container te gooien. 'We zijn bijna klaar binnen. Alleen nog even schoonmaken.'

Deenie verstond hem amper.

*Het toonbeeld van kapitalisme.*

Haar ouders zouden hem het einde vinden. Hij was precies wat ze voor haar wilden. Iemand die net zo was als zij. Fatsoenlijk, strikt, met een vijfjarenplan en stabiele, normale doelen. Deenie had nooit zo iemand gewild, want als ze voor hun idee van de volmaakte man viel, zouden zij winnen. En de volmaakte man zou haar ongetwijfeld het gevoel geven dat ze niet goed genoeg was en dat haar leven verkeerd was, precies zoals haar ouders altijd deden.

Maar als ze niet echt voor hem viel... als ze hem alleen als schild gebruikte... als ze een afspraak hadden... een contract...

'We komen zo,' zei Ally tegen Connor. Ze stuurde hem terug naar binnen, maar Deenie merkte het amper, want de gedachten tolden door haar hoofd.

'Volgens mij heb ik Connor nog nooit in het openbaar zien zweten,' merkte Elinor verwonderd op. Ze staarde hem na tot de deur achter hem dichtviel. 'Raar, hoor. Alsof je de dalai lama hoort vloeken.'

'Inderdaad,' beaamde Deenie, terwijl zich langzaam een glimlach over haar gezicht verspreidde. 'Hij is perfect.'

Natuurlijk vatten Elinor en Ally haar opmerking dat hij perfect was verkeerd op. Toen ze hun haar plan uitlegde, staarden ze haar aan alsof ze niet goed bij haar hoofd was, maar hoe langer Deenie erover praatte, hoe genialer het plan klonk.

Hij had zo snel mogelijk iemand nodig die hij kon meenemen naar de evenementen van zijn bedrijf, maar kon dat de Ashleys niet aandoen tot hij hen beter kende. Deenie kon tijdens die evenementen zijn tijdelijke vriendin spelen en de partners inpalmen tot hij de liefde van zijn leven had gevonden, en hij kon voorkomen dat haar familieleden tijdens de feestelijkheden van de komende maanden als aasgieren op haar af doken. Een ideale oplossing.

Nu moest ze alleen Connor nog zien te overtuigen.

Nadat Bens keuken van plafond tot vloer was gesloopt, vertrokken ze allemaal naar Ally's boerderij voor bier en pizza. Connor verdween even om bij Max te gaan kijken en arriveerde fris en gedoucht vlak nadat het eten was bezorgd. Deenie wachtte met een punt kaaspizza en een flesje ambachtelijke aardbei-kiwicider in haar handen het juiste moment af om Connor over haar plan te vertellen.

Nu ze het eenmaal had bedacht, wilde ze niet wachten om te zien of het zou lukken. Het was het eerste sprankje hoop dat ze had gehad sinds Kirstens aankondiging dat ze Deenie bij alle trouwbijeenkomsten wilde betrekken.

Astrid was naar bed gegaan en iedereen hing lui in de woonkamer te kletsen. Op een gegeven moment stond Connor op om wat water te halen voor Mac, die na twee biertjes op een of andere manier het niveau van dronkenschap had bereikt dat hij musicalnummers begon te blèren.

Deenie zag haar kans schoon en liep achter Connor aan naar de keuken.

'Hé.' Ze leunde tegen het aanrecht. 'Heb je heel even? Ik heb iets bedacht wat ik met jou wil bespreken. Een plan met wederzijdse voordelen.'

*Wederzijdse voordelen. Slim, Deenie.*

Connor fronste zijn wenkbrauwen en bleef met Macs water in zijn hand staan. 'Heeft dit betrekking op Max? Ik dacht dat alles best goed ging.'

'Dat is ook zo!' zei ze haastig om hem gerust te stellen. In haar gretigheid praatte ze iets te hard en toen ze Elinor vanuit de woonkamer naar hen zag kijken, dempte ze haar stem. 'Dit gaat over iets anders. Het staat er helemaal los van. En als je het krankzinnig vindt, zal ik niet beledigd zijn, maar laat me alsjeblieft eerst uitpraten, oké? Want het mag dan een beetje krankzinnig zijn, maar het zou ook geniaal kunnen zijn.'

Hij hief zijn kin een stukje op. 'Oké, nu begin ik echt bang te worden.'

'Hoeft niet. Er is niets om bang voor te zijn. Ik heb een plan waarmee we elkaar uit de brand kunnen helpen.' Hij keek haar fronsend aan, maar aangezien dat in haar bijzijn zijn vaste gezichtsuitdrukking was, ging ze dapper verder. 'Mijn zus heeft zich net verloofd, en nu komt er een hele reeks verlovingsfeestjes, andere festiviteiten en familiebijeenkomsten aan waar ik mijn gezicht moet laten zien. Mijn familie… nou ja, het ligt nogal ingewikkeld. Laten we het er maar op houden dat het een stuk gemakkelijker voor me zal zijn als ik een date meeneem.'

Connor fronste zijn wenkbrauwen, maar ze schonk er geen aandacht aan en keek hem glimlachend aan, alsof hij al met haar plan had ingestemd.

'En jij hebt iemand nodig om tijdens bedrijfsevenementen je bazen in te palmen tot je de Ware hebt gevonden. Ik ben een klassiek geschoolde actrice. Ik kan elke rol aan. Ik heb zelfs pruiken die ik kan dragen, zodat niemand het raar zal vinden dat je aan het daten bent met een meisje met roze haar. Ik doe alsof ik jouw pretentieuze, volmaakte vriendin ben totdat je iemand hebt gevonden met wie je echt wilt pronken tijdens bedrijfsuitjes en jij loopt met mij de bruiloftsvoorbereidingen af als mijn zogenaamde vriendje en buffer. Zo zijn we allebei geholpen.'

De rimpel in Connors voorhoofd werd dieper. 'Komt dit soms uit een van de romannetjes die jij leest?'

'Ja, maar dat wil niet zeggen dat het niet geniaal is. En ja, in een boek zouden we verliefd op elkaar worden, maar dat gaat hier niet gebeuren. Ik zou nooit iets met jou willen en ik weet dat ik de laatste ben met wie jij zou willen daten. Daarom is het ook volmaakt. We hoeven ons geen zorgen te maken over gemengde signalen of gevoelens of wat dan ook. Het is een zuiver zakelijke transactie. Gewoon twee vrienden die elkaar door een lastige periode heen helpen.'

'En wat gebeurt als ik iemand tegenkom met wie ik wil daten? Hoe moet ik dit dan uitleggen?'

'Dan vertel je haar de waarheid! Dat we elkaar hebben geholpen, maar dat er geen romantische gevoelens in het spel zijn. Totaal niet. Jouw bazen weten niet beter dan dat jij en ik "onze relatie verbreken" en daarna kun je jouw echte vriendin meenemen.'

'Deenie...'

'Denk er in elk geval over na,' drong ze aan. 'Slaap er een nachtje over. Laat het even bezinken. Ik weet zeker dat je zult inzien dat het perfect is.'

Connor was ervan overtuigd dat Deenie gek was geworden. Als een gewone vriend met haar meegaan naar een bruiloft was geen probleem, maar doen alsof ze echt aan het daten waren was waanzin.

Maar het zou wel veel van zijn problemen oplossen.

Het eerste evenement waar hij naartoe moest om een goede band met de partners op te bouwen was al over een paar dagen. Hij had pas drie andere van zijn onlinematches in levenden lijve ontmoet, maar tot dusver had niet een van die ontmoetingen tot een tweede date geleid, laat staan tot het soort relatie die hij in het bijzijn van collega's durfde te testen.

Deenie was niet bepaald het type vrouw dat hij zelf zou hebben uitgekozen, maar ze was een actrice. Hij had haar nog nooit zien acteren, maar zou het echt zo veel erger zijn om haar mee te nemen dan een eerste date? Ze was er zelf bij gebaat om zich goed te gedragen, aangezien ze hem als bruiloftsbuffer nodig had.

Het was misschien niet eens zo'n slecht idee.

Toen hij die nacht in bed lag en de slaap niet kon vatten, begon Deenies plan steeds plausibeler te klinken.

En terwijl hij de volgende ochtend een aantal contracten zat door te nemen, zong het voortdurend zacht maar verleidelijk door zijn achterhoofd.

Tegen de tijd dat ze om twaalf uur 's middags arriveerde voor haar trainingssessie met Max, stond hij haar met een keurig stapeltje papier op het kookeiland op te wachten.

'We zullen een contract moeten afsluiten,' zei hij.

Deenie glimlachte van oor tot oor. 'Ik had al zo'n vermoeden dat je dat zou zeggen.'

# 15

Deenie ving het geluid op van Connors auto die op de met grind bedekte oprit stilhield en liep de trap af. Haar zenuwen verborg ze onder een ondoordringbare laag kalmte. Ze kon dit heus wel. Een makkie.

Ally keek op van de bank waarop ze lag, met Colby en Partridge op haar voeten. Het was zaterdag aan het eind van de middag, op het randje van zaterdagavond. Astrid was al weg om de nacht door te brengen bij haar beste vriendin Kimber en Ben was voor de tweede keer die dag naar de bouwput die zijn huis was 'om even te kijken hoe het ging.' Daarom was Ally de enige die met grote ogen naar Deenie staarde toen ze binnenkwam. Dit tot grote opluchting van de laatste, aangezien ze het op dat moment niet aankon om van meer dan één persoon commentaar aan te horen op wat ze ging doen.

'Wauw,' zei Ally, terwijl ze haar voeten onder de honden vandaan trok om op te kunnen staan. 'Je ziet er......'

'Ik weet het. Ik zie eruit als Zakelijke Cocktail Party Barbie. Of de zus met de kleine borsten van Zakelijke Cocktail Party Barbie. Zakelijke Cocktail Party Skipper,' onderbrak Deenie haar vriendin voordat ze kon bedenken hoe ze het zou omschrijven.

Ze wist niet wat ze erger zou hebben gevonden: dat Ally zei dat ze er dwaas uitzag of dat Ally zei dat ze er goed uitzag.

Ze had de jurk flink moeten luchten toen ze hem uit Bitty's opslagruimte haalde, samen met de rest van de kleding die ze nodig zou hebben voor de bizarre lente die haar te wachten stond. Ze had de opslagruimte drie jaar eerder voor Bitty gehuurd, nadat haar tante haar woning had verkocht en naar de Estates was verhuisd. Deenie gebruikte de overgebleven ruimte soms voor een deel haar eigen spullen. Gelukkig was de ietwat muffe, vochtige geur die erin had gehangen nu verdwenen, maar de stof kriebelde nog wel, ook al had ze het vermoeden dat dit eerder iets psychosomatisch was dan de schuld van het satijn.

Haar moeder had deze jurk voor haar gekocht. Hij was een paar jaar oud, maar de klassieke snit zou nooit uit de mode raken, evenmin als het label van de ontwerper. De brede banden liepen tot boven op haar schouders, waardoor er een diepe v ontstond, en de ingebouwde pushupbeha in het als een boa constrictor knellende strakke lijfje wekte zowaar de indruk dat ze een echt decolleté had. Ze kon er amper in ademhalen, maar de rok had ze altijd mooi gevonden. Hij waaierde als een heuse baljurk wijd om haar uit, ook al hield hij bij haar knieën op, en er zaten zelfs verborgen zakken in. Om haar middel zat een smalle ivoorkleurige riem die in een kleine strik op haar rug eindigde. Het was alsof een prinsessenjurk en een chic zwart jurkje samen een baby hadden gekregen.

Ze voelde zich zelfs mooi, als ze tenminste niet in beslag werd genomen door haar afkeer jegens het feit dat ze een rol moest spelen om erbij te horen.

'Je haar...' zei Ally verwonderd. Deenie hief een hand op naar haar zijdezachte lokken.

'O, dat is ook zo. Dit is Aurora.'

De blonde Doornroosje-pruik was de duurste die ze bezat, wat inhield dat het ook de pruik was die er het natuurlijkste uitzag. De golvende blonde lokken, die haar eigen haarkleur aardig benaderden, vielen krullend over haar schouders en benadrukten het barbiepopeffect.

Er werd aangebeld en Deenie vloekte inwendig. Ze was van plan geweest om Connor buiten op te wachten, maar had zich op weg naar de deur laten ophouden. Ze wilde niet dat het als een date aanvoelde. Oké, ze speelden natuurlijk wel dat ze een stel waren, maar als ze zogezegd niet op het toneel stonden, wilde ze alles zo min mogelijk als een date laten aanvoelen. Daarom wilde ze dus niet bij de deur worden opgehaald. Helaas had ze getreuzeld en nu stond hij aan te bellen, en ze kon hem een beetje moeilijk negeren.

Op haar chique zwarte pumps, eveneens een cadeau van haar moeder, liep ze klikklakkend over de versleten hardhouten vloer van de boerderij naar de voordeur, vastbesloten haar twijfel niet te laten merken. Ze pakte haar jas van het haakje en trok de deur open.

Connor knipperde met zijn ogen. 'Wauw!'

Zijn blik gleed naar beneden om haar van top tot teen op te nemen en ze kon het hem niet eens kwalijk nemen, want die van haar deed precies hetzelfde.

Hij zag eruit om door een ringetje te halen. Kraakhelder wit overhemd, lichtgrijze stropdas, een fraai op maat gemaakt zwart pak en een keurig puntje van een pochet. Connor Wyeth zag er superverzorgd uit. Niet dat hij er ooit níét onberispelijk bij liep, natuurlijk. Hoewel hij er de vorige dag verdomd smakelijk uit had gezien toen hij er bezweet en bedekt met een laagje sloopgruis bij had gelopen.

Hij nam haar met een warme blik in zijn ogen op. 'Je ziet er...'

'Geen complimentjes!' gilde Deenie bijna, maar haar jachtige waarschuwing had succes. Hij knikte, en zijn blik veranderde van waarderend in keurend.

'Heel geschikt uit,' maakte hij zijn zin af, alsof hij dat al die tijd al had willen zeggen. 'Dank je.'

Deenie neeg koninklijk haar hoofd. 'Graag gedaan.'

Hij had het een beetje onzinnig gevonden toen ze eiste dat 'alle complimentjes en kleffe romantische flauwekul werden beperkt tot noodzakelijke acteermomenten.' Hij had als een ware expert op het gebied van methodacting opgemerkt dat het dan natuurlijker zou overkomen als ze zichzelf aanleerden om zich als geliefden tegenover elkaar te gedragen in plaats van dat ze het op commando moesten doen. Maar Deenie had gestaan op een scheiding van kerk en staat, dus dat had hij uiteindelijk in het contract opgenomen dat ze allebei hadden ondertekend.

Ze kende zichzelf. Ze wist dat ze er niet bij kon hebben dat ze zich ging afvragen of hij het echt meende of alleen zijn rol speelde. Het was beter om de scheiding duidelijk aan te geven. Dan kwam er geen verwarring. Geen angst dat er echte gevoelens in het spel waren.

'Ben je zover?' vroeg hij.

'Absoluut,' antwoordde Deenie zelfverzekerd, terwijl ze de laatste van haar opspelende zenuwen meedogenloos vermorzelde. Ze had haar clutch, haar jas en haar waardigheid. Ze kon dit echt wel.

Ze riep een afscheidsgroet naar Ally, liep de veranda op en trok de voordeur achter zich dicht. Connor bood haar bij het trapje zijn arm aan en ze schonk hem een vernietigende blik.

'Ik kan me uitstekend redden op hoge hakken,' meldde ze hem vinnig, ook al werd haar hooghartige optreden enigszins verpest door het feit dat er grind op de oprit lag en haar enkel tijdens de tweede stoere stap dubbel knikte.

Connors hand schoot meteen te hulp en pakte haar vast bij haar elleboog om haar te ondersteunen.

Ze mompelde bokkig: 'Dank je.'

Zonder te reageren met een 'Ik had je nog zo gewaarschuwd' hield hij het portier voor haar open en hij bleef naast haar wachten tot ze op het luxe leer van de passagiersstoel zat.

Het duurde nog bijna anderhalf uur voordat het evenement zou beginnen, maar Connor had extra tijd uitgetrokken in verband met het verkeer en voor het zoeken van een parkeerplaats. Het was ongeveer een uur rijden, dus Deenie maakte het zich gemakkelijk, paste de temperatuur aan haar kant aan en stelde de stoelverwarming bij.

Ze wachtte tot Connor de glanzende SUV via een reeks van langzaam optrekken en afremmen uit Pine Hollow had gemanoeuvreerd en moeiteloos door de bochten zoevend over de weg naar Burlington reed, voordat ze ter zake kwam.

'Zullen we maar beginnen?'

Ze hadden afgesproken dat ze de rit naar evenementen zouden gebruiken om zich voor te bereiden en de rit terug naar huis om te analyseren wat er goed was gegaan en welke problemen ze later misschien moesten oplossen. Beide strategieën waren bedoeld om hun herinneringen vers te houden. Het was Connors idee geweest om het in het contract vast te leggen, maar Deenie moest toegeven dat het een goede strategie was. 'Wat moet ik weten voor vanavond?'

'Het is een diner met een anonieme veiling om geld in te zamelen voor Easterseals, een stichting die allerlei diensten levert aan gehandicapten. Mijn bedrijf heeft twee tafels gereserveerd.'

'Wie zijn de belangrijkste personen om indruk op te maken?'

'De senior partners. Brent Sterling en Lila Karlson. Mijn mentor Davis is er ook. Evenals een aantal andere kandidaten voor het partnerschap, vermoed ik.'

'De concurrentie. Geen zorgen. Daar walsen we gewoon overheen.'

'Tja, ik moet nog wel met hen samenwerken, dus laten we dat walsen maar tot een minimum beperken.'

'Oké. Er mag met mate overheen worden gewalst, maar wel zo dat jij wint.' Ze knikte. 'Wie wil je dat ik ben?'

Connors ogen verlieten de weg net lang genoeg om haar fronsend aan te kijken. 'Mijn vriendin. Herinner je het contract nog dat we hebben getekend?'

'Nee, ik bedoel: ben ik een accountant? Een financieel analist? Een risicoinvesteerder? Ik ben echt een steengoede risicoinvesteerder.'

Connors wenkbrauwen trokken zich samen. 'Kun je niet gewoon jezelf zijn?'

Deenie wierp hem een ongelovige blik toe die hem totaal ontging, omdat hij zich op het rijden concentreerde. 'Wil je echt dat ik je bazen vertel dat je datet met iemand die prinsessenfeesten organiseert en parttime honden uitlaat?'

'Waarom niet?' vroeg hij, met een zijwaartse blik in haar richting zodat hij alsnog haar gezichtsuitdrukking opving. 'Het hele idee is dat ik laat zien dat ik geen door zijn werk geobsedeerde neuroot ben. Wat is nou beter dan een vriendin die prinsessenfeesten organiseert?'

'Maar je bént een door je werk geobsedeerde neuroot.'

'Dat weet ik ook wel,' snauwde hij. 'We willen alleen niet dat zij dat weten. Of eigenlijk weten ze het al en gaan wij proberen hen ervan te overtuigen dat ik ben veranderd. Dat ik sociaal en gezellig ben, een leider en mentor met een perfecte balans tussen werk en privéleven, die een aanwinst zal zijn als partner.'

Er verscheen een diepe rimpel in Deenies voorhoofd. 'Doet het je echt helemaal niets dat je je moet voordoen als iemand die je niet bent om de baan te krijgen die je als je droombaan ziet? Hoe weet je dat dát echt is wat je wilt, als je iemand anders moet zijn om hem te krijgen?'

'Aan elke baan zitten aspecten waaraan je jezelf moet aanpassen. Geen enkele baan is honderd procent wat jij wilt. We doen wat noodzakelijk is om te krijgen wat belangrijk voor ons is.'

'Wat is belangrijk voor jou? Status? Geld?'

Hij zweeg heel lang, met zijn handen strak op tien voor twee om het stuur geklemd.

'Connor?'

'Partner worden.'

'Oké, maar waarom bij dit kantoor?'

'Omdat dit het allerbeste advocatenkantoor is.'

Hij zei het alsof hiermee alles over het onderwerp was gezegd. En voor Connor was dat waarschijnlijk ook zo. Waarom die baan? Omdat het de beste was. Waarom dat huis? Omdat dat het beste was.

Maar werden mensen echt gelukkig van wat het beste was? Sloeg er vanbinnen echt een schakel om die hen tevredenstelde als ze datgene bereikten waar ze altijd naartoe hadden gewerkt? Connor kwam op haar over als iemand die niet wist wat tevreden zijn inhield. Die niet wist hoe hij normaal moest zijn. Hij wilde veel te veel bewijzen.

Natuurlijk had zij zelf ook veel te bewijzen. Maar haar gevecht draaide er meer om dat ze wilde bewijzen dat ze níét de beste hoefde te zijn om gelukkig te zijn.

Een slechtere match dan zij tweeën was niet denkbaar.

'Mensen hebben een ongezonde relatie met hun werk,' merkte ze opeens op toen de stilte haar te lang duurde.

Connor trok zijn ene welsprekende wenkbrauw op die altijd veel te veel te zeggen had. 'Kun je dat uitleggen?'

'Fransen hebben elk jaar een maand vakantie, maar Amerikanen maken er een sport van om te kijken wie de meeste vakantiedagen kan opsparen, die ze vervolgens nooit opnemen, omdat ze veel te druk en belangrijk zijn om zelfs maar één dag vrij te nemen. Dus eigenlijk zijn het Amerikanen die een ongezonde relatie hebben met hun werk. Ik pas mijn eerdere opmerking hierbij aan.'

'Sommige mensen moeten werken.'

'Klopt. Dat geldt voor heel veel mensen. Ik geef meteen toe dat ik enorm bevoorrecht ben omdat ik niet tot over mijn oren in de schulden zit. En hoewel ik nooit een cent van mijn ouders zal aannemen, weet ik in mijn achterhoofd altijd dat ze me niet van de honger zullen laten omkomen als er iets rampzalig misgaat met mijn leven. Mijn psychologische vangnet is gigantisch. Maar ik heb het niet over mensen die van de ene salarisstrook naar de volgende leven. Ik heb het over mensen die een dwangmatige behoefte hebben om zichzelf dood te werken alsof ze daardoor op een of andere manier beter zijn dan alle anderen.'

'Je mag best zeggen dat je het over mij hebt. Je hoeft het niet steeds over "mensen" te hebben, want we weten allebei wat je bedoelt.'

'Het gaat niet alleen over jou,' wierp ze tegen. 'Je zou ervan opkijken hoeveel mensen enthousiast tegen mij roepen dat mijn leven ontzettend bevrijdend moet zijn, en dat ze me benijden omdat ik kan reizen en mijn eigen uren bepaal, maar zodra ik zeg dat zij dat ook kunnen, beginnen ze tegen me op te scheppen dat ze geen vrije dagen kunnen opnemen, omdat ze veel te waardevol zijn en niet kunnen worden gemist. Mensen ontlenen eigenwaarde aan hun baan, en wanneer ze met pensioen gaan, worden ontslagen of een punt bereiken dat ze beseffen dat er meer in het leven is dan tachtig uur per week achter een computerscherm zitten, is het crisis.'

Connor onderdrukte zijn irritatie over het feit dat ze volkomen gelijk had en zorgde ervoor dat zijn stem sarcastisch bleef klinken. 'O, dus jij hebt de zin van het leven ontdekt? En de rest van ons is gewoon te traag om dat ook in te zien?'

'Dat zeg ik niet. Iedereen moet voor zichzelf de zin van het leven zien te vinden. Maar ik vind wel dat mensen zich iets minder bezig zouden moeten houden met status en iets meer met wat hen echt gelukkig maakt. Mijn werk is geen egotrip. Het is alleen maar een manier om geld te verdienen waarmee ik tijd en vrijheid koop. Ik train jouw hond, organiseer prinsessenfeesten en naai prinsessenjurken om geld te verdienen, zodat ik de wereld kan zien. Niet omdat die dingen bepalend zijn voor wie ik ben.'

'Mijn werk als advocaat is ook niet bepalend voor wie ik ben,' sputterde hij tegen, maar het voelde alsof hij loog. Hij had zijn hele identiteit opgebouwd rondom wat hij deed, maar was dat dan echt verkeerd? Heel veel mensen deden dat.

'Weet ik,' beaamde Deenie iets te snel vanaf de passagiersstoel. 'Sorry. We zijn van het onderwerp afgedwaald. We hebben nog heel wat te bespreken voordat we er zijn. Hoelang zijn we al aan het daten?'

Connor fronste zijn wenkbrauwen, kwaad op zichzelf omdat hij daar niet over had nagedacht. Het kon geen eerste date zijn.

Hij wilde niet dat Davis of de andere partners zouden denken dat hij alleen maar een vriendin had genomen om geschikt over te komen als partner, ook al was dat precies wat hij deed.

*Doet het je echt helemaal niets dat je je moet voordoen als iemand die je niet bent om de baan te krijgen die je als je droombaan ziet?*

Connor verjoeg de gedachte uit zijn hoofd. 'Sinds Kerstmis?' Dat duidde er namelijk op dat het serieus was. Twee maanden samen. Typisch een date die hij naar een evenement zou meenemen. 'Dan blijven we dicht bij de werkelijkheid, want we hebben elkaar met Kerstmis leren kennen.'

'Eigenlijk voor Kerstmis al.'

Hij wuifde haar correctie weg. 'Rond de kerst. In de kerstperiode.'

'Nee, hoor. Afgelopen zomer.'

Ze zei het opgewekt, maar toen hij opzijkeek, zag hij iets in haar ogen wat zijn maag deed verkrampen. 'Ik herinner me niet...'

'Nou ja, we hebben elkaar toen niet echt ontmoet. We hebben ons niet aan elkaar voorgesteld of zo. Volgens mij was het juni. We stonden allebei bij Magda's... Eigenlijk zou ik Mac op de hoogte moeten stellen van jouw verraad, maar dat zal ik niet doen. Jij had zo'n bluetoothding in je oor, dus ik had niet in de gaten dat je een telefoongesprek aan het voeren was en ik probeerde een praatje met je te maken. Ik weet vrij zeker dat het op een zaterdag was en ik kwam net van een feestje dat ik had georganiseerd, dus ik zag er waarschijnlijk uit alsof ik kopjeonder was gegaan in roze glitter, maar jij keek naar me alsof ik iets heel vies was en je zei: "Ik ben aan het werk."'

Connor kromp in elkaar. Hij zag zichzelf dat inderdaad wel doen. 'Het spijt me...'

'Dat is verleden tijd,' verkondigde ze, en ze wuifde zijn verontschuldiging weg. 'We hebben elkaar dus met kerst leren kennen...'

'Inderdaad.' Hij fronste zijn wenkbrauwen, om een of andere onverklaarbare reden van slag door haar eerste indruk van hem. 'En sinds die tijd zijn we aan het daten?'

'Houden we het feit dat ik Max train erin? Was dat het moment dat de vonk oversloeg? Jij kwam naar de hondenopvang om een hond te adopteren en dat bleek zo'n lastpak te zijn dat je mij inhuurde en toen tot over je oren verliefd raakte op mijn geestige gevatheid en charmes?'

'Dat klinkt aannemelijk,' gaf hij toe. *Veel te aannemelijk.*

'Wie zette de eerste stap? Ik zeker, hè? Ik overviel je er natuurlijk helemaal mee.'

Connors gezicht werd rood. 'Ik denk niet dat dát er sprake zal komen.'

'Oké, dan de dingen die ik moet weten voor het geval mensen ernaar vragen... Heb je altijd in Pine Hollow gewoond?'

'Met uitzondering van mijn studietijd.'

'Oké. Dus Pine Hollow en daarna Princeton...'

'Yále,' gromde hij.

'Weet ik.' Ze grijnsde zonder een greintje berouw. 'Maar ik vind het leuk om jou op de kast te jagen. Heb je daar zowel je bachelor als je master gedaan?'

'Alleen mijn bachelor. Mijn master heb ik in Georgetown gedaan. Daarna ben ik meteen hiernaartoe teruggekomen om voor STK te gaan werken.'

'Waarom Vermont?'

'Hier kom ik vandaan. Mijn moeder woont hier.'

'Moederskindje. Genoteerd.' Ze knikte vrolijk, ook al gromde hij, en ging monter verder. 'Wat doen je ouders?'

'Mijn moeder was juridisch medewerker en mijn vader was een eikel.'

'Van beroep?'

Hij snoof, opgelucht dat ze niet meelevend had gereageerd. Hij had een hekel aan meelevende reacties. 'Volgens mij werkt hij in de bouw, maar zeker weten doe ik dat niet. Mijn moeder is een paar jaar geleden hertrouwd. Hoe zit het met jouw familie?'

'Financiële wereld,' antwoordde Deenie. 'Heel diep in de financiële wereld. Ze vonden mijn keuze voor een theaterstudie echt niet kunnen, ook al deden ze in het openbaar heel hard hun best om de indruk te wekken dat ze me steunden. Ik ben er eigenlijk van overtuigd dat ik een wisselkind ben. Ergens in een sprookjeskoninkrijk woont een financieel analist die zich afvraagt waarom ze de hele tijd wordt omgeven door glitter en regenbogen. Je doet me soms aan hen denken.'

Hij wierp haar een zijdelingse blik toe. 'Dat is vast geen compliment.'

'Klopt, maar ik doe mijn best je dat niet kwalijk te nemen.'

'Jij bent niet in Pine Hollow opgegroeid...'

'Charlotte,' zei ze. 'Vermont, niet North Carolina. Een stukje ten zuiden van Burlington. Aan het Champlainmeer. Mijn zus woont daar nog steeds, maar mijn broer heeft voor het Wall Street-gebeuren gekozen. Hij woont tegenwoordig in Westchester.'

'En jij bent de jongste?'

'Heb ik je dat verteld? Of heb je dat geraden? Ik ben zes jaar jonger dan Kirsten en acht jaar jonger dan Peter. Niet gepland. Ik ben er al op heel jonge leeftijd achter gekomen dat voorbehoedsmiddelen niet honderd procent betrouwbaar zijn. Daar ben ik het levende bewijs van.'

Connor wist niet goed hoe hij moest reageren op de mengeling van verbittering en humor in haar stem toen ze het over haar familie had. Daarom vroeg hij: 'Waarom ben je naar Pine Hollow verhuisd?'

'Ik ben hier niet naartoe verhuisd. Ik verhuis eigenlijk nooit ergens naartoe. Ik kom hier hooguit met een zekere regelmaat op bezoek. Ik blijf lang genoeg om mijn spaarrekening aan te vullen en trek dan de wijde wereld weer in. Mijn lievelingstante woont in Pine Hollow. Of eigenlijk mijn oudtante. Tegenwoordig in de

Estates, maar toen ze haar eigen huis nog had, logeerde ik tussen mijn reizen door altijd bij haar om geld te sparen en met haar hulp mijn volgende reis te plannen. Ze heeft een supergaaf leven geleid. Ze heeft alles gezien.'

'Hoe heet ze?'

'Elizabeth, maar we noemen haar Bitty.' Deenie trok haar neus op. 'Ik kan je maar beter ook mijn echte naam vertellen. Maar ik waarschuw je: als je me met die naam aanspreekt, zal ik gewelddadig en genadeloos reageren.'

'Waarvan akte.'

Hij keek even opzij. Ze haalde diep adem en zette zich schrap. Uiteindelijk zei ze theatraal: 'Nadine.'

Connors wenkbrauwen schoten omhoog. 'Wat een prachtige naam.'

'Ik weet het, maar even serieus. Zie ik er als een Nadine uit?'

Op die vraag was geen goed antwoord mogelijk, dus Connor hield wijselijk zijn mond.

Ze wisselden nog meer willekeurige biografische informatie met elkaar uit: huisdieren uit hun kindertijd (zij: een dwergkeeshond die Pom Pom heette, hij: geen), hun lievelingsvak op school (zij: toneel, hij: debatteren), tot ze in de buurt van het hotel kwamen waar het evenement werd gehouden.

Ze waren vroeg en Deenie weigerde om te vroeg binnen te komen, dus liet ze hem een stukje doorrijden naar een ijswinkel even verderop. Hij voelde er niets voor om ijs te eten voor het diner, maar Deenie hield vol dat het de enige manier was om er zeker van te zijn dat ze voldoende ruimte overhielden voor het dessert en dat ze energie nodig zouden hebben voor de veiling. Uiteindelijk stemde Connor ermee in en hij zocht een plekje om de auto te parkeren.

Na een uitgebreid gesprek over favoriete smaakjes en een verhitte discussie toen Deenie verklaarde dat Connors limoensorbet eigenlijk niet echt als ijs telde, pakten ze hun hoorntjes en keerden ze terug naar de auto. Omdat hij geen ijs op de leren bekleding in zijn auto wilde hebben, trok Connor zijn jas uit, die hij over Deenies eigen jas heen om haar schouders sloeg. Daarna aten ze, leunend tegen de SUV, hun ijsjes op.

Ze was fanatiek. Strijdbaar. Hij kon nooit iets zeggen zonder dat het werd bekritiseerd en tegengesproken. Maar ze vormde ook een geweldige afleiding. Toen ze vijf minuten nadat de deuren waren geopend eindelijk de lobby binnenliepen van het hotel waar het evenement werd gehouden, was hij nog steeds zo druk met Deenie aan het harrewarren over de vraag of ze nog steeds onfatsoenlijk vroeg waren (haar standpunt) of juist aan de late kant (zijn mening) dat hij niet eens zenuwachtig was.

Hij had de hele week tegen het evenement opgezien. In zijn hoofd was het uitgegroeid tot iets wat zijn carrière zou maken of breken, maar toen hij hun jassen bij de garderobe inleverde en Deenie naar de damestoiletten verdween om haar door het ijs geruïneerde lippenstift bij te werken, was hij verrassend ontspannen.

Haar krankzinnige idee kon zomaar eens het beste zijn wat hem ooit was overkomen.

# 16

Dit was zonder enige twijfel het slechtste idee dat Deenie ooit had gehad.

Het had in het begin zo slim geleken. Ze was goed in het spelen van rollen en ze had gedacht dat het best leuk zou zijn om een paar avonden te doen alsof ze Connors liefje was. Maar tijdens het bekokstoven van het plannetje had ze er geen rekening mee gehouden dat dit voor haar weliswaar nep was, maar voor Connor zijn echte leven. Voor hem kon dit serieuze gevolgen hebben.

Hij wilde die promotie ontzettend graag. En hoewel ze zijn prioriteiten stompzinnig vond, wilde ze dit niet voor hem verpesten. Partner worden was belangrijk voor hem. Het was zijn allergrootste wens en opeens voelde ze de druk, die nog eens werd verergerd door het feit dat hij wilde dat ze zichzelf was.

Ze zou er totaal geen probleem mee hebben gehad om Ashley de accountant te spelen, maar nu hij wilde dat ze Deenie de onconventionele prinsessenfeestplanner was, draaide haar maag zich drie slagen in de rondte.

Dit waren mensen zoals haar ouders. Stel nu eens dat ze haar afkeurden? En dat ze die afkeuring op Connor verhaalden?

Deenie was het liefst de andere kant op gerend, maar betrad in plaats daarvan met haar masker op zijn plek en haar glimlach op haar gezicht geplakt gearmd met Connor de balzaal. Helemaal voor in de ruimte was een podium met daarop een reusachtig scherm met het logo van Easterseals erop. Op een lange rij tafels links van haar lagen de voorwerpen voor de anonieme veiling. De rest van de balzaal was gevuld met genummerde, met linnen kleden bedekte tafels.

Het idee om een tikje te laat stijlvol binnen te schrijden was niet bij de juristen van Connors kantoor opgekomen en de tafels waren bijna allemaal al bezet toen Connor haar naar die van hen bracht. Toen ze er een meter vandaan waren, bood een ober hun champagne aan. Connor bedankte hem en accepteerde een glas voor hen allebei.

Deenie nam het hare aan, blij om iets in haar handen te hebben als afleiding.

Ze had nooit last gehad van plankenkoorts, dus waarom maakte haar maag dan salto's?

'Connor!' Een van de mannen die tussen de tafels door slenterde, kwam met een brede glimlach op zijn gezicht naar hen toe om hen te begroeten. Hij was aan de kleine kant, met kortgeknipt zwart haar en een innemende, open glimlach die ervoor zorgde dat Deenie hem meteen mocht.

'Davis, fijn je te zien,' antwoordde Connor soepeltjes, met een knikje naar de vrouw aan zijn arm. 'Jodie, je ziet er prachtig uit.'

'En wie is dit?' vroeg Davis. Hij staarde naar Deenies hand op Connors arm en zijn dikke zwarte wenkbrauwen kropen boven een nieuwsgierige grijns omhoog.

'Ik had jullie al eerder aan elkaar willen voorstellen,' zei Connor, alsof ze al maanden met elkaar dateten. 'Deenie Mitchell, dit zijn Davis Aquino en zijn vrouw Jodie.'

'Deenie,' zei Davis stralend. 'Wat een verrassing. Ik had geen flauw idee dat Connor een relatie had.'

'Dat is mijn schuld,' beweerde Deenie onmiddellijk, en ze klemde zich liefkozend vast aan Connors gespierde arm. 'Ik wilde hem helemaal voor mezelf houden.'

Davis' grijns verbreedde zich.

En zo begon het.

Hoewel het er hooguit vijftien of zestien konden zijn geweest, leken er honderden namen op haar af te komen. Ze probeerde te onthouden wie de partners en hun echtgenotes waren, welke advocaten Connors concurrentie vormden en wie hun echtgenotes waren, maar het waren te veel namen en ze was te zenuwachtig. Ze kon zich slechts concentreren op haar directe omgeving, met een stralende glimlach om haar lippen en kwinkslagen die luchtig en neutraal genoeg waren om haar gesprekspartners aan het lachen te maken.

Het was een vorm van improviseren. De belangrijkste regel was de ja-regel: altijd beamen wat er op je afkomt, erop voortborduren en de bal terugkaatsen. Het gesprek gaande houden en spontaan reageren.

Ze was alle gevoel voor tijd kwijt, totdat een van de partners – een oudere zwarte vrouw met schrandere ogen en een naam die volgens Deenie met negenennegentig procent zekerheid met een L begon – voorstelde dat iedereen het aanbod voor de anonieme veiling bekeek.

Het gezelschap splitste zich op in kleinere groepjes en Connor legde een hand op haar rug om haar naar een van de lange tafels mee te voeren. Ze wandelden weg van de anderen, zodat ze een paar seconden voor zichzelf hadden en nu Deenie niet langer in de AAN-stand stond, begonnen haar zenuwen zich te roeren.

Ze deed zonder iets te zien alsof ze een informatiekaartje bij een van de voorwerpen las.

'Gaat het?' Connors stem klonk zacht en was alleen voor haar te horen.

Gelukkig was dit geen gelegenheid voor aanhalige liefkozingen in het openbaar, maar ze was zich enorm bewust van zijn hand die op haar onderrug lag. Deenie keek op naar zijn ogen, die dankzij haar tien centimeter hoge hakken iets minder ver weg waren dan anders, en haar angst dat ze er niets van bakte nam toe toen ze de bezorgde blik erin zag. 'Heb ik iets verkeerds gezegd?'

'Nee, Deenie. Je doet het fantastisch. Maar je lijkt een beetje...

gespannen.' Haar maag draaide zich om en hij stelde haar haastig gerust: 'Ik weet zeker dat niemand iets heeft gemerkt.'

Maar híj wel. Hij kon achter het masker kijken. De gedachte was een beetje angstaanjagend. Zelfs haar ouders wisten niet altijd wat ze werkelijk voelde wanneer ze haar opgewekte masker opzette.

Deenie deed extra moeite om alle sporen van spanning uit haar ogen te houden en bedekte alles met een warme glimlach. 'Met mij gaat het prima. Maak je geen zorgen. Maar misschien moeten we een teken afspreken voor het geval ik iets gênants zeg. Je zou me onder de tafel kunnen schoppen of zoiets.'

Connor deed zijn mond open, maar voordat hij iets kon zeggen, klonk er een andere stem.

'Wat staan jullie hier lekker knus met jullie tweetjes. Weten jullie al waar jullie op gaan bieden?'

Connor schoot zo abrupt rechtop dat Deenie meteen wist dat zich onder de twee zojuist gearriveerde stellen een van de senior partners bevond – de Sterlings? – en ze toverde haar mooiste glimlach tevoorschijn.

'Weet je nog dat wij vroeger tijdens deze evenementen ook altijd liepen te fluisteren, Brent? Voordat we een oud, getrouwd stel waren.' De vrouw die dit zei, boog zich nu om hen heen om het veilingitem te zien waar Deenie en Connor bij toeval voor waren blijven staan. 'O, een weekend in een B&B bij het Champlainmeer. Dat klinkt romantisch.'

'Ik heb zo'n vermoeden dat ik tegen je ga opbieden, Wyeth,' grapte Brent. Connor grinnikte.

'Dan moet ik u wel waarschuwen, meneer. Ik ben bereid om heel hoog te gaan om Deenie gelukkig te maken. En het is nog voor een goed doel ook.'

Mevrouw Sterling smolt bijna bij zijn woorden en gaf Deenie een klopje op haar arm. 'Hem moet je niet meer laten gaan.'

Deenie wikkelde haar arm strak om die van Connor. 'Ik heb hem stevig vast.'

Mevrouw Sterling glimlachte en keek vertederd naar hen.

'Dat ging goed,' fluisterde Connor toen de Sterlings even later wegliepen.

Op weg naar de tafels voor het begin van het diner zweefde hij bijna.

Eigenlijk leek alles goed te verlopen en daar werd Deenie alleen maar nerveuzer van. Ze zat te wachten tot het onvermijdelijke zou gebeuren. Want dat zat eraan te komen. Dat wíst ze gewoon.

Het gebeurde toen ze aan tafel zaten.

Een van de vrouwen – Deenie kon zich niet meer herinneren of het een van de juristen was of een van de echtgenotes – boog zich naar haar toe en vroeg: 'Vertel eens, Deenie, wat doe jij eigenlijk in het dagelijks leven?'

Haar maag verkrampte, want dat was natuurlijk wat deze mensen belangrijk vonden. Professionele status.

Ze keek naar Connor en gaf hem een laatste kans om met een maatschappelijk aanvaardbaar verzonnen beroep voor haar op de proppen te komen, maar kennelijk begreep hij haar blik verkeerd, want hij leunde naar voren en antwoordde, alsof hij trots op haar was: 'Deenie organiseert prinsessenfeesten. Je weet wel, van die feestjes met kleine meisjes in jurken...'

'En ook jongetjes,' onderbrak Deenie hem. 'We zijn enorme voorstanders van een gelijke koninklijke behandeling voor iedereen, ook al krijgen we inderdaad meer prinsesjes dan prinsjes.'

'Och, hemeltje, wat schattig.' De ogen van de vrouw glommen verrukt. 'Is dat een fulltimebaan?'

Ze wierp opnieuw een blik op Connor, in de verwachting dat hij nu zou zeggen: 'Nee hoor, dat is maar een hobby van haar. Eigenlijk is ze hedgefondsmanager.' Maar in werkelijkheid klonken de woorden die uit zijn mond kwamen eerder als: 'Ze werkt ook bij een hondenopvang in het stadje waar we wonen.' Zijn grote hand vouwde zich om de hare op het tafelkleed. 'Daar kennen we elkaar van.'

'Och, lieve help,' zei dezelfde vrouw – Alison? Abigail? – bewonderend. 'Je bent een heilige. Wat fantastisch van je dat je tijd vrijmaakt voor iets wat zo belangrijk is.'

Deenie bloosde en moest moeite doen om haar gezicht in de plooi te houden. 'Nou, mijn vriendin Ally runt de opvang. Ik help alleen maar.'

'Ze is te bescheiden,' hield Connor vol. 'Ze is geweldig met honden. Ze is de enige die mijn hond Maximus iets heeft kunnen leren.'

Gelukkig ging het gesprek van Deenies professionele prestaties, of eigenlijk het gebrek daaraan, over op huisdieren. Connor vertelde het verhaal van Maximus, het bier en het bubbelbad, en op een of andere manier klonk het als een vertederende anekdote uit de beginperiode van hun dates. Anderen rond de tafel deelden ook grappige huisdierverhalen en er werd zo veel gelachen dat Brent Sterling, die aan een andere tafel zat, naar hen toe kwam om te melden dat ze veel te veel plezier hadden zonder hem. Connors collega's spoorden hem aan om het verhaal over het bubbelbad nog een keer te vertellen en terwijl de anderen lachten, glimlachte Deenie geforceerd.

Ze sloeg Connor gade, die haar met zijn fonkelende ogen en waanzinnige kuiltjes intieme blikken toewierp alsof ze honderden geheimen met elkaar deelden.

Zo zou het dus zijn als ze echt een stel waren geweest.

Dat had ze niet verwacht. Ze had gedacht dat ze een rol moest spelen. Ze had gedacht dat alle verhalen die ze vertelden gelogen zouden zijn. Een passend script. Ze was bang geweest dat hun verhalen niet met elkaar overeen zouden komen, maar niet dat het zou aanvoelen alsof het echt had kunnen zijn.

Connors achteloze aanrakingen, zoals zijn hand op haar onderrug tijdens de anonieme veiling, de streling langs haar nek toen hij haar fluisterend uitlegde wie ook alweer wie was of zijn hand op die van haar toen hij een anekdote over hen samen vertelde, maakten haar duidelijk hoe hij met een echte vriendin zou zijn.

Hij was een veel betere toneelspeler dan ze achter hem had gezocht.

En hij was hier in zijn element. Hij bloeide helemaal op. Ze had in de auto harde kritiek geleverd omdat hij achter een baan aan joeg waarvoor hij zich anders moest voordoen dan hij was, maar hij genoot hiervan. En zij werd erdoor uit haar evenwicht gebracht.

Gelukkig lukte het haar dat niet te laten merken. Toch begon ze tegen de tijd dat het dessert werd gebracht wel de druk te voelen die het volhouden van haar rol met zich meebracht. Connor keek haar lachend aan, een intiem lachje dat haar eraan herinnerde dat ze al een toetje hadden gehad, en ze focuste zich op de tere pavlova om zijn lachje niet te hoeven zien.

Waarom gedroeg hij zich alsof het allemaal echt was?

'Ik ben zo blij dat je hier bent.' Jodie Aquino, die links van haar zat, boog zich naar haar toe en sprak heel zacht. 'Je moet me beloven dat je van nu af aan naar alle bedrijfsevenementen komt.'

Het duurde even voor het tot Deenie doordrong dat Jodie het tegen haar had. 'Sorry?'

'Je hebt geen idee hoe saai deze evenementen meestal zijn. Iedereen wisselt tips over aandelen uit en er wordt de hele tijd over werk gesproken. Denk maar niet dat we niet doorhebben wie er verantwoordelijk is voor deze verandering.'

'Nou, Connor...'

'Als jij er niet was geweest, zou Connor het nu ook over juridische precedenten en aandelen hebben gehad.'

Deenie werd rood. 'Als ze het nou leuk vinden om daarover te praten...'

'Volgens mij vervelen ze zichzelf soms ook. Ik gooi er af en toe een opmerking in over kunstgeschiedenis, alleen om de verwarring op hun gezichten te zien. Maar verhalen over huisdieren, dat is echt een geniale zet. Die moet ik onthouden.'

Deenie vond het geen prettige gedachte om met de eer van Connors bijdrage te gaan strijken. Hij was degene die de grappige anekdotes had verteld. Voordat ze echter kon protesteren, verscheen er een andere vrouw tussen de twee voor het advocatenkantoor gereserveerde tafels, met haar blik op Deenie gericht.

'Organiseer jij echt prinsessenfeesten?'

Het geroezemoes rond de tafel verstomde en iedereen keek naar Deenie, die blozend antwoordde: 'Ja.'

De ogen van de vrouw begonnen opgetogen te glanzen. 'Ik ben Serena, de schoondochter van Brent. Ik zit aan de andere tafel, maar iemand vertelde me net over jouw feestjes. Doe je Elsa ook? Mijn dochter is door haar geobsedeerd.'

'Officieel doe ik de sneeuwkoningin van Hans Christian Andersen. Publiek domein.'

De juristen aan de tafel grinnikten allemaal veelbetekenend, waardoor Deenie zich nog onbehaaglijker voelde als middelpunt van de belangstelling, maar Serena knikte enthousiast. 'Natuurlijk. Heb je misschien een visitekaartje voor me? Mijn dochter is in de eerste week van april jarig en als ik jou kan boeken zou haar hele jaar niet meer stuk kunnen. Je zit toch niet de komende tien jaar al vol, hè?'

Eerlijk gezegd had ze zo ver vooruit geen reserveringen aangenomen, omdat ze niet van plan was geweest om lang te blijven, maar nu...

Ze ving Connors blik op, zag de smeekbede die erin lag en glimlachte.

'Ik denk dat we wel iets kunnen regelen.'

'Dank je.' Dat had hij al minstens tien keer gezegd vanaf het moment dat de valet zijn auto had opgehaald en ze op weg gingen naar Pine Hollow, maar hij kon er blijkbaar niet mee ophouden. 'Je was echt subliem vanavond.'

Deenie zat stilletjes op de passagiersstoel. Ze had sinds hun vertrek niets gezegd en de stilte maakte hem zenuwachtig. Ze was nooit stil.

Misschien was ze alleen maar moe. De avond was een ware uitputtingsslag geweest. Perfect, maar slopend.

Ze had iedereen om haar vinger gewonden en zelfs een opdracht in de wacht gesleept voor een prinsessenfeest voor een van de kleindochters van een senior partner. Dat betekende nog meer persoonlijk contact met Brent, die hij vriendelijk en beleefd het romantische B&B-uitje had laten winnen.

Connor had zich van tevoren niet kunnen voorstellen dat het zo goed zou verlopen. Deenies krankzinnige idee was nu officieel krankzinnig geniaal.

Eigenlijk hoorde hij er niet zo van op te kijken. Zeker na de dingen die hij die avond over Deenie te weten was gekomen.

Hij leunde met zijn pols op het stuur. 'Je hebt me nooit verteld dat je aan Brown hebt gestudeerd.'

'O?' Haar pumps lagen op de vloer. Ze had ze uitgedaan, haar voeten onder haar wijde rok opgetrokken en zo haar eigen nestje gecreëerd op de passagiersstoel.

'Ik zou heus wel hebben onthouden dat je aan een eliteuniversiteit hebt gestudeerd, na alle kritiek die je over mij hebt uitgestort over de universiteit die ik heb bezocht.'

'Ik heb geen kritiek op het feit dat je op Yale hebt gezeten. Ik heb kritiek op het feit dat je een intellectuele snob bent.'

'Een snob? Ik kom uit een gezin met een alleenstaande werkende moeder en heb alles wat ik heb gekregen zelf verdiend.'

'Dat je geen snob bent die alles op een zilveren dienblad aangereikt heeft gekregen wil niet zeggen dat je geen intellectuele snob bent. Als je de waarde van mensen afmeet aan hun opleiding of hun financiële succes, ben je dan een snob of niet?'

'Levi is een van mijn beste vrienden en hij heeft niet gestudeerd.'

'Zou jij met iemand daten die niet op zijn minst een master heeft gedaan?'

Hij aarzelde en de woorden bleven opvallend venijnig tussen hen in hangen.

Bijna kwaad.

Connor klemde zijn handen om het stuur en tuurde geconcentreerd naar de donkere weg. 'Ik wil geen ruzie met je. Ik wilde je juist bedanken voor vanavond en het spijt me als ik je heb onderschat.'

'Je beseft dus alleen maar dat je me hebt onderschat omdat je nu weet dat ik op een elite-universiteit heb gezeten?'

Hij zuchtte. Kennelijk zocht zij wél ruzie. 'Dat is niet wat ik bedoelde.' Hij had juist gedacht dat alles uitstekend was verlopen, maar nu was zij zo stekelig als wat. 'Ben je boos op me? Heb ik soms iets gedaan?'

Ze kroop dieper weg in het nest van jassen dat ze op de passagiersstoel voor zichzelf had gebouwd. Toen ze in de auto stapten, was het koud geweest en hij had haar zijn jas gegeven om zich mee te bedekken. Ze had de jas nog steeds om zich heen geslagen, ook al loeide de verwarming inmiddels uit alle macht, en ze had de stoelverwarming ook zo hoog mogelijk gezet. Hij snapte niet dat ze het niet snikheet had, maar ze zat in haar nest en staarde hem woedend aan.

'Je hebt niets gedaan,' bromde ze, de woorden doordrenkt van ergernis.

'Oké. Wat is er dan aan de hand?'

'Niets,' snauwde ze. 'Maak je niet zo druk. Ik ben gewoon moe.'

'Als je wilt, kun je best slapen. Ik maak je wel wakker wanneer we thuis zijn.'

'Bedankt,' mompelde ze. Ze dook weg in haar nest en deed haar ogen dicht.

Ze werd dus chagrijnig wanneer ze moe was.

Connor sloeg die informatie op voor later. Hij had het gevoel dat hij die kennis nodig zou hebben. Hij was namelijk van plan haar om mee te nemen naar alle aan zijn werk gerelateerde evenementen in de komende maanden waar ze maar mee naartoe wilde.

Hij zou natuurlijk blijven zoeken naar de toekomstige mevrouw Wyeth, maar tot die tijd was Deenie de perfecte 'plus gast'. Aanvankelijk was hij ontzettend sceptisch geweest, maar gezien het succes van die avond zag hij nu wel in dat haar plan briljant was. Hij hoefde niet bang te zijn dat ze aan hem gehecht zou raken, want ze had hem herhaaldelijk te verstaan gegeven dat hij de allerlaatste was met wie ze een relatie zou willen. En hij hoefde ook niet bang te zijn dat zijn eigen hart haar zou toelaten. Hij zou zichzelf nooit toestaan om gevoelens te koesteren voor iemand als Deenie, die meteen naar India zou afreizen zodra het leven even tegenzat.

Maar ze was een prima date. Het was zelfs een leuke avond geweest. Iets wat hij nooit had verwacht.

Nu moest hij ervoor zorgen dat hij de allerbeste verlovingsfeestdate op de wereld was, want hij wilde absoluut dat ze hiermee doorging. Ze moest hem net zo hard nodig hebben als hij haar.

# 17

Toen Deenie op zondagochtend wakker werd, kon ze zichzelf wel voor het hoofd slaan.

De vorige avond had ze in de auto op de terugweg naar Pine Hollow haar masker laten zakken. Ze was zo ontmoedigd geweest en had hem zo duidelijk laten merken dat ze zich onbehaaglijk voelde dat het gênant was geweest.

Ze was tegen hem uitgevallen omdat ze zichzelf eraan wilde herinneren dat ze geen stel waren, dat hij haar niet echt accepteerde zoals ze was en dat hij slechts een rol speelde. En vervolgens had ze de hele terugrit heel laf gedaan alsof ze sliep, ook al tolden de gedachten in chaotische cirkels door haar hoofd.

Ze was geflipt. Om niets. Ze had van een minuscule mug een olifant gemaakt. Godzijdank had ze de woorden die op het puntje van haar tong hadden gelegen er niet onbeheerst uitgeflapt en geroepen dat ze dit niet meer wilde doen.

Bij daglicht was er geen vuiltje aan de lucht.

Ze zou zich niet verontschuldigen, nam ze zich voor toen ze zich aankleedde en de trap afholde. Een verontschuldiging zou haar gedrag alleen maar benadrukken, en ze deed veel liever alsof ze na dit soort evenementen altijd chagrijnig was. Ze zou gewoon naar zijn huis gaan en Max trainen alsof er niets was gebeurd. Want er wás ook niets gebeurd.

Toen Deenie beneden kwam, waren Ally en Astrid in de keuken. Astrid kwam meteen naar haar toe en het enthousiasme straalde aan alle kanten van haar af. 'We nemen een nieuwe hond op!'

'Echt waar?' vroeg Deenie, die Astrids enthousiasme probeerde te evenaren. 'Wat super!'

Dolces puppy's waren nu officieel oud genoeg om te worden geadopteerd en de eerste waren de afgelopen week tot Astrids diepe teleurstelling naar hun nieuwe baasjes gegaan. De meeste waren al gereserveerd, op één mollig exemplaar na dat ze Tank hadden gedoopt. Maar nadat Astrid hem mee naar school had genomen voor het kringgesprek was ook dat probleem opgelost. De lerares van de vijfde had een adoptieaanvraag voor hem ingediend.

Maar nu was Astrids teleurstelling over de bevolkingskrimp van Furry Friends als bij toverslag verdwenen en ze stuiterde door de keuken. 'Hij heet Lucky en hij heeft maar drie poten, maar hij is echt snoezig!'

'Onze dierenarts in Burlington heeft hem gevonden,' vertelde Ally. 'Aangereden en achtergelaten, het arme ding. Ik heb vanmiddag een fotoshoot, maar we rijden er direct na het ontbijt naartoe om hem op te halen. Wil je mee?'

Het was verleidelijk, al was het alleen maar als excuus om Connor iets langer te ontlopen, maar Deenie wilde niet dat hij erachter kwam dat ze hem wilde ontlopen, dus schudde ze haar hoofd. 'Nee, ik moet met Max aan de slag.'

'Ik ga mijn schoenen aantrekken en dan ben ik klaar om te gaan!' Astrid sprong van de kruk af waar ze net op was gaan zitten en stormde de trap op, waarbij ze een immens kabaal produceerde voor iemand die zo klein was.

'Waar is Ben?' vroeg Deenie toen ze alleen in de keuken waren achtergebleven.

'Campagneontbijt in de Elks.'

'Hij beseft toch hoop ik wel dat niemand op Tandy Watts gaat stemmen, hè?'

Ally haalde haar schouders op en gooide een stukje knapperig spek naar Colby en Partridge, die samen een wegversperring vormden op de vloer. 'Ik denk dat hij het wil verdienen, ook al staat nu al vast dat het een ruime overwinning wordt. Hij heeft zijn plek in de gemeenteraad als vervanger gekregen en ik geloof dat het heel belangrijk voor hem is dat hij op eigen kracht door de stad wordt verkozen.'

Deenie graaide een stuk spek van het bord waarop de repen lagen af te koelen. 'Dat snap ik best.'

Ally pakte overdreven achteloos een paar borden. 'En... hoe ging het gisteravond?' vroeg ze. Ze deed zo veel moeite om de vraag neutraal te laten klinken dat het verraadde hoe graag ze het wilde weten. 'Je kwam vrij laat thuis.'

'Het ging heel goed,' antwoordde Deenie met een stukje spek in haar mond. 'Ik heb zelfs een opdracht voor een feestje gekregen. En nu ik het toch over heb, ik moet de agenda op mijn website maar eens verlengen nu ik toch tot juni hier blijf.'

'Echt?' Ally's gezicht fleurde op, alsof het vooruitzicht dat Deenie langer zou blijven het hoogtepunt van haar dag was.

'Ik heb beloofd dat ik bij alle bruiloftsvoorbereidingen en -feestjes van Kirsten aanwezig zou zijn. Daar ontkom ik niet meer aan.' Haar mobieltje ging. Ze las de naam die op het schermpje verscheen en kromp in elkaar. 'Als je het over de duivel hebt...'

Deenie griste nog een stukje spek mee en verdween om in alle rust haar telefoon te beantwoorden. Zodra ze alleen op de veranda stond, overwoog ze echter serieus om de voicemail aan te laten slaan.

Telefoontjes van haar moeder waren zelden het hoogtepunt van haar dag.

Maar het had geen zin om het onvermijdelijke uit te stellen. Het was beter om de pleister er met één ruk af te trekken.

Deenie nam op. 'Hallo, mam.'

'Nadine. Eindelijk.'

Haar moeders talent om haar met zes of minder lettergrepen

een schuldgevoel aan te praten werkte op volle kracht. 'Sorry,' zei ze, het woord dat haar moeder het liefst van haar hoorde. 'Ik zat midden in een gesprek en moest me excuseren.'

Haar moeder vond het verschrikkelijk als mensen hun mobiele telefoon belangrijker vonden dan de mensen tegenover hen, vooropgesteld dat zij niet degene aan de andere kant van de telefoonverbinding was. 'Kirsten heeft me net verteld dat je ermee hebt ingestemd om een van haar bruidsmeisjes te zijn.'

'Hm-mm,' bromde Deenie bevestigend. Ze had nog altijd geen idee wat ze verkeerd had gedaan, maar zette zich vast schrap voor de klap.

Haar moeder maakte een zacht, zorgelijk geluid. 'Weet je zeker dat je erbij zult zijn?'

'Ik heb het Kirsten beloofd.'

'Dat weet ik, lieverd, maar je zult toch moeten toegeven dat je trackrecord wat betreft betrouwbaarheid niet al te best is...'

Deenies kaken zaten strak op elkaar geklemd en ze dwong zichzelf zich te ontspannen. 'Dat ik niet alles wil doen wat jij wilt dat ik doe, wil niet zeggen dat ik onbetrouwbaar ben. Ik beloof nooit iets als ik het niet kan waarmaken.'

'Ja, maar het gaat erom hóé je het waarmaakt. We weten allemaal dat je de neiging hebt om overal een drama van te maken en ik wil niet dat je een scène schopt die de bruiloft van je zus ruïneert.'

Deenies adem stokte in haar keel toen het tot haar doordrong dat haar moeder niet probeerde haar te dwingen bij de bruiloft aanwezig te zijn, maar haar juist wilde overhalen om zich terug te trekken. Ze wreef afwezig over de nieuwe pijnlijke plek in haar borst waar de klap was aangekomen. 'Ik ga helemaal niets ruïneren.' *En ik schop nooit een scène, tenzij jij me provoceert.*

'Ik weet dat het nooit je bedoeling is, maar je slaagt er soms in om alles om jou te laten draaien en je zus verdient een perfecte bruiloft.'

'Het was haar eigen keus om me als bruidsmeisje te vragen.'

En dan te bedenken dat Deenie had gedacht dat haar moeder Kirsten ertoe had gedwongen om haar te vragen.

'Je bent haar zus. Hoe zou het overkomen als ze je niet vroeg? Maar ik had verwacht dat je wel met een smoes zou komen aanzetten. Je hebt altijd een smoes bij de hand om geen tijd met ons te hoeven doorbrengen.'

Deenie knarsetandde. 'Deze keer dus niet.'

Haar moeder slaakte een zucht. 'Nou, we vinden het natuurlijk allemaal fantastisch dat je naar het verlovingsfeest komt. Je komt toch wel naar het verlovingsfeest?'

'Jazeker. En ik neem zelfs een date mee. Je vindt hem vast geweldig.'

'Het is nergens voor nodig om sarcastisch te zijn, Nadine.'

'Ik was niet sarcastisch. Ik weet zeker dat je dol op hem zult zijn.' Zo dol dat ze bijna tegen hem wilde zeggen dat hij niet mee moest gaan, omdat ze haar moeder het plezier niet gunde.

*Een mannenschild*, hield ze zichzelf voor. Connor zou haar vibranium schild zijn dat alle schoten afweerde die haar liefhebbende familie op haar zou afvuren.

'Beloof me alsjeblieft dat je geen scène zult schoppen. Een aantal van je vaders cliënten komt, evenals collega's van Kirsten en Todd.'

'Geen scènes,' beloofde Deenie.

*Hoe verleidelijk het ook zou zijn.*

Ze was heus niet van plan om Kirstens bruiloft te verpesten, of alles wat eraan voorafging.

Ze had er niet voor gekozen om het buitenbeentje te zijn. Ze had er gewoon een hekel aan dat ze zich aan al hun regels moest houden om te worden geaccepteerd, en het waren heel veel regels. Belachelijke regels die totaal niet logisch waren. Regels die als een dwangbuis aanvoelden die zich knellend om haar sloot.

Maar nu had ze Connor. Ze kwam het verlovingsfeest wel door. Echt wel.

Deenie zag er adembenemend uit, en ook alsof ze elk moment over haar roze stiletto's kon overgeven.

Ze droeg dezelfde cocktailjurk met wijde rok die ze afgelopen weekend naar het liefdadigheidsevenement van zijn werk aan had gehad, maar ditmaal waren de keurige zwarte pumps verruild voor de roze stiletto's en de pruik was nergens te bekennen. In plaats daarvan had ze haar haren gekruld, zodat roze en blonde pijpenkrulletjes alle kanten op wezen, en zat er een knalroze choker om haar hals.

Ze zag eruit als een rockster die zich voor de Oscaruitreiking had gekleed, een dun laagje elegantie waar iets wilds en ontembaars doorheen schemerde. Connor was blij dat hij voor het stijlvolle zwart op zwart van zijn favoriete pak had gekozen om haar outfit te complementeren, ook al boorden Deenies glinsterende roze nagels zich nu in de dure stof.

'Gaat het?' mompelde hij toen ze de elegante balzaal van het skiresort binnenliepen, die ter ere van Kirsten en Todd was versierd.

Deenie schonk hem een glimlach die opgewekt, breekbaar en totaal nep was. 'Kan niet beter!'

Hij kon niet zeggen of ze sarcastisch of oprecht was. 'Het komt vast wel goed,' zei hij geruststellend. 'Het is maar een verlovingsdiner.'

In een hoekje voor de kleine dansvloer waarop niemand danste, speelde een strijkkwartet. Bedienend personeel liep rond met hors-d'oeuvres en champagne. Er klonken op gedempte toon gevoerde, beschaafde gesprekken door de ruimte.

Een oudere vrouw in een zilverkleurige jurk met haar haren opgebonden in een sierlijke zwarte knot maakte zich los uit een groepje vlak bij hen en kwam met een serene glimlach naar hen toe.

Deenies greep om zijn arm verstrakte. 'We hebben een strategie nodig. Voor het geval we van elkaar worden gescheiden.'

Hij had geen tijd om kalmerend te antwoorden dat hij niet

van haar zijde zou wijken, want de vrouw stond al voor hen. 'Nadine. Daar ben je dan. Ik begon me al af te vragen of je het zou redden.'

'Verkeersdrukte,' antwoordde Deenie met een verontschuldigend lachje, alsof ze hem niet de hele rit had aangespoord om langzamer te rijden. 'Hallo, mam.'

Connor keek verrast van de een naar de ander. De twee vrouwen leken totaal niet op elkaar. Donker en licht, ingetogen en wild. Toen hij naar overeenkomsten speurde, viel het hem uiteindelijk op dat ze wel dezelfde kleine wipneus hadden.

'Mag ik mijn date aan je voorstellen? Connor Wyeth, dit is mijn moeder, Joanne Mitchell.'

'Hoe maakt u het?' Deenies moeder stak haar hand uit. Ze nam hem onderzoekend op en een hint van een frons duwde haar mondhoeken omlaag. Ze kwam vastberaden over. Onbuigzaam.

'Aangenaam,' zei Connor. Hij schudde haar heel even de hand. 'En gefeliciteerd met de verloving van uw dochter.'

'Dank u. We zijn dolblij dat we Todd in de familie mogen verwelkomen. Is het niet zo, Deenie?'

'Jazeker.'

Van haar moeders gezicht was dezelfde twijfel af te lezen die Connor ook had gevoeld. Bedoelde Deenie het nou sarcastisch of meende ze het oprecht? Deenie had haar indrukwekkende pokergezicht duidelijk niet van haar moeder. De oudste Mitchell keek over Deenies schouder en haar gezicht klaarde op. Er verscheen een verheugde glimlach op haar gezicht en ze hief een hand op om even te zwaaien. 'Ik moet de Westons even gaan begroeten. Gedraag jullie, jongelui!' zei ze kirrend, met een klopje op Deenies arm.

De waarschuwing klonk speels, maar Deenie kneep pijnlijk hard in zijn arm. Hij keek omlaag en zijn blik viel op de platinablonde en roze krulletjes. Ze kon onmogelijk blond van zichzelf zijn.

Ze zag hem kijken en trok haar heel erg blonde wenkbrauwen op. 'Wisselkind, weet je nog wel? Mijn zus lijkt sprekend op mijn moeder, maar als ik niet een kopie van de zus van mijn vader was geweest, zouden we er allemaal van overtuigd zijn geweest dat ik direct na mijn geboorte met een andere baby was verwisseld.' Ze keek achter hem en de blik in haar ogen verhardde. 'Dreigend gevaar.'

'Deenie. Dat is een eeuwigheid geleden.'

'Peter.' Deenie begroette de man met een afstandelijk knikje en stelde hem vervolgens voor als haar broer.

Als iemand Connor een maand eerder had gevraagd waar Deenie vandaan kwam, zou hij ervan overtuigd zijn geweest dat ze uit een luidruchtig, liefhebbend, luchthartig gezin afkomstig was. Ze was zo zelfverzekerd, zo openlijk vrolijk en vrij dat het idee dat iemand met haar stralende kleurrijke verschijning afstamde van een palet vol grijstinten nooit bij hem zou zijn opgekomen.

Hij vond haar irritant omdat ze altijd commentaar op hem leek te hebben, en zijn conventionele saaiheid en hang naar routine bespotte, maar hij bewonderde wel haar levenslust. Levenslust die opvallend gedempt was tijdens het keuvelende gesprekje met haar broer.

Ze spraken over zijn kinderen. Hij bedankte haar voor de kerstcadeautjes die ze had gestuurd. Daarna excuseerde Peter zich en liepen ze verder naar het volgende familielid, ook al leek het enige onderscheid tussen familieleden en vage kennissen in de aanspreektitels te liggen die ze bij het voorstellen gebruikte. Het was allemaal heel keurig. Heel beleefd.

Heel afstandelijk.

En niemand, niet één van de aanwezigen, vroeg haar iets over haarzelf.

Ze vertelden haar nieuwtjes over hun eigen leven. Ze maakten af en toe een opmerking over een bijeenkomst die ze had gemist of leverden dubbelzinnig commentaar op het feit dat carrièreplanning niet aan haar was besteed. Maar niemand vroeg hoe het met haar ging. Zelfs niet hoelang ze al aan het daten waren.

Het was bizar.

Opeens stoof de bruid op hen af.

'Deenie Baby!' De vrouw in de witte cocktailjurk leek met haar sierlijke donkerbruine haarknot en chocoladebruine ogen inderdaad net een jongere kopie van Deenies moeder. Ze pakte Deenies handen vast, kneep er opgetogen in en keek haar stralend aan. 'Ik ben zo blij dat je er bent! Peter had er met verschillende mensen weddenschappen over lopen. Niet te geloven, hè?'

'Ik hoop dat je veel hebt gewonnen.' Deenie glimlachte, maar om haar mondhoeken zat spanning.

'O, ik heb niet gewed. Ik wist zeker dat je zou komen. Ik kon niet wachten tot je er was. Er is iemand aan wie ik je wil voorstellen. Een van Todds vriendinnen is investeerder en ze vindt jouw prinsessenwebsite helemaal het einde. Ze wil het er dolgraag met je over hebben om de schattige prinsessenjurkjes om te zetten in een echt bedrijf. Als je wilt, zou je je eerste filiaal in Pine Hollow kunnen openen, maar voor een vlaggenschipwinkel is Burlington natuurlijk een veel logischer keuze.'

'Kirsten, ik wil geen vlaggenschipwinkel.'

'Ik weet dat de overheadkosten daardoor toenemen en dat veel bedrijven nu alleen online verkopen, maar geloof me, dit zou ontzettend leuk kunnen worden. Ik kwam op het idee toen ik vorige week trouwjurken ging bekijken. Binnen stonden champagne en snoezige cakejes. Het was een feestje. Ik herinnerde me dat je me had verteld dat je bij de klanten thuis komt om hun dochter haar jurk te laten passen en dat je hun graag het gevoel geeft dat ze prinsesjes zijn, en toen dacht ik: wat is er nou leuker dan een winkel waar kleine meisjes naartoe kunnen komen om hun jurkje te passen en waar ze thee met snoeperige cakejes krijgen, terwijl jij hun ouders allerlei extra's verkoopt? Dat is toch geniaal?'

'Het is een geweldig idee, maar niet voor mij.'

'Maar dat zou best kunnen!' zei Kirsten geestdriftig. 'Je zou geld kunnen verdienen met iets wat je heel graag doet! Veel geld zelfs. Ook al is het maar met naaiwerk.'

Connor kromp inwendig in elkaar, maar Kirsten leek niet eens in de gaten te hebben dat ze Deenie wel eens kon hebben beledigd. Deenies ouders kwamen dichterbij, met hun ogen op hun jongste dochter gericht, alsof ze zich ervan wilden verzekeren dat Deenie zich zou gedragen.

'Het gaat uitstekend met me,' hield Deenie met zachte stem vol. 'En mijn leven is prima zoals het is. Ik vind het prettig om mijn eigen werkschema te kunnen maken. Als ik een reis wil maken, hoef ik alleen een berichtje op mijn website te plaatsen en kan ik meteen vertrekken. Ik hoef me geen zorgen te maken over het vinden van personeel voor de winkel of erop te letten dat alles zonder mij wel soepel verloopt.'

'Maar het zou een reusachtige kans voor je kunnen zijn. Ga in elk geval met Todds vriendin praten...'

'Eigenlijk doe ik op dit moment bijna geen prinsessensjurken meer,' flapte Deenie eruit om haar zus te mond te snoeren. 'Tegenwoordig ben ik hondentrainer.'

Het was typisch zo'n moment dat door het noodlot leek te zijn aangestuurd om het maximale effect te behalen: de musici waren net klaar met hun muziekstuk en hun pauze viel precies samen met een onderbreking in de gesprekken, waardoor Deenies stem uitdagend door het geruisloze moment leek te galmen.

Overal draaiden mensen hun hoofd om. Haar moeder hapte geschokt naar adem.

Deenie werd knalrood. 'Dat is dus de huidige situatie. Als je me wilt excuseren. Ik ga me even opfrissen.'

Ze vluchtte weg en de musici vatten dat op als een teken om het volgende stuk in te zetten. De aanwezigen zetten hun gesprekken voort en het geroezemoes klonk ditmaal iets luider. Connor wilde achter Deenie aan gaan, ook al wist hij niet zeker of ze er blij mee zou zijn als hij haar naar het toilet volgde. Hij bleef echter staan toen hij links van hem een hooghartige stem opving.

'Ze meent het niet.'

Deenies moeder, die het probeerde weg te wuiven. Die de impact van de aanwezigheid van haar jongste dochter probeerde uit te wissen.

Opeens laaide er een diepe woede in Connor op, ook al wist hij niet waarom. 'Jawel, ze meent het wel,' hoorde hij zichzelf snauwen, en de woorden klonken helder en duidelijk door de ruimte. 'En ze is er ontzettend goed in.'

Joanne Mitchells blik focuste zich op hem en ze trok één wenkbrauw op. 'En wat doe jij in het dagelijks leven, Connor?'

# 18

De bekentenis dat ze een hondentrainer was, zou alleen in de wereld van haar ouders worden opgevat als het schoppen van een scène, maar Deenie wist gewoon dat haar moeder het zo zou zien.

Het was niet haar bedoeling geweest op het zo luid te zeggen. Ze had er alleen mee willen bereiken dat Kirsten ophield met haar pogingen om Deenie te veranderen in een zakenprinses. Ze wilde helemaal geen winkel en ze was het ongelooflijk beu om zich te moeten verzetten tegen hun voortdurende inspanningen om haar te 'verbeteren,' maar ze had natuurlijk haar mond moeten houden. Ze had Connor in de vuurlinie moeten schuiven. Daarom had ze hem immers meegebracht, of niet soms?

Een andere vrouw kwam de toiletruimte binnen waar Deenie al vijf minuten voor de spiegel stond. Ze glimlachte, liep naar de wastafel naast Deenie en haalde een poederdoosje uit haar tas.

'Jij bent toch Deenie, hè? Kirstens jongere zusje? Ik ben Charlotte. Een van de andere bruidsmeisjes.'

Deenie glimlachte en draaide de kraan open om haar handen te wassen, als excuus voor het feit dat ze daar stond. 'Leuk om kennis met je te maken.'

'Zijn Kirsten en Todd geen snoezig stel samen? We vinden het allemaal verschrikkelijk fijn voor haar. Maar jij hebt ook een topper aan de haak geslagen, hè? Die Tesla waarin ik jullie zag arriveren, is toch van hem?'

Deenie deed haar uiterste best om haar gezicht in de plooi te houden bij het zoveelste bewijs dat dát hier belangrijk was. De auto waarin je reed. Hoeveel je verdiende.

'Dat is inderdaad zijn auto,' beaamde ze kalm.

'Dat is niet zomaar een auto, liefje. Het is een hybride.' Charlotte snorde bijna als een tevreden kat en bracht een nieuw laagje lippenstift aan. 'En petje af, hoor, voor die fraaie verovering. Waar heb je hem opgeduikeld?'

'Pine Hollow,' antwoordde Deenie op dezelfde neutrale toon.

Charlotte begon te lachen, alsof Deenie haar een steengoede grap had verteld. 'Je meent het. Als ik had geweten dat er in dat achtergebleven gehucht zulke kopstukken te vinden waren, was ik daar jaren geleden al komen zoeken.'

Deenie negeerde het onbestemde gevoel dat ze Charlotte zo ver mogelijk uit de buurt van Connor wilde houden, zonder het onverwachte knellende, bezitterige gevoel in haar borst te willen analyseren, en balde haar handen onder het warme water tot vuisten. Connor was inderdaad een goede partij. Hij was slim en grappig, maar het enige wat Charlotte over hem wist was in wat voor auto hij reed. En toch feliciteerde ze Deenie, alsof zijn salarisstrookje het enig was wat telde.

Deenie herinnerde zichzelf er in gedachten aan dat ze geen nieuwe scène moest schoppen in de toiletten, dus ze draaide de kraan dicht en droogde haar handen af. Ze liep naar de deur en zei diplomatiek: 'Het is een geweldig stadje.' Toen vertrok ze voordat Charlotte weer tevreden kon snorren.

In de eetzaal liet ze haar blik over de gasten glijden, op zoek naar Connor. Ze zou hem het liefst hebben meegesleurd en zijn vertrokken. Weg van deze mensen.

Toen ze hem in het oog kreeg, was hij al door de mensenmassa op weg naar haar toe.

'Gaat het?' prevelde hij. Hij legde een hand om haar elleboog en zijn duim wreef afwezig over haar huid.

'Super. Sorry dat ik je alleen heb achtergelaten. Zijn de jakhalzen op je af gedoken zodra ik je onbeschermd achterliet?'

Zijn lippen trokken aan één kant trillend omhoog en zijn adembenemende amberkleurige ogen keken haar glinsterend aan. 'Ik kan je ouders wel aan. De meeste mensen mogen me wel, ook al vind jij dat misschien moeilijk te geloven.'

Ze vonden hem waarschijnlijk fantastisch, maar toch zou ze hem het liefst haar verontschuldigingen hebben aangeboden omdat ze hem mee hiernaartoe had genomen. Hem hieraan had onderworpen. De liefdadigheidsveiling waar hij haar mee naartoe had genomen, was leuk geweest. Zijn collega's vormden aangenaam gezelschap. Maar dit...

'Denk je dat iemand het zal merken als we stilletjes wegglippen?'

'Kom,' spoorde hij haar aan. 'Het diner kan elk moment beginnen. We eten wat, we glimlachen beleefd en dan knijpen we ertussenuit.'

'Weet je zeker dat ik je niet kan overhalen om mee te doen met mijn plan om via de achterdeur weg te sluipen?'

Hij schudde zijn hoofd. 'Heel zeker. Later zul je me dankbaar zijn.'

Om een of andere reden betwijfelde ze dat.

Zeker toen het diner eindeloos voortsleepte. Er waren toespraken. Heel veel toespraken. Gelukkig werden de oppervlakkige gesprekjes met de andere stellen aan hun tafel (de overige bruidsmeisjes en hun dates, die subtiel hun rijkdom met elkaar vergeleken) hierdoor beperkt, maar het diner leek er ook eindeloos door te duren.

Toen de vader van de bruidegom opstond voor zijn tweede toespraak, boog Deenie zich naar Connor toe om te fluisteren: 'Ik trek dit niet. Om dit te overleven heb ik meer chocolade nodig.' Of meer alcohol. Het dessert had uit de allerkleinste cakejes op de hele wereld bestaan en het bedienend personeel dat rondliep om de champagneglazen bij te vullen, leek haar te ontwijken. Dat gebeurde vermoedelijk op verzoek van haar moeder, om te voorkomen dat ze 'een scène zou schoppen', ook al was ze nog nooit dronken geworden tijdens familiebijeenkomsten.

Ze wilde net opnieuw voorstellen om alsnog via een zijdeur te ontsnappen toen Connor mompelde: 'Ik zal kijken wat ik kan doen,' en van de tafel wegglipte. Ze wilde hem nog vastgrijpen en hem smeken om haar niet alleen te laten bij deze mensen, maar hij was al verdwenen, op zoek naar suiker.

Ze dwong zichzelf zich te concentreren op het eindeloze vagevuur van speeches, totdat er een gedaante op Connors vrijgekomen stoel plaatsnam. Haar moeder boog zich zo dicht naar haar toe dat haar schouder langs die van Deenie streek. Deenie kon haar verbazing bijna niet inhouden. 'Hoor jij niet aan de hoofdtafel te zitten?' fluisterde ze.

De diepe rimpel in haar moeders voorhoofd straalde afkeuring uit, maar voor de verandering was deze nu eens niet op Deenie gericht. 'Ik wilde slechts één toespraak per gezin om de vaart erin te houden, maar Kirsten wilde haar schoonfamilie geen nee verkopen. Ik hoop maar dat de cliënten van je vader niet in slaap vallen op hun stoel.'

'Waarom ga je dan niet even met hen praten?'

Niemand leek te merken dat ze zaten te fluisteren, maar haar moeder ging nog zachter praten, zodat haar volgende woorden bijna ademloos klonken. 'Hij is een acteur, hè?'

'Wat?' Deenie volgde het even niet.

'Connor. Je vader denkt dat hij echt advocaat is en ik heb hem in die waan gelaten. Toen jij je excuseerde, hebben we even met hem staan praten, en je vader is helemaal weg van hem, maar toen bedacht ik dat jij heel veel vrienden in de toneelwereld hebt. Die jongeman is bijzonder aantrekkelijk en heel succesvol, als hij tenminste de waarheid spreekt. Heb je hem ingehuurd om zich als je date voor te doen?'

'Omdat de enige reden dat iemand als Connor zou daten met

iemand als ik zou zijn als ik hem betaalde om te doen alsof, bedoel je?'

Het was beledigend en ook akelig dicht bij de waarheid.

Haar moeder klakte afkeurend met haar tong. 'Stel je niet aan. Ik wil het graag weten, zodat ik je vaders verwachtingen kan temperen. Hij is werkelijk in zijn nopjes omdat je zowaar een geschikte man hebt meegebracht.'

'Hij is geen acteur,' zei Deenie vinnig. Ze vermeed zorgvuldig erbij te melden dat hij ook niet haar echte date was. Todds vader rondde zijn toespraak af en hief zijn glas op. Deenie maakte gebruik van de gelegenheid om op te staan. 'Als je me wilt excuseren.'

Ze liep haastig langs de rand van de zaal weg, met gebogen hoofd, alsof dat kon voorkomen dat mensen haar de zaal uit zagen vluchten. Op dat tijdstip was het in de rest van het chique skiresort heel stil en de gangen waren in duisternis gehuld. Ze dook op een holletje een van de gangen in en vond een klein erkertje met openslaande ramen. Daar leunde ze met haar rug tegen de houten lambrisering om op adem te komen.

Er waren heel veel mensen die het erger hadden dan zij. Ze was een verwend nest, met die luxeproblemen van haar. Dit was allemaal niet belangrijk. Ze had geluk gehad. Ze kon haar eigen leven leiden. De wereld zien. Wat deed het er nou toe dat ze er voortdurend aan werd herinnerd dat ze het in de ogen van haar familie nooit goed kon doen?

Tenzij ze het leven leidde dat zij zouden begrijpen. Tenzij ze een succesvol bedrijf begon. Een succesvolle advocaat datete.

'Cake?'

Ze had hem niet eens horen aankomen. Connor stond aan de rand van het erkertje, met een aarzelende uitdrukking op zijn gezicht en een bord in zijn handen met vier van die kleine chocoladecakejes erop. Haar hart maakte een sprongetje toen ze hem zag, en ze moest zichzelf streng voorhouden dat dit allemaal niet echt was.

'Je bent mijn held,' mompelde ze op een toon die zo droog was dat hij niet zou horen dat ze het echt meende.

Bij het horen van de venijnige klank in haar stem sloeg Connors aarzeling om in een brede grijns. Hij kwam het erkertje in en hield het bord voor haar omhoog. 'Ik heb chocolade voor je meegebracht.'

'Dank je.' Hij had geen vork meegenomen, waarschijnlijk omdat hij had verwacht dat ze aan tafel op hem zou wachten, maar daar liet ze zich niet door tegenhouden. Ze pakte met haar vingers een van de minicakejes op en propte het in haar mond, kreunend van genot toen de pure chocolade haar smaakpapillen bereikte. Ze stak onmiddellijk een hand uit naar het volgende cakeje en hij zei niets.

'Zijn de toespraken nog steeds aan de gang?' vroeg ze toen haar schouders zich onder invloed van de cake en Connor hadden ontspannen.

'Volgens mij wel. Met jou alles in orde?'

Ze grimaste. 'Ja, hoor. Als het leven even tegenzit, lopen sterke mensen zoals ik toch altijd weg?'

Hij keek haar onderzoekend aan, zijn blik ondoorgrondelijk in de schaduw. 'Je hoeft dat niet te doen.'

Ze keek hem met een schuin hoofd aan. 'Wat niet?'

'Jezelf belachelijk maken. Het is echt niet erg als je het moeilijk hebt.'

'Waar zou ik het nou moeilijk mee moeten hebben? Mijn moeder denkt dat ik jou heb ingehuurd. Kennelijk heb je diepe indruk gemaakt op mijn vader toen ik naar het toilet was, en ze kent me te goed om te geloven dat ik ooit een man als jij aan de haak zou kunnen slaan. Daar is ze te slim voor.'

'Hé.' Hij deed een stapje dichterbij en vouwde de hand die geen cakebord vasthield om haar kin. Zijn hand was ongelooflijk warm en zijn vingertoppen waren een beetje eeltig. 'Je hebt het wel over mijn goede vriendin Deenie, hoor. Een beetje aardig zijn.'

Ze keek recht in zijn ogen. De kleur was in de schaduw van de gang niet goed te onderscheiden, maar ze had alle lijnen van zijn gezicht inmiddels in haar geheugen opgeslagen. Alle kleuren. Alle adembenemende uitdrukkingen, alle nuances van zijn overweldigende charme. Ze kende hem. En haar adem stokte.

Hij wist niet waarom hij het deed. Waarom hij een stapje dichterbij was gaan staan en zijn hand om haar kin vlijde. Hij vond de onzekerheid die hij in haar ogen zag verschrikkelijk en wilde de twijfels verjagen. Hij had er echter niet bij stilgestaan hoe het zou aanvoelen om in het kleine donkere erkertje zo dicht bij haar te staan.

Het voelde alsof hij haar moest kussen.

Hij hoefde alleen maar zijn hoofd te buigen. Ze had ook nu een paar schoenen met torenhoge hakken aan, dus hij hoefde niet eens diep te buigen. Ze had zo zenuwachtig op haar lip gebeten dat de lippenstift weg was. Hij vermoedde dat ze zelf niet eens in de gaten had dat ze vaak op haar lip beet als ze dacht dat er niemand naar haar keek. Ze was er ontzettend goed in om haar glimlach op zijn plek te houden, de aandacht van zichzelf af te wenden en de schijn op te houden dat er niets aan de hand was, maar hij had nu achter het masker kunnen kijken. Hij had gezien hoe hard ze haar best deed om alles luchtig en gemakkelijk te laten overkomen. Hij had gezien hoeveel energie het haar kostte om iedereen te laten denken dat het haar allemaal koud liet.

Hij leefde met haar mee en wilde haar graag vasthouden om haar te laten weten dat hij bij haar was, dat ze niet alleen was, en dat ze niet zo verwoed onder de oppervlakte hoefde te trappelen, omdat hij haar zou helpen. Ze waren een team.

'Nadine?'

Er klonk een vrouwenstem door de donkere gang, gevolgd door het geluid van verdwijnende voetstappen. Deenie kromp in elkaar en trok zich terug. Hij liet zijn hand zakken en zijn vingertoppen gloeiden door de aanraking van haar huid.

Ze pikte nog een cakeje van het bord en prevelde: 'Neem jij er ook eentje, voordat ik ze allemaal naar binnen stouw.'

Het moment was voorbij.

Connor schuifelde een stapje naar achteren. Hij besefte dat hij dankbaar moest zijn dat ze waren gestoord voordat hij iets doms had kunnen doen, maar wist niet goed hoe hij zich nu voelde.

Hij hief het bord op. 'Ik heb ze speciaal voor jou gehaald.'

'Eet nou op.' Ze duwde het bord naar hem toe. 'Ik ben gulzig genoeg geweest.'

Ondanks het gedempte licht herkende hij de uitdrukking op haar gezicht. Het was dezelfde die ze ook droeg wanneer ze Max trainde en weigerde op te geven tot ze hem iets had laten doen. Weerspannig. Koppig.

Aanbiddelijk.

Niet dat hij haar dat ooit zou vertellen, hoor. Dan zou ze hem waarschijnlijk een dreun verkopen.

Connor stopte het laatste minicakeje in zijn mond. Die dingen waren echt verslavend lekker. Toen pakte hij Deenies hand. 'Kom mee. Ik heb een idee.'

Hij nam haar mee terug naar de balzaal, waar hij tot zijn opluchting ontdekte dat de toespraken eindelijk waren afgelopen en dat musici weer op hun plek zaten. Een handjevol stelletjes zwierde over de dansvloer en Connor glimlachte in zichzelf. *Perfect.*

Hij zette het lege cakebord op een dienblad en trok Deenie met zich mee naar de dansvloer.

'Ik hoopte echt dat jouw idee inhield dat we door de achterdeur zouden wegsluipen,' mompelde ze, terwijl hij haar in een gesloten positie trok, met haar hand op zijn schouder.

'Onzin. We hebben iets te bewijzen.'

Er werd een wals gespeeld en hij leidde haar mee op de maat. Bij zijn eerste zelfverzekerde stap keek ze hem recht aan. 'Ben jij echt in alles goed?'

Hoewel er een geïrriteerde blik in haar ogen lag, bleek ze zelf ook goed te kunnen dansen, en ze gleed vanzelfsprekend rond in zijn armen. Zo vanzelfsprekend dat hij zichzelf eraan moest herinneren zich niet op dat gevoel te focussen.

'Mijn moeder heeft me met een list zover gekregen dat ik naar dansles ging,' vertelde hij. 'Ze zei dat meisjes dol zijn op jongens die kunnen dansen. Ze zei er alleen niet bij dat je op de middelbare school totaal niets aan stijldansen had.'

Deenies lippen vertrokken. 'Ik zal haar een kaartje sturen om haar te bedanken.'

Hij paste zijn greep een beetje aan en trok haar iets dichter naar zich toe dan bij stijldansen gepast was. Ze hief haar gezicht naar hem op. 'Wat proberen we hiermee eigenlijk te bewijzen?'

'Kijkt je moeder naar ons?'

Deenie gluurde over zijn schouder en perste geërgerd haar lippen op elkaar. Toen gleed haar blik weer naar hem. 'Ja.'

'Mooi.'

Hij boog zijn hoofd en kuste haar.

Het had een korte, vluchtige beroering van haar lippen moeten zijn, maar de verleiding kreeg hem in de greep en hij trok zijn lippen niet meteen terug.

Ze smaakte naar pure chocolade. Haar hand op zijn schouder verstrakte en ze kuste hem terug, haar lippen zacht en aftastend onder die van hem. De huid van haar rug voelde warm aan onder zijn ene hand en de andere lag nog steeds om die van haar in de positie van de wals, ook al was hij de passen vergeten en ook al zwierde hij niet langer, verstrikt als hij was in het net van Deenies kus.

Toen ze eindelijk haar kin introk en haar mond losmaakte van de zijne om adem te halen, rechtte hij gegeneerd zijn schouders, ook al was dit helemaal zijn eigen plan geweest.

Hij had haar ouders willen laten zien dat het geen toneelstukje was en dat Deenie perfect was zoals ze was, maar hij had niet verwacht er iets bij te voelen. Hij had niet verwacht dat hij zou worden meegesleept.

‘Klaar om te vertrekken?’ vroeg hij met een stem die om onverklaarbare reden rauw klonk.

Er verscheen een kalme uitdrukking op haar gezicht en de laatste sporen van overweldigende passie verdwenen uit haar ogen. ‘Absoluut.’

# 19

Connor was een veel betere toneelspeler dan ze achter hem had gezocht.

Ze was er niet op voorbereid geweest dat ze hem moest zoenen. En ja, dat klonk inderdaad een beetje raar, aangezien ze zogenaamd aan het daten waren, maar haar familie deed niet aan liefkozingen in het openbaar.

Elkaars hand vasthouden? Ja. Elkaar door een balzaal begeleiden? Absoluut.

Maar de kus had ze niet zien aankomen.

Daarom was ze er ook zo ondersteboven van. Het kwam door de schok. Ze was erdoor overrompeld. Dat was de enige verklaring.

Deenie had zich weer op de passagiersstoel opgerold, ook al had de lente zich de afgelopen dagen verrassend genoeg laten zien en was het bij lange na niet zo koud in de auto als het was geweest tijdens de terugrit van de geldinzamelingsactie voor Easterseals, toen ze had gedaan alsof ze sliep. De regen roffelde zacht en gelijkmatig op de voorruit.

Nadat ze de auto van de valet hadden teruggekregen en aan de terugrit naar Pine Hollow waren begonnen, hadden ze geen woord meer gezegd. Misschien kon ze nu ook doen alsof ze sliep. Ze wist dat ze eigenlijk de avond hoorden door te nemen, zoals ze hadden vastgelegd in het contract, maar het liefst zou ze zich verstoppen.

Ze voelde zich in zijn bijzijn kwetsbaar. Ze liet nooit aan iemand merken dat ze het moeilijk had. Dat ze worstelde met het feit dat ze het zwarte schaap was. Ze had haar afleidingsstrategieen lang geleden al vervolmaakt, maar voor Connor leken ze allemaal zinloos.

'Dank je wel dat je vanavond met me bent meegegaan,' zei ze ten slotte, terwijl de regenachtige avond buiten langs de ramen voorbij zoefde.

Het was weliswaar gênant geweest, maar als hij er niet bij was geweest, was het ongetwijfeld vele malen erger geweest.

'Waar kom jij vandaan?' vroeg hij. Dezelfde vraag die ze zichzelf al haar hele leven stelde.

'Ik weet het,' verzuchtte ze. 'Ze zijn allemaal volmaakt.'

Hij wierp haar een korte, ontstemde blik toe. 'Dat is niet wat ik bedoelde. Jij bent een zonnestraaltje. Hoe kan iemand uit die familie in Deenie Mitchell veranderen?'

Ze huiverde toen ze dat hoorde, ook al had ze het beslist niet koud. Zoals hij het zei, klonk het alsof het juist iets goeds was om Deenie Mitchell te zijn.

'Weet je nog dat ik je heb verteld dat ik een gekke oudtante in de Estates heb? De tante bij wie ik altijd ging logeren?'

'Ja.'

'Zij was het zwarte schaap van haar generatie. Ze is nooit getrouwd. Ze heeft geen kinderen gekregen. Ze is geen volmaakte huisvrouw geworden, zoals iedereen van haar verwachtte. En mijn hele leven lang is zij de enige geweest die me aanmoedigde om een beetje wild te zijn wanneer ik dat nodig had.' Deenie glimlachte bij de herinnering. 'Zij is de reden dat ik naar Brown ben gegaan.'

Connor keek even opzij, een vluchtige blik om haar duidelijk te maken dat hij luisterde en om haar aan te sporen om door te gaan.

'Mijn ouders hebben elkaar op Princeton ontmoet,' legde ze uit. 'Mijn broer en zus hebben daar ook allebei gestudeerd. Het was dé universiteit voor onze familie. Alle Mitchells hebben daar gestudeerd. En toen ik op de middelbare school zat, deed ik nog steeds heel hard mijn best om te zijn wat zij wilden. Het enige vak dat ik volgde dat niet tot het strategisch opgestelde cv behoorde, was het keuzevak toneel. Dat was mijn veilige haven. Maar ik wist dat mijn ouders er totaal niets van zouden begrijpen als ik hun vertelde dat ik theater wilde studeren. Bovendien was ik echt goed in wiskunde. Financiën en economie was een logische keuze, misschien wel omdat ik hen er mijn hele leven aan de eettafel over had horen praten. Daarom ging ik ervan uit dat ik economie zou gaan studeren. Of theoretische wiskunde, als ik echt wilde rebelleren. Maar toen braken de kennismakingsdagen van de universiteiten aan.'

Ze schudde haar hoofd bij de herinneringen aan die week.

'Het zou een formaliteit zijn. Mijn ouders wilden die week gebruiken om me te laten zien dat Princeton vele malen beter was dan al die andere universiteiten. "Brown is veel te ongestructureerd... Columbia is overvol... New Haven is smerig..."'

'Hé.'

Ze grinnikte om zijn instinctieve verdediging van Yale. 'En toen kwamen we bij Princeton.' Ze kreunde theatraal. 'Ben je er wel eens geweest?'

'Nee,' bekende hij.

'Het was er vreselijk benauwend. De campus is prachtig en we waren er op een van de mooiste dagen van het jaar. Het zonnetje scheen, het gras was groen. Maar alle andere deelnemers aan de rondleiding voor potentiële toekomstige studenten droegen een colbertje met stropdas of een nette jurk, alsof ze gingen brunchen bij een countryclub. Het was verschrikkelijk formeel. Ik was er eigenlijk altijd van uitgegaan dat ik daarnaartoe zou gaan, maar opeens kreeg ik geen lucht meer. Ik heb het toelatingsgesprek totaal verknald, maar mijn ouders zeiden steeds tegen me dat ik me geen zorgen hoefde te maken, dat ik vanwege de familiebanden een voorsprong had, dat ik goede scores had gehaald voor de toelatingsexamens, dat ik echt wel zou worden toegelaten. Maar ik wilde helemaal niet worden toegelaten. Bij elke geruststelling van hun kant had ik het gevoel dat ik een nieuwe paniekaanval zou krijgen. Toen kwam tante Bitty langs. Ze nam me mee om een ijsje te gaan halen. Het kwam volledig uit de lucht vallen. Ik had haar altijd ontzettend leuk gevonden en vond het als klein meisje heerlijk om in de zomer bij haar te logeren, maar volgens mijn ouders was ze raar en excentriek, dus hoewel ik graag bij haar was, nam ik haar op de middelbare school nooit helemaal serieus. Goed, we zaten dus ergens ons Rocky Road-ijsje te eten en vanuit het niets vertelde ik haar over Brown en hun theaterprogramma. Je kon daar je eigen studie samenstellen, zodat je de vakken kon volgen waar je hart naar uitging. En opeens wist ik het. Toen ik thuiskwam, vertelde ik mijn ouders dat ik naar Brown wilde. Ze waren verrast en zeker ook teleurgesteld, maar het was nog steeds een elite-universiteit, dus het leek hun een redelijk compromis. Tot ik hun vertelde dat ik eerst een tussenjaar wilde nemen om door Europa te reizen en dat tante Bitty had aangeboden het voor me te betalen.'

'Dat viel vast niet in goede aarde.'

'Het ging eigenlijk beter dan ik had verwacht. Ze dachten dat ik mijn wilde haren kwijt moest en dat dát de reden was dat ik me altijd verzette tegen de gevestigde wereldorde. Als compromis kwam er een zomervakantie uit: zes weken in mijn eentje met een rugzak door Europa voordat ik op Brown zou beginnen.'

'Was dat de eerste keer dat je in het buitenland was?'

'Nee, maar wel de eerste keer dat ik ergens in mijn eentje naartoe ging. En ik zal niet beweren dat het niet doodeng was. Volgens mij heb ik de eerste week meer gehuild dan in de twee jaar ervoor. Ik ben in een trein bestolen door een zakkenroller en ik ben in Madrid verdwaald. Ik had op de middelbare school Frans gehad, maar talen zijn nooit mijn sterkste kant geweest, dus ik liep het grootste deel van de tijd rond met een taalgidsje in mijn hand om mensen te smeken om Engels te spreken. In het begin was ik doodsbang, maar na een tijdje besefte ik dat ik het best kon. Ik kon best rondkomen met een klein budget en op eigen kracht overleven. Ik kon de hele wereld bekijken. En het was alsof er binnen in me iets openging. Ik vond het heerlijk. Ik sloot vriendschap met de andere jongeren in de jeugdherbergen waar ik verbleef. We beloofden elkaar dat we ons hele leven vrienden zouden blijven, maar zagen elkaar daarna natuurlijk nooit meer. Het was fantastisch. Voor het eerst had ik het gevoel dat ik mocht zijn wie ik wilde zijn, en ik kwam er stukje bij beetje achter wie dat was. In de herfst ging ik terug naar huis om te gaan studeren. Maar ik ben die zwerflust nooit helemaal kwijtgeraakt. Zelfs nu nog werk ik voornamelijk om geld te hebben om te kunnen reizen.' *Om me te herinneren wie ik ben.* 'En dat heeft tante Bitty me geschonken. Ze heeft me zelfs geholpen met mijn collegegeld, toen mijn ouders doorkregen dat ik geen "nuttig" diploma zou halen en de geldkraan dichtdraaiden. Zonder haar zou ik niet zijn wie ik ben.'

*Maar nu herinnert ze zich amper wie ik ben...*

Connor keek over de versnellingspook naar haar. 'Ze lijkt me een fantastische vrouw.'

'Dat is ze ook. Maar mijn ouders denken daar dus anders over. Ze geven haar de schuld van mijn "zwervende bestaan." Daarom vond mijn vader het waarschijnlijk ook zo geweldig om me met een advocaat samen te zien. Eindelijk een teken dat ik misschien volwassen begin te worden en een echte baan ga zoeken. Ik vermoed dat ze allemaal denken dat Bitty mijn levensstijl onderhoudt. Dat is dus niet zo,' voegde Deenie er haastig aan toe, om er zeker van te zijn dat hij niet dacht dat ze op de zakken van haar tante teerde. 'Na mijn studie heb ik geen cent meer van haar aangenomen en ik heb zelfs geprobeerd om haar mijn studiegeld terug te betalen, maar daar wilde ze niets van weten. Ze wilde ook niet dat ik huur betaalde wanneer ik bij haar woonde voordat ze naar de Estates verhuisde, zelfs niet als ik een paar maanden bleef, maar ik heb wel altijd voor het huis gezorgd. En voor haar. Ik hielp altijd mee. Maar mijn ouders zijn ervan overtuigd dat ik onverantwoordelijk en onvolwassen ben.'

'Dat weet ik.'

'Sorry.' Ze kroop bij zijn woorden wat dieper weg op de stoel en trok haar blote voeten onder zich op. 'Ik heb een vreselijk familiecomplex. Ik heb altijd het gevoel dat ik moet bewijzen dat ik niet ben wat zij denken dat ik ben.'

'Familie kan ingewikkeld zijn,' beaamde hij.

'Zelfs die van Connor Wyeth?'

Ze dacht niet dat hij antwoord zou geven. Ze was openlijk nieuwsgierig, maar hij keek haar aan en glimlachte even. 'Zelfs die van mij.'

Hij verplaatste zijn handen op het stuur en heel even was alleen het regelmatige gezwiep van de ruitenwissers te horen.

Toen hij verderging, klonk zijn stem laag en zacht in de stilte in de auto.

'Ik heb je verteld dat ik bij mijn moeder ben opgegroeid. Mijn vader is ertussenuit geknepen toen ik vijf was. In mijn tienerjaren zwoer hij de drank af en probeerde hij het goed te maken, maar dat hield hij niet lang vol. Het deed er ook niet toe. Ik had hem niet nodig. Mijn moeder was alles voor me. Ik vertelde haar dingen die ik mijn vrienden niet eens vertelde. Maar toen ik vierentwintig was, leerde ze Mitch kennen.'

Er school een enorme verzameling tegenstrijdige emoties in die ene naam en Deenie draaide zich een kwartslag om op haar stoel om naar Connor te kunnen kijken, gefascineerd door deze glimpen die vertelden hoe hij in elkaar stak. 'Mag je Mitch niet?'

'Het is onmogelijk om Mitch niet te mogen. Hij is een bijzonder sympathieke vent,' antwoordde Connor met lichte verbittering.

'Dat is dus extra irritant als je hem eigenlijk het liefst in de dichtstbijzijnde vijver wilt dumpen.'

Connor keek haar verrast aan en begon toen bulderend te lachen. ‘Zal ik je eens wat zeggen? Je hebt helemaal gelijk. Als hij nou een eikel was, zou ik me lang niet zo’n sukkel voelen omdat ik stiekem wrok tegen hem koester.’

‘Natuurlijk koester je wrok tegen hem. Hij heeft jou je moeder afgenomen.’

‘Dat is het nou juist. Dat is helemaal niet zo. Vanaf de eerste dag is hij ontzettend begripvol geweest voor het feit dat mijn relatie met haar altijd voor die met hem zal gaan. Hij heeft nooit geprobeerd mijn vader uit te hangen. Hij staat altijd toe dat we hem buiten ons kringetje houden. Hij dringt zich nooit op.’

‘Maar je relatie met haar is er wel door veranderd. Ze heeft nu iemand anders om op te leunen.’

Connor staarde zo lang naar Deenie dat de banden op de ribbelstrook langs het wegdek belandden en abrupt zijn aandacht weer opeisten. Hoe kon het dat ze het meteen begreep? Hoe kon het dat ze het meteen snapte, terwijl hij zelf jarenlang had geprobeerd het een plek te geven?

Hij mocht Mitch graag. Maar sinds zijn stiefvader in beeld was, voelde hij zich minder met zijn moeder verbonden. Hij had gedacht dat dit kwam doordat hij wat haar betreft te bezitterig was, of omdat hij te veel op haar leunde. Maar in werkelijkheid miste hij het dat zij op hém leunde.

Zijn moeder had hem keer op keer gezegd dat hij te snel volwassen was geworden. Dat het niet goed was dat hij het best georganiseerde kind van de hele straat moest zijn. Dat het niet goed was dat hij zichzelf moest leren koken. Maar hij was er juist ontzettend trots op geweest dat hij dat voor haar kon doen. Hij had zijn hele identiteit gebaseerd op zijn rol als de zoon die voor zijn moeder zorgde. Dat was de reden dat hij een goedbetaalde baan wilde hebben: zodat hij een groot huis voor haar kon kopen.

Hij had de afgelopen jaren heel erg zijn best moeten doen om zich niet aan Mitch te ergeren en dat was hem niet altijd helemaal gelukt.

En Deenie begreep dat zonder dat hij het haar hoefde te vertellen.

'Hij is een goed mens,' herhaalde Connor, zowel voor Deenie als voor zichzelf. 'Hij maakt haar gelukkig. En we zijn vrienden. Nou ja, misschien niet echt vrienden, maar we kunnen het wel met elkaar vinden.'

'Heb je ooit iets met hem ondernomen zonder dat je moeder erbij was?'

'We zijn wel eens met ons tweetjes.'

'Bewust?'

Hij hoorde de sceptische klank in Deenies stem en glimlachte stroef. 'Oké, niet bewust.'

Mitch had het aan het begin van zijn relatie met Connors moeder wel geprobeerd, maar Connor had toen duidelijke grenzen aangegeven voor hun omgang met elkaar en daar hadden ze zich allemaal aan gehouden. Hij mocht Mitch. Vanaf een afstandje. Maar hij kende hem niet echt.

'Jullie hebben iets heel belangrijks met elkaar gemeen,' voegde Deenie er luchtig aan toe. 'Jullie houden allebei van je moeder.'

Ze naderden Pine Hollow, dus hij minderde vaart en wierp haar een zijdelingse blik toe. 'Ik dacht dat ik jou vanavond zou helpen, niet andersom.'

'Je hebt me ook geholpen. Geloof me.'

Connor concentreerde zich op de weg. Hij wilde zich verontschuldigen voor de kus. Het lag op het puntje van zijn tong. Maar in plaats daarvan mompelde hij: 'Jij bent de sterkste persoon die ik ken.'

Hij voelde haar verbazing vanaf de passagiersstoel op zich af komen. 'Wat?'

'Je maakte zo-even een opmerking over dat je niet sterk zou zijn. Dat ben je wél.'

'Zodra het ook maar even tegenzit, vlucht ik naar Europa.'

Hij keek haar vluchtig van opzij aan. 'Je laat je door niemand anders vertellen wie je bent of wie je zou moeten zijn. Dan ben je sterk.' Hij grijnsde even. 'En je bent de enige die ik ken die koppig genoeg is om Max te trainen.'

'Nou ja, gelukkig heb ik wel wát vaardigheden.'

Hij keek haar afkeurend aan. 'Daar moet je echt eens mee ophouden, Deenie.'

'Waarmee?'

'Met jezelf afkammen. Ik weet inmiddels echt wel dat je een fantastisch mens bent. Je kunt me heus niet van het tegendeel overtuigen.'

Toen hij opzij gluurde, had ze een verbeten trek om haar mond, waren haar ogen op haar schoot gericht en zagen haar wangen roze, zelfs in het vale licht van het dashboard. Connor luisterde naar het ritme van de regen en reed de oprit naar Furry Friends op.

# 20

Deenie kon ontzettend goed doen alsof er niets was veranderd, dus toen ze de volgende dag arriveerde om Max te trainen, was dat ook precies wat ze deed. *Hier is niets te zien, mensen. Connor Wyeth heeft me gisteravond niet gekust en we hebben ook helemaal geen intiem gesprek gehad over persoonlijke familiedrama's.*

Het hoorde gewoon bij het contract, dat was alles. En ze hoefden pas in de eerste week van april weer een contractueel verplicht evenement bij te wonen, want dan organiseerde ze een prinsessenfeest voor de kleindochter van zijn baas. Tot die tijd zou ze op emotioneel vlak afstand bewaren en de muren rond zichzelf herbouwen die op een of andere manier waren omgevallen toen ze hem meenam naar het verlovingsfeest. Dat kon best, ook al dartelde ze door zijn huis en werkte ze met zijn hond.

Het draaide allemaal om afstand.

Het hielp wel dat de daaropvolgende weken krankzinnig druk waren.

Op de tweede dinsdag in maart won Ben de verkiezingen, wat werkelijk voor niemand als een verrassing kwam. Connor gaf een feestje bij hem thuis om het te vieren, maar Deenie slaagde erin hem bijna de hele avond te ontlopen door dicht bij Ally en Mac te blijven.

Op 1 april zou Ben worden ingezworen. Hij hoopte dat de renovatie van de keuken tegen die tijd zou zijn afgerond, en dat

Astrid en hij dan weer in hun eigen huis zouden zitten. Maar elke keer dat hun verhuizing ter sprake kwam, protesteerde Astrid luidkeels dat ze de honden in de opvang veel te erg zou missen.

Er kwamen nu steeds meer honden naar de opvang. In de kennels zaten inmiddels vier bewoners die een nieuw thuis zochten, inclusief Lucky en een husky die Wolfgang heette en bijna net zo veel energie had als Elinors Dory.

Als Deenie geen prinsessenjurken aan het naaien was, geen feestjes hoefde te organiseren en zich niet met de training van Max bezighield, hielp ze mee in de opvang. De bestellingen voor jurken kenden een enorme piek, die hoogstwaarschijnlijk te danken was aan Connors collega's, die bestellingen plaatsten voor hun kinderen. Daarnaast maakte ze altijd tijd vrij om de boekhouding van Furry Friends bij te houden. Voor het eerst was ze dankbaar voor alle vakken in business management die ze tijdens haar studie had gevolgd om haar ouders een plezier te doen.

De spullen die Ally en Deenie hadden besteld om de opvang om te bouwen tot het Furry Friends-trainingscentrum en -behendigheidsparcours, werden geleverd. Zodra de lente eindelijk echt aanbrak, in plaats van de elkaar afwisselende sneeuw en regen, zouden ze het buitenparcours aanleggen. Ze hadden al een stuk van het weiland achter de opvang omheind om als hondenpark te gebruiken, maar de rest van het materiaal lag nog opgestapeld in Rita Gilmores voormalige atelier.

Deenie had verwacht dat ze zich in huis het vijfde wiel aan de wagen zou voelen, maar het chaotische bestaan met Astrid, Ben, en Ally's grootouders die regelmatig onaangekondigd langskwamen beviel haar juist uitstekend. Het was een luidruchtig, druk en heerlijk leventje.

Niet dat ze van plan was om er te blijven, hoor. Ze was een nomade. Nomaden trokken altijd verder.

Maar voorlopig bleef ze nog even.

Het viel niet mee om aan haar vertrek te denken nu ze wist dat dit mogelijk haar laatste goede momenten met Bitty waren. Ze bracht steeds meer tijd door in de Estates, maar het leek niet uit te maken hoe vaak ze er was, want de goede en slechte dagen bleven elkaar afwisselen. Ze ging bijna net zo vaak op bezoek bij meneer Burke en JoJo als bij Bitty. Terwijl ze op de vloer van zijn appartement met JoJo en de piepmuis zat te spelen, luisterde ze intussen naar zijn verhalen en hield ze hem op de hoogte van het oneindige bruiloftsdrama.

De volmaakte locatie, een luxeresort in het zuiden van de staat met een fraai uitzicht op de bergen, was voor de meerdaagse festiviteiten vastgelegd voor het eerste weekend in juni. De volmaakte jurk was met spoed besteld. De jurken voor de bruidsmeisjes waren uitgekozen. Toen haar moeder belde voor haar maten, had ze Deenie herhaaldelijk gevraagd of ze echt heel zeker wist dat de uitgave voor haar jurk niet voor niets zou zijn en dat ze er in juni bij zou zijn.

Deenie hield voet bij stuk. Kirsten was degene die haar had gevraagd en zolang Kirsten haar erbij wilde hebben, zou ze erbij zijn. Ook als dat inhield dat ze knarsetandend haar moeders kritische opmerkingen moest verdragen.

Omdat Kirsten een bruiloftsplanner had ingehuurd, hoefde er verder weinig te worden geregeld. Deenie moest ervoor zorgen dat de jurk paste en dat ze de juiste schoenen droeg. En dat ze aanwezig was bij het verrassingsfeestje voor de bruid en het vrijgezellenfeest, dat Kirstens getuigen in mei hadden gepland. En ze moest er op de grote dag natuurlijk bij zijn. Kirsten had gezegd dat ze wilde dat Deenie bij het plannen betrokken zou zijn, maar dat betekende vooral dat ze Deenie één keer per week wilde bellen om haar te vertellen over alle dingen die ze al had besloten, zodat Deenie kon beamen dat het allemaal even schitterend was.

Met alles wat er al op haar bordje lag, had ze dus amper tijd om Connor op te merken. Of de kuiltjes in zijn wangen. Of zijn akelig adembenemend mooie ogen.

Of terug te denken aan het moment dat hij haar 'een zonnestraaltje' had genoemd en had gezegd dat ze fantastisch was.

Wie deed dat nou? Wie zei er nou zulke dingen en liet de woorden vervolgens in de lucht hangen, zodat ze haar bleven achtervolgen?

Ze wist dat hij nog altijd aan het daten was met de Ashleys. Niet dat ze het er ooit over hadden of zo. Eigenlijk praatten ze nooit echt over iets. Ze vermeed serieuze onderwerpen, hield het luchtig en praatte het liefst over Maximus en zijn vooruitgang.

En wonder boven wonder boekte Max daadwerkelijk vooruitgang. Hij had 'zit,' 'lig' en 'af' onder de knie, en zelfs 'poot' ging nu goed. 'Blijf' en 'hier' vereisten echter nog het nodige werk. Verder werd Connor steeds beter in het corrigeren van Max' gedrag.

Toch was het een flinke opluchting toen Connor halverwege de maand op zakenreis ging. Ze had behoefte aan een onderbreking van de tijd en ruimte die hij in haar gedachten innam.

Op een of andere manier hielp het feit dat ze tijdelijk in zijn huis woonde helaas niet echt om hem uit haar gedachten te verdrijven.

In elke kamer was zijn aanwezigheid voelbaar. Het was raar om in zijn woonruimte te verblijven zonder dat hij er was. Niet dat ze hem miste of zo. Of dat ze luisterde of ze het geluid van zijn voetstappen hoorde, of zijn zware, enigszins brommende stem. Het kwam gewoon doordat het huis zo groot was.

Daarom bracht ze er zo min mogelijk tijd door.

Maximus paste maar net op de achterbank van haar Kever, maar toch nam ze hem altijd mee zodra de spookachtige stilte in Connors huis haar te veel werd en ze naar Furry Friends vluchtte. Hij stak zijn enorme kop altijd uit het raam en liet zijn wangzakken klapperen in de bries.

Ze maakte lange wandelingen met hem door het stadje om de Canine Good Citizen-lessen te oefenen die ze tijdens de laatste trainingssessies hadden geleerd. Hij was hard op weg om het toonbeeld van een welopgevoede hond te worden, of dit in elk geval zo goed te benaderen als mogelijk was voor de reusachtige maffe viervoeter. Hij sprong nog steeds op de bank zodra hij daar de kans voor kreeg en vlijde zich dan over haar schoot alsof hij een terriër was in plaats van driekwart wolfshond.

Op de avond voordat Connor zou terugkomen, lag Deenie gevangen onder Max' enorme lijf op de bank naar een oude horrorfilm op Connors gigantische televisie te kijken en maakte ze zichzelf wijs dat ze zijn kleurrijke commentaar totaal niet miste. Opeens begon haar mobieltje naast haar te trillen.

Ze stak afwezig een hand uit naar het mobieltje tot haar aandacht werd getrokken door het bericht.

Het was een reiswaarschuwing. Een goedkope vlucht naar Sydney. Ze staarde ernaar en probeerde haar gevoelens te analyseren, in een poging erachter te komen waarom ze voor het eerst in lange tijd geen reiskriebels had, geen stem in haar achterhoofd die haar aanspoorde om op weg te gaan, om nieuwsgierig te blijven.

Waarschijnlijk had ze het zo druk gehad dat ze helemaal geen tijd had om te dagdromen over Australië, maar ze was helemaal niet ongedurig geworden, ook al was ze nu al maanden in Pine Hollow.

Dat kwam natuurlijk door Bitty of meneer Burke. Of door Ally, Ben en Astrid. Of anders misschien de bruiloft.

Het kwam zeker niet door Connor, hield ze zichzelf voor. Ze voelde zich hier helemaal niet op haar gemak, zei ze in zichzelf, ook al lag ze op zijn bank half slapend naar zijn televisie te kijken, vastgeklemd onder zijn hond. Gehuld in zijn oude sweatshirt van Yale, maar dat was alleen maar omdat dat zo heerlijk zacht was en Maximus rustig werd van de geur.

Het had helemaal niets te maken met de aanbiddelijke kuiltjes in zijn wangen.

Haar ogen zakten langzaam dicht en daardoor was ze zich slechts vaag bewust van het geluid van haar mobieltje dat opnieuw trilde.

'Geweldig werk verricht vandaag. Je hebt echt indruk gemaakt op Lila.' Davis' stem klonk blikkerig uit de speakers van Connors auto, die geruisloos door de avondlucht zoefde. 'Heb je nog plannen voor je laatste avond in de stad?'

'Nou...' Connor vertrok zijn gezicht bij Davis' volkomen onschuldige vraag en stuurde de auto zijn eigen oprit op. 'Aangezien we vroeg klaar waren, heb ik besloten vandaag al naar huis terug te gaan.'

Davis stootte een ondeugend lachje uit. 'Ik had het kunnen weten. Er zit thuis natuurlijk iemand op je te wachten.'

Connor verzette zich tegen de behoefte om zijn mentor te corrigeren.

Hij was er niet op voorbereid geweest hoeveel gesprekken op zijn werk na de liefdadigheidsveiling over Deenie zouden gaan. Hij had niet beseft dat zijn collega's naar haar zouden vragen: hoe het met haar ging en of ze tijdens zijn videoconferenties aanwezig was om naar hen te zwaaien.

Ze was een doorslaand succes geweest, wat natuurlijk precies was wat hij wilde, maar hij was ook tot de conclusie gekomen dat deze neprelatie minder gemakkelijk te beëindigen zou zijn dan ze aanvankelijk hadden gedacht. Voorlopig ging het goed. Ze hadden een contract. Volgend weekend organiseerde ze een prinsessenfeest voor Brents kleindochter, en Connor ging met haar mee om tijd met de partners te kunnen doorbrengen. Op het werk begonnen mensen hem met andere ogen te bekijken. Het werkte dus.

Maar het was niet écht. Zij was niet de reden dat hij naar huis was gegaan.

'Max kan een lastig portret zijn. Ik wilde niet dat Deenie langer dan noodzakelijk in haar eentje met hem moest doorbrengen.'

'Tuurlijk, joh,' beaamde Davis zonder ook maar een greintje overtuiging. 'Doe Deenie de groeten van me.'

Connor nam op neutrale toon afscheid en drukte op de knop

om de garagedeur te openen. Alle drie de plekken in de garage waren leeg. De pastelblauwe Kever stond naast de oprit geparkeerd en werd nat in de gestaag vallende regen. Hij had Deenie gezegd dat ze de tweede garagedeur mocht gebruiken, maar kennelijk had ze er geen gebruik van gemaakt. Koppig.

Omdat hij had bedacht dat hij haar bij thuiskomst niet wilde verrassen terwijl ze in haar ondergoed in zijn woonkamer stond te dansen, had hij haar vanaf het vliegveld een sms'je gestuurd om haar te laten weten dat hij een eerdere vlucht had genomen. Ze had niet geantwoord, waardoor het beeld van Deenie die in haar ondergoed in zijn woonkamer stond te dansen uiteraard de hele rit terug naar huis door zijn hoofd had gespookt.

Waarschijnlijk roze. Of met stippen. Of allebei.

Niet dat hij enige reden had om aan haar ondergoed te denken of zo. Dat stond niet in het contract.

Connor stapte uit zijn auto, pakte zijn koffer en liep naar binnen. Hij maakt in de bijkeuken extra veel lawaai om Deenie te waarschuwen dat ze zich weer moest aankleden. Deenie en Max kwamen hem geen van beiden begroeten, en toen hij de televisiekamer inliep, zag hij waarom.

Hoewel het pas acht uur was, was het enige licht in de kamer afkomstig van de reclames die over het televisiescherm flakkerden waar Deenie ongetwijfeld naar had liggen kijken voordat ze in slaap was gevallen. Ze lag op de bank, gekleed in een vrij keurige donkerblauwe legging en zijn oude Yale-sweatshirt. Haar haren met de roze plukken zaten in de war, aan de ene kant geplet en aan de andere kant fier rechtop. Maximus lag languit over haar onderlijf op de bank.

Er verstrakte iets in Connors borst en hij bleef even naar haar kijken. In zijn huis, gekleed in zijn sweatshirt, met haar gezicht ontspannen van de slaap, met één hand op Max' schouder.

Max tilde versuft zijn kop op.

'Je bent echt de slechtste waakhond ter wereld,' zei Connor op fluistertoon bestraffend tegen hem, maar Deenie was al wakker geworden door Max' beweging.

Haar grote blauwe ogen gingen open.

Ze keek hem knipperend met haar ogen aan, een tikje in de war, maar toen gleed er een opgewekte glimlach over haar gezicht die hem als een mokerslag midden op zijn borst trof. 'Connor! Kijk eens, Maximus! Papa is eerder naar huis gekomen!'

De hond schoot op hem af en Connor zette zich schrap voor de begroeting, zodat Max hem niet ondersteboven zou duwen. Deenie kwam van de bank af en streek met een hand door haar woelige haardos.

'Hij heeft je gemist,' zei ze ademloos. 'Daarom heb ik jouw shirt aan. Zodat hij je kon ruiken.'

'Het was niet mijn bedoeling je zo te verrassen...'

'Welnee, joh. Ik ben gek op verrassingen.'

'Ik heb je een sms gestuurd...'

'Ik ben zeker in slaap gevallen...' Ze wreef met een hand over haar gezicht. 'Hoe laat is het eigenlijk?'

'Een uur of acht? Het is nog vroeg.' Hij stopte met het aaien van Max en ging weer rechtop staan. Er hing een ongemakkelijke sfeer.

Haar gezicht werd rood. 'Dan zal ik maar gaan. Ik heb een paar minuten nodig om mijn spullen te pakken.'

'Je mag vanavond best hier blijven slapen,' zei Connor. 'Ik wil je er echt niet uit gooien.'

'Nee, ik kan beter naar de boerderij teruggaan,' zei ze haastig. 'Welkom thuis!'

Ze liep op een holletje de trap op, alsof ze voor hem wegvluchtte, en Connor onderdrukte zwijgend de vreemde mengeling van gevoelens in zijn borst.

Het had als thuis aangevoeld toen hij haar met Max op zijn bank zag liggen.

Waarschijnlijk omdat het nieuw voor hem was om thuis te komen in een huis dat voor de verandering eens niet verlaten was. Hij mocht zich niet laten meeslepen door de illusie van huiselijkheid. Hij vond Deenie leuk, maar ze wilde duidelijk afstand bewaren en hun contact zakelijk houden. Dat was goed. Het was logisch. En Connor deed altijd wat logisch was.

Toen Deenie drie minuten later de trap weer afkwam, stond hij met zijn mobieltje in zijn hand op haar te wachten. *Houd het zakelijk.* 'Ik heb bedacht dat ik de laatste betaling voor Max' training tegelijk met het geld voor het oppassen kan overmaken. Is dezelfde rekening als eerder oké?'

Deenie verstijfde, voor het eerst sinds hij haar kende zichtbaar van haar stuk gebracht. 'Eh, ja, die rekening is prima, maar we hebben nog niet... Hij heeft nog niet alle benchmarks uit het contract gehaald.'

'Nee, je blijft hem natuurlijk trainen, maar het leek me wel zo handig om de financiën vast af te wikkelen.'

'O. Oké. Bedankt.'

'Dan zal ik dat dus maar doen...'

'Ja, hoor. Prima.' Ze liep met haar weekendtas naar de deur, in een knalgroen topje in plaats van zijn sweatshirt. 'Super. Een fijne avond nog, Connor.'

'Jij ook, Deenie.'

Ze trok aan de voordeur, die stevig dicht bleef.

'Hij zit op slot.'

'Wat?' Blijkbaar verstond ze hem niet, want ze bleef aan de deur trekken.

Connor kwam achter haar aan en stak een hand uit over haar schouder om de grendel open te schuiven. Zijn arm streek langs haar schouder en ze verstarde.

'Ik ben door de garage binnengekomen,' bromde hij dicht bij haar oor.

'Tuurlijk. Vandaar.' Ze bleef kaarsrecht staan, met een nek die rood kleurde, en ze keek hem niet aan. 'Nou, tot ziens dan maar.'

Het was vreemd om haar zo van slag te zien. Deenie, die altijd een gevatte opmerking en een flitsende glimlach paraat had.

Hij keek haar na toen ze naar de Kever jogde en wegreed, en zei streng tegen zichzelf dat hij zich het vleugje passie, de glimp van chemie in de ongemakkelijke sfeer tussen hen had ingebeeld.

Ze hadden een contract. Meer niet.

En zodra ze weg was, zou hij niet meer aan haar denken. In elk geval niet langer dan een uur of twee.

# 21

Toen Deenie Connors oprit opreed en de auto's in het oog kreeg die daar al stonden, aarzelde ze. Pokeravond. Ze was vergeten dat het woensdag was.

De afgelopen 'pokeravonden' hadden de mannen doorgebracht in het huis van Ben, waar ze de nieuwe muren van de kelder hadden geverfd en de badkamer boven hadden gesloopt, zodat Ben iets kon besparen op de renovatiekosten, maar kennelijk ging het kaarten die avond gewoon door.

Deenie had het aantal trainingssessies afgebouwd. Dat was deels omdat Max het heel goed deed, maar als ze eerlijk was ook deels omdat ze zichzelf wilde herinneren aan de scheiding van kerk en staat. Minder tijd met Connor. Meer zakelijkheid. Maar omdat er nog steeds benchmarks in het contract stonden die Max niet had bereikt, bleef ze komen.

Ze was van plan geweest om eerder te gaan, maar had het zo druk gehad met een paar jurken dat ze de tijd was vergeten. Dat was ook precies de reden dat ze niet in schema's geloofde. Toen ze de auto's zag staan, overwoog ze om Max' training een keertje over te slaan, maar ze was al bijna twee dagen niet bij hem geweest, omdat ze een aantal bestelde jurken af probeerde te krijgen.

En misschien was dit juist wel een heel geschikt moment. Als Connor in de speelkamer door zijn pokervriendjes werd afgeleid, kon ze ongemerkt naar binnen sluipen, een kwartiertje met

Max werken en weer wegglippen. Dan had ze haar plicht gedaan zonder dat iemand er iets van had gemerkt.

Deenie toetste de code in en ging naar binnen. Dat had ze de afgelopen paar maanden al minstens honderd keer gedaan, maar nu voelde het voor het eerst alsof ze iets deed wat niet hoorde. Stiekem zijn huis binnensluipen, terwijl hij met zijn vrienden zat te pokeren.

Max kwam op een drafje naar haar toe om haar te begroeten, met zijn tong fladderend uit de zijkant van zijn bek.

'Hallo, jochie,' begroette Deenie de grote lummel.

Ze fluisterde, ook al had ze een geldige reden om hier te zijn. Ze had zelfs van tevoren een sms'je gestuurd en een opgestoken duimpje teruggekregen. Maar dat was wel bijna een uur geleden geweest. Ze had onderweg vertraging opgelopen.

Uit de speelkamer steeg een lachsalvo op, gevolgd door klaaglijk gekreun.

Ze had Connors vrienden de afgelopen maanden goed leren kennen doordat ze met Ben in één huis woonde en Bens vrienden ook Connors vrienden waren. Levi, de politiechef, was lang en nors, echt het sterke, zwijgzame type. Hij zei niet veel, maar leek wel altijd de situatie onder controle te hebben.

Mac, die The Cup runde, was precies het tegenovergestelde van Levi. Hij glimlachte altijd, praatte aan één stuk door en flapte er vaak van alles uit. Deenie mocht hem ontzettend graag, vooral wanneer hij na twee biertjes zijn gedetailleerde kennis van musicalliedjes tentoonspreidde. Ze hadden elkaar gevonden door een gemeenschappelijke liefde voor *Hadestown* op de avond dat ze Bens overwinning vierden.

Ze voelde zich bij alle mannen op haar gemak, maar toch zag ze ertegen op om haar hoofd om de deur van de speelkamer te steken en ze te laten weten dat ze er was. Ze stoorde Connor nooit wanneer ze arriveerde, maar ging altijd meteen met Maximus aan de slag en vertrok ook weer zonder hem lastig te vallen als hij het druk had. He was een vaste routine geworden. Toch was het anders nu hun stemmen door de ruimte galmden.

'Je verwacht toch niet van ons dat we je met "meneer de burgemeester" aanspreken nadat je bent ingezworen, hè?' Ze spitste haar ogen bij het geluid van Connors stem.

'Jazeker wel.' Dat moest Ben zijn.

'In dat geval eis ik dat jullie mij met "meneer de hoofdcommissaris" aanspreken.' Dat was beslist Levi.

'Ik heb er totaal geen problemen mee als jullie me met "chef" willen aanspreken,' voegde Mac er opgewekt aan toe. 'En al helemaal niet als jullie ook in de houding springen en "Ja, chef" roepen wanneer ik jullie iets opdraag.'

Er viel een korte stilte en ze kon zich de blikken die ze hem vermoedelijk toewierpen levendig voorstellen.

Het was helemaal niet Deenies bedoeling om hen af te luisteren. Ze was zoals altijd Max aan het trainen en het geluid van hun stemmen droeg gewoon ver. Het werd versterkt door de hardhouten vloer. Bizarre akoestiek. Dat was alles.

Als zij hen kon horen, moesten zij haar ook kunnen horen. Deenie droeg Max met een heldere, krachtige stem op om te gaan zitten en een poot te geven, en overlaadde hem liefkozend met lof toen het hem lukte. *Ik ben bezig met de training, net als altijd, en probeer hen helemaal niet af te luisteren.*

Ze ving Bens stem weer op.

'Ik wou maar dat de aannemer er niet steeds een week aan vastplakte,' verzuchtte Ben, terwijl hij het pak kaarten met ongeduldige bewegingen schudde. 'Ik hoopte dat de renovatie af zou zijn voordat ik werd ingezworen, zodat Astrid en ik ons normale leven weer konden oppakken voordat het werk voor de gemeente begon.'

Connor stapelde zijn winst van het vorige rondje op. Levi wipte achterover met zijn stoel en speelde met een pokerchip. 'Wil je dan niet meer met Ally samenwonen?'

Ben wierp hem een nijdige blik toe en gooide de eerste kaart harder naar Levi dan strikt noodzakelijk was. 'Ik had een volgorde in mijn hoofd waarin ik alles wilde doen. We zijn alleen bij haar ingetrokken omdat het niet anders kon, en nu moeten we vertrekken, zodat onze relatie verder kan, want anders is het geen bewuste keus. Dan is het pure luiheid.'

'Misschien overdrijf je het nu een beetje,' merkte Mac op.

'Precies,' zei Connor instemmend, terwijl hij zijn inzet op de tafel legde. 'Maak je nou eens niet zo druk over de volgorde waarin dingen gebeuren en probeer niet om alles onder controle te houden.'

'Noem je Ben nou een controlfreak? Jíj?' Mac lachte spottend.

Connor stak een hand uit naar zijn kaarten. 'Ik bedoel alleen dat hij veel te gespannen is.'

'Jazeker, dat is ook zo. Het klinkt alleen alsof de pot de ketel verwijt dat hij zwarter dan zwart ziet. Jullie zijn alle drie zo gespannen dat jullie elk moment kunnen knappen.'

Levi zei met een onschuldig gezicht: 'Ik? Hoezo ik?'

'Ik ben de enige hier in de kamer die relaxed en benaderbaar is,' verkondigde Mac.

Hij had gelijk. Mac bezat een indrukkende aanleg voor zen die de anderen niet hadden.

'Connor lijkt me anders ook verdacht relaxed,' merkte Mac op.

Connors schouders verstrakten onmiddellijk.

'Dat was mij ook al opgevallen.' Levi nam hem onderzoekend op.

'Bijna alsof hij iemand heeft ontmoet.' Op Macs gezicht verscheen een voldane grijns.

'Nee.' Connors stem was hard. 'We zouden vanavond Ben pesten. Ik ben niet aan de beurt.'

'Toch wel hoor.' Ben grinnikte, blij dat hij niet langer het doelwit vormde. 'Je mag trouwens gerust zeggen dat ik gelijk heb, hoor.'

'Waarover zou jij dan gelijk moeten hebben?' vroeg Connor, die nadrukkelijk deed alsof hij zijn hersens pijnigde.

'Maximus? De hond waarvan jij beweerde dat je hem niet nodig had?'

'Waar is Maximus eigenlijk?' Mac keek de kamer rond alsof hij de ruim zestig kilo zware hond over het hoofd had gezien.

'Die ligt ergens te maffen.' Connor keek niet op van zijn kaarten. Deenie had gesms't dat ze vroeger dan anders langs zou komen om met hem te oefenen en Max deed na zijn trainingssessies vrijwel altijd een dutje.

'Hij is in elk geval stukken beter opgevoed dan dat monster van Elinor,' bromde Levi. 'Ik ben de helft van mijn tijd bezig met het opsporen van dat rotbeest.'

'Ik ben al blij dat ik niet meer de slechtst getrainde hond van de stad heb. Deenie heeft echt wonderen verricht.'

'Ja...' zei Mac lijzig. 'Dat was ons ook al opgevallen.'

Connor keek Mac achterdochtig aan. 'Wat bedoel je daarmee?'

'Vraag het hem nou gewoon,' zei Levi tegen Mac.

Connor staarde met een diepe rimpel in zijn voorhoofd van Levi naar Mac. 'Wat moet hij me vragen?'

Levi bekeek met een volkomen uitdrukkingloos gezicht zijn kaarten, maar Mac leek helemaal te zijn vergeten dat ze aan het pokeren waren. Zijn kaarten lagen nog steeds omgekeerd op de tafel. 'Heb je een oogje op Deenie?' vroeg hij. 'We denken namelijk allemaal dat jullie stiekem iets met elkaar hebben.'

'Correctie. Ik denk helemaal niet dat jullie stiekem iets met elkaar hebben,' verduidelijkte Ben. 'Volgens mij heeft ze een betere smaak.'

'Ze is hier anders wel heel vaak,' merkte Levi op, terwijl hij met zijn kaarten op de tafel tikte en Connor vanaf de andere kant van de tafel doordringend aankeek.

'Ik ben niet met Deenie aan het daten.' Connors stem klonk ferm en ondubbelzinnig. Zijn collega's waren al geobsedeerd door Deenie. Hij wilde niet dat zijn vrienden het verkeerde idee zouden krijgen.

Bij het zien van Levi's sceptische blik gaf hij toe: 'We hebben een regeling getroffen.'

'De hondentraining?' vroeg Mac.

'Dat ook, ja, maar daarnaast heb ik ermee ingestemd om haar date te spelen voor een aantal familiebijeenkomsten vanwege een bruiloft als zij hetzelfde doet voor mij tijdens wat evenementen voor mijn werk.'

Levi's wenkbrauwen schoten omhoog. 'Is dat nou wel een goed idee?' Toen Connor hem uitdagend aankeek, trok hij loom één schouder op. 'Je bent serieel monogaam. Je laat je meeslepen in relaties en weet dan niet hoe je ze weer moet loslaten.'

'Flauwekul.'

Mac durfde hem niet aan te kijken. 'Je bent heel lang verloofd geweest...'

'Niet zo lang als Levi,' snauwde Connor, wat hem een nijdige blik van de overkant van de tafel opleverde. 'Het is zuiver platonisch,' verzekerde hij hun. 'We zijn vrienden, meer niet.'

'Ik wist niet dat jullie vrienden waren,' zei Levi lijzig.

Connor eigenlijk ook niet, maar het was wel zo. Op een of andere manier was Deenie een van de mensen geworden die hem waarschijnlijk het best kenden. Het was duidelijk dat ze totaal niet bij elkaar pasten: zij was in gedachten altijd bezig met het plannen van haar ontsnapping en hij kon nooit een serieuze relatie beginnen met iemand die hem hetzelfde zou flikken als Monica. Maar hij vond haar wel leuk. Hij vond het leuk om tijd met haar door te brengen.

Hoe gek het misschien ook was, als vrienden ging het goed tussen hen.

En ja, het kon best zijn dat hij bepaalde gedachten had gehad toen hij haar bij thuiskomst slapend in zijn kleren aantrof, maar dat was slechts een eenmalig iets. Al lang en breed weer vergeten.

Er lag een peinzende uitdrukking op Macs gezicht en om de

ellende in de kiem te smoren, merkte Connor haastig op: 'Ik laat me niet meeslepen. Ik ben juist op een aantal datingapps op zoek naar de juiste soort relatie.'

'Je hebt dus iemand ontmoet.'

'Nee. Ik heb een plan bedacht.'

Mac kreunde afkeurend. 'Jullie ook altijd met die plannen van jullie. Kunnen jullie nou nooit eens iets spontaan laten gebeuren?'

'Wat houdt dat plan in?' vroeg Ben nieuwsgierig.

'Om te trouwen,' bekende Connor. 'Om de enige ware te vinden. Om niet langer te hoeven zoeken en om te weten dat mijn romantische toekomst geregeld is.'

Mac snoof minachtend en pakte zijn kaarten op. 'En, lukt het een beetje?'

'Ik heb een paar dates gehad. Nog niets definitiefs, maar ik ben ermee bezig.'

Tijdens een paar van die dates had hij zich zo verveeld dat hij ze onwillekeurig met Deenie had vergeleken. Dat was belachelijk. Natuurlijk zou hij met Deenie meer lol hebben gehad. Ze was origineel, gedreven en gevat. Ze ging met hem in discussie, sprak hem tegen met een glimlach op haar gezicht waardoor hij zich altijd naar haar toe boog.

Maar ze was ook onvoorspelbaar. En hij wilde bij thuiskomst echt nooit meer een memostickertje aantreffen. Hij verlangde naar kalm en betrouwbaar. Dat moest hij zichzelf blijven voorhouden en daarom had hij met ieder van de vrouwen een tweede date gehad. En hij had zich opnieuw verveeld.

Het lag niet aan de vrouwen. Er was gewoon geen klik. Hij had iemand nodig die hem uitdaagde en die gesetteld was. Dat was alles. Iemand die grappig was, en intelligent...

Zijn geheugen diepte een match op die de vorige dag op een van zijn apps was opgedoken.

Connors blik gleed langs de tafel en bestudeerde het vlakke gezicht van Levi, die zijn kaarten bekeek. 'Die apps zijn krankzinnig. Een ervan probeerde me zelfs te matchen met Elinor.'

Hij had een reactie verwacht, maar Levi knipperde niet eens met zijn ogen en bleef onaangedaan naar zijn kaarten kijken. 'Je gaat je gang maar, hoor.'

Connor deed geen enkele moeite om zijn verbazing te verbergen. Levi en Elinor hadden al sinds het begin van de middelbare school een indrukwekkende knipperlichtrelatie. Connor had zelfs nooit overwogen om op die manier aan Elinor te denken. Maar het stel was inmiddels al jaren uit elkaar. Was het mogelijk dat Levi haar echt uit zijn hoofd had gezet?

Zelfs als dat zo was, verwachtte Connor niet dat hij de manier waarop hij over Elinor dacht nog kon veranderen.

Dat wilde echter niet zeggen dat hij niet kon proberen om Levi op de kast te krijgen. 'Misschien doe ik dat wel. We weten allemaal dat ze intelligent is. Grappig. Dat ze een gezin wil. Eigenlijk zijn we voor elkaar gemaakt.'

Hij was voorbereid op een dodelijke blik. Hij was erop voorbereid dat Levi over de tafel zou duiken en hem met zijn blote handen zou wurgen.

Maar de hoofdcommissaris blikte of bloosde niet. Hij tilde met twee vingers zijn bierflesje op en dronk de laatste slok op. 'Zijn er liefhebbers voor een nieuw biertje?'

'Prut!' Deenie wist dat ze niet genoeg tijd had om door de voordeur weg te glippen voordat Levi uit de speelkamer naast Connors werkkamer opdook. In de grote open ruimte op de begane grond was nergens een plek waar ze zich kon verstoppen, dus ze liep haastig naar de keuken om te doen alsof ze de hondensnoepjes pakte, alsof ze daar net was aangekomen.

En alsof ze die niet altijd zelf meebracht.

Toen ze de deur van de voorraadkast opendeed, kwam Levi de keuken in. Ze deed alsof ze verrast was. 'Levi! Hoi! Is het soms pokeravond?'

Levi maakte een bevestigend geluid en trok de koelkast open om er vier biertjes uit te halen die hij in één hand bij de flessenhals vasthield. Zijn lichtgrijze ogen tastten haar gezicht af en ze had het akelige gevoel dat hij aan haar kon zien dat ze elk woord had opgevangen.

De man had een ongelooflijk pokergezicht, maar zijn gebrek aan uitdrukking had iets onverklaarbaar sympathieks.

'Ik ben met Maximus aan het werk. Hij gaat mooi vooruit,' zei ze om de stilte op te vullen. Levi was een waanzinnig goede ondervrager. Eén grom van hem en ze zou meteen alles opbiechten.

Zijn blik gleed omlaag naar de hond, die godzijdank braaf naast haar zat te wachten. 'Dat zie ik.' Hij gebaarde met zijn kin naar haar bij wijze van afscheidsgroet en slenterde terug naar de speelkamer.

Haar maag trok samen van besluiteloosheid. Zou hij de anderen vertellen dat ze er was? En als hij dat deed, zou Connor dan met haar komen praten? Zou hij in de gaten hebben dat ze hen had afgeluisterd? Zou hij beseffen dat ze hem had horen vertellen dat ze gewoon vrienden waren en dat hij half verliefd was op Elinor? Zou hij op haar gezicht de dwaze jaloezie zien die ze maar niet onder controle kreeg?

Ze wilde helemaal niets met Connor. Echt niet. Waarom zat het haar dan zo dwars dat hij niets met haar wilde? Was het puur ijdelheid?

Voordat Levi via de boogvormige doorgang naar de speelkamer in het blikveld van de andere mannen verscheen, bleef hij even staan. Hij keek achterom naar haar, maakte oogcontact en gebaarde zijwaarts met zijn hoofd. In de richting van de voordeur.

Dat liet Deenie zich geen twee keer zeggen.

Ze zei tegen Max dat hij braaf was, gaf hem nog een laatste snoepje en liep op een holletje naar de uitgang.

Toen ze de koele maartse avond in rende, kromp ze in elkaar bij de aanblik van de auto's op de oprit. Geen wonder dat Levi niet in haar zogenaamde verbazing over zijn aanwezigheid was getrapt.

Wat was ze toch dom.

Omdat ze had geprobeerd te verbergen dat ze had meegeluisterd.

En omdat ze had meegeluisterd. Ze wist wel beter. Ze wist dat je altijd dingen hoorde die je niet wilde horen wanneer je stiekem rondsloop.

Bijvoorbeeld dat Connor zijn vrienden herhaaldelijk verzekerde dat hun relatie zuiver platonisch was. Nu had ze natuurlijk ook niets anders verwacht, maar na de kus en zijn opmerking dat ze een zonnestraaltje was, dat ze goed was zoals ze was, deed het toch een beetje pijn. En dat gold ook voor de ontdekking dat hij in het geheim verliefd was op Elinor.

Want natuurlijk was hij dat. Elinor was heel georganiseerd. Op alles voorbereid. Praktisch.

Allemaal dingen die Deenie niet was.

Haar vriendschap met Elinor was altijd gereserveerder geweest dan haar vriendschap met Ally. Ally's energie was net chaotisch genoeg om bij die van Deenie aan te sluiten, terwijl Elinor pure regelmaat en discipline uitstraalde.

Ze was echt perfect voor Connor.

En er was absoluut geen enkele reden voor Deenie om daar teleurgesteld over te zijn. Ze zou sowieso nooit iets met hem beginnen. Hij zou alleen maar proberen om haar te veranderen. Om haar om te vormen tot een betere versie van zichzelf, zoals haar ouders altijd deden.

Nee. Het was veel verstandiger om in emotioneel opzicht afstand te bewaren. Daar herinnerde dit haar nog eens extra aan. Ze was blij dat ze hem had afgeluisterd. Blij dat ze wist waar ze stonden. Op een veilige afstand van elkaar. Duidelijkheid was onbetaalbaar.

Dat was in elk geval wat ze zichzelf probeerde wijs te maken toen ze in haar pastelblauwe Kever stapte en naar huis reed.

# 22

'Daar is de prins!'

Connor kromp in elkaar bij het zien van de tien gillende vijfjarigen in wijde pastelkleurige jurken die op hem af stormden.

Toen hij Deenie vertelde dat hij van plan was met haar mee te gaan naar het prinsessenfeest om zo iets meer gesprekstijd met de partners te hebben, had ze het een goed idee gevonden. Wat ze er alleen niet bij had gezegd was dat ze hem aan het werk zou zetten.

Ze kwam wel met een overtuigend argument toen ze hem zijn kostuum overhandigde. Als hij naar het verjaardagsfeest van een kind ging, moest hij een goede reden hebben voor zijn aanwezigheid, en wat was er nou een betere reden dan een rol in de festiviteiten?

De knappe prins had hem best een mooie rol geleken. Dat wilde zeggen: tot hij erachter kwam dat de prins in dit scenario in werkelijkheid een bedrieger was en dat Deenie de meisjes zou opdragen om hem te vinden en gevangen te nemen, zodat hij kon worden gestraft.

Hij had niet verwacht dat hij de prinselijke schat zou zijn waarnaar tien kleine, in prinsessenjurken gehulde premiejagertjes op jacht zouden gaan, maar dat gebeurde wel.

En ze hadden hem gevonden.

Hij wilde zelf graag kinderen. Hij hield van kinderen. Hij had er alleen nog nooit zo veel tegelijk om zich heen gehad en wist niet goed wat hij met hen aan moest. Hij behandelde kinderen normaal gesproken als kleine volwassenen, wat op zich redelijk werkte, maar voor de krijsende naderende wilde horde had hij een nieuwe strategie nodig.

*Wat zou Deenie doen?*

De vloedgolf van kleine meisjes spoelde over hem heen en hij liet zich met een luide brul theatraal op de grond vallen. Ze tuimelden allemaal boven op hem, zodat hij de berg vormde en zij de koning in een spontaan spelletje *king of the mountain*. Of in dit geval koningin. Of eigenlijk prinses.

'Bevries hem!' moedigde Deenie de meisjes vanaf een afstandje aan. Minstens één van zijn collega's filmde het hele schouwspel met zijn mobieltje. 'Gebruik jullie magie! Gebruik jullie magie om hem gevangen te nemen!'

De meisjes lieten zich van hem afglijden, zodat hij eindelijk weer kon ademhalen, en ze zwaaiden met hun armen om hun magie te verspreiden. Connor ging rechtop zitten, aan alle kanten omringd door kleine meisjes die met gespannen gezichtjes van concentratie met hun handjes naar hem wapperden.

'Laat hem niet ontsnappen!' spoorde Deenie hen buiten adem aan. 'Hebben jullie hem te pakken?'

Hij deed alsof hij verstijfde, met één hand voor zich opgeheven.

'We hebben hem!' kondigde de jarige aan.

'Goed zo! Blijf jullie magie gebruiken! Denken jullie dat we er nu achter kunnen komen waarom hij ons wilde bedriegen? Denken jullie dat er een reden voor was? Bekijk hem eens goed met jullie magische ogen!'

Piepkleine gezichtjes tuurden aandachtig naar hem.

'Hij is betoverd!' riep één meisje.

'Zijn hart is bevroren!' vulde een ander meisje aan.

Deenie hapte met een geschrokken gezicht naar adem. 'Lieve help! Een toverspreuk! Denken jullie dat we hem kunnen redden?'

'Alleen liefde kan hem redden!' krijste de jarige, en ze vloog zo snel op hem af dat hij in elkaar dook.

Gelukkig wilde ze hem alleen maar omhelzen. Haar voorbeeld werd onmiddellijk gevolgd door vrijwel alle andere meisjes. Hij vormde opeens het middelpunt van een wriemelende groepsomhelzing en alle meisjes riepen: 'Wees maar niet bang! Wij zullen je redden!'

Het was zo verdraaid schattig dat zijn ogen vochtig werden. En toen hij opkeek, vond zijn blik die van Deenie.

Deenie keek Connor recht aan en er schoot iets door haar heen. Iets wat warm en ongewenst was.

Hij bracht het er veel beter van af dan ze had verwacht.

Ze zou hem nooit helemaal aan zijn lot hebben overgelaten, maar ze had verwacht dat hij zou terugkrabbelen als ze hem als haar assistent meenam. In zekere zin probeerde ze zichzelf er misschien wel aan te herinneren dat ze niet bij elkaar pasten. Dat hij stijf en saai was, allemaal dingen die ze niet in haar leven kon gebruiken.

Maar hij was niet stijf.

Hij was beslist ook niet helemaal op zijn gemak. Dat zag ze aan zijn blik. Maar hij had de dwangbuis van zijn waardigheid net ver genoeg open geknoopt om lekker gek met de meisjes mee te doen en hij was een doorslaand succes.

*Hij zou een goede vader zijn.*

In de verte klonk een donderklap, als een reactie op haar gedachte.

Het weer was de hele dag al onzeker geweest. Onheilspellende grijze wolken dreven troebel boven hun hoofden voorbij, ook al was de regen lang genoeg uitgebleven voor hun achtervolging van Connor door de achtertuin. Maar nu had het er veel van weg dat het weer toch een spelbreker zou worden.

Gelukkig stond het volgende onderdeel van het feest binnen al klaar.

Deenie slaakte een kreetje. 'Horen jullie dat?' Ze luisterde nadrukkelijk met een schuin hoofd, totdat alle meisjes Connor hadden losgelaten en ook stilletjes hun oren spitsten. 'Zijn dat de belletjes van de taartelfjes? Als we opschieten, kunnen we ze misschien wel zien als ze de taart in huis neerzetten. Denken jullie ook niet?'

De meisjes gilden opgetogen, zowel vanwege de 'taartelfjes' als de beloofde zoetigheid, en ze holden naar de deuren, waar de ouders hen naar binnen begeleidden.

Deenie stak een hand uit naar Connor, die nog steeds geknield op de grond zat. 'Kom mee, knappe prins. Ik vind dat je wel een stuk taart hebt verdiend.'

Zijn warme, eeltige hand sloot zich om de hare. 'Dank je wel dat je me hebt gered,' zei hij terwijl ze hem overeind hielp.

*Alleen liefde kan hem redden.*

Nee. Nee nee nee nee nee nee. Dat was helemaal niet wat hier speelde. Ze werd echt niet verliefd op Connor Wyeth.

Precies het type man dat haar ouders altijd voor haar hadden gewenst. Een man met een vijfjarenplan en een op kleur gerangschikte sokkenlade, die een perfecte vrouw naast zich wilde hebben, terwijl Deenie altijd verre van perfect was geweest. Dus néé.

'Kom mee.' Ze trok haar hand los. 'Het kan elk moment gaan regenen.'

Twee uur later roffelde de regen kletterend tegen de voorruit. Deenie begreep niet dat Connor nog iets kon zien, maar hij zat volkomen ontspannen achter het stuur en glimlachte in zichzelf.

Ze bedacht dat hij een goede reden had om tevreden te zijn. Het feest was een doorslaand succes geweest, zowel wat betreft de kinderen als het netwerken. Terwijl Deenie een theefuifje met taart vierde met de kinderen, was Connor bij de ouders en grootouders gebleven. Hij had rustig met zijn baas staan praten en ze zagen er zo kameraadschappelijk uit dat Connor bijna als familielid werd beschouwd tegen de tijd dat ze hun spullen inpakten en vertrokken.

'In hoeverre was dat allemaal gepland?' vroeg Connor opeens nadat ze een paar minuten in aangename stilte hadden gereden. Ze dacht eerst nog dat hij bedoelde dat ze hem extra tijd had gegeven om zijn baas in te palmen door te treuzelen met het inpakken van haar spullen, maar toen verduidelijkte hij: 'Wist je van tevoren al dat ik de slechterik zou zijn?'

'Ik heb niks met dat woord. Slechterik. Veel te binair.'

Hij hoefde niet eens naar haar te kijken, want ze voelde zo ook wel welke blik hij haar dan zou hebben toegeworpen. *Beantwoord de vraag, Deenie.* Ze begon zijn discussieblikken aardig te herkennen.

'Ik heb altijd een idee, een soort plattegrond van waar het naartoe zou kunnen gaan,' legde ze uit, 'maar ik laat de kinderen het verhaal het liefst zo veel mogelijk zelf invullen. Ik begeleid ze en stuur ze bij wanneer ze dreigen te ontsporen, maar dit is hun kans om zich de verhalen eigen te maken die ze hebben gelezen en in films hebben gezien, dus ik wil dat het zo interactief mogelijk is.' Ze gluurde opzij naar zijn profiel. Hij was echt veel te knap voor zijn eigen bestwil. 'Ik had van tevoren bedacht dat er een grote kans bestond dat ze de kant van de bedrieglijke prins op zouden gaan, want de jarige is geobsedeerd door *Frozen* en de prins in *Frozen* blijkt uiteindelijk toch geen lieve jongen te zijn. Ik wil de verhalen die ze kennen nooit letterlijk naspelen, maar ze vormen een goed beginpunt en daarvandaan kunnen we nieuwe wegen inslaan, zoals het redden van de zogenaamde slechterik met liefde. Nu vind jij dat ongetwijfeld sentimenteel en belachelijk...'

'Jij weet helemaal niet wat ik vind. Wat ik dacht was dat het geen wonder is dat je zo populair bent. Je bent fantastisch met hen.'

Ze bloosde, blij dat de weersomstandigheden al zijn aandacht opeisten, zodat hij haar gezicht niet kon zien.

'Mijn bazen waren enorm onder de indruk.'

'Fijn.' Dat was tenslotte de reden dat ze hier waren. Zijn werk. Verder niets.

Ze had trouwens een enorme fooi gekregen boven op haar vaste prijs, dus haar hoorde je niet klagen.

'Je hebt het beter gedaan dan ik had verwacht,' gaf ze toe. 'Je deed het uitstekend met de kinderen.'

'Ik dacht de hele tijd: wat zou Deenie doen?' Hij keek haar vluchtig aan. 'Denk je dat jij ooit kinderen zult krijgen?'

De vraag trof haar rechtstreeks in haar eierstokken, maar ze hield haar damesonderdelen ferm voor dat hij het niet vroeg omdat hij baby's met haar wilde. Hij maakte gewoon een praatje met haar.

'Dat weet ik niet,' antwoordde ze ontwijkend. 'Ik ben dol op kinderen en zou ze graag krijgen, maar ik weet niet of er in mijn leven wel ruimte is voor het ouderschap, als je snapt wat ik bedoel.'

'Ik geloof niet dat dat waar is. Maar als je echt graag kinderen wilt, zou je misschien een paar dingen kunnen veranderen.'

'Misschien ben ik helemaal niet geschikt om moeder te worden,' zei ze. De woorden klonken iets te verbitterd, gaven iets te veel kwetsbaarheid prijs. Ze zorgde ervoor dat haar stem luchtig en speels klonk toen ze verderging. 'Mijn broer is ervan overtuigd dat ik een vreselijk slechte moeder zou zijn. Maar ja, zijn kinderen marcheren zo keurig netjes in het gelid dat ik niet geloof dat de meetlat waarlangs hij het ouderschap afmeet betrouwbaar is.'

'Heeft hij dat echt tegen je gezegd?' Connor wierp een steelse blik in haar richting, die eerder geschokt was dan geamuseerd. Ze was duidelijk zichzelf niet. Meestal lukte het haar moeiteloos om mensen om haar gebreken te laten lachen.

'Het was een hele tijd geleden,' zei ze geruststellend, alsof die woorden haar niet telkens te binnen schoten zodra ze overwoog om zich te settelen en een gezin te beginnen.

Toen haar broers eerste kind werd geboren, was ze twintig geweest. Net terug van een vlucht naar Europa om het koninklijke huwelijk te kunnen zien en te rebelleren tegen haar familie door theater te gaan studeren in plaats van financiën en economie.

Ze had haar piepkleine nichtje voor het eerst vastgehouden, vol ontzag naar haar piepkleine vingertjes en teentjes gekeken, en gefluisterd: 'Ik wil ook een baby.'

Dat had Peter gehoord.

Hij had haar een preek gegeven over verantwoordelijkheid. Dat ze het moederschap niet zomaar opzij kon schuiven als ze weer eens naar een ander land wilde reizen. Hij had haar verteld dat niet iedereen geschikt was voor het ouderschap.

En diep vanbinnen geloofde ze hem nog steeds.

Ze vond het heerlijk om met kinderen te werken. Ze zou het fantastisch vinden om zelf een kind te krijgen. Misschien zelfs wel drie of vier. Maar dat ze dat wilde, betekende niet dat het ook realistisch was. Haar leven was een keuze, de keuze om vrij te zijn. En kinderen opvoeden paste niet helemaal bij onbelemmerde vrijheid.

*Je zou altijd een andere keuze kunnen maken,* fluisterde een stemmetje in haar achterhoofd.

Maar dan moest ze eerst iemand zien te vinden die de keuze samen met haar wilde maken. En ze was niet het soort meisje met wie Connor kinderen wilde grootbrengen.

'Hoe gaat het eigenlijk met de Ashleys?' vroeg ze, om dat punt nog eens extra voor zichzelf te benadrukken.

Hij verplaatste zijn handen op het stuur en nam een bocht. 'Heel goed.'

*Heel goed.* Eenvoudig. Neutraal. Nietszeggend.

'Overigens zit er bij de vrouwen met wie ik momenteel contact heb geen Ashley.'

Ze had hem bijna naar Elinor gevraagd, maar slikte de woorden nog net op tijd in voordat ze verraadde dat ze hem had afgeluisterd. 'Vielen de Ashleys tegen?'

'Een van hen had het altijd druk en het is ons niet één keer gelukt om iets af te spreken. De enige keer dat zij kon was toen ik naar New York moest, dus het contact is verwaterd. En de andere... ze had een heel bitse manier van praten tegen bedienend personeel. Mijn moeder zegt altijd dat iedereen minstens eenmaal in zijn leven in de horeca zou moeten werken, zodat ze leren om vriendelijk te zijn tegen mensen die hen bedienen.'

Dat was een goede raad. Deenie was barista en barjuffrouw geweest, en had tien andere tijdelijke baantjes bij verschillende klantenservices gehad. Ze wist dus uit ervaring hoe verschillend mensen het bedienend personeel behandelden dat hun eten en drinken kwam brengen. Ze kon zich Connor echter niet in een horecabaantje voorstellen.

'Heb jij dan in de bediening gewerkt?'

'Tijdens mijn studie,' legde hij uit. 'Het betaalde goed. Ik kon de uren aanpassen aan mijn collegerooster en de managers hadden er begrip voor als ik een dienst moest ruilen omdat ik in de tentamentijd extra tijd nodig had om te studeren. Ik denk dat ze dat op de universiteit wel gewend waren.'

'Ze liepen vast met je weg. De personificatie van verantwoordelijkheid. Harde werker. Punctueel.'

'Ik kom graag op tijd. In tegenstelling tot sommige andere mensen.'

Deenie staarde kwaad naar de zijkant van zijn gezicht, eerder omdat hij dat van haar verwachtte dan omdat ze echt beledigd was. 'Er is een tijd en een plek voor punctualiteit, en er is een tijd en een plek waarop het verstandig is om te laat te komen.'

'Laten we het er maar op houden dat we het hier nooit over eens zullen worden.'

# 23

Ze zagen de stadsgrens van Pine Hollow voor zich opdoemen en Connors glimlach lichtte op in de donkere cocon van de auto. Deenie zat roerloos naast hem en haar borst vulde zich met emotie. Twee maanden geleden zou ze nooit hebben gedacht dat ze samen met Connor door een onweersbui zou rijden met een hart dat tegen haar borstkas drukte omdat het zo was uitgezet. Maar ja, twee maanden geleden had ze ook een heel andere indruk van hem gehad.

Inmiddels kende ze hem goed. Ze kende hem al een tijdje goed.

Ze begreep nu waarom hij zo vastbesloten was om het visioen van succes na te jagen dat hij als de jonge zoon van een alleenstaande moeder voor zichzelf had opgeroepen. Hij had geen georganiseerd leven gehad, dus had hij zichzelf dat gegeven. En nu werkte hij harder dan iedereen die ze kende en verwende hij zijn moeder zodra hij daar de kans voor kreeg. Daardoor was het moeilijk om niet milder over hem te gaan denken.

Zeker toen hij haar 'een zonnestraaltje' noemde.

Zijn woorden bleven haar achtervolgen. Waarom had hij dat gezegd? Waarom had hij haar dit gevoel gegeven?

Ze was ervan overtuigd geweest dat hij hetzelfde was als haar ouders. Dat alle regels die hij voor zichzelf had opgesteld ook voor haar zouden gelden en dat ze in zijn nabijheid altijd het gevoel zou hebben dat ze niet goed genoeg was, dat ze zichzelf moest veranderen en dat ze zelfs haar intuïtie moest aanpassen, om een plek in zijn leven te kunnen innemen. Maar dat gevoel gaf hij haar helemaal nooit. Niet meer.

Hij was niet iemand die haar het gevoel gaf dat ze niet goed genoeg was. Hij was juist iemand die tegen haar zei dat ze dat wél was.

Hoe moest ze zich daar in vredesnaam tegen beschermen?

Helemaal nu ze hem regelmatig zag. En nu ze deden alsof ze een relatie hadden. En nu hij deed alsof zij precies het meisje was naar wie hij op zoek was, terwijl ze wist dat ze dat niet was.

Hadden ze elkaar eigenlijk nog wel nodig? Max' training was zo goed als afgerond en Connor wist hoe hij hem moest aanpakken. Hij was op de goede weg met zijn bazen. Ze hadden hem zelfs uitgenodigd voor een etentje. Zelf had ze veel minder bruiloftsfestiviteiten hoeven bijwonen dan ze had verwacht. En tijdens de bruiloft zou ze het druk hebben als bruidsmeisje, te druk om zich om een date te bekommeren.

Misschien werd het tijd om er een eind aan te maken. Voordat de situatie nog verwarrender werd. Voordat haar hart zo met hem verbonden was dat ze niet meer kon loslaten.

Ze reden de lange oprit naar Furry Friends op. Het geluid van het knerpende grind onder de banden werd volledig overstemd door de hevige regen die op het dak kletterde. Connor parkeerde de auto zo dicht mogelijk bij de veranda aan de voorkant van de boerderij zonder over het gras te rijden, maar Deenie zou evengoed een kort sprintje door de regen moeten trekken.

Connor draaide zich naar haar om. 'Dank je wel voor vandaag. Je hebt me echt gered.'

*Alleen liefde kan hem redden.*

De echo van de woorden uit vijfjarige monden was als een stomp in haar maag, als een onverwachte withete poker van irritatie. Woedende zinloosheid.

'Misschien moeten we ermee ophouden.'

De woorden waren er al uit voordat ze had besloten dat ze het zou zeggen.

Connors voorhoofd rimpelde niet-begrijpend in het licht van het dashboard. ‘Ophouden? Waarmee?’

‘Dit alles.’ Ze gebaarde om zich heen, alsof hun contract op een of andere manier de schuld van de SUV was. Haar tas met prinsessenspullen lag op de achterbank, met haar eigen jurk en pruik er veilig in opgeborgen. Ze had haar knalblauwe legging weer aan en een opvallende jas van spijkerstof die ze op een marktje in Griekenland had gekocht. Ze zou zich weer zichzelf moeten voelen, maar ze rilde in haar eigen huid. ‘We hebben bereikt wat we wilden bereiken. Misschien kunnen we het beter afronden. Jij kunt een van de Ashleys meenemen naar de evenementen van je werk en ik kan de bruiloft wel in mijn eentje aan.’

De donderwolken buiten waren helemaal niets vergeleken met stormachtige uitdrukking die in Connors ogen oplaaide. ‘We hebben net toegezegd dat we met Brent en de andere partners uit eten gaan.’

‘Dat weet ik.’

‘Het was jouw idee. Dit hele gedoe was jouw idee.’

‘Dat weet ik!’ snauwde ze. ‘Maar ik had niet verwacht dat het zou aanvoelen alsof…’

Ze hield abrupt op met praten en wist maar net te voorkomen dat de woorden over haar lippen rolden. Waar was haar talent voor zelfcensuur? Waar was haar legendarische zelfbeheersing? Wat mankeerde haar toch?

Deenie sprong uit de auto. Ze werd in een mum van tijd kletsnat door de stortbui, die haar jas doorweekte en haar huid afkoelde, maar ze verwelkomde de schok.

‘Deenie!’ riep Connor, maar ze gooide het portier aan de passagierskant al dicht.

Ze stak een hand uit naar het achterportier om dat open te rukken en haar prinsessentas mee te grissen, maar het portier zat op slot. Ze vloekte en rukte zonder succes aan het handvat.

‘Deenie!’ Connor was nu ook uitgestapt en schreeuwde om

boven de regen uit te komen. 'Wat heeft dit verdomme te betekenen?'

'Het is allemaal te echt geworden!' riep ze over het dak van de auto terug. 'Het is te veel.'

*Shit.* Deenie draaide zich op haar hakken om en baande zich spetterend een weg naar het huis, door de plassen die opeens overal waren verschenen. Ze zou de tas later wel bij hem ophalen. Er zat niets in wat het niet een paar dagen zou overleven op zijn achterbank.

'Deenie!' Connor stond opeens voor haar en versperde haar de weg. Het water stroomde langs zijn gezicht omlaag en hij was net zo doorweekt als zij. Welke idioot stapte er nou midden in een hoosbui uit zijn auto? 'Wat is te echt geworden?'

'Niet doen.' Ze schudde haar hoofd, ook al wist ze niet goed wat ze probeerde te voorkomen.

Hij kwam iets dichterbij. Hij was nog één stap van haar verwijderd, maar op een of andere manier leek die afstand alles te veranderen. In plaats van dat ze door de regen naar elkaar stonden te schreeuwen, werden ze nu opeens omringd door een luchtbel van privacy, en ze kon niet ademhalen.

'Wat is te echt geworden?'

'Jij,' zei ze, ook al was het totaal onlogisch. Toch was het ook het enige wat logisch was. 'Het was niet de bedoeling dat ik je echt leuk zou vinden. Ik vind het vreselijk dat ik je leuk vind!'

Zijn gezicht was als graniet en staal, een en al harde lijnen en scherpe randen, maar zijn ogen waren als vloeibaar vuur. Ze zag de oplaaiende passie in zijn ogen een fractie van een seconde voordat hij zich bewoog, snel en vastberaden. Zijn handen vlijden zich om haar gezicht en plotseling kusten ze elkaar.

De kus was compleet anders dan de kus op de dansvloer tijdens het verlovingsfeest.

Die was lief, lang en warm geweest. Deze was net een wervelstorm. Een orkaan. Een natuurramp, een of andere natuurkracht die hen meesleurde en haar optilde tot ze in zijn armen lag, met haar voeten zwevend boven de grond. Ze klampte zich aan hem vast en voelde geen kou of vocht meer, omdat er pure elektriciteit door haar aderen kolkte.

Ze wilde niet dat dit ophield. Nu niet. Nooit niet.

Haar rug stootte tegen iets aan, een paal die de veranda steunde en haar nu ook, want haar spieren en botten waren daar niet langer toe in staat. Ze bestond alleen nog uit passie en vuur. Ze was een aangestoken kaars van verlangen.

Uiteindelijk was Connor degene die zijn hoofd ophief en de kus afbrak. Vanzelfsprekend. Hij was niet in staat zich te laten meevoeren door de tsunami, kon niet toestaan dat deze zich over de wereld uitstortte en verwoesting achterliet. Hij moest en zou alles onder controle hebben, alles van tevoren plannen.

'Wat zijn we...'

'Je moet niet zo veel nadenken.' Ze greep zijn hand vast en trok hem terug in de zwaartekracht van de kus. Ze lieten zich allebei tegen beter weten in terug zuigen in het zwarte gat, totdat die irritante sukkel zich hijgend wéér losmaakte en zijn hand in haar haren tot een vuist balde.

'Stop,' gromde hij, en de zinderende blik in zijn ogen veranderde haar vrouwelijke delen in gesmolten was.

Hoe kon níét kussen zinnenprikkelender zijn dan wél kussen? Wie was deze man?

Ze stonden onder het afdak van de veranda. Slim. Echt iets voor Connor om hen buiten het bereik van de regen te manoeuvreren, zelfs te midden van de orkaan die tussen hen woedde. Hij was best handig. Ze kon zich als een vlieger in een storm werpen, omdat ze wist dat hij haar altijd aan de grond verankerd zou houden, zelfs wanneer ze allebei door de bliksem werden getroffen.

'Wat zijn we in hemelsnaam aan het doen?' vroeg hij, de vraag die zij juist had willen omzeilen.

'Kussen? Het deed mij denken aan kussen. Het voelde ook aan als kussen.' Ze drukte zich tegen hem aan en hij kneep in haar ribbenkast om haar tegen te houden.

‘Stop.’

Ze verstijfde en voelde opeens haar ijskoude natte kleding weer aan haar lijf plakken. ‘Wil je dan niet…’ Ze kon de vraag niet afmaken. Had ze een onwillige man besprongen?

Nee. Hij had háár vastgepakt. Je, ze was als een poema op hem af gesprongen, maar híj was ermee begonnen en hij had de indruk gewekt dat hij begerig met haar meedeed. Ze zat nog steeds tussen zijn lichaam en de steunpaal van de veranda vastgeklemd. Ze zou eigenlijk een bedankje moeten sturen aan zijn personal trainer, want deze man voelde overal waar ze hem aanraakte aan als graniet.

‘Deenie, ik wil jou net zo graag als jij mij,’ zei hij rustig, en de rauwe klank in zijn stem bood haar alle zekerheid die ze nodig had. ‘Maar waar gaan we hiermee naartoe?’

‘Moet het per se ergens naartoe gaan dan?’ Waarom moest alles altijd worden benoemd? Waarom moest alles volgens een plan verlopen? Of via zo’n achterlijk contract?

Zijn blik gleed langs haar naar de boerderij en het drong tot haar door dat hij zijn vraag letterlijk had bedoeld.

Haar ogen werden groot. ‘O.’

Ally, Ben en Astrid waren in dat huis. Als ze kletsnat naar binnen wandelden en meteen doorliepen naar haar slaapkamer, zouden ze de volgende ochtend met geen mogelijkheid een gesprek over hun relatie met de burgemeester en de eigenaresse van de hondenopvang kunnen opzeilen. Deenie kromp in elkaar bij alleen al het idee.

Verder was Maximus er nog. Ze konden hem niet de hele nacht alleen laten.

Ze konden hun kletsnatte lijf natuurlijk weer in Connors auto wurmen en naar zijn huis doorrijden, maar ze huiverde bij het vooruitzicht en haar gezonde verstand keerde ongewild terug.

Connor merkte onmiddellijk dat er iets was veranderd en hij deed een stap achteruit. Hij stond nog steeds onder het afdak, maar drukte haar niet langer tegen de paal.

Deenie was blij dat het donker was, zodat hij de donkerrode tint niet kon zien die haar gezicht ongetwijfeld had aangenomen. Ze ademde diep in.

'Goed, dat hebben we in elk geval gehad.'

Hij lachte zacht en keek achterom naar de auto. 'Als je echt niet meer mijn plus gast wilt zijn...'

'Jawel,' onderbrak ze hem. 'Jawel, hoor, dat wil ik wel. Ik reageerde iets te heftig. Ik weet zeker dat we daarmee kunnen doorgaan en eh...' Ze maakte haar zin niet af. In haar achterhoofd zweefden minstens tien vieze moppen over andere dingen waar ze ook best mee konden doorgaan, waarmee ze de spanning kon verlichten. Maar ditmaal kon ze zich niet verstoppen. Ze had hem al te veel laten zien.

'Dus dit...'

'Chemie,' zei Deenie zo nonchalant mogelijk. 'Het zat erin dat het zou gebeuren. Jij bent sexy. Ik ben sexy. We spelen dat we hartstikke gek op elkaar zijn.'

Connor snoof spottend. 'Aan zelfvertrouwen heb je duidelijk geen gebrek.'

*Fout.* Hij had het helemaal fout, maar ze omarmde de leugen.

Deenie trok haar wenkbrauwen op, ook al wist ze niet zeker of hij dat wel kon zien. Ze moest haar gezicht kunnen voelen om haar masker weer op zijn plek te krijgen. 'Wou je soms beweren dat ik niet sexy ben?'

'Nee,' bromde Connor met veel te veel gevoel. 'Dat beweer ik helemaal niet.'

*Trek je terug,* schreeuwde haar instinct. Deenie stapte op de veranda. 'Ik hoor nu eigenlijk naar binnen gaan.'

Ze had een hekel dingen die je hóórde te doen. Als hij haar kende, zou hij dat weten. Dan zou hij weten dat ze de eerste de beste aanleiding zou aangrijpen om zich te verzetten tegen wat ze 'hoorde' te doen en zich weer in zijn armen zou werpen. De achterbank van de auto was waarschijnlijk best comfortabel en dan zou er geen ongemakkelijke vertraging zijn doordat ze eerst naar zijn huis moesten rijden voordat ze een roekeloze beslissing konden nemen. Hij hoefde haar maar te wenken.

Hij leunde echter met zijn lichaam naar achteren en stak zijn handen in de zakken van zijn broek. 'Oké.'

Toen hij achter haar aan ging had hij zijn dure jas in de auto laten liggen en zijn overhemd plakte werkelijk aan álles. Serieus. Hoeveel buikspieren had die man wel niet? Ze wist dat hij aan fitness deed, maar dit was gewoon belachelijk. Waarom zag hij er toch zo waanzinnig goed uit? Waarom voelde ze zich zo ontzettend dom omdat ze hem de rug had toegekeerd en was ze tegelijkertijd zo bang om die ene stap te zetten die haar weer in zijn armen deed belanden?

'Nog een fijne avond, Deenie.'

*Nee,* wilde ze roepen. Ze was een kei in het maken van slechte keuzes en hoewel ze wist dat het een verschrikkelijk slechte keuze zou zijn om iets met hem te beginnen, wilde ze het toch wanhopig graag. Waarom kon hij niet net zo roekeloos en dom zijn als zij?

Hij boog zijn hoofd licht, draaide zich om en liep weg. Van achteren zag hij er al even goed uit. Man, alleen al die schouders van hem. Ze stond onder het afdak begerig naar hem te loeren alsof hij een lustobject was, maar hij keek niet achterom. Hij bleef niet eens staan, maar stapte in zijn auto en reed met een strakke bocht op de oprit weg.

Nu had ze ook niet verwacht dat hij zou blijven staan. Het regende keihard en ze had hem net weggestuurd. Maar toch.

Ze keek hem na tot de achterlichten niet meer te zien waren, rillend in haar druipende kleding. Pas toen ze zich omdraaide om naar binnen te gaan schoot het haar te binnen dat haar tas nog steeds op de achterbank van zijn auto lag.

# 24

Connor moest zichzelf dwingen om niet in de achteruitkijkspiegel te kijken, zowel letterlijk als figuurlijk. Hij weigerde te controleren of Deenie hem nakeek. En hij zou al helemáál niet terugdenken aan het moment dat hij zijn verstand was verloren en haar had gekust.

Toch kon hij niet voorkomen dat hij in gedachten voortdurend terugkeerde naar dat moment toen ze in de regen stonden, zij met haar wimpers aan elkaar geplakt door de regen en haar haren plat tegen haar hoofd gedrukt. De stortvloed aan regenwater had zijn gezonde verstand, zijn logica en elk denkend deel van zijn hersens overspoeld tot hij alleen uit instinct bestond en dat instinct had haar nodig.

Dat gevoel kon hij maar niet van zich afzetten.

Hij had haar nu gezien. De Deenie achter het masker. De Deenie achter de stralende glimlach, het uitdagende zelfvertrouwen en de bijdehante opmerkingen. De Deenie achter de glinsterende façade. De kwetsbare Deenie. Het laatste wat hij wilde, was haar verdriet doen.

Ze pasten totaal niet bij elkaar. Dat wisten ze allebei.

Als kind had hij zich vreselijk hulpeloos gevoeld. Zo wilde hij zich nooit meer voelen. En toen Monica hem verliet, had hij er opnieuw mee te maken gekregen. Het gevoel dat hij machteloos was. Dat hij nergens controle over had. Hij had zijn leven opnieuw opgebouwd via een zorgvuldig plan. Hij kon dat alles niet riskeren voor iemand die als een sloopkogel door zijn keurig geordende plannen zwiepte.

Deenie gaf hem het gevoel dat hij nergens controle over had. De kus…

Hoe moest het nu verder? Haar tas lag nog op de achterbank. Moest hij die nu terugbrengen? Zou ze de volgende dag nog wel komen om Max te trainen?

Zouden ze elkaar weer kussen?

Connor zette zijn auto in de garage en liet Maximus in de overdekte binnentuin om te plassen. Daarna keerde hij terug naar de garage om het water van de leren bestuurdersstoel te vegen. Hij trok zijn kletsnatte kleding uit, gooide alles in de wasmand en nam een warme douche. Hij bracht zijn leven weer op orde. Hij verwijderde het bewijsmateriaal.

Maar haar tas lag nog op de achterbank. En de herinnering was nog heel levendig, zeker toen hij onder de stralen van de douche stond en het water als een echo van de roffelende regen op zijn met onvervuld verlangen kampende lijf beukte.

Het was heel goed mogelijk dat er niets van kwam. Deenie was een ware meester in doen alsof. Ze zou kunnen doen alsof hun krankzinnige kus in de regen nooit had plaatsgevonden. Tenzij ze natuurlijk wilde dat het nog een keer gebeurde…

Hij wilde zich niet nog een keer hulpeloos voelen. Hij wilde geen slachtoffer van zijn emoties zijn, maar hij had geleerd om zijn emoties op veilige afstand te houden. Hij wist dat ze niet bij elkaar pasten. Hij had iemand nodig die nooit ergens voor wegvluchtte, iemand aan wie hij nooit hoefde te twijfelen. Dat was de enige aan wie hij zich helemaal kon geven. Maar tot hij die persoon had gevonden…

Misschien zou het kunnen als het iets tijdelijks was. *Daten met een uiterste houdbaarheidsdatum*, had ze het genoemd. Misschien was het mogelijk als ze zich hielden aan het idee dat het slechts een bizar fysiek iets was, vermoedelijk veroorzaakt door het feit dat er vonken als vuurwerk tussen hen knetterden. Tegenpolen die elkaar aantrekken. Maar op de lange termijn waren ze geen praktische partners.

Misschien had hij een kortstondige affaire nodig. Het tussendoortje dat hij na Monica nooit had gehad. Deenie en hij waren nu met elkaar bevriend. Waarom dan geen vrienden met wat extraatjes?

Of misschien was dit wel een vreselijk idee. Misschien kon hij die verdraaid onvergetelijke kus beter vergeten.

Hij zou afwachten wat zij deed en dan haar voorbeeld volgen. Zijn eigen kleine verleidster met de slechte ideeën.

En hij zou zijn hart veilig achter slot en grendel houden.

Deenie verstopte zich niet opzettelijk voor Connor. Maximus had af en toe echt een vrije dag nodig in zijn trainingsschema. En ze was echt van plan geweest die zondag bij haar oudtante langs te gaan. En dat ze treuzelde en langer bleef rondhangen toen het een slechte dag bleek te zijn, in de hoop dat Bitty op een of andere magische manier alsnog tevoorschijn zou komen uit de mist waarin ze was verdwenen en Deenie de goede raad zou geven die ze nodig had… nou ja, dan was dat heel begrijpelijk.

Ze was blij dat niemand in de woonboerderij de vorige avond uit het raam had gekeken en haar met Connor had zien zoenen voor de veranda.

Ally en Ben hadden niets gezegd over haar kletsnatte verschijning, op een achteloos 'wauw, het komt echt met bakken uit de hemel zetten' na.

Deenie was naar boven geslopen voordat iemand haar goed kon bekijken. Ze wist zeker dat haar lippen gloeiden en er een scharlaken c op stond gebrand. De c van Connor, want het voelde aan alsof hij haar had gebrandmerkt. Belachelijk, natuurlijk. Ze had een veel te levendige fantasie. Maar Deenie mocht best belachelijk en fantasierijk zijn als ze dat wilde, en ze wilde het heel graag.

Ze koesterde gevoelens voor Connor. Heel erg verontrustende gevoelens.

En als die gevoelens nou beperkt waren gebleven tot lust, zou er niet veel aan de hand zijn. Maar de combinatie van lust, vriendschap en oprechte genegenheid... dat was gevaarlijk. Ze wist gewoon niet wat ze moest doen.

Moest ze doen alsof er niets was gebeurd? Moest ze de koe bij de horens vatten en haar ferm bij elke relatievorm weghouden? Of moest ze eraan toegeven en de rit uitzitten tot ze hem uit haar systeem had gewerkt?

De derde optie klonk natuurlijk het best, maar ze stond er nu niet bepaald om bekend dat ze zulke goede beslissingen nam.

Dat was ook de reden dat ze met Bitty had willen praten.

Of eigenlijk had ze gewild dat Bitty tegen haar praatte, maar de dag was niet echt flitsend van start gegaan. Bitty was al in de war en onrustig geweest voordat Deenie arriveerde en daarna was het alleen maar bergafwaarts gegaan.

Deenie glipte van de zorgafdeling af en liep door de lange gang naar de toren met seniorenflats. Ze had niet van tevoren laten weten dat ze zou komen, maar meneer Burke ging niet vaak weg, dus waagde ze het erop en nam ze de lift naar de vijfde verdieping.

Toen ze bij de deur van appartement 5015 aankwam, ging deze net open. Er kwam een jonge verpleegkundige naar buiten die Deenie vaag herkende. Het meisje nam afscheid van meneer Burke en glimlachte in het voorbijgaan naar Deenie. Deenie glimlachte terug en probeerde zich haar naam te herinneren.

'Meneer Burke!' riep Deenie voordat de deur helemaal dichtviel. 'Komt het gelegen?'

'Nadine!' riep meneer Burke terug, en hij keek haar stralend aan, met onverhulde blijdschap. Ze wist niet precies waarom, maar op een of andere manier vond ze het fijn dat hij haar bij haar volledige naam aansprak. JoJo kwam keffend de gang in rennen en huppelde opgetogen om Deenies enkels. 'Kom je ons meisje bezoeken?'

Deenie ging op haar hurken zitten om JoJo te begroeten, tilde het schatje op om haar te knuffelen en streek met haar wang langs JoJo's zijdezachte kopje. Toen stond ze op en keek ze lachend naar meneer Burke. 'Ik kom voor u.'

'Wat een heerlijke verrassing. Kom gauw binnen.'

Deenie liep zijn vertrouwde appartement in, maar aarzelde toen ze de grote pillendoos op de salontafel zag staan die de verpleegkundige had achtergelaten. 'Ik had beter eerst kunnen bellen.'

'Onzin. Jij mag altijd langskomen. Hoe gaat het met Bitty?'

Het gebruikelijke geruststellende antwoord dat het goed met haar ging en dat alles in orde was, bleef in haar keel steken. Ze liep achter hem aan naar het smalle keukentje, waar hij in de weer ging met een waterkoker. Het was tijdens haar bezoekjes een gewoonte geworden om thee te drinken met zandkoekjes erbij, en hij zette met trage, weloverwogen bewegingen het dienblad klaar.

'Kan ik helpen?'

'Pak jij de koekjes maar,' zei hij toegeeflijk. Zijn lichte ogen namen haar gezicht aandachtig op. 'Vandaag extra veel koekjes, denk ik.'

Deenie deed het keukenkastje open en legde de koekjes op het sierbordje dat hij haar aanreikte. De overleden echtgenoot van meneer Burke was Brits geweest, en bijzonder veeleisend wanneer het aankwam op zijn thee met *biscuits*, zo was Deenie tijdens een vorig bezoekje te weten gekomen.

Ze kwam de laatste tijd steeds vaker naar de Estates en ging dan bijna net zo vaak bij meneer Burke en JoJo langs als bij Bitty. Vooral nadat ze te horen had gekregen dat meneer Burke geen contact meer had met zijn familie.

Meneer Burke wachtte tot ze op de bank hadden plaatsgenomen, met JoJo tot een pluizig balletje opgerold op zijn schoot, en keek haar toen over de rand van zijn theekopje aan. 'Wil je me dan nu vertellen wat er aan de hand is?'

Deenie werd rood. 'Waarom denkt u dat er iets aan de hand is?' Ze gooide de piepmuis een stukje door de kamer en JoJo sprong van de bank om erachteraan te gaan, maar de blik van meneer Burke liet haar niet los.

'Nadine, je bent een uitstekende actrice, maar je hoeft bij mij geen toneel te spelen.'

Ze keek hem aan en de last van de afgelopen paar maanden leek in één keer op haar neer te dalen. Ze had gedacht dat ze over Connor wilde praten. Over het feit dat ze hem had gekust, dat ze veel te veel voor hem voelde en dat ze ervan overtuigd was dat ze op het punt stond een enorme vergissing met hem te begaan, maar de woorden die uit haar mond kwamen, waren veel rauwer. 'Het gaat niet goed met haar.'

Haar stem haperde. Meneer Burke hoefde niet te vragen wie ze bedoelde.

Bij het geluid van haar schorre stem liet JoJo piepmuis in de steek. Ze sprong terug op de bank en klom op Deenies schoot. Haar kleine pootjes en amper voelbare gewicht waren aangenaam troostend. Deenie zette haar theekopje neer en aaide de hond met regelmatige halen.

'Dat dacht ik al,' zei meneer Burke vriendelijk.

Deenie slikte iets weg en verzette zich tegen de tranen die langs haar verdedigingslinie probeerden te glippen. 'Ze wil niet dat iemand het weet.'

'Dat begrijp ik wel.' Meneer Burke wierp een blik op de salontafel, op de doos met medicijnen en de dunne envelop ernaast.

Het was een rekening voor medische hulp. Daar was Deenie bekend mee. Als Bitty's naaste familielid en contactpersoon had ze er al heel wat van voorbij zien komen. Haar aandacht werd getrokken door de naam van de thuiszorgorganisatie en opeens wist ze weer waar ze de jonge verpleegkundige eerder had gezien.

Niet op de verzorgingsafdeling in de Estates.

Deenie staarde naar de envelop. Het besef verzwolg haar verwarde emoties over Bitty en stuurde ze een andere kant op. Ze keek op en ontmoette meneer Burkes blik. Zijn glimlach veranderde, werd milder en berustend. 'Het geeft niet,' prevelde hij.

Er welden tranen op in haar ogen. 'Hoelang krijgt u al hospicezorg?'

Hij leek zo gezond. Zo fit. Oké, hij was natuurlijk achter in de tachtig, maar dan nog. Zijn geest was nog helder.

'Niet lang. Ze denken dat ik waarschijnlijk nog een paar maanden heb. Prostaatkanker. Toen ik de diagnose kreeg, zeiden ze dat ik er nog tien jaar mee kon leven. De artsen vertelden me dat de kans groot was dat ik eerder aan iets anders zou overlijden. Dat was twaalf jaar geleden. Blijkbaar heeft niets anders vat op me gekregen.' Zijn glimlach was heel kalm. Hoe kon hij er zo kalm onder blijven?

Haar kin trilde en meneer Burke keek haar streng aan. 'Hé. Niet doen. Ik heb geluk gehad. Ik neem heel mooie herinneringen met me mee. Ik heb nergens spijt van. Ik zou alleen graag nog wat tijd hebben gehad voor een paar nieuwe avonturen.' Hij legde zijn hand op die van haar. 'Ga altijd het avontuur achterna, Nadine. Je kunt wel meer geld op een spaarrekening zetten voor later, maar niet meer leven.'

Haar mondhoeken krulden omhoog. 'Dat zei Bitty vroeger ook altijd.'

'Tja, dat had ze van David,' zei hij, doelend op zijn overleden echtgenoot. 'Hij was een voorstander van carpe diem.'

'Ik wou dat ik hem had gekend.'

Meneer Burke glimlachte vol genegenheid. 'Ik ook. Hij zou dol op je zijn geweest. En ook op dit lieve meisje.' Hij streek over JoJo's zijdezachte kopje. 'Jij verzorgt haar wel voor me, hè?'

Ze perste haar lippen op elkaar en kon alleen maar knikken.

Zijn glimlach was zachtaardig. 'Je denkt altijd dat je nog genoeg tijd hebt. Het is wonderbaarlijk hoe snel het voorbij gaat.'

# 25

Er werd aangebeld.

Deenie belde tegenwoordig nooit meer aan. Voor Connor was dat het eerste teken dat er iets was veranderd.

Het tweede teken was de manier waarop ze het huis binnen kwam stormen en de woorden als granaatscherven alle kanten op vlogen.

'Ik wil nergens spijt van krijgen.' Ze beende langs hem heen en liep meteen door naar de keuken. Maximus huppelde opgetogen naast haar mee.

Connor keek haar na en volgde in een iets langzamer tempo. 'Dat wil ik ook niet.'

Het laatste wat hij wilde was dat een van hen iets deed waar hij of zij spijt van zou krijgen. Hij had zichzelf de hele dag wijsgemaakt dat hij blij was dat het de vorige avond niet verder was gegaan. Terwijl hij lag te slapen, was godzijdank zijn gezonde verstand teruggekeerd.

'Het leven is te kort.'

Ze trok met een ruk zijn koelkast open en haalde er een blikje knalroze ambachtelijk gebrouwen cider met aardbei-kiwismaak uit, die hij tegenwoordig altijd op voorraad had voor de avonden dat ze tot laat bleef hangen en ze samen een slechte film keken. Hij vond het spul zelf te zoet, maar Deenie was er gek op.

Ze draaide zich wild naar hem om. 'Bitty had vroeger altijd een gezegde dat erop neerkwam dat tijd het enige is waar je nooit méér van krijgt. Je moet de kansen die zich voordoen grijpen, omdat je nooit weet of je ze nog een keer krijgt. Je moet alles behandelen als iets wat zich maar één keer in je leven aandient. "Je kunt wel meer geld op een spaarrekening zetten voor later, maar niet meer leven."'

Ze maakte met rusteloze gebaren het blikje open, maar hield het in haar hand geklemd en bracht het niet naar haar lippen.

'Ik dacht altijd dat ze het over reizen had en dat ze bedoelde dat ervaringen waardevoller waren dan een reeks getallen op een bankrekening, maar nu begin ik eraan te twijfelen of ik haar wel goed heb begrepen.' Ze ijsbeerde door de keuken, op de voet gevolgd door een dansende Max die probeerde het spelletje te doorgronden. 'Ze is stervende.'

De woorden klonken diepbedroefd en Connor deed onwillekeurig een stap in haar richting, met een uitgestoken hand om haar te troosten, maar ze zag hem niet en ijsbeerde verder.

'Ze verdwijnt gewoon voor mijn ogen en nu meneer Burke ook nog...' Ze schudde haar hoofd. 'Bitty was de enige die me begreep. Ik wilde worden zoals zij. Ik wilde het leven ten volle leven, maar stel nu eens dat ik zo druk bezig ben met het waarmaken van die dingen en met de wereld rondreizen om alles te zien dat ik alle avonturen hier mis? Stel nu eens dat het er niet altijd om draait om het volgende avontuur na te jagen, maar om ervoor te zorgen dat ik het huidige moment niet mis, ook al zit ik er middenin.' Ze draaide zich om en keek hem recht aan. 'Met jou.'

Haar blik kwam keihard bij hem binnen. 'Deenie...' Hij wist niet langer zeker of hij begreep waarom ze was gekomen.

'Ik weet dat ik niet jouw levenspartner voor altijd ben, ik weet dat er een uiterste houdbaarheidsdatum aan vastzit, maar heb jij niet ook het gevoel dat er een reden is dat we nu hier zijn?'

Connor zocht steun bij de rand van het kookeiland. 'Dat is Ally's invloed.' Ally had het voortdurend over voortekens. Over de wens van het universum.

Deenie zette haar onaangeroerde drankje met een tikje op het aanrecht.

'Ik wil jou.' De woorden hingen ondubbelzinnig en eenvoudig tussen hen in. 'Ik weet heel goed dat het een foute beslissing is,' zei ze op dezelfde onopgesmukte manier. 'Ik ben een kampioen in het nemen van foute beslissingen. Maar als jij mij ook wilt... We zijn allebei volwassen en weten waar we aan beginnen... en ook wat er niet zal gebeuren... dus waarom eigenlijk niet?'

*Omdat het roekeloos is,* fluisterde zijn logica.

*Omdat ik verslaafd zal raken aan jou,* voegde zijn behoedzaamheid eraan toe.

*Omdat ik niet het risico wil lopen dat ik me weer machteloos voel als dit allemaal verkeerd afloopt,* vulde zijn angst aan.

Toen beet ze op haar lip en staarde ze hem met zulke kwetsbare, verlangende ogen aan dat zijn hart alle andere stemmetjes het zwijgen oplegde.

Hij hief een hand op en streek met de duim over de plek op haar onderlip waarop ze had gebeten.

Waarom niet? Om heel veel redenen niet.

Toch boog hij zijn hoofd naar haar toe. Toch nam hij haar gezicht in zijn handen. Toch ademde hij haar sprankelende passie in.

Het was een tussendoortje. Een scharrel. Een vuurtje dat pijlsnel zou oplaaien en al even snel zou doven.

'Omdat we nergens spijt van willen krijgen,' prevelde hij tegen haar lippen, terwijl hij uit alle macht hoopte dat hij geen enorme vergissing beging.

Haar handen grepen zijn overhemd vast en trokken hem mee in een wervelwind van krankzinnigheid. En in het beste slechte idee van zijn leven.

# 26

'Wanneer kom je nou eens met Deenie bij ons eten?'
Connor kreunde onhoorbaar. Dit had hij kunnen zien aankomen.

De lucht was gevuld met de geur van bloemen. De lente was eindelijk losgebarsten in Pine Hollow en de wekelijkse boerenmarkt had zijn vaste stek in de buitenlucht weer ingenomen. Op deze zonnige zaterdagochtend in mei stond het marktplein vol met kleurige kraampjes van lokale bedrijfjes.

Ally was er ook en lokte mensen met de schattige nieuwe bewoners van de opvang naar haar fotokraam, maar Connor zag haar nergens in de wirwar van bezoekers, en gelukkig had Max hun geur nog niet opgesnoven. De wolfshond keek waakzaam om zich heen, maar probeerde niet weg te lopen of hen naar de kraampjes om hen heen te trekken. Hij bleef naast Connor lopen, die met zijn moeder van kraampje naar kraampje wandelde.

De boerenmarkt van Pine Hollow was net een labyrint dat er beter in slaagde om bezoekers naar het hart ervan te manoeuvreren en de ontsnappingswegen aan het zicht te onttrekken dan een casino in Las Vegas. Ze wandelden nu al uur door het gedeelte met verse producten, ook al was het aanbod zo vroeg in het jaar beperkt.

'We zijn vrienden, meer niet,' hielp hij zijn moeder herinneren, wat niet eens helemaal gelogen was. Ze waren ook vrienden. Met wat extraatjes.

Heel veel extraatjes.

De afgelopen weken waren krankzinnig geweest. Heerlijk krankzinnig, maar hij had absoluut afscheid genomen van zijn gezonde verstand en was niet van plan dat aan zijn moeder op te biechten.

'Nodig haar maar uit voor vanavond,' hield ze fier vol.

Hij had haar bijna de waarheid verteld. *Ze kan vanavond niet. Ze is in Charlotte voor het verrassingsfeestje voor haar zus die gaat trouwen.* Het laatste wat hij wilde was dat zijn moeder in de gaten zou krijgen dat hij op de hoogte was van Deenies afspraken, voor zover ze die tenminste had.

'Zodat je de hele tijd lyrisch kunt roepen dat we zo'n schattig stel zijn? Nee, bedankt. We hebben niets met elkaar.' *Niet op die manier.*

Maar ze konden wel ontzettend goed doen alsof.

Ze was met hem meegegaan naar het diner met de partners en had iedereen opnieuw voor zich ingenomen. Hij begon het gevoel te krijgen dat hij háár plus gast was in plaats van andersom en eerlijk gezegd genoot hij er met volle teugen van. Hij was tegenwoordig heel ontspannen tijdens werkevenementen en voelde zich minder onbehaaglijk tijdens gesprekken met collega's. Ze had alle druk die op hem had gerust om grappig en gevat te zijn van hem overgenomen, omdat ze dat van nature altijd al was.

Hij had de datingapps nog wel, maar had ze al in geen weken geopend. Hij wist dat dit met Deenie tijdelijk was en dat hij best met anderen mocht daten, want daar waren ze allebei heel duidelijk over geweest. Maar op dit moment had hij er geen behoefte aan om met iemand anders uit te gaan. Wat Deenie en hij deden, was natuurlijk niet echt daten, maar hij vond het leuk om haar als zijn nepvriendin en vaste scharrel te hebben, ook al was ze één brok chaotische energie.

Ze was een verrukkelijk tussendoortje: grappig, gepassioneerd en onvoorspelbaar, en wanneer het ten einde kwam, wat onvermijdelijk zou gebeuren, zou hij zijn laatste wilde haren kwijt zijn en verdergaan met zijn zoektocht. Voordat Deenie in zijn leven kwam, had hij niet eens beseft dat hij wilde haren hád.

Hij kon zich niet voorstellen dat hij ooit genoeg van haar zou krijgen, maar wel dat zij genoeg van hem zou krijgen. Ze zou er uiteindelijk vandoor gaan. Dat wisten ze allebei. De vraag was alleen: wanneer?

Daarom wilde hij niet dat zijn moeder aan haar gehecht zou raken.

'Ze is Max' trainer,' hield Connor stug vol.

'En daar is ze heel goed in, of niet, Max?' zei zijn moeder kirrend tegen de hond, die zich voorbeeldig gedroeg.

De trainingsmoes zou niet veel langer te handhaven zijn. Max was hard op weg de best opgevoede hond van Pine Hollow te worden. Deenie oefende af en toe nog wel met hem, maar als ze nu langskwam, was dat meestal om Connor te zien. De vorige avond nog…

Connor verjoeg de herinnering haastig uit zijn gedachten. Hij wilde niet dat zijn moeder iets van zijn gezicht aflas.

'Ik vind haar een schat,' verkondigde zijn moeder, terwijl ze zich bukte om wat vroege asperges te inspecteren.

'Je hebt haar één keer ontmoet en amper vijf seconden met haar gesproken.'

Zijn moeder hief haar hoofd op en keek hem recht aan. 'Ze is leuk. En jij bent gelukkig. Gelukkiger dan je met Monica ooit bent geweest. Ik vind haar een schat.'

Deenie was totaal anders dan Monica. Met Deenie was alles een feest. Ze straalde vreugde uit, richtte al haar aandacht op de mensen om zich heen en gaf hun het gevoel dat ze bijzonder waren. Maar dat hij zich nu luchthartiger voelde, kwam niet alleen door Deenie.

Max stootte tegen zijn heup en Connor paste de lengte van de hondenriem aan. 'Mijn geluk hoeft helemaal niets met haar te maken te hebben. Ik sta namelijk op het punt om partner te worden.'

Er flakkerde iets in zijn moeders ogen. 'Ik ben sowieso trots op je. Dat weet je.'

'Natuurlijk. Maar ik wil nog steeds partner worden.' Hij had altijd geweten dat hij voor zijn moeder niet de beste hoefde te zijn, dat ze toch wel trots op hem was. Maar dat weerhield hem er niet van om voor haar toch de beste te willen zijn.

'Als je maar niet te hard werkt. Je gaat er volledig in op en vergeet dat er ook nog andere dingen zijn. Zo ben je altijd geweest.'

'Ik werk heus niet te hard,' zei hij om haar gerust te stellen. Voor de verandering vertelde hij nu eens de waarheid.

En dát kwam wel door Deenie. Het was niet alleen de seks, ook al was dat een bijzonder aangename afleiding. Ze streamden films, aten popcorn en besteedden bijna net zo veel tijd aan het discussiëren over de films als aan het bekijken ervan. Bij Deenie was alles voer voor discussie en hij vond het stiekem best leuk. Dat Ben zijn beste vriend was kwam deels doordat hij het net zo leuk vond om te bekvechten als Connor, maar Deenie leek het zelfs nóg leuker te vinden. En ze hadden heel veel om over te discussiëren, want het leek wel alsof ze over elk denkbaar onderwerp lijnrecht tegenover elkaar stonden. Hij had echter nog nooit zo sterk het gevoel gehad dat hij leefde als wanneer hij probeerde haar mentaal te slim af te zijn. Ze vormde altijd een uitdaging. En hun verbale geharrewar was inmiddels een vorm van voorspel.

'Pas goed op jezelf. Hartkwalen zitten in de familie.'

Connors aandacht focuste zich meteen op zijn moeder. 'Is dat zo? Is er iets met je?'

'Met mij is alles prima,' zei zijn moeder nadrukkelijk. Ze stak een arm door die van hem en slenterde naar het volgende kraampje. 'Mitch heeft me een paar maanden geleden overgehaald om naar een andere dokter over te stappen, want de oude luisterde niet naar me. De nieuwe dokter heeft een aantal tests laten doen en ik mankeer niets. Gelukkig hoefde ik niet te worden geopereerd. Ik heb alleen nieuwe medicijnen gekregen.'

Connors hartslag haperde. 'Wat voor medicijnen? Wat voor tests? Wanneer was dit dan?'

'Een paar maanden geleden. In februari. Ik wilde je er niet mee lastigvallen.'

'Me lastigvallen? Mam.' Hij zag de kraampjes om hen heen niet meer. 'Als er iets aan de hand is, wil ik dat weten.'

'We wisten toen niet of er iets aan de hand was. En jij bent altijd vreselijk gestrest. Ik wilde dat niet erger maken.'

'Je hebt er dus wel met Mitch over gepraat, maar niet met mij?' Maximus had blijkbaar in de gaten dat Connors aandacht was afgeleid, want hij koos precies dat moment uit om op een andere hond af te stuiven. Connor corrigeerde hem met zachte stem, terwijl de frustratie onder zijn huid trilde.

'Mitch zei dat ik het jou moest vertellen, maar ik wilde je er niet mee opzadelen.'

'Dat is geen opzadelen. Dat is dingen met me delen, zodat je ze niet alleen hoeft te doorstaan.' Maar ze was natuurlijk niet alleen geweest. Ze had Mitch gehad. Een irrationele, withete jaloezie stak de kop op.

Zijn moeder schudde haar hoofd. 'Toen je klein was, heb ik niet altijd de juiste beslissingen genomen. Ik leunde veel te veel op jou. Door mij ben jij veel te snel volwassen geworden.'

'Nee, dat is niet waar, mam...'

'Laat me uitpraten.'

Hij hield abrupt zijn mond.

'Ik heb je met veel te veel dingen opgezadeld toen je klein was. Ik heb toegestaan dat je veel te veel op je nam. Je hoeft niet voor me te zorgen, Connor.'

'Maar ik wil het graag,' onderbrak hij haar. Ze schonk hem een verschroeiende blik en hij slikte met rode oren de rest van zijn woorden in. 'Sorry.'

'Jij was altijd heel handig. Heel zelfstandig. Ik hoefde me nooit zorgen over je te maken en nu ik me niet langer door elke dag heen hoef te worstelen, zie ik pas in hoe hard je daarvoor hebt moeten werken, om mij gerust te stellen. Dat had ik niet van je mogen vragen. Jij was het kind en ik de volwassene. Ik weet dat je nu volwassen bent, maar ik zal je hoe dan ook altijd willen beschermen. Begrepen?'

Hij pakte haar hand vast. 'Ik wil jou ook beschermen. Jij bent de belangrijkste persoon in mijn leven. Als jou iets overkomt en je me dat niet vertelt omdat je niet wilt dat ik me zorgen maak, terwijl ik iets had kunnen doen om het te voorkomen...'

'Lieverd, er is niets gebeurd. Ik mankeer helemaal niets. Ik heb alleen nieuwe medicijnen gekregen.'

'Maar dat wist je van tevoren niet. Er was iets mis. Dáárom hebben ze die tests gedaan. Daarom gebruik je medicijnen. En je hebt het mij niet verteld. Mam, dat soort dingen moet je me vertellen.'

Ze kneep haar lippen stijf op elkaar en knikte kort.

Mitch kwam grijnzend naar hen toe met een tas van de bakker in zijn hand. 'Staan jullie nou nog steeds bij de groenten? Ik dacht dat jullie hier al lang klaar waren.'

Connors moeder glimlachte naar Mitch en Connor liet het onderwerp rusten. De pijnlijke ongerustheid in zijn borst was het enige van hun gesprek wat bleef hangen.

Toen hij die avond thuiskwam en Deenie in zijn keuken hoorde rommelen, was de pijn in zijn borst nog niet verdwenen. Maximus racete naar haar toe om haar te begroeten.

'Ben je nu alweer terug?' riep hij toen hij de hoek om kwam.

'Waarom heb jij geen snacks in huis?' vroeg ze vanuit de deuropening van zijn voorraadkast. 'Heb jij soms iets tegen tortillachips? Want dat wil ik dan wel graag weten.'

Ze knuffelde Maximus, die godzijdank niet langer opsprong en zijn poten tegen je borst zette om je te verwelkomen. Connor leunde tegen het aanrecht. 'Als je geen boodschappen doet, moet je ook niet klagen,' hield hij haar voor.

Ze trok een gezicht. 'Ik ben je zeker minstens een krat popcornkorrels verschuldigd, hè?'

'Die popcornverslaving van jou zal me de kop niet kosten.' Hij reikte langs haar heen om de biologische popcornkorrels te pakken en streek daarbij opzettelijk langs haar schouder. Daarna haalde hij de popcornmaker uit een van de onderste keukenkastjes.

Max liet zich op de vloer vallen en wachtte alert op stukjes popcorn die wellicht zijn kant op kwamen vliegen.

'Weet je heel zeker dat je geen popcorncontract wilt opstellen?' Deenie hees zichzelf op het kookeiland en volgde Connor met haar blik door de keuken. Ze droeg een korte witte broek, sloeg haar lange blote benen bij de enkels over elkaar en zwaaide er loom mee. 'Ik weet dat je gek bent op juridische documenten.'

'In dit geval is een verbaal contract voldoende. Bij hoge uitzondering.' Hij pakte een steelpannetje om de karamel te maken die ze graag over haar popcorn deed.

Terwijl hij in het pannetje suiker, water en zout door elkaar roerde, staarde zij naar zijn gespierde bovenarmen. 'We hebben ons niet bepaald goed aan de voorwaarden van het andere contract gehouden.'

Het andere contract, met daarin de clausule dat 'alle complimentjes en kleffe romantische flauwekul werden beperkt tot noodzakelijke acteermomenten', was al zo vaak geschonden dat de keren niet meer te tellen waren.

'Ik zou een addendum kunnen opstellen.'

Ze rolde met haar ogen en snoof toen waarderend de geur op. 'Is dat de karamel?'

'Je verpest je tanden. Dit spul is vreselijk slecht voor je vullingen,' waarschuwde hij al roerend. 'Hoe was het feestje?'

'Gaat wel.' Deenie vertrok haar gezicht, maar de gebruikelijke venijnige klank in haar stem wanneer ze het over aan de bruiloft verwante zaken had, ontbrak deze keer. 'Oersaai. Maar de farrosalade was zalig. Blijkbaar zat er munt in.' Ze trok haar neus op. 'Iedereen wilde het alleen maar over jou hebben. En dat durft zich dan feminist te noemen.'

Hij hoorde iets in haar stem en draaide zich naar haar om. 'Tja, ik ben ook best spectaculair.' Hij pakte haar vast bij haar knieën en ze haakte haar enkels los, spreidde haar benen en keek hem glimlachend aan. Hij trok haar langzaam naar zich toe, over het gladde graniet naar de rand van het kookeiland, tot haar knieën zich om zijn heupen sloten.

'Klopt,' beaamde ze. Ze sloeg haar armen om zijn nek en haar met verschillende lagen glinsterende blauwe oogschaduw versierde ogen keken sprankelend in die van hem. 'Maar dat ga ik je natuurlijk niet vertellen, want jouw ego is toch al gigantisch.' Ze boog zich naar hem toe voor een kus, maar trok zich na een paar tellen weer terug. 'Laat mijn karamel niet aanbranden.'

Hij snoof. 'Nee, mevrouw.' Hij draaide zich om naar het fornuis en roerde weer door de karamel. De korrels in de popcornmaker maakten ploffende geluiden.

'Hoe gaat het met je moeder?'

Connor grimaste.

Deenie hapte theatraal naar lucht. 'Vertrok jij nou net je gezicht toen ik naar die engel van een moeder van je vroeg? Connor Wyeth! Ik ben diep geschokt.'

'Ze heeft tegen me gelogen.'

De vrolijke uitdrukking verdween van Deenies gezicht. 'Wat is er gebeurd?'

'Nou ja, ze heeft niet echt gelogen,' verduidelijkte hij, turend in de karamel waarin hij langzaam roerde om Deenies onderzoekende blik te ontwijken. 'Ze is ziek geweest, of niet echt ziek, maar ze heeft een paar tests ondergaan omdat er iets niet goed was met haar hart. Ze krijgt nu medicijnen en er is niets aan de hand, maar dat heeft ze me dus pas verteld nadat is gebleken dat het niets is. Er was een kans dat ze moest worden geopereerd en ze was waarschijnlijk heel bang, maar ze heeft mij niets verteld. Mitch was er wél voor haar… en stel nu dat er iets was gebeurd?'

'Hé.' Ze liet zich van het kookeiland af glijden, ging met haar wang tegen zijn rug gedrukt achter hem staan en sloeg haar armen om zijn middel. 'Het gaat nu toch goed met haar?' zei ze geruststellend.

'Dat weet ik. Ik ben gewoon woest, omdat ze het me toen niet heeft verteld.'

'Niet te lang boos op haar blijven,' raadde ze hem aan, en zijn overhemd bewoog op de trilling van haar adem. 'Je krijgt er nooit tijd bij.'

Hij legde een hand op haar handen, die gevouwen op zijn buik lagen. 'Dat zal ik niet doen.'

Ze hadden over haar tante gesproken. Over haar herinneringen die steeds meer leken te vervagen.

'Pluk de dag,' mompelde hij, en het klonk als een belofte. Het was hun lijfspreuk geworden. Een waarschuwing aan elkaar dat ze van het moment moesten genieten, omdat ze allebei wisten dat het niet lang zou duren.

Connor had nog nooit impulsief gehandeld. Hij was een planner en plukte normaal gesproken geen dagen, maar nu zette hij het fornuis uit.

Deenie gluurde over zijn schouder. 'Wat doe je?' Hij hoorde de frons in haar stem. Het was nooit slim om tussen Deenie en haar snack te komen, maar hij zou ervoor zorgen dat het de moeite waard was.

Hij draaide haar om in zijn armen. 'Ik pluk de dag.'

De kus was zacht, ongehaast.

Ze trok zich terug en er lag een chagrijnige v in de glitter tussen haar wenkbrauwen. 'Ik had echt ontzettend veel trek in die karamel.'

'Ik maak wel nieuwe karamel,' beloofde hij. 'Straks.'

Hij trok haar dicht tegen zich aan en ze paste volmaakt in zijn armen.

# 27

'Zijn Connor en jij in het geheim aan het daten?'

Deenie had de brede plank van de hondenwip in haar handen. Ze keek bij Ally's woorden zo snel op dat de plank uit haar vingers glipte en op haar voet terechtkwam. Ze slaakte een pijnlijke kreet, trok haar voet met een ruk onder de plank vandaan en strompelde achteruit. Daarbij struikelde ze over een plastic tunnel en viel ze op haar kont.

Ally trok langzaam haar wenkbrauwen op en kneep haar lippen op elkaar om niet in lachen uit te barsten. 'Dat zal ik maar als een "ja" opvatten.'

Colby, de sint-bernard die de aanleg van het behendigheidsparcours in de buitenlucht gadesloeg, slenterde naar Deenie toe en duwde zijn enorme snoet tegen haar gezicht om te controleren of alles in orde was. Ze wreef over Colby's oren en duwde daarna zijn brede schouders uit de weg, zodat ze uit het natte gras kon opstaan.

'Nee, ik ben niet met Connor aan het daten,' zei Deenie nadrukkelijk, maar haar eerlijkheid dwong haar om eraan toe te voegen: 'We gaan alleen met elkaar naar bed.'

Ally sperde haar ogen wijd open. 'Niet te geloven. Ben had dus gelijk. Meestal heeft hij dit soort dingen niet in de gaten.'

'Hij heeft geen gelijk,' sputterde Deenie tegen. 'Het is geen relatie. We gebruiken elkaar puur voor de seks... en af en toe als nepdate, zoals we oorspronkelijk hadden afgesproken.'

'Weet je heel zeker dat er niet meer meespeelt?'

Deenie raapte de plank op en manoeuvreerde hem op zijn plek. 'Het is een tussendoortje. Met een uiterste houdbaarheidsdatum.'

'Omdat hij een empirisch lekker ding is.'

Deenie kneep haar ogen achterdochtig tot spleetjes. 'Precies.'

Ally knikte en schoof de loopplankconstructie die ze eerder al naar buiten hadden gesjouwd op de goede plek. Het was de laatste stap van hun plan om Furry Friends nieuw leven in te blazen. Het hondenpark in het weiland achter de opvang werd inmiddels al dagelijks gebruikt door stadsbewoners. Ally kreeg een gestage stroom opdrachten binnen voor het maken van portretten van huisdieren, en ze had zelfs een paar menselijke klanten gehad. De aanmeldingen voor de gehoorzaamheidscursussen bleven eveneens binnenkomen en ze hadden hun eerste klanten voor de oppasservice al ontmoet.

Vanaf die dag was de modernisering van Furry Friends officieel voltooid. Deenie was aanvankelijk niet van plan geweest om te blijven zodra het nieuwe bedrijf operationeel was, maar er bestond nog steeds een kans dat Bitty een paar goede dagen zou hebben en Kirstens bruiloft was over een maand. Normaal gesproken zou ze nu naar vluchten kijken en in gedachten haar ontsnapping plannen, ook al wilde ze er niet meteen vandoor, maar haar reislust liet nog altijd niets van zich horen.

Deenie deed een stap naar achteren en bekeek het parcours. De sint-bernhard lag in het midden op zijn rug te snurken. Colby was waanzinnig lui, maar honden als Elinors Australische herder waren hiervoor geschapen. 'Dory zal dit het einde vinden.'

Ally bekeek hun werk waarderend en speelde met het koordje van haar Furry Friends-hoody. 'Ga je woensdag naar Elinors verjaardag?'

'Ja, wij komen.' Deenie kon zich wel voor het hoofd slaan en verbeterde zichzelf snel: 'Ik kom.'

Ally ving haar blik op. 'Het is niet erg als jullie een "we" zijn, hoor.'

'Dat is dus niet het geval,' zei Deenie nadrukkelijk. 'We hebben lol met elkaar zolang het duurt. Ik moet hier toch blijven voor de bruiloft van mijn zus volgende maand en Connor is een aangename afleiding.'

'Maar het hoeft niet iets tijdelijks te zijn,' merkte Ally voorzichtig op. 'Je zou hier kunnen blijven en een hond kunnen adopteren... Misschien probeert het universum je wel duidelijk te maken dat je niet weg moet gaan.'

Het was verleidelijk. Heel verleidelijk. Deenie schudde echter haar hoofd. 'Luister jij maar naar het universum, als je wilt. Ik luister naar mijn hoofd en mijn hart, en die vertellen me dat een langetermijnrelatie met Connor op een ramp zal uitlopen.'

Ze was er alleen nog niet aan toe om het te beëindigen. Wat het ook was wat ze aan het doen waren.

'Hij is een goed mens,' zei Ally.

'Dat weet ik, maar we zijn als olie en water. Geloof me. Het is echt beter zo.'

Ally knikte. Tussen haar vingers glinsterde iets in het zonlicht. Deenie kreeg opeens in de gaten dat ze niet met haar hoody speelde, maar met iets wat aan een ketting onder haar shirt hing.

'Wat is dat?'

Ally's hand verstijfde en ze keek Deenie aan alsof ze zenuwachtig was. 'We wilden het pas na Elinors verjaardag aan iedereen vertellen. We wilden haar feest niet bederven, maar het voelde niet goed aan om het voor jou verborgen te houden.'

Ally kwam dichter bij haar staan, met het voorwerp aan de ketting plat op haar hand.

Het was een solitaire ring met een diamant.

Deenies mond viel open. 'Zijn jullie verloofd?'

Ally glimlachte schaapachtig. 'Verrassing.'

'Hoelang... wanneer is dat gebeurd? Ally! Gefeliciteerd!' Deenie verdreef haar verbazing en omhelsde haar vriendin.

'Dank je. Afgelopen weekend. Toen jij naar het feestje voor je zus was. Astrid heeft hem geholpen. Het was echt ontzettend lief.

Blijkbaar waren ze het al weken aan het plannen. Ik snap nog steeds niet hoe het hem is gelukt om Astrid zover te krijgen dat ze haar mond hield en niets verklapte. Hij vertelde dat hij me al een tijdje wilde vragen, maar omdat Ben nu eenmaal Ben is, moest alles in de juiste volgorde gebeuren. Hij vond dat we veel te snel waren gaan samenwonen omdat dat nu eenmaal goed uitkwam met de renovatie, en hij wilde me pas ten huwelijk vragen wanneer iedereen weer in zijn eigen woning zat, zodat ik niet "ja" zou zeggen omdat dat het gemakkelijkste was.' Ze schudde glimlachend haar hoofd. 'Hij kan af en toe een ontzettende idioot zijn.'

Deenie grinnikte. 'Ik neem aan dat je niet alleen maar "ja" hebt gezegd omdat dat gemakkelijker was dan "nee" zeggen.'

'We draaien nu al maanden om het onderwerp heen. We hebben het vaak over de toekomst en in die toekomst zijn we vanzelfsprekend getrouwd en hebben we kinderen. Ik snap dus echt niet dat hij dan nog steeds kon denken dat ik geen "ja" zou zeggen.' Ally rolde met haar ogen. 'Mannen.'

'Wauw.' Er zwierde een vreemde mix van emoties door Deenie heen, te ingewikkeld om uit te vogelen wat nou wat was. 'Jullie gaan trouwen. Nu wist ik natuurlijk wel dat het eraan zat te komen, maar toch. Wauw.'

Er gleed een onzekere uitdrukking over Ally's gezicht. 'Je vindt het toch niet te vroeg, hè? De bruiloft is pas rond de kerst, maar we kennen elkaar net vijf maanden.'

'Eerlijk gezegd verbaast het me dat jullie zo lang hebben gewacht. Jullie zijn allebei in de wieg gelegd voor het huwelijksbootje. En jullie zijn een fantastisch stel.'

'Echt?' Ally's donkere ogen glommen van opluchting.

'Echt.'

'Op dit moment weet alleen onze familie het,' zei Ally. 'Ben wil eerst het huis afhebben en te koop zetten voordat we officieel de boerderij van mijn grootouders overnemen. Astrid en hij trekken niet meteen bij me in, en we willen allemaal dat je blijft.

Dat was een van de redenen dat ik het je bijna niet durfde te vertellen. Ik wil niet dat je denkt dat we jou hier weg willen hebben.'

'Natuurlijk niet,' zei Deenie geruststellend, ook al diende zich in haar hoofd meteen een nieuwe reeks deadlines aan.

Ally en Ben hadden steeds geroepen dat ze het rustig aan wilden doen, maar Deenie had al die tijd geweten dat het eraan zat te komen. Ze had geweten dat ze permanent bij elkaar zouden gaan wonen. En zodra dat het geval was, zouden ze niet willen dat Deenie bleef rondhangen.

Nu was het dus echt zover.

Deenie toetste de toegangscode van de voordeur van Connors huis in en ging naar binnen. Ze begroette Max en luisterde met een schuin hoofd tot ze het vertrouwde geluid opving van Connor die aan de telefoon zat.

Ze wist niet waarom ze hiernaartoe was gekomen. Ally was naar Bens huis gegaan en Deenie had de boerderij helemaal voor zich alleen gehad, maar sinds het nieuws over Ben en Ally's verloving had er een zekere onrust door haar gedachten gespookt.

Ze was blij voor hen, maar had wel de indruk dat de stand van zaken in de afgelopen weken was gekanteld en dat ze nu langzaam maar zeker in de richting van een onvermijdelijke verandering gleed. Het moment dat Bitty en meneer Burke er niet meer zouden zijn. Het moment dat Ally en Ben gingen samenwonen, en samen honden en schattige baby's zouden opvoeden. En het moment dat Connor met iemand anders getrouwd zou zijn...

Ze was altijd als een boemerang naar Pine Hollow teruggekomen. Het stadje kwam het dichtst bij wat ze als thuisbasis beschouwde. Maar als ze deze keer vertrok, kwam ze misschien niet meer terug. Het was beter om haar schepen achter zich te verbranden.

Haar gedachten hadden haar naar het huis van Connor geleid.

Pluk de dag, hield ze zichzelf voor.

Want die dag zou binnenkort voorbij zijn.

Ze slenterde terug naar de werkkamer en wachtte tot ze hem het telefoongesprek hoorde beëindigen. Toen ging ze in de deuropening staan. 'Hoi.'

Connor keek om en na één blik op haar gezicht werden zijn ogen donker. 'Heeft Ally het je verteld?'

Ze streelde over de kop van Max, die tegen haar heup leunde. 'Heeft Ben het jou verteld?'

'Ik ben zijn getuige.'

'O. Natuurlijk.' De woorden hadden iets ongelooflijk ontnuchterends. Het was echt niet zo dat ze Ally's getuige wilde zijn. Maar er was helemaal niets gezegd over het bruidspersoneel. Het sprak voor zich dat Connor Bens getuige zou zijn. Ben en hij waren al jaren met elkaar bevriend. En Deenie bleef nooit lang op dezelfde plek.

'Is er iets?' vroeg hij zonder op te staan, nog altijd in de houding die zei dat hij in gedachten nog half bij zijn werk was. 'Is het gelukt met de hindernisbaan?'

'Het behendigheidsparcours. Ja, hoor. Het was wel vermoeiend. Ik ben bang dat ik de rest van de week spierpijn zal hebben. Ik had geen flauw idee dat een wip zo zwaar kon zijn.'

Zijn blik gleed terug naar de computer, afgeleid door de lokroep van zijn werk. 'Waarom neem je niet een duik in het bubbelbad? Daar ontspannen je spieren van.'

'Ik lijd nog steeds aan PTSS van de vorige keer dat ik in de buurt van jouw bubbelbad kwam.'

Hij grijnsde bij de herinnering. 'Je hoeft er alleen maar op te letten dat het water boven de spuitmonden staat. Geloof me, je vindt het vast heerlijk. Het is een van de twee belangrijkste redenen dat ik dit huis heb gekocht.'

'Moet je nog lang werken?' Ze zou er goed aan doen om niet te blijven. Ze kon beter teruggaan naar haar eigen huis. Als ze verstandig was, zette ze dit uit haar hoofd.

'Niet heel lang meer. Nog een paar dingetjes die ik moet afronden.'

Ze knikte en wilde de kamer al uitglippen, maar zijn stem hield haar staande.

'Deenie. Gaat het wel? Je bent tot niet van slag door het nieuws over de bruiloft?'

'Welnee, natuurlijk niet. Het zet je alleen wel aan het denken.' Over het feit dat Connor op een dag ook iemand anders ten huwelijk zou vragen. Iemand als Elinor. 'Dat soort dingen zijn aan mij niet besteed,' zei ze, zowel tegen hem als tegen zichzelf. 'Voor altijd en eeuwig.'

Connor knikte en er veranderde iets in zijn blik voordat hij zijn ogen afwendde. 'Het is misschien een slim idee om geen badschuim te gebruiken. Zodra je de waterstralen aanzet, gaat het schuim als een gek tekeer door de waterdruk. Straks staat de hele badkamer vol.'

'Goed om te weten.'

Connor probeerde zich op zijn werk te concentreren en deed zijn best om niet te denken aan Deenie boven in zijn bubbelbad. Of aan het nieuws waarmee Ben hem nog geen uur eerder had verrast.

Het was goed nieuws. Hij was blij voor Ben en Ally. Maar waarom voelde hij dan een stroperige, onheilspellende onrust?

*Dat soort dingen zijn aan mij niet besteed...*

Hij verjoeg de echo van Deenies woorden uit zijn hoofd. Twintig minuten later schoof hij zijn stoel weg van zijn bureau. Maximus lag weer eens op de bank te slapen. Deenie had hem gevraagd of hij wilde dat ze de hond afleerde om op de meubels te klimmen, maar Max zag er zo gelukkig uit als hij over de hele bank gedrapeerd lag dat Connor het niet over zijn hart kon krijgen om hem dat af te nemen. Maar hij mocht alléén op die bank komen en niet langer als een schoothondje op zijn bureaustoel springen.

Ze hadden een mooie balans gevonden. Max, Deenie en hij.

Daar had hij aan moeten denken toen Ben hem over de verloving vertelde. Ben had er heel gelukkig uitgezien. Heel ontspannen. Hij was een beetje sentimenteel geworden toen hij Connor vroeg om zijn getuige te zijn, en Connor was zelf ook een beetje sentimenteel geworden. Hij had ontzettend veel aan Ben te danken.

Zijn vriend had niet toegestaan dat hij een kluizenaar werd. Hij had hem nooit laten zwelgen in zelfmedelijden. Hoewel het ontzettend irritant was geweest dat zijn vrienden hem ongenodigd thuis kwamen lastigvallen, was hij blij dat ze hem nooit hadden opgegeven. Als getuige optreden was wel het minste wat hij kon doen.

Met zijn gedachten nog steeds bij de bruiloft zette Connor de computer uit en liep hij naar boven. Zijn slaapkamer was verlaten en stil. Er klonk geen gebrom van de waterstralen in het bubbelbad. De deur van de badkamer stond open.

'Deenie?'

'Ik ben hier!' riep ze door de openstaande deur.

Connor ging naar binnen en onderdrukte een lach.

Hij had kunnen weten dat Deenie zijn raad over het schuim als een uitdaging zou opvatten in plaats van een waarschuwing.

Ze lag languit onder een berg van schuim, alleen zichtbaar vanaf haar kin naar boven. Haar tenen staken aan de andere kant van het bad uit de heuvel van schuim omhoog. Het leek net een scène uit een film, eentje voor dertien jaar en ouder waarin de illusie van kuisheid werd gewekt.

'Kom je erbij?' vroeg ze, terwijl ze een handvol schuim opschepte.

Hij trok zijn stropdas los. Deenie pestte hem er altijd mee dat hij het ding thuis droeg, ook al had hij een imago hoog te houden in de onlinevergaderingen voor zijn werk. 'Je bent zo net Julia Roberts. Houdt dat in dat ik Richard Gere ben?'

'Ik weiger me beledigd te voelen door het feit dat je me net hebt vergeleken met een beroemde filmprostituee, want ik ben toevallig dol op die film.'

Connors gezicht kleurde rood in de dampende lucht. 'Het was niet mijn bedoeling...'

'Weet ik,' antwoordde ze vrolijk. 'Eerlijk gezegd vind ik het verbijsterend dat je *Pretty Woman* kent.'

'Ik kijk heus wel eens naar romantische komedies.' Hij begon zijn overhemd open te knopen.

Haar wenkbrauwen kropen omhoog bij het horen van de verdedigende toon waarop hij dit zei. 'Je hebt een hekel aan alles wat onlogisch is. Romcoms zijn een schoolvoorbeeld van mensen die de liefde verkiezen boven de logica.'

Was dat de reden dat hij zo slecht was in de liefde? Was hij niet in staat om gek genoeg te zijn om gek te zijn van de liefde?

Connor fronste zijn wenkbrauwen, maar Deenie zag het niet en tekende patronen in het schuim.

'Bedankt voor de tip over schuim,' zei ze. 'Ik had jou nooit ingeschat als een fan van schuimbaden.'

'Dat komt eigenlijk door Monica,' hoorde hij zichzelf bekennen, terwijl hij zijn schoenen uitschopte. 'Zij was degene die erachter kwam dat badschuim en bubbelbaden niet goed samengaan en een enorme bende veroorzaken.'

Deenie nam hem met een schuin hoofd op. 'Ik wist niet dat jullie hier samen hebben gewoond...'

Nee, natuurlijk niet. Hij had Deenie nooit over Monica verteld.

Hij had het zijn onlinedates wél verteld, maar altijd op een zakelijke manier. Je vertelde de ander iets over je verleden, want zo leerde je elkaar kennen. Deenie hoefde hij niet over zijn leven te vertellen. Ze hadden alleen gesproken over dingen waarover ze wilden praten. Toch kende ze hem beter dan al die digitale dates bij elkaar. Dit onderwerp was echter nog een zwart gat. Een gat waarover hij het nooit wilde hebben.

Ze keek hem onderzoekend aan. 'Elinor heeft me verteld dat jullie verloofd waren.'

Hij ging op de rand van het bad zitten om zijn sokken uit te trekken. 'Heeft ze je ook verteld dat ze me twee weken voordat we zouden trouwen via een memostickertje heeft gedumpt?'

Deenie trok een pijnlijk gezicht. 'Zoiets heeft ze zich laten ontvallen, ja.'

Connor knikte, maar hij keek haar niet aan en deed alsof hij in beslag werd genomen door het opvouwen van zijn sokken. 'In die tijd dacht ik dat mijn leven volmaakt was. Een perfecte baan, een perfecte verloofde, een perfect huis om onze toekomstige perfecte kinderen in op te voeden. Monica en ik planden elke stap samen. Ik was ervan overtuigd dat we er hetzelfde in stonden. Totdat ik bij thuiskomst een memostickertje vond waarop stond dat ze dit niet kon. Dat ze niet gelukkig was en naar India ging om zichzelf te vinden' Hij grimaste. 'Ik heb haar exemplaar van *Eten, bidden, beminnen* verbrand. Het hielp niet.'

Hij liet zijn blik over de badkuip glijden en zag hem in een andere tijd. Een tijd waarin hij dacht dat hij zijn leven helemaal op de rit had.

'Dit huis veranderde in een reusachtige echoënde herinnering aan hoe enorm ik me had vergist. Ik kreeg er zelfs een beetje een hekel aan. Totdat...'

*Totdat ik jou ontmoette.*

Hij wist maar net te voorkomen dat hij het hardop zei. Haar eerdere opmerking galmde opnieuw door zijn hoofd. *Dat soort dingen zijn aan mij niet besteed. Voor altijd en eeuwig.*

Ze had hem willen waarschuwen. Ze wist natuurlijk dat hij aan haar gehecht begon te raken. Ze wist dat hij te veel voor haar begon te voelen. Waarom zou ze het anders hebben gezegd? Ze wilde hem er ongetwijfeld aan herinneren dat zij geen meisje was dat bleef.

Hij had zichzelf beloofd dat hij niet verliefd op haar zou worden.

Stomme sukkel die hij was. Waarom dacht hij dat hij controle had over zijn dwaze hart? Hij probeerde dat soort dingen altijd te plannen, maar het universum lachte hem telkens vierkant uit.

'Zag je het aankomen?' vroeg Deenie. Hij dacht heel even dat ze vroeg of hij had geweten dat hij als een baksteen voor haar zou vallen.

Toen schoot het hem weer te binnen. Monica.

'Nu ik erop terugkijk, waren er inderdaad wel signalen,' gaf hij toe. 'Maar ik zag ze niet. Ik keek niet eens. Ik denk dat ik het vanzelfsprekend vond dat ze zou blijven. Als je je aan iemand bindt, doe je dat met heel je hart. Ik had geen enkele reden om aan haar te twijfelen.'

Tegenwoordig twijfelde hij aan alles.

'Connor...' Deenies stem steeg zacht op uit de berg schuim. 'Al die dingen... dat ze er op die manier tussenuit is geknepen... dat komt allemaal door haar. Daar kon jij niets aan doen. Je bent geweldig. En je zult een geweldige echtgenoot en vader zijn.'

*Maar niet voor jou.*

Hij trok één wenkbrauw op, want een sceptische houding was de beste verdediging tegen het verlangen in zijn borst. 'En dat zeg jij? De vrouw die me een onuitstaanbare snob vindt?'

'Je bent ook een onuitstaanbare snob,' zei ze ferm. 'Maar je bent ook een goede vent. Misschien niet voor mij, maar neem maar van mij aan dat je de moeite waard bent en dat iedereen met een beetje gezond verstand dat inziet.'

*Jawel, maar zal ze ook genoeg van me houden om bij me te blijven?*

Hij hield die gedachte voor zich. Wat had het voor zin om in zelfmedelijden te zwelgen?

Mensen die niet van je wilden houden, waren er altijd heel goed in om je ervan te verzekeren dat je iemands liefde waard was. Bewees de werkelijkheid nou maar niet het tegendeel. Deenie was ervan overtuigd dat hij de ware liefde zou vinden, alleen niet bij háár. En dat moest hij zijn hart blijven inprenten.

Zelfs toen hij zich achter haar in het bad liet zakken. *Pluk de dag.*

# 28

Kelly's Pub was een van de enige twee horecagelegenheden binnen de stadsgrenzen van Pine Hollow met een alcoholvergunning en de enige die karaoke toestond. Deenie was er nog nooit op de vaste karaokeavond geweest en had dus geen flauw idee of het altijd zo druk was in de kleine kroeg, of dat er speciaal voor Elinors verjaardag zo veel mensen waren komen opdagen. Maar als ze moest gokken, zou ze voor het laatste gaan.

Ze wist al dat Elinor goed kon zingen, want ze hadden elkaar in december gevonden tijdens het zingen van oneerbiedige kerstliedjes. Ze had echter niet verwacht dat de zachtaardige bibliothecaresse het heerlijk vond om in de schijnwerpers te staan, op een kluitje op het kleine podium met Magda van de banketbakkerij en Kendall van het skiresort. Met hun armen om elkaars schouders geslagen brulden ze de openingszinnen van 'I Will Survive' in de microfoon.

Het was natuurlijk heel goed mogelijk dat hun enthousiasme werd ingegeven door de glaasjes met Birthday Girl-shots.

Ben en Ally dansten midden in de mensenmassa met Connor en Mac, die eigenlijk het boek met nummers had moeten pakken zodat Deenie en hij een duet konden uitkiezen. De restauranteigenaar had al lovende recensies gekregen voor zijn uitvoering van 'I Believe' uit *The Book of Mormon* en was vastbesloten om met Deenie op het podium te staan. Ze had zich vrij gemakkelijk laten overhalen, maar nu liet Mac zich afleiden door Elinor,

Magda en Kendall die op volle sterkte hun onafhankelijkheid bezongen.

Iedereen in de kroeg was gaan staan en brulde de woorden lachend met hen mee, afgezien van de zwijgzame, breedgeschouderde gedaante van Levi, die op de barkruk naast Deenie zat en met een verbeten gezicht naar het podium staarde.

Deenie leunde met over elkaar geslagen armen naast hem tegen de bar en keek naar Connor, die Elinor gadesloeg. 'Wist jij dat ze zo goed kon zingen?'

Magda en Kendall lagen inmiddels krom van het lachen, maar Elinor zong het nummer loepzuiver in haar eentje verder, met een krachtige stem die zo kon meedoen aan een van de zangwedstrijden op tv. Elinor was echt steengoed.

Levi bleef onafgebroken naar het podium turen en ze dacht even dat hij haar vanwege de muziek niet had gehoord. Toen verstrakte zijn mond een beetje. 'Ja, dat wist ik.'

Deenie nam Levi en zijn opvallend neutrale gezichtsuitdrukking nadenkend op. 'Win jij altijd met pokeren?' vroeg ze toen.

Er viel een korte stilte. 'Meestal wel. Waarom vraag je dat?'

'Omdat je de beste pokerface hebt dat ik ooit heb gezien.' Ze had duidelijk het gevoel dat er iets met Elinor was. Een man staarde niet op die manier naar een vrouw als ze hem onverschillig liet. 'Waarom heb je Connor aangemoedigd om Elinor mee op een date te vragen?'

Levi keek haar aan en zag veel te veel. 'Wees maar niet bang. Dat doet hij toch niet.'

Ze bloosde. 'Ik ben helemaal niet bang.'

Ze hadden aan niemand verteld dat ze iets hadden. Ze hadden ook niet echt iets. En toch had Levi het in de gaten. Of had Connor het zijn vrienden soms verteld?

Deenie tuurde langs Levi naar het podium. Waarom was Elinor goed in álles? Het was vreselijk intimiderend. Ze was intelligent en bekwaam, echt iemand die perfect bij Connor paste, en nu kon ze ook nog eens gruwelijk goed zingen. Dat was toch niet eerlijk?

Hoe kon Deenie daar nu ooit tegenop? Niet dat het een wedstrijd was, hoor. Dit met Connor was iets tijdelijks. Elinor was voor altijd.

Het nummer was afgelopen en er steeg luidruchtig applaus op. 'Ga jij nog zingen?' vroeg ze aan de man van steen naast haar.

Hij tikte tegen zijn oor. 'Toondoof. Je zou Connor eens moeten vragen. Hij is bijna net zo goed als Elinor.'

'Grapje zeker?'

Connor had resoluut geweigerd en beweerd dat hij een verschrikkelijk slechte zanger was.

Deenie draaide zich om op haar kruk, zocht hem met haar ogen in de menigte en zag dat Elinor van het podium in zijn wachtende armen sprong.

Haar hart zonk met een harde bons in haar schoenen.

'Dat was fantastisch.' Connor ving Elinor op toen ze met een voet achter de ongelijke rand bleef haken en bijna van het podium viel. Ze hield zich lachend vast aan zijn armen tot ze haar evenwicht had hervonden. 'Was dat aan een specifiek iemand gericht?'

Elinor zette zich iets harder tegen zijn borst af dan noodzakelijk was, maar glimlachte onschuldig. 'Ik weet niet waar je het over hebt.'

'Tuurlijk niet.' Ze gingen aan de kant voor een van de andere onderwijzers van de lagere school van Pine Hollow, die op het podium klom en met een zeer losse benadering van de oorspronkelijke tekst 'Eleanor Rigby' inzette. 'Vermaak je je een beetje, jarige jet?'

'Ik vermaak me prima,' antwoordde ze. Ze stootte hem aan. 'En jij? Heb je iemand meegenomen? Ik zag je op Match. Fijn dat je weer aan het daten bent.'

'Ja.' Alleen was hij de afgelopen weken niet echt aan het daten geweest. Zodra hij weer een onlinedate overwoog, was er altijd wel een reden waarom ze niet geschikt was, maar in werkelijkheid was hij liever bij Deenie. 'Toen wij een match bleken, had ik je bijna gebeld. Dat was...'

'Bizar.' Elinor knikte. 'Hun algoritmes zijn duidelijk niet helemaal betrouwbaar.'

'Zo gek is het anders niet. Jij bent analytisch. Ik ben analytisch. We zijn geen van beiden krankzinnig. Eerlijk gezegd snap ik niet dat wij nooit op een date zijn geweest.'

Ze lachte. 'Misschien omdat Levi je dan had vermoord en je lijk ergens had verstopt waar niemand het ooit zou terugvinden?'

'Ja, dat was vroeger zo. Nu niet meer. Toen ik hem vertelde dat we een match waren, zei hij dat ik vooral mijn gang moest gaan.'

Er vloog een emotie over Elinors gezicht die ook zo snel weer was verdwenen dat het hem bijna was ontgaan, maar het leek erop dat ze gekwetst was.

'Belachelijk,' zei ze overdreven opgewekt. 'Je bent als een broer voor me.'

'Ik weet zeker dat hij wist dat ik dat toch nooit zou doen,' zei Connor in een poging de schade te beperken.

Kendall koos precies dat moment uit om haar armen van achteren om Elinor heen te slaan. 'Jarige jet! Je moet je niet in een hoekje verstoppen! Je moet een nieuw nummer uitkiezen!'

Kendall trok haar mee de mensenmassa in.

Connor keek om naar Deenie, maar de plek aan de bar waar ze had gezeten was verlaten.

'Waarom zit jij in je eentje buiten?'

De patio was piepklein, eerder een groezelig rookhok dan een echte buitenruimte, maar het was er rustig, er was niemand anders en de koele avondlucht voelde heerlijk aan op haar gezicht. Deenie kon niet zeggen hoelang ze al met een mojito in haar hand zonder iets te zien naar de sterren zat te staren toen Ally haar vond.

Ze keek haar vriendin aan en de emoties krioelden wild door

haar heen. 'Connor en Elinor waren een match op een van de datingsites.'

Ally's gezicht nam de behoedzame uitdrukking aan die ze altijd gebruikte om dronken mensen te kalmeren. 'Oké…'

'Ik ben niet dronken,' snauwde Deenie. 'Nou ja, niet heel erg. Maar jij ziet het toch zeker ook wel? Elinor is het type dat bij Connor past. Dat vindt zelfs een computerprogramma.'

Ally's wenkbrauwen vlogen omhoog. 'Weet je nog dat je mij uitlachte, omdat ik ervan overtuigd was dat Ben verloofd was met Elinor?'

'Ja, maar dat zat alleen in jouw hoofd. Dit is echt. Dit is logisch. Connor heeft nota bene zelf gezegd dat ze voor elkaar gemaakt zijn. Dat heb ik gehoord.'

'Waarom loopt hij dan binnen naar jou te zoeken?' vroeg Ally. 'Connor is niet op die manier in Elinor geïnteresseerd. Wel in jou.'

'Ja, maar voor hoelang?' gooide Deenie onbeheerst uit. Toen begon ze te blozen, omdat die vier woorden veel te veel prijsgaven. 'Ik ben niet wat hij zoekt.'

'Is hij wat jij zoekt?' vroeg Ally voorzichtig.

'Dat weet ik niet.' Deenie was altijd heel zeker geweest van wat ze wilde. Waarom wist ze het nu dan niet meer? Wanneer was alles zo verschrikkelijk verwarrend geworden?

'Als hij is wat je zoekt, mag ik je dan een goede raad geven?' Ally's stem klonk heel zacht. Behoedzaam. 'Misschien moet je hem dat vertellen.' Hun schouders stootten zachtjes tegen elkaar toen ze naast Deenie ging zitten. 'Je bent enorm zelfverzekerd. Dat heb ik altijd in jou bewonderd. Maar je kunt ook een beetje gesloten zijn.'

'Dat doe ik niet met opzet,' zei ze.

Maar dat deed ze dus wel. Ze verschool zich achter de muren die ze rond zichzelf had opgetrokken. En ze was niet zelfverzekerd. Ze ging er nooit van uit dat mensen haar accepteerden zoals ze was. Ze confronteerde hen met haar fouten, daagde hen uit om haar ware ik te zien, maar liet nooit iemand echt toe. Zelfs Ally niet, die een van haar beste vriendinnen was geworden.

'Je bent het waard, zelfs als je ons op een afstandje houdt.' Ally nam Deenies hand in die van haar. 'En volgens mij denkt Connor er ook zo over.'

'Ik ben niet wat hij zoekt,' herhaalde ze.

'Nou en? Misschien ben je juist wel beter. Ik vind jou in elk geval fantastisch. Ik zou je nu meteen vragen om mijn getuige te zijn als ik me niet had voorgenomen om je niet onder druk te zetten om te blijven, omdat ik je dolgraag hier wil houden.' Ze leunde met haar schouder tegen die van Deenie. 'Maakt Connor je gelukkig?'

Dat was een gemakkelijke vraag. Maar hij maakte de andere niet ongedaan. 'Hij wil iemand als Elinor.'

'Waarom geloof je dat hij weet wat hij zoekt? Was jij niet degene die zei dat mannen er soms op moeten worden gewezen dat iets goed voor hen is? En wat heeft Elinor wat ons zo onzeker maakt?' vroeg Ally zich peinzend af.

'Ze is walgelijk volmaakt.'

'Wie is volmaakt?'

Ze keken allebei naar de deur, waar de jarige jet stond. 'Is er iets, meiden? Mac is naar Deenie op zoek. Hij zei dat jullie hadden afgesproken om een duet te zingen.'

'Klopt.' Deenie knikte. 'Sorry. Even een kleine relatiecrisis.'

Elinors blik vloog onmiddellijk naar Ally. 'Is alles goed tussen Ben en jou?'

'Het gaat om mij,' zei Deenie. Ze strooide de woorden als bommen om zich heen en keek waar ze landdden. 'Ben jij met Connor aan het daten? Ik weet dat jullie een match zijn. En het geeft echt niet als je dat wilt.'

'Waarom geeft iedereen me toch toestemming om met Connor te daten? Ik ben niet op die manier in hem geïnteresseerd. Dat ben ik nooit geweest.'

'Dus je zou het niet erg vinden als ik iets met hem had?'

Er gleed iets over Elinors gezicht en haar aarzeling was voor Deenie aan als een messteek tussen haar ribben.

'Je vindt me niet goed genoeg voor hem.' Ze gooide de woorden er wild uit, ook al wist ze dat ze zich te agressief gedroeg. *Zeg het zelf als eerste, dan is het niet zo kwetsend.*

'Het gaat er niet om of je goed genoeg bent,' wierp Elinor tegen.

'Maar je vindt dat we niet bij elkaar passen.' Natuurlijk vond ze dat. Deenie wist zelf ook dat ze niet bij elkaar pasten.

'Ik wil niet dat hij wordt gekwetst. Hij is een goed mens. Een goede vriend. En hij was er helemaal kapot van toen Monica hem verliet. Dat hebben we allemaal gezien, en jij… jij bent iemand die weggaat. Dat is nu eenmaal wat je doet.'

'Nou, misschien wil ik dat wel niet meer,' zei ze vinnig.

Ze verstijfden allemaal. Deenie was net zo diep geschokt door haar woorden als Ally en Elinor.

Was dat echt wat ze wilde? Blijven? Een normale, stabiele alledaagse routine volgen?

En misschien wilde zij dat wel, maar stel dat hij dat níét wilde?

Ze schoof haar stoel weg van de tafel op de patio. 'Ik ga kijken waar Mac uithangt.'

Mac was het type man dat bij haar hoorde. Gemakkelijk in de omgang. Lief.

'Deenie…' Elinors stem hield haar staande. 'Ik bedoelde niet… ik weet niet wat ik bedoelde.'

Deenie deed haar mond open zonder te weten wat ze zou gaan zeggen en opeens stroomde haar diepste angst naar buiten. 'Misschien wil hij me helemaal niet, zelfs als ik blijf.'

'Dan is hij niet goed bij zijn hoofd,' zei Elinor onverbloemd.

Deenie snoof. 'Dat kan alleen van een vrouw komen die nooit bang hoeft te zijn dat ze niet goed genoeg is.'

'Deenie.' Elinor legde haar handen resoluut op Deenies schouders. Ferm. Vol vertrouwen in de wereld om haar heen. 'Je bent goed genoeg. Dat spreekt voor zich. Je bent een prachtig mens. Maar je moet je er wel naar gedragen.'

‘Inderdaad!’ Er mengde zich een nieuwe stem in het gesprek en Mac kwam onvast ter been de patio op. ‘Gedraag je als het prachtige mens dat je bent! Wat gaan we zingen?’

Deenie omhelsde Elinor. ‘Dank je,’ fluisterde ze een fractie van een seconde voordat Mac schreeuwde: ‘Groepsknuffel!’ en op hen af dook.

‘Waarom heb jij niet gezongen?’

Deenie wankelde en Connor pakte haar vast bij haar elleboog tot ze weer stevig op haar hoge hakken stond. Het leverde hem een woedende blik op. Hij begon erachter te komen dat juffrouw Zonnestraal en Glitter strijdlustig werd wanneer ze had gedronken. Toch had ze de hele avond bij Elinor, Ally en Mac om de nek gehangen. Blijkbaar was hij de enige op wie ze om onverklaarbare reden kwaad was.

‘Levi zegt dat je een mooie stem hebt,’ zei ze uitdagend toen hij niet meteen antwoordde.

‘Levi moet zijn grote mond houden.’

‘Elinor zegt het ook.’ Het feest was op tamelijk spectaculaire wijze geëindigd door de jarige jet, die zich pal voor de hoofdcommissaris had opgesteld en hem vinnig had meegedeeld dat hij het recht niet had om iets te zeggen over met wie ze al dan niet datete. Connor voelde zich daar enigszins verantwoordelijk voor, maar aangezien het om Elinor en Levi ging, zou het vroeg of laat toch wel zijn gebeurd.

‘Ben je soms bang dat je voor gek staat als je zingt?’ vroeg Deenie volhardend, net op het moment dat hij voorzichtig durfde te hopen dat ze haar vraag was vergeten. ‘We staan allemaal voor gek. Dat hoort bij karaoke. Maar jij en dat verwaande, empirisch sexy kontje van je willen natuurlijk niet voor gek staan. Nee, zeg, stel je voor.’

Haar teen bleef achter de stoeprand hangen en hij ving haar op voordat ze voorover op de stoep kon duikelen.

Ze had met een vastbeslotenheid die alleen het gevolg kon zijn van te veel Birthday Girls-shots aangekondigd dat ze naar huis zou lopen en Connor had de taak op zich genomen om ervoor te zorgen dat ze daar heelhuids zou arriveren, aangezien hij geen alcohol had gedronken. En ook omdat hij deze knorrige versie van de normaal gesproken zonnige Deenie Mitchell wel grappig vond.

'Waarom heb je niet gezongen?' vroeg ze opnieuw. Ditmaal klampte ze zich aan hem vast, zodat er maar een paar centimeter tussen hen in zaten.

'Ik ben niet zo'n zanger.'

'Nee.' Ze duwde hem weg en beende een paar stappen verder. 'Jij bent advocaat. De perfecte man. Jij met die kuiltjes in je wangen.'

'Heb je iets tegen mijn kuiltjes? Weer wat geleerd vanavond.'

'Het is gewoon niet eerlijk. Je mag niet én slim, én aardig, én succesvol, én perfect zijn en dan ook nog eens van die stomme, adembenemende kuiltjes in je wangen hebben. Daar zijn regels voor.'

'Ik zal het onthouden.'

Ze knikte. 'Doe dat.'

Ze wandelden in stilte verder tot de woonboerderij voor hen opdook en zijn nieuwsgierigheid de overhand kreeg. 'Wat was dat voor liedje dat je vanavond met Mac hebt gezongen?'

'"Take Me Or Leave Me." *Rent*.' Het laatste woord knalde haar mond uit en het duurde even voor het tot hem doordrong dat ze de musical bedoelde. 'Het is eigenlijk voor twee vrouwen geschreven, maar Mac was super als Joanne.'

'Het klonk best heftig.' Hij kon zich niet de hele tekst herinneren, maar Mac had voornamelijk gezongen over dingen als lijsten maken in zijn slaap en leven als een controlfreak, terwijl Deenie had gezongen over leven als een tijger in een kooi en de behoefte om vrij te zijn.

'Het is een goed nummer,' zei Deenie overdreven onschuldig.

'Het is een nummer over een stel dat uit elkaar gaat.'

Ze bleef abrupt aan de rand van de oprit staan en draaide zich met een ruk naar hem om. 'Is dat wat je wilt? Dat we uit elkaar gaan?'

'Is het wat jíj wilt?'

Ze schudde woest haar hoofd, maar haar volgende woorden leken het gebaar tegen te spreken. 'We hadden moeten weten dat dit nooit iets zou worden.'

'Deenie.'

'Ik ben ontzettend dom. Waarom ben ik toch zo dom? Niet te geloven dat ik mezelf verliefd op jou heb laten worden.'

'Wát?' De woorden beukten tegen zijn borst en hij was volkomen machteloos.

Ze keerde hem de rug toe, beende met grote stappen weg en schreeuwde tegen de nachtelijke lucht: 'Wie wordt er nou verliefd op een vent terwijl ze speélt dat ze verliefd op hem is? Ik dus.'

Ze was al vijf stappen bij hem vandaan toen het tot hem doordrong dat ze ervandoor ging. 'Deenie! Blijf staan!'

Hij haalde haar in, greep haar vast bij haar arm en draaide haar met haar gezicht naar zich toe.

De woorden rolden onbeheerst uit zijn mond. 'Ik hou ook van jou.'

Ze sperde haar ogen wijd open van afschuw. 'Dat moet je niet zeggen.'

'Niet de reactie waarop ik had gehoopt. Maar ja, ik was dan ook niet van plan het je te vertellen wanneer je stomdronken was.' Hij tuurde in haar wazige ogen. 'Denk je dat je dit zult onthouden?'

Ze schudde met grote ogen haar hoofd. 'We gaan uit elkaar! Het wordt nooit iets. We zijn olie en water.'

'Betekent dat dat we het niet eens gaan proberen? Ik dacht dat je skydiven leuk vond.'

'Ja, met een parachute!' riep ze. Ze trok zich los uit zijn greep. 'Dit is... Jij bent...' Ze stormde een stukje verder de oprit op en draaide zich toen weer wild naar hem om. 'Waarom doe je dit?'

'Misschien wil ik wel een echte relatie met jou. Niet dit halfslachtige gedoe dat we nu hebben. Misschien wil ik wel dat het werkelijkheid wordt. En ja, misschien ben ik wel bang dat je op een dag uit mijn leven verdwijnt, maar misschien weet ik daardoor juist wel dat ik dit echt wil. Als ik niet bang ben om jou kwijt te raken, hoe weet ik dan dat het echt iets betekent?'

'Ik wil niet dat je bang bent. En als we dit doen, zul je bang zijn. Je zult er nooit op durven vertrouwen dat ik blijf, en ik zal altijd het gevoel hebben dat ik hier vastzit. Het zal aan ons vreten. We zullen eraan kapotgaan.'

'Maar wat als dat nou niet gebeurt? Als het wel goed blijft gaan?' Hij kwam naar haar toe en hoopte dat ze hem dichterbij zou laten komen. 'Je hebt zelf gezegd dat je nooit een echte relatie hebt gehad. Stel nu eens dat je het heerlijk vindt? Dat het fantastisch is?'

'Jij probeert alles onder controle te houden...'

'Jij niet soms? Is dat niet wat je doet door mensen op afstand te houden? Je hart onder controle houden? Niemand zo dichtbij te laten dat ze je kunnen kwetsen? Jij bent net zo'n controlfreak als ik, maar je verbergt het achter roze haar en een paspoort met tientallen stempels. Maar ik wil dit niet onder controle houden. Ik wil het niet missen, Deenie. Stel nou eens dat we gelukkig worden? Was jij de laatste tijd soms niet gelukkig?'

In haar ogen glinsterden tranen. 'Wat vraag je nu eigenlijk van me?'

'Blijf. Dat is alles. Blijf hier.'

'Connor...'

'Zeg alsjeblieft dat je blijft.'

Ze staarde met een mengeling van hoop, angst en kwetsbaarheid in haar ogen naar hem op, en het was alsof ze haar blik niet kon afwenden. Haar tanden sneden in haar onderlip.

Haar antwoord was een fluistering. 'Oké.'

# 29

Het weekend van Memorial Day was ongelooflijk mooi en overal scheen een idyllisch stralende zon. Helaas was Deenies humeur allesbehalve zonnig.

Ze wist het goed te verbergen. Ze waren tenslotte op de picknick van Connors werk en ze was hem contractueel een glimlachende date verschuldigd... ook al was het ontzettend vaag en verwarrend waar de contracten precies ophielden en zíj begonnen.

Ze had beloofd dat ze zou blijven. Ze wílde ook blijven.

Maar stel nou eens dat ze het verknalde? Ze was er niet goed in om lang op één plek te blijven. Dat was ze nooit geweest.

'Ik heb een hotdog voor je.' Connor dook naast haar op met twee volgeladen papieren borden in zijn handen.

Ze schonk hem een stralende glimlach alsof er niets aan de hand was, en nam een bord van hem aan. 'Mijn held.'

De bedrijfspicknick ter ere van Memorial Day was een verrassend informele aangelegenheid, met een springkussen en geschminkte gezichten voor de kinderen, en heel veel gegrild vlees voor de volwassenen. Connor en zij bemachtigden een plekje aan een drukke picknicktafel en verorberden hun hotdogs omringd door levendige gesprekken.

Toen ze bijna klaar waren met eten, voegde de Sterlings zich bij hen. 'Dit weer is toch niet te geloven?'

Deenie glimlachte. 'Volgens mij is het een verontschuldiging van de weergoden voor alle regen die we deze lente hebben gehad.’

‘Ik weet het niet, hoor. Ik hou wel van regen.’ Connor keek haar zijdelings aan en streek met zijn onderarm langs de hare, en de herinnering aan hun kus in de stromende regen vulde haar gedachten.

Deenie deed haar best om niet te blozen en zag dat twee meisjes die ze herkende van het feest dat ze had georganiseerd naar de tafel kwamen hollen.

‘Prinses Deenie! Je moet je gezicht laten verven! Ze hebben heel veel glitter!’

Deenie aarzelde en wierp een blik op Connor. Hij lachte. ‘Toe maar,’ spoorde hij haar aan. ‘Ik weet dat ik niet in de weg moet staan als het om glitter gaat.’

De meisjes pakten allebei een van haar armen beet en Deenie liet zich meetrekken naar het schminkkraampje. Er kwamen nog meer kinderen van het feestje om haar heen staan en ze wilden allemaal meebeslissen over het ontwerp dat ze voor haar gezicht uitkoos. Toen de commissie eindelijk de mooiste kleuren had uitgekozen, nam Deenie plaats op de stoel van de schminkdame. Ze voelde Connors blik op zich gericht en wierp hem een knipoog toe, maar toen vroeg de schminkdame haar om de andere kant op te kijken. Op de momenten dat ze haar gezicht niet stil hoefde te houden, kletsten ze met elkaar, en ze spraken af dat ze elkaar hun visitekaartje zouden geven, aangezien hun werkzaamheden elkaar enorm overlapten. En aangezien Deenie nu voor onbepaalde tijd zou blijven.

*Voor onbepaalde tijd.* Het klonk akelig intimiderend.

‘Kijk even naar links, als je wilt,’ verzocht de schminkdame haar. Deenie draaide gehoorzaam haar hoofd opzij en zag dat Davis naar Connor toe liep.

Ze sloeg hen tijdens hun gesprek gade en zag een aangenaam verraste uitdrukking over Connors gezicht glijden. Kort daarna schudden ze elkaar de hand en Connor bleef even in zijn eentje staan, alsof hij te verbijsterd was om zich te bewegen. Hij vermande zich echter snel en kwam naar haar toe. Precies op dat moment zei de schminkdame: 'Ziezo, je bent klaar.'

Deenie nam de spiegel aan en bewonderde het tere elfje dat vliegend op haar ene jukbeen was afgebeeld. Het piepkleine wezentje keek over haar schouder, alsof ze op de vlucht was voor iemand die haar wilde vangen en op één plek wilde vasthouden. Maar misschien was dat alleen maar projectie van Deenie.

Ze bedankte de vrouw en stopte wat geld in de fooienpot. De kinderen om haar heen trokken aan haar armen, maar ze droeg hun op om het springkussen te verdedigen tegen een aanstormend drakenleger, zodat ze Connor zonder haar kleine hulpjes kon onderscheppen. Ze legde een hand op zijn arm, maar hij had nog steeds een verdwaasde blik in zijn ogen, alsof hij haar niet helder zag. 'Is er iets aan de hand?'

'Alles is fantastisch,' zei hij zo zacht dat alleen zij het kon horen. 'Davis heeft me net verteld dat ik de positie krijg. Ik word partner. Het is nog niet officieel. Ik moet nog twee weken wachten tot de partners bij elkaar komen om een definitieve beslissing te nemen, maar volgens hem kan het me niet meer ontgaan.' Zijn ogen focusten zich op haar. 'En dat heb ik allemaal aan jou te danken.'

'Dat slaat nergens op en dat weet jij ook. Je werkt al jarenlang keihard voor het bedrijf.'

'Maar normaal gesproken zou ik geen partner zijn geworden. Niet zonder jou.'

Ze schudde haar hoofd om zijn woorden weg te wuiven en deed haar best om de opwinding te tonen die ze eigenlijk zou moeten voelen. 'Gefeliciteerd. Ik ben ontzettend blij voor je,' zei ze, alsof de woorden waar zouden worden wanneer ze ze hardop uitsprak. Ze wilde echt blij voor hem zijn, dus waarom had ze dan dit gevoel?

Het gevoel dat zijn overwinning een nagel aan een doodskist

was. Ze wist alleen niet aan welke doodskist of waarom. Ze wist alleen dat het niet voelde zoals ze wilde dat het voelde.

Gelukkig kwam er net een groep kinderen op haar af rennen die haar hulp nodig hadden bij het verdedigen van het springkussen tegen het denkbeeldige drakenleger. Nu kon ze ontsnappen voordat ze moest zien te analyseren waarom alles verkeerd aanvoelde.

De rest van de middag bracht ze door op de automatische piloot, met haar stralendste gelukkige gezicht, en op de terugrit naar Pine Hollow viel ze in de auto in slaap. Echte slaap, geen gespeelde, want om een of andere onverklaarbare reden was ze uitgeput.

Toen ze in Pine Hollow arriveerden, hadden ze net genoeg tijd om Max en de picknickmand op te halen en naar het plein te gaan, waar ze met Ally, Ben, Astrid, Elinor en Mac hadden afgesproken voor Movies in the Moonlight. Het was een zomerse traditie in Pine Hollow, waarbij oude films werden vertoond en de bewoners op het gras picknickten.

Het was idyllisch. Romantisch.

En ze moest zich de hele film inhouden om niet onrustig heen en weer te schuiven, ook al was *The Philadelphia Story* met Katharine Hepburn en Cary Grant een van haar lievelingsfilms.

Uiteraard maakte Connor gehakt van de film.

Hij praatte zacht om de andere mensen in het park niet te storen, maar wel zo luid dat Deenie zijn commentaar kon horen.

Normaal gesproken zou ze de film met hand en tand hebben verdedigd, maar die avond voelde de strijd zinloos aan, en ze vroeg zich voortdurend af waarom ze ooit had gedacht dat ze een relatie kon hebben met een man die *The Philadelphia Story* niet goed vond.

'De moraal van het verhaal is dus dat ze verder moet met een relatie waarin ze zich ellendig voelt,' zei hij mopperend toen ze met Max terug naar huis slenterde.

Deenie wierp hem een geërgerde blik toe. 'Heb je dan niet

meegekregen dat hij de drank heeft afgezworen en zij haar hooghartigheid heeft laten varen, zodat ze de liefde konden terugvinden die ze al die tijd voor elkaar hadden gevoeld?'

'Ze moesten dus allebei veranderen om nog lang en gelukkig te leven?' wierp hij tegen, en hij ging verder met zijn kritiek, maar ze hoorde hem niet meer.

Dat was toch wat er in romcoms gebeurde? Ze veranderden allebei om daarna nog lang en gelukkig te leven. Maar dat was niet wat er in haar eigen leven gebeurde. Zij hadden niet allebei compromissen gesloten. Dat had alleen Deenie gedaan.

Connor kreeg precies wat hij altijd had willen hebben en Deenie kreeg...

Deenie had alles wat ze wilde voor hem veranderd. Ze had alles opgegeven. In haar oor fluisterde een onbehaaglijk gevoel.

Connor wist voor negentig procent zeker dat hij paranoïde was, maar de andere tien procent vertelde hem dat Deenie zich terugtrok.

Hij had verwacht dat de rust zou terugkeren toen ze beloofde dat ze zou blijven, maar hij voelde zich verre van rustig. Hij had gezegd dat hij van haar hield. Zij had hetzelfde gedaan. En toch leek het net alsof ze twee boksers in de ring waren die elkaar aftastten en allebei wachtten tot de ander de knockoutklap uitdeelde.

Zijn paranoia was een probleem.

Hij wist heus wel dat hij op zoek was naar signalen dat ze ervandoor zou gaan. Bij Monica had hij al die vroege waarschuwingssignalen niet opgemerkt en hij wilde niet tweemaal dezelfde vergissing maken, dus daarom was hij extra waakzaam en zag hij overal gevaar.

De vorige avond op het plein had hij zich zorgen gemaakt omdat ze hem niet zo fel tegensprak als anders. Ze noemde hem niet 'Princeton' en legde niet alles wat hij zei onder een vergrootglas. Daarom was hij werkelijk genadeloos geweest toen de film eenmaal begon en had hij alles afgekraakt wat hij kon bedenken. Zij was echter opvallend bedrukt en zwijgzaam geweest.

Hij zag een signaal in elke blik, elk trillend wimperhaartje. Hij zette zich schrap voor wat komen ging. Na Monica – of eigenlijk al na zijn vader, als hij eerlijk was – zag hij overal emotionele zwarte gaten die wachtten tot ze hem konden opzuigen. Deenie had gezegd dat ze zou blijven en hij wilde graag geloven dat ze zich daaraan zou houden, maar hoe moest dat?

Ze was niet eens bij hem, want ze was de hele dag op pad voor de wijngaardtour voor het vrijgezellenfeest van haar zus, maar zelfs nu kon hij niet ophouden met zich zorgen te maken.

'Waarom vertrouwde jij erop dat Mitch niet bij je weg zou gaan?'

Zijn moeder keek hem verrast aan. Hij kon het haar niet kwalijk nemen. Hij was zelf ook een beetje verrast. Ze praatten eigenlijk nooit over Mitch.

Ze wandelden met Max over het terrein van het Memorial Dayfestival in Pine Hollow, waarvoor alle straten in het centrum waren afgesloten en waren volgebouwd met kraampjes van lokale bedrijven. Furry Friends had een kraam aan de noordkant van het plein, maar toen Connor opperde dat Deenie er misschien ook eentje wilde voor haar prinsessenjurken, had ze hem aangekeken alsof hij haar probeerde te vergiftigen.

'Dat deed ik gewoon,' antwoordde zijn moeder eenvoudig. Daar had hij niet veel aan.

Connor grimaste. 'Was je, na wat er daarvoor was gebeurd, dan niet...?' Hij wist niet hoe hij de zin moest afmaken en gelukkig verlangde ze dat ook niet van hem.

'Mitch was heel anders dan Aaron.' Op de dag dat hij vertrok, was ze opgehouden met Aaron Wyeth als 'je vader' aan te duiden. 'Maar ik snap wel wat je bedoelt. Het lag niet aan hem, het lag aan mij. Hoe kun je ervoor zorgen dat je iemand toelaat?'

'Precies.'

Ze stak een hand door zijn arm en wandelde om een klein meisje op een driewieler heen. 'Heeft dit met Deenie te maken?'

Hij haalde zijn schouders op en gelukkig drong ze niet verder aan.

'Tja.' Ze schraapte haar keel. 'Voor mij ging het erom dat ik mezelf kende. Dat ik wist dat ik geen man nodig had om me compleet te voelen. Ik had in mijn eentje een zoon tot een goed mens opgevoed. Je was gelukkig en gezond, en deed het goed op school, en ik vond het prima om alleen te zijn. Alleen was mijn lege nest wel heel erg leeg. Ik miste iemand om me heen om voor te zorgen en ik besefte dat ik dan misschien niemand in mijn leven nodig had, maar dat ik het wel wilde. Mitch maakte me aan het lachen. Hij liet mij het tempo bepalen en het is echt niet altijd eenvoudig geweest. Hij is zo gemakkelijk in de omgang dat ik soms graag iets naar zijn hoofd had gegooid of hem wilde zeggen dat hij ergens boos over moest worden. Het maakte niet uit waarover. Ik beschuldigde hem ervan dat hij niet genoeg om me gaf, omdat hij me niet aanspoorde het serieuzer te nemen. En toen liet hij me de ring zien die hij al sinds onze derde date altijd op zak had, voor het geval ik besloot dat ik met hem wilde trouwen. Daarna heb ik nooit meer gezegd dat hij niet genoeg om me gaf.'

'Ik denk niet dat die aanpak bij Deenie zal werken.' Een huwelijksaanzoek was volgens hem de beste manier om haar op de vlucht te jagen.

'Ze lijkt me heel anders dan Monica.'

'Dat wil niet zeggen dat ze niet zal weggaan.' De kans dat ze hem zou verlaten was zelfs gróter dan bij Monica.

Alleen was dat niets voor Deenie.

Ze was niet onbetrouwbaar. Ze deed altijd wat ze beloofde. Ze maakte nooit schema's omdat ze wist dat ze zich dan verplicht zou voelen om zich eraan te houden, en ze wilde zich geen gevangene voelen van de behoefte om zich altijd aan haar woord te houden. Ze was niet onverantwoordelijk. Ze was juist overdreven verantwoordelijk. Ze vond het ontzettend belangrijk om mensen niet te laten vallen en als ze zei dat ze zou blijven…

… dan moest ze dat wel menen.

Ja, toch?

Voordat hij iets kon zeggen, sloot Mitch zich bij hen aan, en Connor klemde zijn kaken op elkaar. Hij wilde niet met de man van zijn moeder over belangrijke onderwerpen praten.

Toen zijn moeder even later wegliep om iemand te begroeten, bleven Mitch en Connor ongemakkelijk bij elkaar staan zonder iets te zeggen. Connor herinnerde zich opeens dat Deenie hem had verweten dat hij Mitch nooit echt een kans had gegeven.

Deze man maakte zijn moeder gelukkig. Hij drong nooit aan, maar niet omdat hij niet genoeg om haar gaf.

'Volgens mij word ik binnenkort partner,' zei hij. Het was de eerste keer dat hij het hardop zei sinds hij het aan Deenie had verteld. Hij wist niet waarom hij het nu aan Mitch vertelde. Hij had het zijn moeder nog niet eens verteld.

'Je klinkt niet erg blij,' merkte de man van zijn moeder peinzend op.

'Dat ben ik wel. Ik had alleen verwacht dat het anders zou aanvoelen.'

Mitch knikte traag. 'Waarom wil je het zo graag?'

Connor deed zijn mond open… maar hij had geen antwoord op de vraag.

*Het kan je niet meer ontgaan,* had Davis de vorige dag gezegd. *Als dat is wat je wilt.*

Het enige wat Connor had kunnen denken was: *Natuurlijk is dat wat ik wil. Het is wat ik altijd heb gewild.*

Maar de overwinningsroes was al snel verdrongen door iets anders. Een vage onrust.

Kwam het doordat het te mooi was om waar te zijn? Dat hij het niet vertrouwde dat alles op zijn plek leek te vallen? Of was het iets anders?

'Je weet dat je moeder sowieso trots op je zal zijn, wat je ook doet. Of je nou advocaat bent of...' Mitch maakte zijn zin niet af en Connor vulde de rest aan.

'Hondenoppas?'

'Precies.'

'Dat weet ik,' gaf Connor toe. 'Toch heb ik altijd het beste voor haar gewild.'

Mitch knikte weer. 'Ik heb je altijd bewonderd om jouw doorzettingsvermogen, ook al kan het soms best intimiderend zijn.'

'Het was niet mijn bedoeling om je te inti...' Hij stopte abrupt met praten. 'Nou ja, misschien toch wel. Ik weet dat het dom is om jaloers op jou te zijn...'

'O, maak je daar maar niet druk over. Ik was ook jaloers op jou,' verzekerde Mitch hem met een vriendelijke glimlach. 'Maar ik bewonder je echt, jongen.'

Connor keek naar de man die over een onuitputtelijke voorraad kalmte leek te beschikken en die nooit iets als een wedstrijd beschouwde. Daardoor was het ongelooflijk frustrerend dat hij zelf het gevoel had dat hij een wedstrijd met hem voerde. 'Ik bewonder jou ook,' bekende Connor, en terwijl hij het zei, besefte hij dat het waar was.

Op dat moment kwam zijn moeder terug. Mitch glimlachte en rechtte zijn rug een beetje, een kleine verandering in zijn houding die de enige aanwijzing vormde dat hij kennelijk vond dat hun moment om een band met elkaar te vormen voorbij was nu Mele terug was.

Connor keek hem even aan. 'Laten we eens een biertje gaan drinken. Alleen jij en ik.'

Er verscheen een verbaasde blik in Mitch' ogen, maar hij glimlachte onmiddellijk. 'Dat zou ik leuk vinden. Dat zou ik echt heel leuk vinden.'

Connor ving zijn moeders blik op en zag dat de tranen in haar ogen stonden. 'Doe dat nou niet.'

'Wat?' vroeg ze snikkend. 'Ik ben gewoon gelukkig. Mag ik soms niet gelukkig zijn?'

# 30

'Meiden, ik ben hartstikke gelukkig!'

Deenie had haar zus nooit eerder dronken gezien. Ze had Kirsten zelfs nooit aangeschoten gezien. Ze was altijd beheerst. Altijd elegant. Had altijd alles onder controle.

Maar op dat moment waggelde ze dronken door de achterkant van de partybus en dronk ze rechtstreeks uit een aangebroken fles rosé.

Op de blindgedrukte uitnodiging die Deenie van de twee getuigen had ontvangen, had het vrijgezellenfeest veel bandelozer geklonken. 's Middags een rondrit in een luxe touringcar langs een aantal wijngaarden met kaashapjes om de aanstaande bruid te fêteren. Geen strippers. Geen kettingen met fallusvormige hangers. Geen knalroze shotjes. Dat laatste was waarschijnlijk maar goed ook, want Deenie deed het nog steeds rustig aan sinds Elinors verjaardagsfeest twee weken eerder.

Deenie had eerlijk gezegd verwacht dat ze zich zou vervelen. Wat ze in elk geval níét had verwacht was dat de wijnbus in een dronkenlappenbus zou veranderen, maar Kirsten en al haar andere bruidsmeisjes stapten na de beschaafde toost met champagne razendsnel over op de flessen die ze bij elke wijngaard 'voor onderweg' aanschaften en die ze tijdens de rit naar de volgende idyllische locatie leegdronken.

Deenie had een paar slokjes gehad, maar was op dat moment

de enige die nog nuchter was, op de chauffeur na natuurlijk, die zijn lading lallende dronken dames gelukkig heel erg grappig leek te vinden.

'Riemen om!' riep hij toen Kirsten wankelend opstond van de stoel waarop ze had gezeten, door het gangpad strompelde en zich op de plek naast Deenie liet vallen.

'Oeps!' Ze giechelde en morste wijn uit de fles in haar hand voordat ze deze weer naar haar mond bracht.

'Stijlvol,' zei Deenie plagerig.

'Het is mijn vrijgezellenfeest. Dan hoor ik dronken te worden,' verkondigde Kirsten. 'Dat is traditie.'

'Missie geslaagd.'

Kirsten hief haar fles op bij wijze van toost en legde haar hoofd met een diepe zucht op Deenies schouder. 'Deenie Baby, ik ben zo blij dat je er bent.'

'Ik ook. Water?' Ze ruilde haar waterflesje tegen de halfvolle fles rosé van haar zus.

Kirsten ging rechtop zitten. 'Ik meen het,' zei ze nadrukkelijk, alsof Deenie haar had tegengesproken, en ze probeerde haar bruine ogen te focussen. Ze had de donkere haren en ogen van hun moeder, die op een of andere manier aan Deenie voorbij waren gegaan. 'Ik kan niet geloven dat je er echt bent. Je komt anders nooit als ik je ergens voor uitnodig.'

'Je hoopte dus niet stiekem dat ik "nee" zou zeggen toen je me vroeg om een van je bruidsmeisjes te worden?'

'Natuurlijk niet! Maar ik had niet verwacht dat je "ja" zou zeggen. Je mag me niet eens.'

'Kirsten! Ik hou van je.'

'Weet ik. Ik ook van jou. Maar je mag me niet echt. Je wilt nooit bij me in de buurt zijn.'

'Kirsten.' Ze draaide zich een stukje om zodat ze haar zus kon aankijken en pakte haar hand. 'Natuurlijk mag ik je. Dat ik niet bij je in de buurt wil zijn heeft daar niets mee te maken. Ik heb altijd het gevoel dat ik bij jullie voortdurend moet verdedigen wie ik ben. Dat is slopend.' Toen Kirsten haar niet-begrijpend aankeek, ging ze verder: 'Mama en papa zeuren al zo lang ik me kan herinneren dat ik een échte studie moet volgen, een écht diploma moet halen en een échte baan moet zoeken.'

'Je weet toch dat die dingen me allemaal niets kunnen schelen?'

Deenie trok een wenkbrauw op. 'De vlaggenschipwinkel?' bracht ze haar zus vriendelijk in herinnering. Voordat ze die dag in de bus waren gestapt, had Kirsten haar apart genomen om haar aan Todds vriendin te herinneren die haar bedrijf naar een hoger plan wilde tillen.

'Ik wil je alleen maar helpen om een succes te worden…'

'Op jóúw voorwaarden.'

'Ik ken geen andere voorwaarden,' protesteerde Kirsten.

'Dat weet ik. Maar ik wil geen vaste locatie, personeel en al die andere verplichtingen. Ik hou van mijn onafhankelijkheid. Dat maakt deel uit van wie ik ben.'

En dat gaf ze allemaal op voor Connor. Het onbehaaglijke gevoel sloop fluisterend door haar gedachten en haar reislust laaide opeens op.

'Ik probeer helemaal niet je te veranderen,' hield Kirsten vol. 'Ik ben altijd jaloers op je geweest.'

Deenie rilde van verbazing. 'Wat?'

'Jij was altijd heel vrij. Voor jou golden andere regels. Jij mocht de rebel zijn! Deenie Baby, die overal mee wegkwam. Die mocht doen wat ze zelf wilde. Dacht je soms dat ik niet naar Europa had gewild? Dat ik geen kunst had willen studeren en caffè latte had willen drinken?'

Deenie schudde haar hoofd. 'Voor mij golden geen andere regels. En ik mocht helemaal niet de rebel zijn. Ik stond alleen niet toe dat mama en papa mijn leven bepaalden. Dat was heus niet gemakkelijk.'

'Dacht je soms dat mijn leven dat wel was?' vroeg Kirsten uitdagend.

'Dat heb ik niet gezegd,' zei Deenie.

'Je hebt ons altijd op afstand gehouden. Je hebt altijd met je vrijheid te koop gelopen.'

'Als ik jullie op afstand hou, dan is dat omdat ik tegenover jullie altijd mijn recht moet verdedigen om anders te zijn. Daardoor wil ik dat anderszijn alleen maar extra benadrukken. Om te bewijzen dat er niets mis mee is.'

'Niemand zegt dat er iets mis mee is. We maken ons alleen zorgen om je. Hoe kun je nu gelukkig zijn zonder stabiliteit? We maakten ons allemaal zorgen over je toekomst en het is een enorme opluchting dat dat nu niet langer nodig is.'

Het onbehaaglijke gevoel kroop zacht fluisterend door haar heen en Kirsten gebruikte haar afwezigheid om de fles rosé weer op te eisen. 'Wat bedoel je daarmee?'

'Alleen maar dat we blij voor jou zijn. Peter heeft altijd gezegd dat je ooit volwassen zou worden, maar Peter is een sukkel.'

Deenie snoof spottend bij het horen van de mening van haar zus over hun enige broer, die over het algemeen dacht dat hij altijd alles wist.

'Maar deze keer had hij gelijk. Je bent veranderd. Iemand heeft Deenie eindelijk getemd!' Deenies hart haperde, maar Kirsten ratelde opgetogen verder. 'Je hebt een baan met een adres en een vaste, betrouwbare vriend. Ik wist zelfs waar ik de uitnodigingen voor alle feestjes naartoe moest sturen! Hoe vaak komt het nou voor dat je langer dan een half jaar op hetzelfde adres woont? Deze man heeft je veranderd. En mama en papa lopen met hem weg.'

Het onbehaaglijke gevoel galmde inmiddels als een stel alarmbellen in haar hoofd.

'Ik ben ontzettend trots op je! Je bent eindelijk gesetteld. En ik ga tróúwen!'

Dat laatste werd luidkeels geschreeuwd en werd door de andere aanwezigen met gejuich begroet. Deenie juichte echter niet mee. Ze kon bijna niet ademhalen.

Was ze voor Connor veranderd? Was ze geworden waar ze zich juist altijd tegen had verzet?

'Ik ben ontzettend blij voor je, Deenie Baby.'

Kirsten legde met een tevreden zucht haar hoofd weer op Deenies schouder. Intussen vroeg Deenie zich af of een paniekaanval zo aanvoelde. Ze had een beklemmend gevoel op haar borst en kon alleen oppervlakkig ademhalen.

De aandrang om te vluchten zoemde onder haar huid.

Ze wist niet wat ze op dat moment wilde. Alles was hopeloos met elkaar verstrengeld. De onafhankelijkheid die ze vroeger had gehad, was aangetast door alles wat ze hoorde te doen. Ze had beloofd bij de bruiloft te zijn. Ze had beloofd bij Connor te blijven. Ze had al die dingen beloofd… en nu hielden de beloftes haar gegijzeld.

Ze stak een hand uit naar de rosé.

# 31

Het was dezelfde balzaal. Hetzelfde pittoreske resort. Hoe groot was die kans nu helemaal?

Connor stond in hetzelfde gebouw waar hij zestien maanden eerder bijna met Monica was getrouwd en hij verwachtte iets van spijt te voelen of op zijn minst overspoeld te worden door een stroom herinneringen, maar al zijn gedachten waren bij Deenie, die met het bruidspersoneel voor de foto's poseerde.

Hij had haar die week amper gezien. Hij hield zichzelf voor dat hij niet zo paranoïde moest doen. Hij had een nieuw voornemen: hij zou haar vertrouwen. Hij zou niet in elk klein dingetje een waarschuwing zien. Ze had het druk gehad. Het was beredruk in de hondenopvang. Ze zat tot over haar oren in de opdrachten voor jurken. Ze was op het allerlaatste moment opgetrommeld om te helpen met de huwelijksbedankjes. En daarnaast waren er repetities geweest, en oefendiners, en sessies met de visagiste en de haarstyliste. Logisch dat hij haar niet had gezien. Ze ontliep hem heus niet.

Die avond zou hij haar zeker zien. Ze zouden de nacht in het resort doorbrengen, net als de meeste andere gasten. Hij had Max voor een nachtje bij Furry Friends ondergebracht en was daarna vertrokken om zich aan te sluiten bij Deenie, die de hele dag in het resort was geweest en daar met een neutrale gloed was overgoten. Zelfs het roze in haar haren leek vervaagd.

Ze was ontzettend ingetogen in haar lichtgrijze bruidsmeisjesjurk. Nergens ook maar een spoortje glitter te bekennen.

Hij had haar tijdens de ceremonie aandachtig gadegeslagen. Ze speelde haar rol goed, haar glimlach haperde geen seconde, en toch kon hij zich niet aan het verontruste gevoel onttrekken dat ze zich afsloot. Dat ze zich mentaal terugtrok van hem en van alles om hen heen.

De samenstelling en opstelling van de groep veranderde voortdurend voor de foto's: het bruidspersoneel, de familie van de bruidegom, de familie van de bruid. De overige gasten stonden in afwachting van het kersverse bruidspaar in de balzaal te kletsen en op hapjes te knabbelen. Connor zou eigenlijk bij hen moeten zijn, maar de enige reden dat hij hier was, was Deenie, en hij was naar buiten geglipt om bij de fotograaf te kijken.

Toen Kirsten hem in het oog kreeg, besefte hij dat het een foute beslissing was geweest.

'Connor!' Ze wuifde gebiedend met haar bruidsboeket door de lucht. 'Laten we er ook eentje maken met Connor.'

'Nee, hoor. Dat is echt niet nodig.' Hij hief protesterend een hand op, maar er lag een strijdlustige glimlach op Kirstens gezicht.

'Je mag een bruid op haar trouwdag niets ontzeggen. Kom hier.'

Ze waren bezig met een fotosessie van Deenies familie met het gelukkige stel: haar ouders, haar broer en zus, haar neefjes en nichtjes. Ze keken hem allemaal hartelijk aan toen hij naar hen toe kwam en verwelkomden hem met een enthousiaste glimlach in de familie. Deenie bleef stralend glimlachen, maar de blik in haar ogen werd nog moeilijker te lezen.

De fotograaf duwde hem op zijn plek naast Deenie en legde zelfs zijn arm om haar middel. Connor boog zich naar haar toe. 'Vind je het goed?' fluisterde hij, ook al had hij geen flauw idee hoe hij dit moest tegenhouden als ze het niet goedvond, want de fotograaf nam zijn positie alweer in.

'Schouders naar achteren,' riep de fotograaf. Connor richtte zich weer op.

'Je zult me nog dankbaar zijn, Deenie,' zei Kirsten vrolijk. 'Stel je toch voor dat je hier over tien jaar aan terugdenkt en je afvraagt: "Waarom zijn er geen foto's van Connor bij Kirstens bruiloft? Ik weet dat hij erbij was."'

Connor kromp bijna in elkaar. Kirsten hielp niet echt. Hij keek omlaag naar Deenie, maar ze staarde strak naar de camera, met de glimlach op haar gezicht geplakt.

'Iedereen naar mij kijken en lachen!'

Connor gehoorzaamde en de fotograaf nam razendsnel een paar foto's. Daarna werd Connor weer weggestuurd om met alle anderen op het gezelschap te wachten. Hij treuzelde even en wierp een blik op Deenie, maar ze keek hem niet aan.

Hij hield zichzelf voor dat hij niet zo paranoïde moest zijn. Hij hield zichzelf voor dat het allemaal alleen maar in zijn hoofd zat.

Hij hield zich dat voor tijdens de grootse binnenkomst van het bruidspaar, tijdens het diner, de speeches, de eerste dans en de taart. Hij probeerde uit alle macht om haar te vertrouwen, maar er was iets mis. Alsof ze zich weer achter haar muur had teruggetrokken en alleen maar deed alsof ze blij was dat ze ermee had ingestemd om bij hem te blijven. En hij deed alsof hij niet merkte dat ze deed alsof, omdat ze anders zou weggaan.

Het orkestje speelde een selectie jazzklassiekers, waarop door een handvol paren werd gedanst, en het bruidspaar wandelde door de zaal in een poging de felicitaties van alle tweehonderd gasten in ontvangst te nemen. Deenie had de hele avond niet meer dan zes woorden aan één stuk tegen hem gezegd.

Ze zou wel uitgeput zijn. Ze was hier al bij zonsopgang geweest om zich voor te bereiden.

'Het zit er bijna op,' prevelde Connor. Ze zaten aan hun tafel en ze keek naar de paartjes op de dansvloer. 'Zodra het boeket is gegooid, kunnen we wegglippen.'

Deenie reageerde niet. Haar blik was gericht op een vrouw die doelgericht hun kant op kwam. Haar moeder.

'Kom mee.' Connor stond opeens op. 'Laten we dansen.'

Ze zei niets, maar verzette zich ook niet. Hij leidde haar de dansvloer op en nam haar in zijn armen. Er werd een nieuw nummer ingezet en de zangeres begon te zingen.

Dit was in elk geval een plek waar alles nog goed aanvoelde, ook al had hij de indruk dat hij te hard zijn best deed om hun aandacht af te leiden van het gevoel dat ze hem ontglipte.

Deenie zwierde mee in Connors armen en de tekst van het nummer wikkelde zich om haar heen. Ze kende het lied, een oude jazzklassieker die 'Something's Gotta Give' heette en over onweerstaanbare krachten en onbeweeglijke voorwerpen ging. Het orkest had het tempo vertraagd, waardoor het jazzwijsje nu verlangend en veelzeggend klonk, en Deenies keel werd dichtgeknepen van emotie.

'Dit is ons liedje,' zei ze op zo'n sarcastische toon dat hij de hapering niet hoorde.

De woorden van haar zus tijdens het vrijgezellenfeest hadden haar de hele dag, of eerlijk gezegd de hele week, achtervolgd.

*Iemand heeft Deenie eindelijk getemd.*

Haar familie vond hem het einde. Haar zus had hem in de familiefoto's opgenomen alsof ze al verloofd waren, alsof er automatisch van werd uitgegaan dat ze over tien jaar nog bij elkaar zouden zijn.

Hij had haar gevraagd om voor hem de sprong in het diepe te wagen en dat had ze gedaan… maar in haar achterhoofd fluisterde de voortdurend de waarheid. Ze was een onhoudbare kracht en hij was een onbeweeglijk voorwerp. Iets had moeten meegeven. En dat was zij geweest. Zij had moeten meegeven.

Ze had toegegeven. Ze was zichzelf kwijtgeraakt. En waarom? Waarom deed ze dit allemaal?

'Hou je het nog een beetje vol?' vroeg Connor. Hij trok haar iets dichter tegen zich aan en opeens irriteerde het haar mateloos dat hij zo attent, begrijpend en akelig volmaakt was. Ze duwde hem weg.

'Ik heb frisse lucht nodig.' Toen hij knikte en aanstalten maakte om met haar mee te gaan, beet ze hem bits toe: 'Alleen.'

Ze stormde zonder achterom te kijken de warme juniavond in. Ze hoorde hem natuurlijk niet alleen te laten tijdens het trouwfeest van haar zus. Hij was daar alleen maar vanwege haar. Maar de bankschroef om haar borst kneep haar adem af en stond niet toe dat ze terugging naar binnen.

Ze legde haar handen op de stenen balkonrand en keek uit over de nachtelijke tuinen, die werden verlicht door zorgvuldig geplaatste lampjes. De locatie was een punt van discussie geweest tussen haar moeder en haar zus. De voorzieningen haalden het door haar moeder gewenste vijfsterrenniveau niet, want er was geen sauna, geen Michelinsterrenrestaurant. Kirsten had echter geen compromis willen sluiten vanwege het uitzicht. De stenen bruggetjes, de weelderige tuin, de bergen op de achtergrond.

De deur achter haar ging open. 'Wat doe je hier, Nadine? Je zus gaat zo het boeket werpen.'

Deenie keek niet om toen ze haar moeders stem hoorde. 'Ik heb even een rustmomentje nodig.'

'Dan neem je dat straks maar. Dit is de avond van je zus.'

'Dat weet ik, mam.' Ze staarde onafgebroken naar de tuin en probeerde de daar heersende rust in zich op te nemen. *Zen. Denk zen.*

'Mensen zullen het in de gaten hebben als jij er niet bent voor het boeket.'

'Zou je denken?' Ze had onmiddellijk spijt van de spottende vraag.

'Je zus zal het in de gaten hebben,' snauwde haar moeder. 'We weten allemaal dat jij doet alsof je niet bij deze familie hoort, maar een bos bloemen opvangen is wel het minste wat je kunt doen.'

'Ik weet heus wel dat ik bij deze familie hoor.' Ze kon er niet aan ontkomen.

'Daar merk ik anders weinig van. Je hebt Kerstmis bij Bitty doorgebracht, terwijl ze niet eens meer weet wie je bent.'

De woorden kwamen keihard aan. Deenie draaide zich om naar haar moeder, met haar rug tegen de stenen reling. 'Zij mag me tenminste. Ze geeft me nooit het gevoel dat ik niet goed genoeg ben. Jij hebt nota bene tegen me gezegd dat ik had moeten weigeren toen Kirsten me vroeg om deel uit te maken van het bruidspersoneel.'

'Omdat je onverantwoordelijk bent!'

'Dat ben ik helemaal niet! Ik heb alles voor deze bruiloft gedaan wat je van me vroeg en toch heb je nog steeds kritiek op me.' Ze had deze enorm hard gewerkt om Kirstens bruiloft perfect te laten zijn. Ze was de enige in de wijnbus geweest die zichzelf níét voor schut had gezet, maar ze kon het in de ogen van haar moeder kennelijk nooit goed doen. 'Hoe kan ik jou ooit tevreden houden?' vroeg ze fel. 'Ik heb nu toch alles gedaan? Alle hokjes afgevinkt op jouw checklist voor succes? Vaste baan, vaste relatie. Dat is toch wat je wilde? Dat ik een perfecte Stepforddochter zou worden? Dat iemand me zou témmen? Wanneer is het nou eens genoeg?'

'Wanneer je het boeket vangt!'

Deenie zette het bijna op een krijsen. Haar moeder luisterde niet naar haar. Dat kon ze niet. En de enige die altijd naar haar had geluisterd, wist niet meer wie ze was. Geen wonder dat Deenie zichzelf was kwijtgeraakt.

'Het spijt me, mam. Dat kan ik niet.'

Ze vluchtte weg, de trap van flagstones af en de tuin in, zonder aandacht te schenken aan haar moeders scherpe: 'Deenie!'

Er moest iets veranderen.

# 32

Haar mobieltje ging de volgende ochtend al vroeg over en Deenie pakte het meteen op. Ze liet zich uit het bed rollen en liep snel naar het balkonnetje om Connor niet wakker te maken.

Ze had zich de vorige avond tijdens het werpen van het boeket voor haar moeder verstopt, en was er ook niet bij geweest om Kirsten en Todd uit te zwaaien voor hun huwelijksreis. Ze betwijfelde echter of iemand anders dan haar moeder haar afwezigheid had opgemerkt tussen de tweehonderd gasten die met bloemblaadjes strooiden. Toen ze weer binnenkwam, stonden alleen de echte fanatiekelingen nog op de dansvloer. Connor bleek al naar hun kamer te zijn gegaan.

Hij vroeg haar niet waar ze was geweest. Hij beschuldigde haar er niet van dat ze hem in de steek had gelaten, wat natuurlijk wel zo was. Hij vroeg alleen hoe het met haar ging. Ze vond zichzelf echt een afschuwelijk mens toen ze hem er energiek van verzekerde dat het uitstekend met haar ging en aankondigde dat ze in bad ging, waarna ze zich in de badkamer opsloot tot ze zeker wist dat hij in slaap was gevallen.

Op het balkon nam Deenie huiverend op. De zon was al op, maar de lucht was kil en alles was bedekt met een laagje dauw. 'Hallo?'

'Nadine Mitchell?'

Deenie fronste haar wenkbrauwen. Alleen telemarketeers gebruikten die naam. 'Met wie spreek ik?'

'Mevrouw Mitchell, mijn naam is Eileen Glenn. Ik werk bij de Summerland Estates.'

De stem klonk vriendelijk, met een vleugje medeleven dat alle alarmbellen in Deenies hart deed rinkelen. 'Is er iets aan de hand?'

'Ik ben bang dat ik slecht nieuws voor u heb.'

*Bitty.* Deenies hart verkrampte.

'Het spijt me, mevrouw Mitchell,' vervolgde de stem aan de andere kant van de verbinding zacht en troostend. Het was een stem die ervaring had met dergelijke gesprekken en wist dat degene aan de andere kant van de lijn de waarheid al had geraden. 'Het is snel gegaan.'

Connor werd alleen wakker. Hij was even gedesoriënteerd door de onbekende omgeving, tot zijn hersens opstartten en hij zich weer herinnerde waar hij was.

'Deenie?'

Ze gaf geen antwoord en zijn hand streek langs iets op haar kussen. Een verkreukeld stukje papier.

Hij ging rechtop zitten en tuurde wazig naar het haastig neergekrabbelde berichtje, dat volkomen onlogisch was.

*Sorry. Moest ervandoor.*

Hij staarde met een diepe rimpel in zijn voorhoofd naar het velletje papier dat van een schrijfblok van het hotel was gescheurd. Geen memostickertje, maar het scheelde niet veel. 'Au. Te vroeg, liefje,' riep hij. Hij trapte het beddengoed van zich af en liep naar de badkamerdeur, die op een kier stond. Hij duwde de deur helemaal open, maar de badkamer was leeg. Zelfs de toiletspullen die op de wasbak hadden gestaan, waren verdwenen.

Connor draaide zich met een ruk om naar de plek waar Deenie de inhoud van haar reistas over de vloer had uitgestort, want ze was de slordigste persoon die hij kende. Maar de tas was ook weg. De vloer was leeg.

'Nee,' zei hij tegen zichzelf, terwijl de paranoia in zijn oor brulde. Dat zou ze niet doen. Niet op precies dezelfde manier als Monica. Ze wist dat het hem diep zou kwetsen en Deenie was niet wreed.

Hij graaide naar zijn mobieltje en toetste haar nummer in, maar kreeg meteen de voicemail. Hij typte haastig een berichtje in. *Waar ben je? Is alles in orde?*

Er kwam geen antwoord.

'Shit.' Connor verspilde geen tijd aan een douche. Hij schoot schone kleren aan, smeet zijn spullen in zijn tas en reed binnen tien minuten weg. Deenie en hij waren de vorige dag allebei met hun eigen auto naar Castle Hill gereden omdat zij er veel eerder moest zijn dan hij, maar hij had er nooit bij stilgestaan dat ze de volgende ochtend zonder hem zou vertrekken.

Er was iets mis. Er móést iets mis zijn.

Haar pastelblauwe Kever stond scheef op de oprit van Furry Friends geparkeerd. Connor zette zijn auto achter die van haar, zodat ze nergens heen kon. Hij sprong uit de auto en sprintte de traptreden naar de veranda op.

Hij kwam bijna nooit in de woonboerderij. Deenie was zo vaak bij hem thuis dat het niet nodig was. Hij kwam wel in het hondenpark dat Deenie en Ally achter de opvang hadden aangelegd. En hij kwam ook langs om Deenie op te pikken, maar dan stond ze hem meestal al buiten op te wachten. Sinds het spontane feestje na de sloop van Bens keuken was hij er niet meer binnen geweest. Dat was dezelfde dag geweest dat Deenie met het bizarre voorstel was gekomen om te doen alsof ze aan het daten waren. De dag dat alles was begonnen.

Voordat hij bij de deur was, deed Ally deze al met een bezorgde blik in haar ogen open. 'Ze is boven.'

Connor nam de trap met twee treden tegelijk.

Er kwamen zes deuren uit op de brede overloop op de eerste verdieping. Hij wist niet welke kamer van haar was, maar ze stonden allemaal open en hij ging op het geluid af. 'Deenie?'

Ze gaf geen antwoord. Hij duwde de deur voorzichtig verder open en stapte over de drempel naar binnen. Haar aanblik was als een mokerslag op zijn hart.

Haar ogen waren opgezwollen en haar gezicht was krijtwit. Midden op het donzige witte dekbed zat een hondje met strikjes om haar oren, te midden van een stapel kleurige kledingstukken. Naast de hond lag een grote paarse rugzak die was opengeklapt. Deenie stond verwoed kleding in de rugzak te proppen.

Ze was haar spullen aan het inpakken.

Ze was er nog niet aan toe om Connor te zien. Natuurlijk had ze geweten dat ze hem nog zou zien. Ze zou er niet tussenuit knijpen zonder het hem uit te leggen. Dat had hij niet verdiend. Maar ze was er niet aan toe om hem nu al te zien. Ze had nog niet bedacht wat ze tegen hem zou zeggen. Ze wist nog niet hoe ze kon goedpraten wat ze ging doen. Hoe ze moest uitleggen dat dit het beste was. Voor hen allebei. Ze had nog geen invalshoek verzonnen.

Het enige wat ze had, was intens verdriet.

'Deenie. Wat gebeurt er allemaal? Wat is er aan de hand?'

Zijn stem leek vanaf een enorme, nevelige afstand te komen. Ze staarde naar de slordig opgerolde leggings in haar handen. 'Ik ben aan het inpakken,' zei ze met een stem die schor en verstikt klonk. *Concentreer je op wat je aan het doen bent.* Ze had een plan. Een doel. Ze moest dit afmaken.

Ze keek hem niet aan, maar was zich ervan bewust dat hij er was. Zijn lange lijf vulde de kamer en zijn bezorgdheid was een gloeiende aanwezigheid dicht bij haar. 'Is er iets met Bitty?'

Deenie vertrok haar gezicht en haar handen klemden zich om de leggings. Ze propte ze in de rugzak. 'Het gaat om meneer Burke. Hij heeft een beroerte gehad. Ze zeiden dat het snel is gegaan. Hij heeft niet geleden.'

Ze was de hele ochtend in de Estates geweest. Ze had Connor slapend achtergelaten, en was meteen vertrokken om JoJo op te halen en met het personeel te bespreken wat er moest gebeuren. Ze had haar eigen tranen verdrongen, ook al had het personeel openlijk gehuild, haar in haar hand geknepen en haar verteld hoe aardig ze hem allemaal hadden gevonden. Ze hadden haar behandeld alsof ze familie van hem was. En misschien was ze dat ook wel.

Daarna was ze bij Bitty langsgegaan. Niet om haar over meneer Burke te vertellen. Ze zou zich hem toch niet herinneren. Ze herinnerde zich Deenie niet eens. Ze had in haar bed gelegen zonder te beseffen dat Deenie er was, verloren in haar eigen wereld, en Deenie had zich gerealiseerd dat haar tante niet meer zou terugkomen. Lichamelijk was ze er nog wel, maar geestelijk was ze weggeglipt, als zijde die tussen haar vingers weggleed, de gladde stoffen waarmee haar tante haar had leren naaien.

Er restte nu alleen nog verdriet. Deenie had het wekenlang voor zichzelf ontkend, maar nu drong de realiteit in alle hevigheid tot haar door. Er zouden geen goede dagen meer komen. Die waren er al een tijdje niet meer geweest. De waarheid was onontkoombaar af te lezen aan de meelevende ogen van de verpleegkundigen.

Connor deed een stap naar haar toe. 'Deenie, ik vind het heel erg...'

'Niet doen.' Ze wurmde zich langs hem heen en liep naar de lade met haar ondergoed. Ze zou ondergoed nodig hebben. Ondergoed was belangrijk. Veel belangrijker dan zijn stem vol medeleven en begrip die haar zou breken.

*Ik pak dit niet goed aan.*

De gedachte echode onverwacht helder en afstandelijk door haar heen, alsof er een stukje van haar was afgebroken en alles vanaf een afstandje analyseerde. Maar dat stukje was in elk geval wel kalm. Daar was ze blij om.

'Waar ga je naartoe?' Hij probeerde niet haar zijn medeleven op te dringen. Dat was prettig.

'Rome. Hij heeft me gezegd dat ik het avontuur achterna

moest gaan.' *Je kunt niet meer leven op een spaarrekening zetten voor later.* Wat betekende dat eigenlijk?

Hij had JoJo aan haar nagelaten. En een brief, weggestopt in een la voor 'wanneer het zover is'. Hij had geen noemenswaardige familie. Hij had al zijn bezittingen nagelaten aan een neefje van David, een paar goede doelen en haar. Hij had haar gezegd dat ze het geld niet aan praktische zaken mocht uitgeven.

Er was natuurlijk een testament. Zijn appartement zou moeten worden leeggeruimd. Er waren andere praktische zaken die moesten worden afgehandeld. Maar eerst...

'Ik heb een mooie lastminuteaanbieding gekregen voor een ticket, maar de vlucht vertrekt vanavond al. Ik moet inpakken.' Ze graaide handenvol ondergoed uit de la en zijn zwijgen voelde als afkeuring aan. 'Ik was van plan bij je langs te gaan. Op weg naar het vliegveld. Ik zou niet zijn vertrokken zonder eerst met jou te hebben gesproken.'

'Wanneer kom je terug?'

Ze liep hoofdschuddend met haar ondergoed naar de rugzak en concentreerde zich op het inpakken. 'Dat weet ik niet.'

Ze durfde hem niet aan te kijken. Als ze naar hem keek, zou alles pas echt bij haar binnenkomen. Dan zou ze alles voelen. En dat kon ze niet aan. Niet nu. Ze moest alles op afstand houden. Ze moest iets doen. Ze moest ontsnappen.

Zijn stem liet het echter niet toe. 'Heb je een enkele reis geboekt? Hoe moet het dan met ons?'

Hij deed zijn best om kalm te blijven, ook al galmden de woorden door de kamer. Ze was overstuur. Ze hield van meneer Burke. Ze meende het niet.

Maar ze stond niet toe dat hij haar aanraakte. Ze liet hem niet bij haar in de buurt komen, maar liep telkens haastig naar een ander deel van de kamer om iets te halen wat in die verrekte rugzak moest worden gestopt. Het hondje snuffelde aan elke nieuwe toevoeging.

Hij had haar kunnen tegenhouden. Hij had haar gemakkelijk kunnen vastpakken, tegen zijn borst kunnen drukken en haar met troostende armen omhelzen, maar dit was Deenie. Hij wist niet zeker wat ze zou doen als hij haar met kracht hier probeerde te houden. Misschien zou ze het hem nooit vergeven.

Ze schudde haar hoofd en wees zijn woorden af. 'Je hebt me niet meer nodig. Max is getraind. Je bent partner geworden. Ik ben het contract nagekomen.'

'Rot op met dat contract,' snauwde Connor. 'Het contract kan me geen zier schelen. Deenie, kijk me aan!'

Ze verstijfde en draaide haar gezicht naar hem toe, maar haar blik was mijlenver weg. De geschiedenis herhaalde zich. Ze hield hem op afstand. Ze zou hem verlaten.

Maar deze keer kon hij zijn zaak bepleiten. Deze keer kon hij zijn afwijzing zelf aanhoren.

'Zeg alsjeblieft wat,' spoorde hij haar aan.

'Wat valt er te zeggen? Onze relatie zou nooit hebben gewerkt. Dat weten we allebei. Ik zou altijd de aandrang hebben gevoeld om weg te gaan.'

'Dat is een zelfvervullende voorspelling. Je hoeft niet te vertrekken...'

'Jawel, dat moet ik wel!' schreeuwde ze, en de woorden weerkaatsten tegen het plafond. 'Dit is niet wie ik ben. Je hebt me in jouzelf veranderd. Je kunt trots op jezelf zijn, hoor. Je hebt me getemd, me in een volwassene veranderd.'

'Ik heb nooit gewild dat je zou veranderen...'

'Waarom heb je me dan gevraagd om te blijven?'

'Omdat ik van je hou!'

'Nee, je houdt van degene die je wilt dat ik ben. En ik heb eraan toegegeven. Ik heb geprobeerd die persoon te zijn. Maar ik ben hier te lang blijven hangen. Ik begon te vergeten wie ik was. Ik wilde een huis met een tuin en kinderen, terwijl ik dat vroeger nooit heb gewild. Ik ben veranderd voor jou. Omdat ik...' De stroom woorden bleef in haar keel steken en ze maakte haar zin niet af. Ze ademde diep in om haar kalmte te hervinden. Haar volgende woorden klonken kil en glad als ijs. 'We speelden toneel, maar zijn uiteindelijk in onze personages gaan geloven. Dit is allemaal niet echt.'

'Voor mij wel. Voor mij is het al lang geen toneelspel meer. Ik weet niet eens zeker of het dat ooit is geweest.'

Haar adem stokte en hij dacht heel even dat hij haar had overtuigd.

'Deenie. Alsjeblieft.' Hij kwam een stap dichterbij en in haar ogen sloeg een stalen deur dicht.

'Nee.' Ze ontweek hem en bewoog zich in een razend tempo door de kamer om de rest van haar spullen met de snelheid van het licht in te pakken. 'Dat is zelfs nog erger.' De toiletspullen verdwenen in de rugzak. Een lange sjaal. Het hondje op het bed sloeg het allemaal met glanzende zwarte ogen gade. 'Mijn familie vindt het geweldig dat ik iets met jou heb, want ze zien dat ik in jou verander. Mijn haar, mijn kleding, mijn gedrag, totdat ik eindelijk degene ben die ze willen dat ik ben.'

'Ik heb nooit gewild dat je veranderde. Ik hou van roze. Ik hou van glitter. Ik hou van jou.'

'Zeg dat nou niet steeds!' Ze draaide zich als een wervelwind naar hem op en smeet een paar opgerolde sokken naar zijn hoofd. 'Je wilt mij helemaal niet! Je wilt iemand die in jouw plan past. Je wilt niet samen met mij een plan maken. Je wilt dat ik jouw plan accepteer. En dat doe ik niet.'

'Je zei dat je zou blijven.'

'Dat had je niet van me mogen vragen.' Het geluid van de rits klonk vinnig door de kamer.

In Connors borst welde paniek op. Ze ging weg. Ze ging echt weg. Hij had zijn zaak bepleit, hij had haar verdorie gesmeekt om te blijven, en toch ging ze weg.

'Ik heb mezelf beloofd dat ik nooit bij iemand zou blijven die me het gevoel gaf dat ik niet goed genoeg was. Iemand die me het gevoel gaf dat ik moest veranderen...'

'Ik heb nooit gewild dat je veranderde!' Waarom luisterde ze niet naar hem?

'Ik kan niet zijn wie jij wilt dat ik ben.'

'Ik wil jóú.'

'Nee, dat wil je helemaal niet. Je wilt alleen dat ik blijf.'

Ze tilde de rugzak en het hondje op en liep de kamer uit. Niets van wat Connor zei of voelde kon haar tegenhouden.

Hij stond in de slaapkamer waar nog heel veel sporen van Deenie waren achtergebleven: de dunne roze gordijnen, de naaimachine en de stoffen die glitter nalieten op alles wat ze aanraakten, de neonkleurige leggings die niet voor Europa waren geselecteerd.

Buiten werd een autoportier dichtgeslagen.

'Shit.' Hij rende de kamer uit en de trap af, sprintte door de woonkamer en stormde de veranda op. 'Deenie!'

Haar auto stond er nog, maar de pick-uptruck van Furry Friends reed de straat al op, met Deenie en Ally zichtbaar achter de voorruit. Hij sprintte zwaaiend met zijn armen over de oprit. Hij wist dat hij er als een malloot uitzag, maar als ze omkeek, als ze hem als een idioot zag zwaaien, veranderde ze vast wel van gedachten.

Dat moest toch wel?

Toen hij bij de straat aankwam, bleef hij buiten adem staan, ook al had hij niet ver hoeven rennen. Onder zijn voeten knerpte het grind.

Hij was niet achter Monica aan gegaan. Hij had haar niet gesmeekt om te blijven. Daar had hij nooit de kans voor gekregen, maar op een of andere manier was het veel erger om tegen Deenie te zeggen dat hij van haar hield en haar desondanks weg te zien rijden. Of misschien was het wel erger, omdat het Deenie was. Want hij had nooit zo veel van Monica gehouden als hij nu van Deenie hield.

Monica had perfect in zijn leven gepast. Ze hadden het samen goed kunnen vinden. Maar toen ze wegging, had hij meer verdriet gehad om zijn plannen dan om haar vertrek. Hij had de toekomst altijd belangrijker gevonden dan het heden, doelen een hogere prioriteit gegeven dan impulsen. Hij had zijn plannen gemaakt en geprobeerd er een vrouw in te passen, precies datgene waarvan Deenie hem beschuldigde, maar zij had zijn keurige, geordende leven op zijn kop gezet. Ze hield zich niet aan zijn regels. En daar had hij van genoten.

Wie moest er nu met hem over films discussiëren en hem vertellen dat hij te stijf was? Hij wilde niemand die aan al zijn eisen voldeed, hij wilde niet een van de geschikte vrouwen.

Hij wilde Deenie, meer nog dan hij het visioen van zijn toekomst wilde dat hij de afgelopen twintig jaar van zijn leven had nagejaagd.

Maar hoe kon hij dat aan haar bewijzen? Hoe kon hij haar tonen dat hij juist voor haar wilde veranderen? Dat hij al voor haar wás veranderd. Dat het bereiken van een compromis het enige was wat er nu voor hem toe deed, omdat hij eindelijk iemand had gevonden zonder wie hij niet kon leven.

De herinnering aan hun dans op de vorige avond echode door zijn hoofd en de tekst van 'hun liedje' tergde hem. Zij was een onweerstaanbare kracht. Hij was een onbeweeglijk voorwerp.

Maar voor haar zou hij in beweging komen.

Connor rende terug naar zijn auto.

# 33

Deenie zat op de passagiersstoel van de pick-uptruck van Furry Friends, met haar uitpuilende rugzak tegen haar knieën gedrukt en JoJo opgerold op haar schoot. De opvouwbare reismand waar JoJo in zou reizen, lag naast haar op de stoel, maar op dit moment had ze behoefte aan het zijdezachte, troostende gevoel van JoJo op haar schoot.

Ze maakte de juiste keuze. Ze was er voor minstens zeventig procent van overtuigd dat ze de juiste keuze maakte. Of op zijn minst zestig. Toch bleven Connors woorden door haar hoofd galmen.

Ally zat naast haar. Ze concentreerde zich op het rijden en was zo verstandig om niets te zeggen, ook al voelde Deenie alle dingen die ze niet zei in de lucht tussen hen in hangen. Een onzichtbare walm van afkeuring.

Ze had beter zelf kunnen rijden. Of een Uber kunnen nemen. Maar een Uber helemaal naar het vliegveld van Burlington was belachelijk duur en ze wilde haar auto niet voor onbepaalde tijd op het parkeerterrein van de luchthaven laten staan. Normaal gesproken zou ze er tijd voor hebben uitgetrokken om de auto netjes ergens te stallen. Ze zou ook al haar spullen hebben opgeruimd, zodat ze Ally niet opzadelde met een logeerkamer vol naaispullen en onderdelen van prinsessenjurken.

Normaal gesproken zou ze het land niet binnen zes uur uit vluchten.

Nee. Ze vluchtte niet. Ze ging het avontuur achterna. Meneer Burke had haar gevraagd om namens hem een avontuur te beleven. Toch voelde dit niet zo aan. Ze voelde zich niet bevrijd. Ze voelde zich belabberd.

Ze was te lang in Pine Hollow gebleven. Dat was het. Dat was de enige reden dat ze had gefantaseerd over een huiselijk leven met Connor. Ze was niet écht verliefd op hem geworden.

Maar waarom had ze dan toch het gevoel dat haar hart brak?

Het kwam door meneer Burke. Natuurlijk was ze verdrietig. Ze rouwde. Maar ze had ook het gevoel dat ze niet deed wat hij haar had gevraagd. Dat hij teleurgesteld in haar zou zijn. Ze haalde de brief die hij voor haar had achtergelaten uit haar rugzak en streek de kreukels glad die ze in het fraaie briefpapier had gemaakt.

*Nadine,*

*Wanneer je dit leest, zal het vast lijken alsof het te vroeg is gebeurd, maar wees niet al te verdrietig om mij. Ik ben klaar om naar David te gaan. Ik heb een goed leven gehad en meer geluk dan ik ooit had durven dromen. Dank je wel dat je me de afgelopen maanden het gevoel hebt gegeven dat het leven de moeite waard was, gevuld met mogelijkheden, ook al tikte de klok de seconden weg.*

*Zoals je weet heb ik niet veel familie, dus ik laat je een kleinigheid na. Beloof me dat je het niet zult gebruiken voor praktische zaken. Ik zou heel teleurgesteld zijn als je het niet gebruikte om het leven met beide handen vast te grijpen. Je kunt wel meer geld op een spaarrekening zetten voor later, maar niet meer leven, en laat je nooit door Bitty wijsmaken dat zij dat heeft verzonnen. Dat is echt afkomstig van David.*

*Ik hoop dat je heel veel avonturen mag beleven, Nadine, maar ik hoop vooral dat je je nooit door angst van geluk zult laten weerhouden. Wees moedig. Jaag je dromen na. Wees volledig jezelf in een wereld die jou probeert in iemand an-*

*ders te veranderen. En nog meer van die malle clichés.*
*Denk af en toe aan me als die nieuwsgierige oude man die je vertelde wat je moest doen, ook al wist je dat zelf allang. En zorg goed voor mijn JoJo.*
*Veel liefs,*
*James Alexander Burke*

De tranen rolden geluidloos over Deenies wangen en ze drukte JoJo tegen zich aan.

'Deenie?' vroeg Ally zacht. 'Weet je zeker dat dit is wat je wilt?'

Ally, die zich ontzettend moest inhouden om haar niet te vragen om te blijven, ook al had ze heel duidelijk gemaakt dat Deenie welkom was, dat Deenie gewenst was. Dat ze een thuis had, als ze dat wilde.

En dan was haar zus er nog, die haar als bruidsmeisje had willen hebben en die Deenie had uitgenodigd, ook al hield ze haar familie op afstand en ging ze er altijd vandoor...

En Connor...

Deenie zette de gedachte aan hem van zich af en concentreerde zich door een waas van tranen weer op de brief.

Meneer Burke wilde dat ze haar dromen najoeg. Waarom voelde het dan aan alsof ze er juist voor eentje wegvluchtte?

Ze had zichzelf beloofd dat ze haar leven niet zou laten dicteren door de angst dat ze ergens niet thuishoorde, maar liet ze zich nu niet sturen door een ander soort angst?

Ze was ontzettend bang dat ze niet goed genoeg was. Dat ze niet werd geaccepteerd zoals ze was. Dat niemand van haar hield. Maar Kirsten hield van haar. Ally hield van haar.

En Connor...

Hij had haar nooit het gevoel gegeven dat ze niet goed genoeg was. Hij had haar het gevoel gegeven dat ze een zonnestraal was. En ja, hij wilde dat ze bleef, maar niet omdat hij haar in een hokje wilde stoppen. Hij had haar nooit gevraagd om zich anders voor te doen dan ze was. Zij was zelf degene geweest die had willen doen alsof ze iets anders was, een accountant of financieel adviseur. Hij wilde haar bij zich hebben als organisator van prinsessenfeesten en hondentrainer. Hij had haarzelf gewild.

Hij hield van haar.

En zij had hem ruw afgewezen en was weggegaan, ook al wist ze dat dat het ergste was wat ze hem kon aandoen.

Deenies hart verkrampte en haar keel werd dichtgeknepen.

'We moeten terug.'

Ally trok met een ruk aan het stuur, geschrokken van Deenies luide aankondiging. 'Echt?'

'Ik hou van Connor. We moeten terug.'

Ally keerde met een brede grijns op haar gezicht de auto. 'Dat werd wel eens tijd.'

# 34

De liefde van haar leven was verdwenen.

Toen Ally en Deenie eindelijk bij Furry Friends aankwamen, was zijn auto weg. Ally bracht haar naar zijn huis, maar de deur zat op slot en het alarmsysteem was ingeschakeld.

Ze had hem persoonlijk willen spreken, maar als ze hem niet kon vinden, was dat lastig. Ze probeerde hem op zijn mobieltje te bereiken, maar kreeg de voicemail. Ze reden terug naar Furry Friends om te overleggen wat ze zouden doen. Intussen belde Deenie nog een keer naar zijn mobiele telefoon en kreeg ze wéér de voicemail.

'Zou hij bij zijn moeder kunnen zijn?'

JoJo bewoog op de stoel naast haar en kefte opgewonden bij de gespannen klank in haar stem.

'Ik kan Ben vragen of hij weet waar Connor is,' bood Ally aan, die zich met hart en ziel op de zoektocht had gestort. Ze reden de met grind bedekte oprit van Furry Friends op en werden begroet door de gebruikelijke kakofonie van geblaf uit de schuur.

Deenie sprong uit de pick-up en rende naar de kennels. Even later kwam ze weer tevoorschijn. 'Max is nog hier!' riep ze naar Ally, die met grote ogen naar het mobieltje bij haar oor luisterde. 'Wat? Wat is er?'

Ally wees naar haar telefoon. 'Hij is op weg naar Rome.'

Dit was ongetwijfeld een van de meest roekeloze dingen die Connor Wyeth ooit had gedaan. Hij ging langs de douane en liep naar de gate, met slechts een kleine reistas en een slinkend optimisme, oplettend om zich heen kijkend of hij Deenie ergens zag.

Ze moest wel op dezelfde vlucht zitten. Zo veel vluchten met een aansluiting op een vlucht naar Rome vertrokken er niet vanuit Burlington. Hij hoopte dat ze blij zou zijn om hem te zien. Hij was zich er heel goed van bewust dat hij hiermee wel eens het tegenovergestelde kon bereiken van wat de bedoeling was. Stel nu eens dat ze een hekel aan hem kreeg omdat hij haar naar Rome was gevolgd? Stel nu eens dat ze aan hem probeerde te ontkomen?

Hij was bijna bij de gate en onderdrukte een paniekaanval. Als ze hem daar niet wilde hebben, zou hij de eerste vlucht terug naar huis pakken. Hij kon zelfs op JFK nog omdraaien. Hij had geen bagage ingecheckt. Maar hij moest het proberen.

Hopelijk zou ze het romantisch vinden en niet stalkerachtig wanneer ze hem zag.

Het zou best stalkerachtig kunnen overkomen.

Ze was niet bij de gate.

Connor fronste zijn wenkbrauwen en tuurde kwaad naar zijn nutteloze mobieltje. Hij was de oplader vergeten. Dat was nou precies de reden dat hij inpaklijsten maakte en zich voorbereidde. Zodat hij niet vijf minuten voor zijn vlucht zou beginnen met boarden het vliegveld hoefde af te struinen om ergens een oplader te kopen.

Hij had alles gejaagd in zijn reistas gegooid en er nog net op tijd aan gedacht om zijn paspoort mee te nemen. Terwijl hij de deur uitliep, was hij zo druk bezig geweest om op zijn mobieltje een lastminutevlucht te boeken dat hij niet aan de oplader had gedacht.

Hij moest het er echt met Deenie over hebben dat hij bij de volgende buitenlandse reis meer dan een kwartier voorbereidingstijd kreeg, vooropgesteld dat er een volgende keer zou komen. Lieve god, hij hoopte van wel.

De grondstewardess kondigde aan dat het boarden zo zou beginnen. Connor sloeg de mensen die zich rond de gate opstelden aandachtig gade in de hoop een opvallende knalroze haardos te zien, maar ze was er niet.

Had ze dan toch een andere vlucht genomen? Zou hij haar in Rome kunnen vinden? Hij had geen flauw idee waar ze logeerde en of haar telefoon het in het buitenland wel deed. Ze moest een manier hebben om contact te houden. Ally zou het wel weten. Het enige wat hij hoefde te doen was Ben vragen om Ally over te halen hem te vertellen waar haar vriendin was, zodat hij haar op een ander continent kon stalken…

Connor keek naar de passagiers die net aan boord gingen van het vliegtuig.

Hij was zijn verstand verloren. Wat deed hij hier in vredesnaam? Dit was niets voor hem. Hij plande alles van tevoren. En hij zette al helemaal zijn carrière niet op het spel om onaangekondigd naar Rome af te reizen.

Davis was op zijn zachtst gezegd verbijsterd geweest toen Connor hem op weg naar het vliegveld vanuit de auto belde om te vragen of hij een week vrij kon krijgen. Connor had heel veel vakantiedagen te goed, want hij had de afgelopen twee jaar geen dag vrij gehad. Wat zijn werk betreft was er geen enkel probleem en dat wist Davis, want hij was altijd ruim voor zijn deadlines klaar. Maar voor iemand die partner wilde worden maakte het geen goede indruk als hij kort voordat de partners hun definitieve besluit zouden nemen abrupt het land verliet.

Hij wist dat zijn promotie hierdoor in gevaar kwam. En het liet hem volkomen koud.

Het woord ‘partner’ had voor hem altijd symbool gestaan voor succes. Zijn moeder was juridisch medewerker geweest, met de hersens van een advocaat en een fractie van diens salaris. Hij had de partners van het kantoor in Pine Hollow waar ze werkte altijd als de belichaming van succes beschouwd. Als negenjarige had hij gedacht dat er in zijn hele leven niets verkeerd kon gaan zolang hij maar kon aantonen dat hij rijk genoeg, succesvol genoeg en perfect genoeg was. Niemand zou hem ooit in de steek laten. En ergens was hij die overtuiging nooit kwijtgeraakt.

Hij had op een of andere manier gedacht dat al zijn problemen als bij toverslag zouden verdwijnen als hij partner werd, maar dat was natuurlijk niet zo. Dat was nooit wat er aan zijn leven ontbrak. Zijn moeder was gelukkig geweest als juridisch medewerker. Hij zou gelukkig zijn als advocaat. Of als partner. Of als hondenoppas.

Als Deenie maar niet wegging.

Het was angstaanjagend om de controle zo volledig kwijt te zijn. Het gevoel dat zijn geluk afhankelijk was van iemand anders.

En misschien was dat ook niet zo. Misschien was dat overdreven. Misschien zou hij het verlies van Deenie wel overleven. Misschien zou hij de klap van een tweede vrouw die hem liet zitten en een tweede rotbriefje overleven.

Maar als het niet hoefde, liever niet.

Hij wilde Deenie.

Connor ging in de rij staan om te boarden.

Deenie had altijd een zwak gehad voor filmscènes waarin iemand wanhopig door een vluchthaven holt om bij zijn geliefde te komen voordat deze voorgoed wegvliegt.

Nu bleek echter dat het ongelooflijk stressvol was om degene te zijn die holt.

Ze was te laat.

Ze was zelf naar het vliegveld gereden. Deels omdat ze niet van plan was haar auto op het vliegveld op Lang Parkeren achter te laten, want ze ging alleen Connor maar halen en zou daarna met hem naar Pine Hollow terugkeren. En deels omdat ze van tevoren had geweten dat ze de hele weg te hard zou rijden en Ally niet met een boete voor een snelheidsovertreding wilde opzadelen, omdat Deenie toevallig te dom was geweest om in te zien dat ze onwijs bofte met de man die voor haar had gestaan en tegen haar had gezegd dat hij van haar hield.

Ze wist niet hoe groot zijn voorsprong was. Ally en zij waren al halverwege Burlington geweest toen ze besefte wat ze had weggegooid. Maar ze wist hoe laat haar geplande vlucht zou vertrekken en ze nam aan dat hij op dezelfde vlucht zat. Het was de laatste vlucht met een rechtstreekse aansluiting op de vlucht naar Rome vanaf JFK. Als ze die miste, zou hij zonder haar in Rome landen.

En als ze niet opschoot, zou ze de vlucht missen.

Deenie parkeerde haar auto op de eerste vrije plek die ze tegenkwam en zette het op een lopen. Ze had de toiletartikelen die te groot waren om langs de security te komen tijdens het rijden al uit haar tas gehaald. Ze had niet genoeg tijd om bagage in te checken. Ze had de kleine JoJo bij Ally moeten achterlaten en had Ally laten beloven dat ze goed voor haar zou zorgen tot Deenie terugkwamen.

In de rij voor de balie probeerde ze nog een laatste keer Connors mobieltje te bereiken. Hij nam nog steeds niet op.

Ze vloekte binnensmonds, verbrak de verbinding om het toestel in het bakje te mikken en ging zo snel mogelijk door de security.

Aan de andere kant griste ze haar telefoon en tas mee, en ze begon te rennen.

Ze moest echt aan haar conditie werken.

Toen ze bij de gate aankwam, liep ze hevig te hijgen. Ze zag geen passagiers meer. De medewerkster bij de gate rondde de laatste oproep om te boarden af en stak al een hand uit om de deur achter zich dicht te doen.

'Wacht!' riep Deenie.

Ze voerde haar tempo op en stormde op de gate af.

De gatemedewerkster glimlachte. 'Net op tijd. Het is je geluksdag.'

'Ik hoop het wel,' antwoordde Deenie puffend. Ze hees haar tas om haar schouder en liet haar boardingpas scannen.

Ze sprintte de vliegtuigslurf in en hoorde dat de deur achter haar dichtging. Hopelijk deden ze hem weer open om Connor en haar uit het vliegtuig te laten stappen voordat het opsteeg, want anders zou het een heel lange rit terug worden vanaf New York.

Haar voeten roffelden door de slurf en de openstaande vliegtuigdeur doemde voor haar op.

Het moment van de waarheid.

Stel nu dat hij van gedachten was veranderd? Stel nu dat hij een andere vlucht had genomen of tot de conclusie was gekomen dat hij geen zin had om achter haar aan te gaan? Stel nu dat hij zich had gerealiseerd dat ze het niet waard was?

Deenie liep het gangpad in.

Het vliegtuig was vrijwel leeg. Hij zat niet in de businessclass. Ze kon zich niet voorstellen dat Connor op een andere manier vloog dan businessclass. Had ze zich vergist?

'Mevrouw?' zei de stewardess achter haar. 'Zou u snel willen gaan zitten?'

'Oké,' fluisterde Deenie, die nu een lichte neerslachtigheid op zich voelde neerdalen.

Ze was ervan overtuigd geweest dat hij hier zou zijn. Toen Ben zei dat hij achter haar was aangegaan, had dit een schok van vreugde door haar heen gejaagd. Maar dat opgetogen optimisme verdween nu als de bubbels in oude champagne.

Ze sjokte door het gangpad en verloor bij elke stap wat meer van haar hoop.

Hij was er niet. Ze was al bijna bij de laatste rij...

'Deenie?'

Haar hart stond even stil. 'Connor.'

# 35

Deenie had zo veel haast gehad om bij Connor te komen dat ze niet had bedacht wat ze tegen hem zou zeggen wanneer het zover was.

Hij zat op de op een na laatste rij, op de stoel bij het raam, met zijn lange benen ongemakkelijk opgetrokken. Hij maakte zijn riem los om op te staan.

Vanuit het keukentje achter in het vliegtuig kwam een stewardess naar hen toe. 'Mevrouw, u moet nu echt gaan zitten. Hebt u hulp nodig met uw tas?'

'We blijven niet,' zei ze tegen de stewardess zonder haar ogen ook maar één seconde van Connors gezicht af te wenden. 'Ik kom je halen. Ik ben teruggegaan, maar je was er niet. Ik wil blijven. Ik wil bij jou zijn.'

'Mevrouw...' De stewardess kwam een stapje dichterbij.

'Deenie...' Connor stond nu gebogen onder de bagagevakken boven zijn hoofd.

'Ik hou van je.'

De stewardess aarzelde en haar blik gleed heen en weer tussen Deenie en Connor. Liefdesbetuigingen kwamen kennelijk niet in het handboek voor.

De stewardess die voor in het vliegtuig stond, kwam nu ook hun kant op.

'Laten we naar huis gaan,' smeekte Deenie. 'Het spijt me verschrikkelijk. Ik had nooit moet weggaan.'

Er laaide emotie op in Connors ogen die uitmondde in amberkleurige vastberadenheid. ‘Nee.’

‘Wat?’ Haar hart haperde even. Wilde hij haar dan niet meer? Maar hij was helemaal hiernaartoe gekomen. Waarom zat hij dan in het vliegtuig?

Hij kwam naast haar in het gangpad staan, richtte zich tot zijn volle lengte op en keek met die adembenemende kuiltjes in zijn wangen op haar neer. ‘Ik wil naar Rome toe.’

Ze fronste haar wenkbrauwen en raakte een beetje geïrriteerd. ‘Dat hoeft echt niet,’ hield ze vol. ‘Ik wil hier blijven. Je hebt gewonnen.’

De tweede stewardess was bij hen aangekomen. ‘Is er een probleem?’

‘We willen uitstappen,’ zei Deenie.

‘Nee, hoor,’ corrigeerde Connor haar meteen. Hij pakte Deenies tas en borg deze met een oneerlijk vertoon van deltaspieren weg in het bagagevak boven zijn hoofd. Terwijl hij dit deed, zei hij: ‘Je had gelijk. Ik heb geprobeerd jou in een ruimte te duwen die ik al in mijn leven had aangebracht, maar daar pas jij natuurlijk niet in. En dat zou ik ook niet willen. Ik hoef de vrouwen die aan al mijn eisen voldoen niet. Ik wil jou. En ik wil naar Rome.’

Hij stapte de rij weer in en trok haar mee. Deenie was zo geschokt dat ze niet eens tegenstribbelde.

‘Ik heb meer spontaniteit nodig in mijn leven. Meer avontuur. En veel meer glitter. Ik heb jou nodig, Deenie. Iemand die met me in discussie gaat, die me uit mijn comfortzone sleurt en alles mooier maakt.’

‘Ik heb jou ook nodig,’ fluisterde ze op de stoel naast die van hem. Hij maakte met glinsterende ogen haar riem vast en ze kon haar blik niet van hem losmaken. ‘Jij houdt me met beide benen op de grond, wat echt niet altijd erg is, en je herinnert me eraan dat ik mezelf niet tekort moet doen door de goede dingen weg te gooien, alleen maar omdat iemand anders vindt dat ik ze moet houden. Maar, Connor, we hoeven echt niet helemaal naar Rome om het te bewijzen…'

'Jawel, dat moeten we wel. Jij was bereid voor mij te blijven. Ik wil je laten zien dat ik bereid ben om overal naartoe te gaan voor jou.' De kuiltjes in zijn wangen werden weer zichtbaar. 'Bovendien ben ik nog nooit in Italië geweest.'

Ze sperde verbaasd haar ogen open. 'Nog nooit? Echt niet?'

Zijn met volle wimpers omrande, prachtige ogen vonden die van haar. 'Deenie Mitchell, wil je me de wereld laten zien?'

De vliegtuigmotoren begonnen te brommen en haar hart smolt. 'Had dat dan eerder gevraagd.'

# Epiloog

Connor had geen goede trackrecord wat betreft bruiloften. Ze leken de vrouwen in zijn leven het land uit te jagen. Maar nu hij Deenie midden op de dansvloer met Ally zag rondspringen, terwijl ze samen de tekst van een powerballad uit de jaren tachtig brulden, kon hij geen enkele plek bedenken waar hij liever zou zijn.

Ze had de roze plukken in haar haren bijgekleurd en toen hij informeerde of ze zichzelf met nog meer glitter kon bedekken, had ze er voor de gelegenheid fonkelende sliertjes in aangebracht die ze *hair tinsel* noemde. Hij had kunnen weten dat ze zijn vraag als een uitdaging zou opvatten.

Deenie ging een uitdaging nooit uit de weg. En een avontuur evenmin.

Ze waren een week in Rome gebleven, waar ze van piazza naar piazza slenterden, in cafeetjes langs de straat met limoncello op meneer Burke toostten, veel te veel Italiaans eten aten en op een Vespa door de met keitjes geplaveide straatjes raasden. Connor had vooraf geen tijd gehad om lijsten te maken van alle dingen die hij wilde zien en hij had bijna geen kleren bij zich, maar hij zou geen minuut van hun impulsieve, ongeorganiseerde reis hebben willen missen.

Ze hadden het er nu al over waar ze de volgende keer naartoe zouden gaan. Hij wilde dolgraag naar Parijs, maar Deenies ogen glansden zo verlangend wanneer ze het over IJsland had dat hij zo'n voorgevoel had dat ze binnenkort voor een gletsjer zouden staan.

Het was vreemd geweest om een hele week van zijn werk weg te zijn, maar Davis had zijn afwezigheid goed opgevangen, en Connor was uitgerust naar kantoor teruggekeerd... en naar de positie van partner. Hij hoefde niet langer een rol te spelen om het gevoel te hebben dat hij de positie verdiende. Op een of andere manier was hij degene geworden die hij eerder had gespeeld. Allemaal dankzij Deenie.

Het nummer was afgelopen en ze huppelde terug naar hun tafel aan de rand van de dansvloer om zich buiten adem op zijn schoot te laten vallen. Zijn arm kroop als vanzelf bezitterig om haar middel.

'Pas maar op,' kondigde ze aan. Ze zweeg even om haar glas water leeg te drinken. 'Ally heeft me verteld dat ze zo meteen haar boeket gaat gooien. Misschien moeten we even een stukje opzijgaan.'

Ze hadden het onderwerp huwelijk zorgvuldig vermeden. Hij had zijn vijfjarenplan op een laag pitje gezet, maar had tegenwoordig in navolging van Mitch altijd een verlovingsring bij zich, voor het geval dat. En op dit moment, te midden van hun beste vrienden, durfde hij de stoute schoenen aan te trekken.

Hij boog zich naar haar toe tot zijn adem langs haar oor tussen de sprankelende roze krullen streek. 'Ik daag je uit om het boeket te vangen,' zei hij, genietend van de interesse die in haar blauwe ogen oplaaide toen ze haar hoofd met een ruk naar hem omdraaide. Hij keek haar recht aan. 'Ik daag je uit om er helemaal voor te gaan. Om hun ogen uit te krabben als het moet. Zonder genade.'

'Ik zou nooit een scène durven schoppen.' Ze knipperde onschuldig met haar ogen.

Hij zag het glimlachje om haar lippen en overbrugde de korte afstand tussen hen in, omdat hij het gewoon niet kon laten.

Toen hij zich terugtrok, glimlachte ze nog steeds. 'Er zit glitter op je wang.'

Hij veegde over de plek die ze aanwees en zag iets glinsterends op zijn vingertoppen. 'Je hebt me gebrandmerkt.'

'Nu ben je van mij.'

Hij smeerde de glitter terug op haar huid en streek traag met een vinger langs haar kaak. 'Ik ben al van jou sinds die eerste avond in het bubbelbad,' zei hij zacht. 'Toen Max je helemaal nat spetterde.'

Ze sperde haar ogen met gespeelde schrik open. 'Dat is bizar! Dat is namelijk ook het moment dat ik verliefd begon te worden op jou.' Ze boog zich naar hem toe en zei zo zacht dat alleen hij het kon horen: 'Het is dan ook een schitterend bubbelbad.'

Hij lachte snuivend en op dat moment riep de ceremoniemeester alle mededingsters voor het boeket op om naar de dansvloer te komen.

Deenie wierp een blik op de dansvloer en keek hem weer aan. 'Als ik het boeket vang, mag ik het huwelijk dat daar eventueel uit voortkomt helemaal zelf plannen. En je bent gewaarschuwd, want de kans is groot dat Las Vegas en een Elton John-imitator daar een rol in spelen. Je zult het trouwens niet zien aankomen,' beschreef ze vergenoegd. 'Ik ga je ermee overvallen. Je zult niet eens tijd hebben om een smoking te regelen. We rijden naar het vliegveld en BOEM. Een bruiloft op slippers.'

Connor glimlachte om het dreigement. Hij geloofde niet dat ze het echt meende, maar hij kon wel ergere manieren bedenken om elkaar het jawoord te geven. Stiekem trouwen klonk hem vele malen beter in de oren dan de ellenlange aanloop naar weer een overdadige dag. Het leven met Deenie zou altijd een avontuur zijn.

Hij kon niet wachten tot het zover was.

'Afgesproken.'

Haar ogen begonnen te glimmen. 'Oké dan.'

Ze schopte haar schoenen uit, sprong van zijn schoot en stortte zich huppelend midden in de groep mensen op de dansvloer. Ze keek nog even achterom, gebaarde met twee vingers van haar eigen ogen naar die van hem en draaide zich weer terug om zich op het boeket te concentreren. Ze wiebelde licht heen en weer, met haar gewicht op de bal van haar voeten, als een korte stop tijdens een honkbalwedstrijd die op de worp van de pitcher wachtte.

Ally zwaaide plagerig met het boeket naar de opeengehoopte singles, draaide zich toen om en wierp het over haar schouder. De gegadigden sprongen gretig met opgestoken handen in de lucht. Een vrouw in een donkerblauwe jurk botste tegen een roodharig bruidsmeisje aan en de hele groep tuimelde op de vloer.

De toeschouwers hielden hun adem in.

De bruid moest zo hard lachen dat ze voorover zou zijn gekukeld als de bruidegom haar niet had vastgepakt.

Uit de wriemelende hoop stak één arm triomfantelijk in de lucht, met in de hand het boeket.

De winnares bleek de getuige te zijn en toen ze keihard 'Las Vegas, baby!' riep, vond niemand dat vreemd. Ze had altijd al alles op haar eigen manier gedaan.

Connor kon niet wachten om te zien wat ze hierna ging doen. Zijn eigen prinses. En hondentrainer. En naaister. En rebel. En de liefde van zijn leven. Sommige dingen waren te mooi om van tevoren te plannen.

# Dankwoord

Ik ben ontzettend veel dank verschuldigd aan het hele team van Forever. Het is heerlijk om met jullie samen te werken en jullie zijn van onschatbare waarde zijn geweest voor de publicatie en promotie van dit boek. Dank jullie wel, Estelle, Joelle, Stacey en Sabrina. En een heel speciaal bedankje voor mijn redacteur Leah, die moeilijke gesprekken gemakkelijk maakt en me heeft laten kennismaken met de beste verslavende realityprogramma's. Als ik met ideeën voor *Alone*romans kom aanzetten, is dat helemaal je eigen schuld.

Als altijd gaat mijn diepe dank uit naar mijn agent Michelle, de grootste promotor van mijn werk, en naar bevriende schrijvers die me altijd opbeuren en kalmeren wanneer ik in mijn brainstormspiraal zit, met name Kim Law, de Hallmarkcollega's en de Rubies. Een speciaal bedankje voor Leigh, Kali en de kids, Jane en Mili, voor mijn introductie in de wereld van glitter, en omdat jullie ervoor hebben gezorgd dat ik alle teksten van *Frozen* en *Coco* ken.

Alle liefs aan mijn *ohana*.

En ten slotte een bedankje voor alle fantastische mensen bij *Wait Wait... Don't Tell Me*, de nieuwsradioshow van de NPR, die me hebben geholpen mijn quarantaine lachend door te komen en me hebben laten kennismaken met het concept van feestprinsessen in het publieke domein.